PANI DOBREGO ZNAKU

Feliks W. Kres

PANI DOBREGO ZNAKU

tom 1

Wydawnictwo MAG
Warszawa 2010

Redakcja:
Joanna Figlewska

Korekta:
Magdalena Górnicka

Okładka:
Jarek Krawczyk

Projekt typograficzny, skład i łamanie:
Tomek Laisar Fruń

ISBN 978-83-7480-155-3
Wydanie II

Wydawca:
Wydawnictwo MAG
ul. Krypska 21 m. 63, 04-082 Warszawa
tel./fax (0-22) 813 47 43
e-mail: kurz@mag.com.pl
http://www.mag.com.pl

Wyłączny dystrybutor:
Firma Księgarska Jacek Olesiejuk Sp. z o.o.
ul. Poznańska 91, 05-850 Ożarów Maz.
tel. (22) 721-30-00
www.olesiejuk.pl

Druk i oprawa:
drukarnia@dd-w.pl

Prolog

Puszcza Bukowa była największą knieją Szereru. Leżała na dartańsko-armektańskim pograniczu, niczym porzucona tarcza uchodzącego z pola bitwy wojownika. Należała do Dartanu. Choć od czasu nastania imperium przetrzebiono mocno jej obrzeża, to wciąż stanowiła istny skarbiec, kryjący nieprzebrane zasoby wszelkich bogactw. Armekt, podbiwszy cały Szerer, mógłby łatwo sięgnąć po tę knieję. Jednakże Puszczą od dawien dawna władał, niczym udzielnym księstwem, jeden z najpotężniejszych rodów dartańskich. Pomimo całkowitego uzależnienia Złotej Prowincji od Kirlanu, stolicy Armektu, politycznym błędem byłoby zrażanie do cesarstwa niezwykle wpływowej rodziny, której dobra, pozostawione w spokoju, tak czy owak zapewniały napływ znacznych sum do imperialnej szkatuły. Ściągano przecież podatki – i to niemałe. Oto była pierwsza przyczyna, dla której Puszczę Bukową zostawiono w rękach prawowitych właścicieli.

Drugi powód łączył się z pierwszym. Względna niezależność władców Puszczy nie była czymś wyjątkowym, podobnymi swobodami cieszyło się bardzo wiele Domów magnackich i rycerskich. Armektańska polityka wobec podbitych krain (a zwłaszcza wobec Dartanu) była polityką rozsądku; przecież utrzymywanie przywilejów stanowiło najlepszy sposób sprawowania kontroli. Tu i ówdzie powtarzano złośliwie (ale nie bez racji), że trzosy Dartańczyków wypchane są... lojalnością wobec Kirlanu. Rzeczywiście: nic tych trzosów nie mogło odchudzić skuteczniej niż właśnie brak lojalności, dostrzeżony u ich posiadaczy.

Wreszcie trzecia przyczyna, z pozoru najmniej ważna, lecz w istocie najbardziej złożona. Niemająca nic wspólnego z polityką i trudna do ogarnięcia dla kogoś, kto nie znał armektańskiego sposobu myślenia. Oto Armekt, kraj wielkich jak morze, otwartych równin, po prostu nie wiedział, co począć z tak gigantyczną knieją. Były lasy i w Armekcie, oczywiście. Na dodatek wcale niemałe. Przecież stanowiły zaledwie plamki na bezkresnych trawiastych przestrzeniach, należały do nich i w nich się zawierały. Gdy tymczasem Puszcza Bukowa stanowiła omal świat osobny, rozpostarty na przestrzeni stu mil, z własnymi jeziorami, bagnami, rzekami i wzgórzami... Ba, mówiono nawet, że pośród najdzikszych ostępów, w których nigdy ludzka noga nie postała, jest prawdziwe morze śródlądowe. Taki kraj był obcy wszelkiej armektańskiej tradycji i obyczajowości, obcy wszystkiemu, co syn Wielkich Równin rozumiał i co przyjmował za swoje. Można by więc pewnie włączyć Puszczę Bukową do Armektu – ale tylko na mapie. Żaden Armektańczyk nigdy nie nazwałby tego kraju, takiego kraju, Armektem. Było to po prostu niemożliwe i równie niedorzeczne jak próba zmuszenia żeglarza, by zaczął mianować nie tylko wody, ale i lądy, morzem. Pusty nakaz, za którym pójść nie mogło żadne przekonanie.

***

Wbrew powszechnym mniemaniom Puszcza Bukowa nie wszędzie jest tak samo dzika, nieprzebyta i groźna. Skrajne jej połacie dawno padły pod ciosami siekier, ustępując miejsca licznym wsiom, zwłaszcza od strony Potrójnego Pogranicza, gdzie stykają się Armekt, Dartan i Grombelard. Zbudowano też trakt przecinający, na przestrzeni parunastu mil, południowo-zachodni skraj lasu, by skrócić nieco podróż między dwoma najważniejszymi miastami Szereru: Kirlanem i „Złotą" Rollayną. Ponadto, jadąc od dartańskiej stolicy, wystarczy przebyć dwudziestomilowy (bagatela...) pas kniei, by odnaleźć coś, czego dla ogromnych rozmiarów tej przestrzeni, prawie niepodobna nazwać polaną. Ów pofałdowany nieco obszar przecina kilka strumieni, a nawet małych rzek, zrodzonych na północnym wschodzie, gdzie ostępy dźwigają się ku niebu. To pasmo dość wysokich pagórków nazywane jest Młodym Lasem Yenett. Polana zaś nosi nazwę Sey Aye; *sey* po dartańsku znaczy „dobry", ale w rozumieniu „przyjazny", zaś stare słowo *aye* ma kilka różnych znaczeń – tradycyjnie nazywa się tak tarczę herbową, lecz w potocznym użyciu *aye* to tyle, co „symbol" albo „znak".

Od kilku miesięcy Dobrym Znakiem, odwieczną siedzibą Domu K.B.I., władała jej wysokość Ezena. Półkrwi Armektanka, której imię nie schodziło z ust wysoko urodzonych Dartańczyków, największy skandal Dartanu. Była wyzwoloną niewolnicą. Niewolnicą, którą niepojęty kaprys umierającego, bezdzietnego pana Sey Aye, podniósł do godności małżonki i wyłącznej dziedziczki wszystkich dóbr. Prawo Wiecznego Cesarstwa, nie zezwalające na adopcję wyzwoleńców, milczało w sprawie zawierania takich małżeństw. Były chyba jakieś precedensy, ale nie w Dartanie – a żyli przecież krewni zmarłego. Puszcza Bukowa warta była procesu. O, warta była dziesięciu procesów. Jednak wytoczono tylko jeden: o unieważnienie małżeństwa. „Jej godność wyzwolona niewolnica", tak nagle podniesiona do rangi jednej z pierwszych kobiet prowincji, przegrała ów proces, jeszcze zanim wyznaczono termin wstępnej rozprawy. Bo choć Puszcza Bukowa była częścią Wiecznego Cesarstwa, to jednak bardziej jeszcze była częścią Dartanu...

TOM PIERWSZY

Wieczny pokój

CZĘŚĆ PIERWSZA

Polana

1

Tuż przy drodze hurkotał młyn. Spiętrzona woda biła w łopatki nasiębiernego koła, kipiała w dole i rwała spienioną strugą, rozlewając się szeroko dopiero za niewielkim mostkiem. Tam, rozleniwiona, już nie niosła ze sobą drobin piasku. Duże okrągłe kamienie umożliwiały dostęp kobietom urządzającym pranie.

Mężczyźni pochłonięci pracą rozmawiają z rzadka; na słowa jest czas w chwili przerwy, gdy można rozluźnić mięśnie i rozprostować kości. Jednak przy strumieniu pracowały same kobiety i żadnych przerw nie było. Młyńskie koło huczało z całej siły, syczała gniewnie woda, ale ponad wszystkim królował nieprawdopodobny jazgot praczek, wkładających w rozmowę dwa razy tyle wysiłku, ile pochłaniało samo pranie. Zresztą słowo „rozmowa" nie jest tu na miejscu; przecież żadna z tych kobiet nie słuchała drugiej... W ościennym Grombelardzie powiadano, że Szerń zrobiłaby słuszniej, dając kobiecie zamiast głosu rozum.

Taka też była pierwsza myśl młodego mężczyzny stojącego na mostku. Człowiek ten, wyraźnie zdrożony, trzymał za uzdę wierzchowca, daremnie próbując za pomocą okrzyków i gestów zwrócić na siebie uwagę. Wreszcie, rozzłoszczony, przywiązał konia do drewnianej barierki, zszedł z mostu na drogę, po czym zsunął się z niewielkiej skarpy ku rzece. Grzęznąc w błocie, a potem w mokrym piachu, ślizgając się i potykając na kamieniach, mężczyzna wymachiwał ramionami, próbując utrzymać równowagę. Począł kląć – na szczęście nic nie było słychać. Zbliżywszy się do praczek, zauważył, że w większości były młode i dość zgrabne, więc gniew trochę mu minął; stare babska zelżyłby bez cienia litości. Nie chcąc wchodzić do wody, uniósł dłonie do ust i zawołał raz jeszcze. Odniósł sukces: jedna z pochylonych dziewczyn odrzuciła rudy warkocz na plecy i rozejrzała się dokoła, zdezorientowana. Ujrzawszy przybysza, którego strój wyraźnie wskazywał, że człowiek ten należy do dobrze urodzonych, krzyknęła na swoje towarzyszki, potem jeszcze raz, aż po trzeciej próbie cisnęła w którąś zwiniętą mokrą szmatą. Tamta obejrzała się z gniewem i zamilkła. Po chwili wszystko, co siedziało w strumieniu, gapiło się na mężczyznę, wytrzeszczając zielone, niebieskie, brązowe i czarne oczy. Zaległa błoga cisza, jeśli nie liczyć huku młyna i szumu pędzącej wody.

Przybysz pokazał na migi, że chce rozmawiać, ale nie zamierza krzyczeć ani brodzić w wodzie. Jedna z dziewczyn machnęła ręką i wskazała most, po czym zaczęła wyżymać i wrzucać do koszyka sztuki wypranej bielizny. Podróżny wrócił do swojego konia. Odwiązał go, powoli zszedł z mostu na drogę i czekał. Długowłosa brunetka zręcznie wspinała się na skarpę, jedną ręką przytrzymując na głowie ciężki kosz z bielizną. Stanąwszy na drodze, uśmiechnęła się do przystojnego pana, jednocześnie odwijając zatkniętą za pas spódnicę. Zdążył zauważyć, że miała zgrabne łydki i ładne kolana. Kapiąca z kosza woda zmoczyła gors białej koszuli, która przylepiła się do ciężkich, bardzo dużych piersi, widocznych tak wyraźnie, jakby nic ich nie zasłaniało. Mężczyzna otworzył usta, lecz zwyciężczyni turnieju mokrej koszuli ubiegła go z nieoczekiwaną śmiałością.

– Nie jesteś z Sey Aye, panie! – zawołała, przekrzykując łoskot koła młyńskiego.

Było to raczej stwierdzenie niż pytanie. Tak czy owak, zakrawało na zuchwalstwo; musiała przecież wiedzieć, że nie stoi przed równym sobie. Mężczyzna zmarszczył brwi, ale nie umiał gniewać się na czupurną młodą praczkę, która znów się uśmiechnęła, pokazując równe zęby. Miała zabawny wyraz oczu. Nagle spostrzegł, że jedno jest zielone, drugie czarne.

Wskazał pobliskie rozwidlenie dróg. Wcześniej powiedziano mu, że jadąc prosto, trafi do celu; nie było mowy o rozstajach.

– Do twojej pani którędy?

Spojrzała we wskazanym kierunku.

– Do pani Sey Aye? – upewniła się.

Zaczął tracić cierpliwość.

– Czy masz inną panią?

Szybko potrząsnęła głową, odwracając wzrok.

– Nie, nie mam – powiedziała, dziwnie spłoszona. – To tutaj, zaraz. Poprowadzę... poprowadzę waszą godność. Proszę mi pozwolić.

Pokazał, żeby szła, po czym dosiadł wierzchowca.

Droga rozwidlała się, omijając płaskie wzgórze, porośnięte przez kilkaset wielkich świerków. Lewy trakt wiódł hen! prosto jak strzelił, ginąc dopiero pośród jakichś zabudowań. Prawe odgałęzienie zdawało się okrążać pagórek; dziewczyna ruszyła tą drogą. Jeździec sięgnął ręką do tyłu i skrzywiony przycisnął dłoń do krzyża, z trudem prostując plecy. Ścisnął kolanami boki konia. Jadąc, w zamyśleniu obserwował bosonogą przewodniczkę. Z niesionego na głowie kosza nadal sączyła się woda, mocząc pasma czarnych, granatowo połyskujących włosów. Powoli zbliżał się wieczór, ale słońce wciąż mocno dawało się we znaki i jeźdźcowi zaświtała w głowie myśl, że sam chętnie skorzystałby z takiej samej ochłody, jakiej zaznawała dziewczyna. Najpierw przyglądał się okrągłym, bardzo kobiecym biodrom, kołyszącym się pod spódnicą – miała na czym usiąść, bez dwóch zdań... Potem, znużony, utkwił wzrok w jej plecach, popadając w głęboką zadumę.

Oto już za chwilę miał stanąć u celu swej podróży... i mocno się tego obawiał. Racje, które przemawiały za podjęciem tej niezwykłej wyprawy, wydawały się dobre tam, w Rollaynie. Lecz minęło trochę czasu, przemierzył puszczański trakt... Ach, trakt! Wiele razy słyszał o drodze przez góry Grombelardu, wiodącej do starej stolicy tej prowincji – miał to być najgorszy szlak Szereru, konie łamały na nim nogi. Wyobrażał sobie teraz, że wyboista ścieżka, wijąca się pośród bagien, czasem wprost wiodąca przez mokradła, musiała być mocno do tamtego gościńca podobna. Cóż tu robił właściwie? Oto dotarł do kraju odciętego od Rollayny, od Dartanu, ba! od całego Wiecznego Cesarstwa. Pasma Szerni zapomniały o tej ziemi, to pewne. Czy możliwe, by istotnie ten kawałek świata przedstawiał taką wartość? Gdy padały cyfry, wszystko wydawało się jasne. Lecz podróż przez leśne ostępy uczyła niejednego – i rodziła poważne wątpliwości. Łatwo oszacować, doprawdy, wartość ziemi uprawnej: tyle to a tyle worków zboża, które pójdzie morzem na Garrę albo do Grombelardu. Ale tutaj? Jak właściwie obliczyć, co warte są bory, których nikt do końca nie przemierzył? I jeszcze ta polana – dość wielka, by pomieścić własne lasy, wzgórza, strumienie i pola uprawne, drogi, młyny... Oto był Dobry Znak. Uniósł wzrok i rozejrzał się dokoła, odruchowo szukając granic tej przestrzeni, borów napierających ze wszystkich stron świata. Odbiegłszy daleko myślami, najpierw nie pojął, co widzi, a gdy pojął – mimowolnie szarpnął wędzidłem, osadzając konia. Trwał przez chwilę zupełnie nieruchomo, czując przyspieszone bicie serca.

Za pagórkiem opasanym przez drogę znajdował się drugi – niewysoki, ale niedostępny i stromy. Wieńczyły go mury zameczku, będącego chyba najstarszą zachowaną budowlą Dartanu. Prapoczątki rodu K.B.I. ginęły w mrokach przeszłości; to pewna, że ten sam mrok dziejowy pochłonął imię pierwszego mieszkańca warowni. Wydawało się niemożliwe, by ktokolwiek jeszcze korzystał z tych omszałych murów.

Tym bardziej, że nie było takiej potrzeby. Warownia na wzniesieniu przyciągała wzrok – ale tylko na krótką chwilę. Rozłożysta, olbrzymia budowla, wyłaniająca się z lewej strony, obejmowała zameczek wraz z pagórkiem, jakby chcąc ochronić i podtrzymać stare mury. Niedorzeczny, a zarazem dziwnie wzruszający był to widok: pyszny biały pałac, jakby przeniesiony wprost ze Złotych Wzgórz w środkowym Dartanie, roztaczał opiekę nad chorym i zniedołężniałym starszym bratem. Ale nie, na wszystkie Pasma Szerni... Złote Wzgórza? Ten dom nie miał sobie równych ani na Złotych Wzgórzach, ani w Rollaynie, ani nigdzie na świecie! To było niczym miasto, parterowe miasto, bo nie szczędzono tu miejsca i dom zbudowano w starym stylu dartańskim, wypaczonym później przez pałace

Rollayny – stolicy, w której każda szanująca się rodzina musiała znaleźć miejsce dla siebie. Dartańska architektura już się nie podniosła po ciosie, jaki jej zadała ciasnota (ano tak, ciasnota) największego miasta Szereru. Kto nie mógł mieć smukłego, wielopiętrowego pałacu w obrębie murów Rollayny, ten wznosił taki pałac gdzie indziej, za wszelką cenę próbując chociaż przez wygląd rezydencji zbliżyć się do stołecznych elit. Dartańskie mury wystrzeliły więc ku niebu. Wszędzie, ale nie tutaj. Nie w Sey Aye.

Młody przybysz nie wierzył własnym oczom. Oto znalazł się w świecie baśni, świecie legend. Ależ tak, bo czasy, gdy wznoszono takie budowle, już dawno przeszły do legendy. Stały się częścią tajemniczej, może pięknej, ale bardzo odległej przeszłości, kiedy Dartan był jedyną rycerską perłą Szereru, mając za sąsiadów dzikie ludy grombelardzkie, a dalej armektańskie księstewka, w których miecz i dziwaczne tradycje były prawem, a ogłada słowem nieznanym.

Przewodniczka oddaliła się znacznie, lecz młody Dartańczyk już jej nie potrzebował. Popędziwszy konia, wyprzedził dziewczynę, nie rzucając jej nawet drobnej monety, co najpierw zamierzał uczynić. Zapomniał. Okrążywszy uwieńczony zameczkiem pagórek, znalazł się pomiędzy wygiętymi skrzydłami pałacu – i trafił wprost na dziedziniec, wyłożony wielkimi, prostokątnymi płytami. Znów wydało mu się, że śni. Było dokładnie tak, jakby baśniowy wielkolud przyniósł skądś ten pałac na dłoni i położył go w miejscu całkiem przypadkowym: zakurzona droga urywała się jak ucięta nożem, od razu ustępując równym płytom dziedzińca; z innych stron tak samo podchodziły trawy i zarośla, a strumyczek o mocno zabagnionych brzegach wił się w odległości najwyżej stu kroków od pióropusza delikatnej fontanny... Wszystko to było nierealne, nieprawdopodobne. Jakim cudem opowieści o tym miejscu nie krążyły po całym Dartanie? Dlaczego uczeni Przyjęci woleli wyczytywać historię ze stronic starych ksiąg, gdy tutaj całą przeszłość mieli jak na dłoni?

Nigdzie nie było służby; podjechawszy do samego domu, jeździec zeskoczył z siodła wprost na stopnie wiodące do szerokich drzwi i czekał. Po obu stronach wejścia czuwali dwaj żołnierze w pełnych zbrojach i zamkniętych przyłbicach, zwieńczonych pękami granatowych, zielonych i szkarłatnych piór, wsparci na dwuręcznych obnażonych mieczach. Spojrzał na prawo i lewo, ale wciąż nie było widać nikogo, kto zająłby się koniem, czy choćby dostrzegł przybycie gościa... Może i dom ten był najbardziej dartański w Dartanie, ale nie znano tu rycerskich obyczajów. Pozostawiwszy wierzchowca samopas, przybysz powoli ruszył w górę schodów. Głowy żołnierzy zwróciły się ku niemu, ale gdy podszedł bliżej, zauważył, że opuszczone zasłony hełmów wcale nie mierzą prosto w niego. Oczy patrzące przez wąskie wizury skierowane były gdzie indziej. Przystanął...

Wciąż z koszem na głowie minęła go mokra przewodniczka, wbiegając po schodach.

– Dalej, dalej wędrowcze – zachęciła. – Chodź śmiało, koniem zaraz się zajmą.

Żelazne rękawice huknęły o blachy zbroi, gdy strażnicy uderzyli się w piersi, salutując. Minąwszy ich, zniknęła w drzwiach pałacu.

***

Stał jeszcze na schodach, pocierając dłonią podbródek, zdumiony ale i rozgniewany dziwnym żartem, jaki mu spłatano, gdy nagle pałac ożył. Jacyś ludzie pojawili się jak wyczarowani z powietrza, pochwycili jego konia i powiedli gdzieś; zaraz potem wysoki mężczyzna, w granatowej narzucie ze szkarłatną dartańską koroną na piersi, wieńczącą zielony herb rodu, ukazał się w drzwiach i lekkim ukłonem dał do zrozumienia, że czeka właśnie na niego. Ruszył powoli. Został wprowadzony do sali, której wielkie okna uzbrojone były w najdroższe szyby z Llapmy, co ocenić mógł dopiero teraz, spoglądając przez nie na zewnątrz. Te szkła, doskonale przejrzyste, prawie nie zniekształcały. Postanowił, że będzie odtąd ślepy. Tak, ślepy. Nie chciał widzieć i szacować tego, co go otaczało. Nie był przecież nędzarzem; przeciwnie... Ale wokół wybuchała nie zamożność, nie bogactwo, a przepych. Na dziesięć szklanych tafli, sprowadzanych ową leśną „drogą", dowożono tu może połowę. To nie były małe szybki, osadzone w ramkach z ołowiu. Tafle, szklane tafle, długie i szerokie na dwa łokcie. Zważywszy, ile tego potłuczono w drodze, gdyby w te okna wstawiono srebrne blachy, koszta byłyby na pewno dużo niższe... Nikt w Dartanie nie miał takiego domu. Czyli nikt w całym Wiecznym Cesarstwie, nikt nigdzie w całym Szererze. Więc o to – o to właśnie tak zabiegano! Przecież warto było nie tylko wytoczyć proces, ale zgoła rozpętać wojnę, by zdobyć sam ten dom.

Potem, gdy wiedziono go przez liczne sale, opanował nieco wzburzenie. Spostrzegł, że dokoła nie ma nawet śladu dartańskiego rozmachu. Tylko dom. Wnętrza, świetne i wykwintne, urządzone były jednak z niezwykłą prostotą. Widywał już takie wnętrza.

W Armekcie.

To spostrzeżenie sprowadziło go na ziemię. Panią tego domu była pół-Armektanka.

Został wprowadzony do niewielkiej komnaty, której całe wyposażenie stanowiło kilka foteli oraz mały stół. W wielkiej misie pyszniły się rozmaite owoce. Ze ścian spływały ku posadzce aksamitne, błękitno-białe kotary. Poproszono go, by odpoczął. Usiadł zatem i próbował zebrać rozbiegane myśli, skupić je na celu, który go tu przywiódł. Nie było to łatwe. Zbyt wiele zaskoczeń, niespodzianek. Wspaniały dom. Pobiegł spojrzeniem do góry, wysoko, gdzie na białym suficie pyszniły się świetne stiuki. Wspaniały, baśniowy dom...

Gdy weszła, wciąż w tej samej mokrej koszuli i szarej spódnicy, boso, z potarganymi granatowoczarnymi włosami, wyzbył się ostatnich wątpliwości – ale też ogarnął go niespodziewany, wielki spokój. Próg absurdu został przekroczony; przestało go dziwić cokolwiek. Wstał. Z czystą, niezmąconą ciekawością patrzył, jak dziewczyna opada na fotel i opiera skrzyżowane w kostkach nogi na stole, omal nie zrzucając półmiska z owocami. Stopy miała okropnie brudne, w pięty wgryzł się pył drogi. Zręcznie złapała jabłko, staczające się z blatu. Ugryzła soczyście, z apetytem.

– No, witam – powiedziała z pełnymi ustami. – Co jest źle? Że prałam w strumieniu?

Pokręcił tylko głową.

– Witam waszą wysokość – powiedział. – Przyznam, że jestem całkowicie zagubiony. Sytuacje, które znałem, nie pasują do niczego, co zobaczyłem w Sey Aye. Ale jestem tu... na razie... tylko gościem. I chętnie przyswoję sobie wszelkie tutejsze formy. Najpierw chcę zapytać: czy powinienem się przedstawić? Być może miejscowy obyczaj nakazuje, bym najpierw uczynił coś innego. Jeśli tak, to co?

Czekała, zatopiwszy zęby w jabłku. Gdy skończył, odgryzła nowy kęs. Aprobująco skinęła głową.

– Ładnie – oceniła.

Miała armektański akcent – co prawda bardzo słaby – i przez chwilę się zastanawiał, dlaczego nie spostrzegł tego od razu? Ale przypomniał sobie huk młyńskiego koła, będący tłem pierwszej ich rozmowy. Nie wyglądała zresztą na Armektankę; była za wysoka – w ogóle zresztą, gdzie tylko spojrzeć, kawał baby – i nie miała skóry tak smagłej, jak większość cór Wielkich Równin. Co najwyżej te czarne włosy. Były jednak aż nazbyt czarne. Chociaż, może nie czarne... Dziwne, wyjątkowe.

Zmarszczyła lekko brwi.

– Rządzę tym wszystkim tutaj – oznajmiła z namysłem. – Mogę robić, co mi się podoba. No to piorę w strumieniu, na przykład. Jeszcze nie tak dawno chodziłam do strumienia, bo musiałam. Lubię te dziewczyny. Z dnia na dzień zostałam królową łysiny w największych krzakach Szereru i nie bardzo wiem, co z tym począć.

Wzruszyła ramionami.

– Mogę robić, co mi się podoba – powtórzyła, jakby sama nie do końca była o tym przekonana. – Ale nie wiem, co mi się podoba. Jeszcze nie wiem. Na razie kazałam wyrzucić połowę rupieci z tego domu. Mówisz, panie, że czujesz się tu zagubiony. A ja?

– Naprawdę nie ciekawi cię, pani, komu opowiadasz to wszystko? – zagadnął, patrząc uważnie.

– Ciekawi. No właśnie, komu?

– Nazywam się Denett. K.B.I.Denett, wasza wysokość. Jestem bratankiem człowieka, który wytoczył ci proces. Jestem też jedyną i ostatnią twoją szansą, pani.

Zamilkł, czekając na reakcję.

Spoglądała z namysłem. Odniósł dziwne wrażenie, że zielone oko pociemniało. Czarne nie, bo nie mogło.

– Denett. K.B.I.Denett – powtórzyła. – Bratanek. I czym jesteś jeszcze, ostatnią szansą? Ech, powiedziałabym ci panie, czym jesteś. Ale ci nie powiem, bo jem jabłko. Posłuchanie skończone. Możesz, panie, przenocować na dziedzińcu, bo nie jestem specjalnie gościnna. Jutro nie chcę cię widzieć w Sey Aye. Postaraj się wyruszyć o świcie.

Pokazała drzwi.

– No? Wynocha.

Rozejrzał się dokoła, jakby szukał pomocy.

– Nie, na wszystkie... – powiedział. – Ja śnię. Nikt nie mówił, że brak jej piątej klepki... Tu nie trzeba żadnego procesu, ta kobieta jest pomylona.

– Fruwaj stąd, wasza godność – przerwała z niezmąconym spokojem. – Jeszcze słowo, a połamią cię kołem, ale wcześniej obedrą ze skóry. Potem każę nakarmić tobą psy. Nie żartuję – ostrzegła. – Jedno słowo, no? Czekam. Wypowiedz dowolne słowo.

Nigdy w życiu nie widział tak poważnych oczu. Nie, nie żartowała. Pomylona czy nie – na pewno nie żartowała.

Czy rzeczywiście wystarczyłoby słowo?...

Jeśli nawet nie obłąkana, to na pewno była nieobliczalna. Dość, że uwierzył jej tak dalece, iż w milczeniu odwrócił się i wyszedł.

***

Przyprowadzono mu konia. Wiodąc go za uzdę, wolno przemierzał dziedziniec. Kilkakrotnie obejrzał się na pałac – znów nierealnie cichy, spokojny. Tylko straże przy drzwiach...

Pani domu obserwowała go przez okno.

– Co myślisz? – zapytała.

Stojący za jej plecami wysoki mężczyzna, czterdziestopięcioletni lub niewiele starszy, ten sam, który wprowadził gościa, nieznacznie wzruszył ramionami.

– Dalej, Yokes! – ponagliła przez ramię. – Nie po to wyręczałeś służbę, bawiąc się w odźwiernego, by teraz stać i milczeć. Chciałam, żebyś mu się przypatrzył.

Znów zaległo milczenie.

– No?! – prychnęła.

– Czego oczekujesz, pani? Jestem komendantem prywatnych oddziałów Sey Aye – nie powiedział „twoich oddziałów". – Nikim więcej. Wydaj rozkaz, a ja go wypełnię.

– „Prywatnych oddziałów Sey Aye" – wytknęła, odwracając się ku niemu. – Które nigdy nie będą wojskami jakiejś tam Armektanki, co?

Spokojnie wytrzymał jej wzrok.

– Wiesz, co myślę, pani. Jestem na prywatnym żołdzie właścicieli tej ziemi. Ten, kto mnie wynajął i opłacił, dał ci wolność i monogramy swoich imion rodowych. W ten sposób stałaś się spadkobierczynią, albo raczej współwłaścicielką, wszystkich jego dóbr i praw. Prosiłem o zwolnienie ze służby; odmówiłaś. Winien ci jestem pani bezgraniczną lojalność jeszcze przez pół roku.

– Ale wytoczono mi proces... – podsunęła zjadliwie.

– Ale wytoczono ci proces – powtórzył ze spokojem. – I jeśli sądy imperialne zawieszą twoje prawa do czasu, aż zapadnie wyrok, natychmiast przestanę wykonywać twe polecenia. A gdy twoje małżeństwo, pani, zostanie unieważnione, niezwłocznie oddam się pod rozkazy prawowitych – zaakcentował prawie niedostrzegalnie, być może mimowolnie – właścicieli Sey Aye.

– Niezwłocznie i z rozkoszą – skomentowała gniewnie.

– Niezwłocznie i bez żadnych rozterek – poprawił. – Z rozkoszą? Nie. Może z ulgą, ale z rozkoszą?

– Wiesz, że przegram ten proces.

– Tak uważam.

– Mimo że własnym podpisem poświadczyłeś zawarcie tego małżeństwa!

– Przykro mi, pani. Żałuję, że zaszła taka... smutna pomyłka.

– Jego wysokość... mój mąż był w pełni władz umysłowych.

– Co nie wyklucza popełnienia omyłki.

– Oczywiście – powiedziała. – Tu nie chodzi nawet o majątek, prawda? Choćbym nic nie dostała, nic, zupełnie, oprócz nazwiska... I tak byłby proces, prawda? I tak samo bym go przegrała. Przecież Dartańczyk takiego rodu nigdy nie uczyniłby czegoś podobnego, nie dodałby imion swych najznamienitszych przodków do imienia jakiejś niewolnicy. Musiała zajść pomyłka, choćby cały świat zaświadczał, że nie zaszła. I dartańskie sądy natychmiast tę sprawę rozstrzygną.

– Imperialne sądy, nie dartańskie.

– Imperialne – przytaknęła szyderczo. – Imperialne sądy w stolicy Dartanu.

Na twarzy oficera odbiło się znużenie.

– Tak, w stolicy Dartanu, wasza godność – powiedział. – To już chyba po raz piąty rozmawiamy o tym.

Po co? Przekonania i prywatne opinie najemnika nikogo nie powinny obchodzić. Obowiązany jestem ci służyć, więc służę. Muszę też okazywać ci szacunek. Okazywać. Ale nie muszę wcale go odczuwać. Proszę mnie nie zmuszać do podobnych wyjaśnień.

– Lecz ja właśnie żądam tych wyjaśnień.

– Nie masz prawa, pani. Dysponujesz moim mieczem i życiem, ale myślami... tylko do pewnych granic. Żądaj wyjaśnień dotyczących twojego bezpieczeństwa. Kwestii spokoju i porządku w Sey Aye. Wojny jakiejkolwiek i z kimkolwiek. Służę opinią i radą. Jeśli tylko zechcesz ich słuchać.

Pokiwała głową.

– Dobrze, zostawmy to.

– Tak będzie najlepiej, pani.

Wróciła spojrzeniem do okna. Jego godność K.B.I.Denett nie kwapił się z odjazdem. Stał na samym skraju dziedzińca, jakby mimo wszystko czekał na zaproszenie, wierząc, iż władczyni Sey Aye odwoła swą pochopną decyzję. Uniosła leciutko brwi, zdając sobie sprawę, jak kosztowne musiało być dla tego mężczyzny takie... oszukiwanie własnej dumy.

– Właściwie powinnam cię ukarać. Czy nikt nie pilnuje drogi do Sey Aye? W jaki sposób ten człowiek pojawił się tutaj tak nagle?

Yokes skinął głową.

– Przyjmuję wymówkę, pani. Oczywiście, odpowiadam za to.

– Ani słowa usprawiedliwienia?

– Nic nie mam na swoją obronę. Ścieżka powinna być pilnowana. I na pewno jest, bo nie wierzę, by strażnicy leśni zaniedbali obowiązki. Jednak ścieżka rozgałęzia się na kilka odnóg, potem te odnogi znowu się zbiegają, a kilka wiedzie donikąd... Jego godność Denett chyba zmylił drogę i wyminął strażników, nawet o tym nie wiedząc. Potem znowu wrócił na właściwy szlak. Ale to dowodzi jedynie, że placówki wartownicze rozstawione są w złych miejscach. Zbadam, jak wygląda sprawa i zarządzę co trzeba.

– Co myślisz o tym człowieku? Pytam jeszcze raz, bo to może dotyczyć sprawy spokoju w Sey Aye – zauważyła. – No więc...? Nie przejechał przez puszczę sam, bez bagaży, z pewnością towarzyszy mu poczet. Gdzie są ci ludzie? Dlaczego nie przybyli razem z nim? Czy może z tego wyniknąć jakieś zagrożenie dla mnie? A może ktoś chce przyspieszyć wyrok sądu? – pytała. – Usunięcie niewolnicy-oszustki, która wyłudziła czyjś majątek, to chyba żadne przestępstwo?

Zmarszczył brwi. Po chwili zaczerpnęła tchu, ale ubiegł jej złość.

– Poczekaj, pani. Milczę, bo myślę, nic więcej. Zagrożenie? – Pokręcił głową. – Nie, nie sądzę. W każdym razie nie miał złych... no, może raczej wrogich intencji, wybierając się tutaj. Skoro pozwoliłaś mi słyszeć rozmowę, to mówię: jego godność Denett przyjechał z jakąś propozycją. Niestety, wyrzuciłaś go, pani, zanim zdążył powiedzieć dwa słowa.

– Wolno mi, to mój dom.

– Ależ pani, wolno ci wszystko. Założyć sobie pętlę na szyję też ci wolno.

– Chciałbyś, prawda?

Na twarzy oficera po raz drugi pojawił się wyraz znużenia.

– Stracisz mnie. A jestem najlepszym i najdroższym żołnierzem w Dartanie, wasza god... wasza wysokość.

– Odejdziesz?

– Rozchoruję się, pani. Bo zaleje mnie nagła krew.

– Propozycja. Oferta Denetta – przypomniała po długiej chwili.

Znowu milczał. Tym razem czekała cierpliwie.

– Nikt w Dartanie palcem nie kiwnie, by cokolwiek odbierać ci przemocą, pani. Nawet życie, a może zwłaszcza życie. Ono, tak naprawdę, nikogo w Rollaynie nie obchodzi.

Przygryzła dolną wargę, bo wiedziała, że taka jest prawda.

– Wkrótce odbędzie się rozprawa – ciągnął Yokes – i zapadnie wyrok, wiesz jaki. Pomimo to jego godność K.B.I.Denett odbywa długą, uciążliwą, a nawet niebezpieczną podróż, by złożyć ci jakąś ofertę. Co takiego masz, czego nie odbiorą ci sądy, pani, a co warte byłoby wyprawy tutaj?

– Nie wiem. Zupełnie nie wiem.

– Więc może zapytaj, pani. Jego godność Denett wciąż tam stoi i czeka.

– Nie – ucięła.

– Wolisz gubić się w domysłach, pani? Snuć jałowe rozważania, gdy wszystkie wyjaśnienia czekają w zasięgu wzroku?

– Wolę.

Uśmiechnął się nagle.

– Nazwałbym to dumą...

– Ponieważ jednak nie jestem magnatką dartańską, a tylko wyzwoloną niewolnicą, nazwiesz to głupotą, nieprawdaż? – dokończyła.

Stała się rzecz niemożliwa: jego godność M.B.Yokes, komendant prywatnych oddziałów Sey Aye, stracił swoją kamienną cierpliwość.

– Na wszystkie moce Szerni, kobieto! – zawołał, wznosząc dłonie do góry. – Czy zostawisz mnie wreszcie w spokoju?! Po raz kolejny proszę: zwolnij mnie! Zanim ta niechciana służba stanie mi się po prostu wstrętna!

Spojrzała mu prosto w oczy.

– A niechby nawet – powiedziała – no to co? Przestaniesz wypełniać rozkazy?

Powoli opuścił ręce.

– Nie, pani – rzekł po długiej chwili, wciąż jeszcze czerwony na twarzy. – Nie przestanę.

Przyglądała mu się uważnie, wreszcie lekko przekrzywiła głowę.

– Każdego dnia i każdej nocy jestem sama – powiedziała trochę figlarnie i wyzywająco, ale zarazem jakby smutno. – Przyjdź do mnie, Yokes, wieczorem. Nie musisz mówić „wasza wysokość", porozmawiaj jak... z kobietą.

– Co to ma znaczyć, wasza wysokość? – zapytał sucho; rumieniec już ustąpił mu z policzków.

– A co może znaczyć?

– Nie wiem i chyba nie chcę wiedzieć.

Odsunęła się z cierpkim uśmiechem.

– Skoro tak...

Znów wyjrzała przez okno.

– Zemszczę się – powiedziała spokojnie i z całkowitą powagą. – Pożałujesz.

Po czym nagle zmieniła temat, wskazując palcem dziedziniec.

– Odjechał. Ruszysz za nim i sprawdzisz wszystko co trzeba.

2

Jego godność Denett, oparty dłońmi na łęku siodła, wracał tą samą drogą, którą przybył. Luźno trzymane wodze wisiały na karku końskim; głowa wierzchowca kiwała się miarowo, w rytm leniwego stępa. Jeździec, nawet o tym nie wiedząc, czynił wszystko, by odwlec przykrą chwilę, gdy stanie między swoimi i będzie musiał opowiedzieć o porażce. O klęsce, druzgocącej, choć niezawinionej.

Ale kto mógł przewidzieć?...

Jego wysokość K.B.I.Lewin, stary pan Sey Aye, cieszył się opinią odludka i dziwaka. Wszyscy tak myśleli – nikt o tym nie mówił. Ród K.B.I. od wieków miał należne mu miejsce w Rollaynie, zaś dobra, jakie dzierżył, rozrzucone były po całym kraju. Prawda, że składały się na nie pojedyncze wioski, prawie nie przynoszące dochodów; swą wyjątkową pozycję rodzina K.B.I. zawdzięczała tylko Puszczy Bukowej, skąd płynęły niemałe renty, należne bocznym liniom rodu. Pomimo to (a może właśnie dlatego?) o Puszczy Bukowej nie mówiono. Jego wysokość Lewin siedział tam od lat, w Rollaynie nie bywał, gości nie przyjmował, a nawet wręcz wypraszał. Omijano więc jego włości z daleka; czynili tak zarówno członkowie rodziny, jak i przedstawiciele wszystkich innych Domów magnackich i rycerskich. Nie było to zresztą takie trudne, bo nikt w całym Szererze nie miał najmniejszego powodu, by odbywać podróże po najdzikszych kniejach, które na dodatek nie do niego należały. Płynęły z ich głębi rzadkie gatunki drewna, wielkie ilości dziczyzny oraz futer, a także gotowe produkty, szczególnie wyroby z kości, rogu i skór. Puszcza dostarczała także miodu i owoców leśnych, dowolnych piór ptasich, ziół, a na koniec węgla drzewnego, żywicy, smoły i dziegciu. Nikt nigdy nie miał kłopotów z wykupieniem prawa do polowań na obrzeżach, sprzedawane też były prawa do wyrębu – wszelkie takie sprawy, załatwiane niemal od ręki przez siedzącego w Rollaynie przedstawiciela księcia Lewina, nie wymagały starań. I już choćby dlatego, że Puszcza Bukowa żyła swoim własnym życiem, dostarczając wszystkiego, co potrzebne, a nikomu w niczym nie przeszkadzając, była tematem nudnym i niewdzięcznym co się zowie. Jej właściciele zaś łatwo i bez szkody dla życia towarzyskich elit Dartanu mogli zostać i zostali zapomniani. Prawda, że tylko do czasu, gdy stary książę odszedł, zostawiając Puszczę niczym porzucony na gościńcu worek złota, po który zaraz wyciągnęły się liczne ręce. Należało wyjąć go z dłoni, które chwyciły pierwsze, i przekazać tym, do których naprawdę należał.

Zrazu cała sprawa, choć wywołała zrozumiałe poruszenie, wcale nie była skandalem. Burzliwa historia Złotego Dartanu znała wiele przypadków, gdy pieczę nad majątkiem, po zgonie właściciela, przejmowali niewolnicy Domu; wszak od tego byli, by służyć swemu panu, choćby i po śmierci. Jeśli trwały spory o prawo do dziedziczenia, ludzie Domu sprawowali pieczę nad majątkiem niejako w imieniu wszystkich zainteresowanych, w imieniu rodu, do którego należeli i który miał wyłonić nowego ich właściciela. Sprawiedliwe i słuszne było przecież, by majątek, do czasu rozstrzygnięcia sporów bądź procesów, po prostu zarządzał się sam... Gdy więc przyszła wiadomość o śmierci K.B.I.Lewina, wyprawiono tylko specjalnego wysłannika z instrukcjami i nie uczyniono nic więcej. Burza rozpętała się dopiero wtedy, gdy wysłannik wrócił, przywożąc liczne pisma: przede wszystkim odpis listu małżeńskiego, potwierdzonego przez wymaganą liczbę świadków; dalej kopię testamentu starego pana Sey Aye; wreszcie... oświadczenie JEJ WYSOKOŚCI K.B.I.Ezeny, nikomu nieznanej dziedziczki trudnej do oszacowania fortuny i staroksiążęcego tytułu. Do tego załączono upokarzające gwarancje utrzymania stałych rent dla pozapuszczańskich odgałęzień rodu.

Zrozumiano, że wyzwolona Perła Domu żąda odstępnego. Nikt nie myślał kłócić się o to, choć postępowanie hardej niewolnicy zakrawało na nie lada bezczelność. Jednak nadal nikomu z rodziny nawet nie przyszło do głowy, by ruszyć się z Rollayny – no bo po co? Sprawa, tak czy inaczej, musiała być rozstrzygnięta w stolicy; nikt nie zamierzał przedzierać się przez knieje, by obejrzeć jakąś tam polanę, na którą wystarczyło „zesłać" dobrego i wiernego zarządcę, skoro wyzwolona niewdzięcznica nie chciała pełnić tej roli. Wreszcie – i to był może najistotniejszy powód – wyprawa w leśne ostępy, zamiast przybliżyć, wręcz oddaliłaby niefortunnego podróżnika od złota Sey Aye. Przecież, chcąc uszczknąć z tego skarbca, należało mieć pilne baczenie na innych chętnych, trzymać rękę na pulsie wydarzeń, układać się o podział wielkiej schedy, a wszystko to w Rollaynie, nie gdzie indziej. Tak więc do Puszczy Bukowej wyruszył tylko kolejny posłaniec, wiozący surowe napomnienie, ale i pełnomocnictwa do zawarcia ugody. Wrócił wkrótce; nie wpuszczono go do Sey Aye.

I dopiero wtedy wytoczono proces. Nikt nie miał wątpliwości, jaki będzie wyrok. Tyle tylko że uderzenie wymierzono w próżnię. Po spotkaniu z panią Sey Aye jego godność K.B.I.Denett widział to bardzo dokładnie. Nie umiał sobie wyobrazić, jak skończy się cała sprawa. Ale że nie skończy się normalnie był pewien. Mało tego: podejrzewał, że nie skończy się też tak, jak jego ojciec obmyślił i zaplanował w Rollaynie...

Było już ciemno, gdy odnalazł niedużą polankę przy ścieżce nazywanej szumnie „traktem do Sey Aye". Przy czterech ogniskach siedziało dwudziestu kilku ludzi w sukiennych, narzuconych na zbroje tunikach, których barwy układały się w granatowo-zieloną szachownicę. Barwy rodu K.B.I. Tyle tylko że w granatowym polu widniał pojedynczy zielony liść dębu. Dodatkowych liści i dartańskiej korony książęcej nie było. I zapewne nigdy miało nie być... Wszystko na to wskazywało.

Na widok powracającego jeźdźca kilku ludzi poderwało się z ziemi. Udzielono mu pomocy przy zsiadaniu z konia, po czym powiedziono zwierzę tam, gdzie stały inne wierzchowce, przywiązane do drzew obok wielkiej sterty bagaży. Młody człowiek, w tym samym wieku co Denett, wyraźnie nachmurzony, niecierpliwie czekał przy najmniejszym ognisku. Nie miał na sobie mundurowej tuniki z herbami, tylko zwykłe podróżne odzienie – inaczej niż towarzyszący mu pięćdziesięcioparoletni człowiek, będący chyba dowódcą eskorty.

– Nie nadużywaj mojego zaufania, wasza godność – rzekł młodzieniec. – Nigdy więcej nie zapoluję, wiedząc, że uciekniesz mi wtedy i pojedziesz sobie dokądś... Zostawiłem cię tylko dlatego, że byłeś pod opieką żołnierzy.

Denett wzruszył ramionami.

– Miałem kaprys, przyznaję – powiedział.

Usiadł przy ogniu i milczał, obserwując skaczące płomienie. Jego towarzysze cierpliwie czekali, co powie.

– Widziałem tylko dom – oznajmił Denett. – Nikt w Rollaynie nie ma pojęcia, o jaką fortunę tu chodzi.

Po czym, bez upiększeń, bardzo dokładnie i szczerze opowiedział o wszystkim, co widział i co mu się przydarzyło. Kilkakrotnie przerywał opowieść, wrzucał kilka szyszek do ognia i podejmował wątek.

Niebo między koronami drzew zaroiło się od gwiazd.

– Nic nie wiem – rzekł Denett na zakończenie, znowu rzucając w ogień kilka szyszek. – Słyszycie mnie? Nic a nic.

Zaległo długie milczenie.

– Nic a nic... – powtórzył wreszcie, zamyślony.

Jego młody towarzysz, o ponętnej dla kobiet urodzie zucha-zawadiaki, poruszył się lekko, zmieniając niewygodną pozycję.

– Ale przecież rozmawiałeś z nią.

– Rozmawiałem! – odpowiedział Denett.

Zabrzmiało to tak, jakby mówił: „stąpałem po obłokach!".

– Rozmawiałem! – powtórzył tym samym tonem. – Na wszystkie lasy i przeklęte polany świata, przecież dopiero co przytoczyłem wam każde słowo tej „rozmowy"! Rozmawiałem! – zawołał raz jeszcze.

Znowu zaległa cisza. Denett wrzucił do ognia kilka kolejnych szyszek; blask płomieni obrysował wyrazisty profil jego przystojnej twarzy. Płynne cienie kładły się między pasmami żółtopłowych, sięgających ramion włosów.

Roześmiał się nieoczekiwanie.

– Mówię ci, Halet – rzekł do rówieśnika – nikt nigdy nie potraktował mnie gorzej. Ranezen, przyjacielu – zwrócił się z kolei do starszego mężczyzny w tunice – sprawdź gotowość swoich ludzi. Możliwe, że niedługo będą mi potrzebni.

Armektański dowódca eskorty natychmiast podniósł się i odszedł w stronę innych ognisk – rzecz jasna nie po to, by dokonać zbytecznego sprawdzianu. Jego asysta przy rozmowie przyjaciół była zbędna, rozumiał to doskonale. Strzegł życia i zdrowia młodego pana, od lat służył mu radą i pomocą, będąc bardziej opiekunem niźli podkomendnym. Znał jednak swoje miejsce na świecie i wcale nie chciał wdzierać się w sprawy, które nie do niego należały.

Gdy żołnierz odszedł, Denett znowu zaczął szukać szyszek, aż wyzbierał wszystkie leżące w zasięgu ramienia.

– Nie rozumiem tego – wyznał po raz kolejny. – Jak ją sobie wyobrażałeś, powiedz? Nie, nie mów, wiem jak. Tak jak ja. Nawet nigdy nie rozmawialiśmy o tym, jaka jest, tak bardzo byliśmy pewni. Pierwsza z Pereł, prawda?

Status Perły Domu miała jedna, czasem dwie, bardzo rzadko aż trzy niewolnice. Ich wartość liczono nie w dziesiątkach, lecz w setkach sztuk złota. Były to sumy po prostu krociowe.

– Każdy liczący się Dom ma Perłę – mówił z roztargnieniem Denett. – „Pokaż mi konie i kobiety Domu, a powiem ci, co wart jest twój ród". Czy nie tak? A ta tutaj... Nie wiem. Czyżby mój stryjeczny dziad, zamroczony bliską śmiercią... Prawda, zawsze było wiadomo, że to dziwak. Ale nie szaleniec! Tam w Dartanie o niczym nie wiedzą, wyobrażasz sobie? Tak jak ja nie wiedziałem. Przyjechałem tu rozmówić się z kimś, kto pojmie wszystko w pół słowa. Przyjechałem do Pierwszej Perły Domu z ofertą, która nie mogła zostać odrzucona. Ale... teraz nie wiem. Ja nie wiem, kim ona jest!

– Ależ tylko zwykłą niewolnicą. Nie ma powodu, żeby...

– Halet! Proszę cię, przestań! Nie widziałeś jej i nie słyszałeś. Czy znasz jakąkolwiek niewolnicę, która, otrzymawszy taki majątek, biegałaby boso po drodze? Z tytułem, który w Dartanie honorują nawet Armektańczycy? Halet, przecież ją należy tytułować „wysokością", przynajmniej do czasu, gdy sądy orzekną inaczej... Widzę tylko jedno wyjaśnienie: ta kobieta postradała zmysły! Jej rozum nie wytrzymał tak wielkiego wstrząsu. Podobno czasem tak bywa.

Przesunął dłonią po twarzy.

– Tylko że to nieprawda – dorzucił.

– Jest Armektanką.

– Tak, i co z tego?

– Bardzo piękna?

– Piękna? – Denett roześmiał się, zerwał z ziemi i odszedł kilka kroków. Wrócił. – Piękna? Halet, przyjacielu! Każde oko inne! Za wysoka, prawie taka jak ja. Piersi... o! Nie! Jeszcze więcej i niżej! Ma zbyt szerokie pęciny, stopy brudne, pewnie stwardniałe, włosy pod pachami i na łydkach, a więc pewno w ogóle wszędzie, bo o wosku do depilacji nigdy nie słyszała.

– Armektanki tego nie robią.

– W Armekcie. Ale tu jest Dartan i co druga Perła jest właśnie Armektanką, a pomimo to nie udaje zwierzęcia. Tylko trzeba być Perłą Domu, a to praczka, niewolnica do prac! W stolicy nie wziąłbyś jej nawet za darmo. Prawda, twarz ma niebrzydką, no i włosy zupełnie wyjątkowe... Ale dłonie? Pomyśl Halet, jakie ma paznokcie? Przecież ona pierze. W strumieniu!

– Czyli niezbyt ładna do tego?

Denett wrócił na swoje miejsce i usiadł. Zapatrzył się na żołnierzy siedzących przy dalszych ogniskach.

– Przecież nie zawrócę – rzekł po długiej chwili. – Ożenię się z nią, choćbym nawet miał to przeprowadzić siłą. Słyszysz?

Wymienili spojrzenia.

– Wrócimy tam zaraz – mówił Denett z narastającym ożywieniem. – Doprowadzę do rozmowy. Jeśli będzie trzeba, to ją zmuszę do rozważenia mojej oferty. Nie jest głupia, zrozumie przecież, że to jedyna szansa na zatrzymanie... czegokolwiek.

– Mamy zaledwie dwudziestu sześciu żołnierzy i to z Ranezenem.

– Ty sam wart jesteś dziesięciu, a Ranezen przynajmniej pięciu. Uważasz, że na całej tej polanie ilu siedzi?

– Nie wiem, Denett. Na pewno więcej niż dwudziestu sześciu. Chodzą słuchy, że wcale niemało, podobno...

– Plotki, pogłoski – przerwał tamten. – Muszą tu mieć licznych gajowych, potrafiących obchodzić się z kuszą albo łukiem. Ale gajowi pilnują lasu. A na samej polanie? Dwóch tkwiło przed domem, wojacy jak rycerstwo ze starych gobelinów, mówię ci. Głowę daję, że wszystko, co potrafią, to podpierać się na swoich mieczach. No ilu, ilu żołnierzy można trzymać w takim Sey Aye, do pilnowania porządku w sześciu czy siedmiu wioskach, a niechby i dla fasonu?

– Pięciuset – rozbrzmiało nieoczekiwanie.

Zaległa cisza. Denett uniósł głowę i z narastającą konsternacją spoglądał na wychodzącego z ciemności człowieka. Halet zachował zupełny spokój, niemniej zmienił troszeczkę pozycję... i uważne oko mogło poznać, że ten człowiek jest gotów do walki. Słodko-buńczuczna powierzchowność tego chłopca mogła być tylko maską, skrywającą sprawnego strażnika-zabójcę. Wiele starych dartańskich rodów wciąż szkoliło i trzymało takich ludzi.

– Pięciuset żołnierzy, wasza godność – powtórzył M.B.Yokes, kucając przy ognisku i wyciągając ręce ku skaczącym płomieniom. – Do tego znaczna liczba tropicieli, myśliwych, przewodników i leśników, do których obowiązków należy także zwalczanie kłusownictwa. Nazywamy ich tutaj leśną strażą.

Denett dość szybko ochłonął z zaskoczenia, wywołanego nieoczekiwaną wizytą.

– Pozwolę sobie zapytać, panie... – zaczął z chłodną wyższością.

Komendant Sey Aye zignorował go w sposób aż obraźliwy. Odwrócił głowę i zawołał przez ramię:

– Ranezen!

Denett zamilkł, zdumiony. Siedzący przy niedalekim ognisku dowódca eskorty podniósł się, przeszedł parę kroków i – dopiero wtedy zobaczywszy obcego – stanął jak wryty. Yokes skinął mu głową, wciąż siedząc w kucki przy ogniu.

– Dowódca pocztu, czy tak? – zapytał. – Wartownik leży tuż przy ścieżce – oznajmił. – Każ zabrać go, panie, i opatrzyć, bo ma mocno rozbitą głowę. Apeluję o spokój – dorzucił, wskazując kciukiem ukryte w mroku gąszcze za plecami – nie przyszedłem tu przecież sam.

Armektańczyk nie rzucił okiem we wskazanym kierunku; zdawało się nawet, że nie bardzo słucha... Wymienił krótkie spojrzenie z Haletem, po czym, z dłonią opartą na mieczu, wpatrywał się w twarz Denetta, oczekując dowolnego rozkazu.

Przez chwilę trwało milczenie.

– Dobrze, Ranezen – powiedział młody Dartańczyk. – Znam tego człowieka, to... najemnik jej wysokości księżnej K.B.I.

Słowo „najemnik" zabrzmiało pogardliwie, zaś następujące po nim tytuły co najmniej kpiąco, jeśli nie szyderczo. Lecz Yokes nie zareagował.

Przy pozostałych ogniskach zorientowano się już, że w obozie jest obcy. Żołnierze trwali czujni i przygotowani. Ranezen odszukał wzrokiem swojego zastępcę i przywołał go skinieniem.

– Weź dwóch ludzi – polecił. – Na ścieżce ogłuszono wartownika.

Po czym stał dalej, czekając na rozkazy Denetta. Lekko drgnął, gdy przybysz wymienił swoje nazwisko.

– Jestem M.B.Yokes, komendant prywatnych oddziałów Sey Aye. Szpiegowanie spokojnych podróżnych nie zasługuje na szacunek i wstydziłbym się tego, wasza godność. Lecz podsłuchiwanie rozbójników, planujących zbrojny napad, przynosi raczej chlubę mej przenikliwości – oznajmił bez cienia uśmiechu. – Czy zgodzisz się ze mną, wasza godność? – Nie czekając na odpowiedź, mówił dalej: – Usłyszałem dość, by wiedzieć, po co przybyłeś panie do Sey Aye. Czy zechcesz porozmawiać teraz ze mną w cztery oczy? Proszę o to.

– Wasza godność – powiedział Ranezen i brzmiało w tym kategoryczne: nie.

Prośba Yokesa była właściwie rozkazem; do rozmowy dojść musiało tak czy owak. Denett nie był głupcem, wyraźnie widział, że słówko „proszę" w ustach przybyłego jest po prostu furtką, wskazaną mu jako honorowe wyjście. Mógł skorzystać z tej furtki i zachować twarz zarówno wobec podwładnego, jak i przyjaciela: mógł też tego nie zrobić i... pogrążyć się zupełnie. Komendant Yokes panował nad sytuacją i trzeba by go chyba zarąbać, by pozbawić przewagi.

– W dość niezwykły sposób, wasza godność, zabiegasz o tę rozmowę. Halet, spełnimy chyba prośbę gościa, co ty na to? – Po czym zwrócił się do Armektańczyka, który już otwierał usta: – Ranezen, przyjacielu, pod twoim okiem czuję się zawsze bezpieczny i nie ma żadnego znaczenia, czy stoisz tuż obok, czy dziesięć kroków dalej. Wróć proszę do swoich żołnierzy. Wróć, proszę – powtórzył z naciskiem, dając staremu wojakowi identyczną szansę jak ta, którą sam przed chwilą otrzymał od Yokesa.

Halet podniósł się i oddalił, nieznacznie skinąwszy na Ranezena. Denett i komendant Sey Aye zostali sam na sam.

– Wasza godność – zagaił Yokes, sadowiąc się wygodniej – zapomnijmy o twym zamiarze zdobycia Sey Aye szturmem... – Uśmiechnął się lekko i chyba mimowolnie, uznawszy snadź pomysł za zabawny.

– Co śmiesznego widzisz w tym, panie? – przerwał Denett. – Nawet nie będę udawał, iż wierzę w to półtysięczne wojsko, którym próbowałeś mnie przestraszyć.

Yokes nieznacznie uniósł brwi.

– Więc kłamałem? – zapytał, już z wyraźnym rozbawieniem... bo istotnie kłamał, ale niezupełnie tak, jak chciał Denett; w Sey Aye było trzy razy więcej żołnierzy, niż powiedział. – Dobrze, wasza godność, nie o tym będziemy mówić... Jesteś tutaj, wasza godność, osobą niepożądaną, usłyszałeś to dzisiaj wprost, z ust jedynej właścicielki tego kraju. – Yokes nie zamierzał oddać inicjatywy. – Ja zaś podążyłem za tobą, otrzymawszy wyraźny rozkaz. Wyraźny, ale niejednoznaczny i pozostawiający mi niejaką swobodę. Nie wpuszczę cię, panie, z powrotem do Sey Aye – oświadczył prosto z mostu. – Ale zdam dokładny raport i być może będziesz mógł za moim pośrednictwem powiedzieć jej godności to, czego osobiście powiedzieć nie zdążyłeś.

Młody Dartańczyk, spostrzegawczy i wyczulony na wszelkie formy, nie przegapił przejęzyczenia.

– Jej godności, komendancie? – zapytał powoli. – Chyba: jej wysokości?

Trafił! I natychmiast zobaczył, jak celnie.

– Jej wysokości. Jej wysokości księżnej Sey Aye – niezwłocznie i aż nazbyt skwapliwie poprawił się tamten. Zbyt pospiesznie i skwapliwie, jak na zwykłe przejęzyczenie.

Denett lekko pokiwał głową i uśmiechnął się. Yokes pojął, że niepotrzebnie lekceważy tego młodego człowieka – wychowanego przecież pośród nieustannych słownych gierek, intryg, niedomówień, którymi żyły stołeczne elity... Krążąc wokół sedna i próbując wybadać swego przeciwnika, łatwo sam mógł zostać ofiarą. Kilka słów wystarczyło, by Denett zyskał świadomość, iż tytułowanie niewolnicy wysokością nie bardzo chce przejść przez gardło lojalnemu dowódcy oddziałów Sey Aye...

– Usłyszałem, wasza godność – rzekł, zmierzając do bardziej otwartej gry – że nosisz się z bardzo poważnymi zamiarami. Przyznam, że... byłbym zdumiony.

Denett, któremu odniesiony przed chwilą drobny sukces wyraźnie dodał pewności siebie, spokojnie wytrzymał spojrzenie.

– Zdumiony – skonstatował – lecz bynajmniej nie rozbawiony. Czyżby więc taki pomysł mógł być w ogóle rozważany poważnie? Otóż, panie – ciągnął, jakby czytał w myślach swego rozmówcy – ani tobie tutaj, ani nikomu w Rollaynie coś podobnego w ogóle nie przyszło do głowy. To nie jest jakaś młodzieńcza szarża, wasza godność, bez nadziei na pomyślne zakończenie. Czy też raczej: nie była nią dotąd. Bo prawda, że nie taką osobę spodziewałem się tutaj znaleźć... – Denett zmarszczył brwi.

– Na co liczyłeś, wasza godność?

Denett uśmiechnął się – trochę gorzko, a trochę bezradnie... i przez moment znów był podobny do tego młodzieńca, który żywiołowo i bez zahamowań dzielił się wrażeniami z przyjacielem, nawet nie podejrzewając, że jest obserwowany i podsłuchiwany.

– No cóż, panie – powiedział – skoro widziałeś i słyszałeś tyle, to równie dobrze mogę powiedzieć ci resztę. Mogę, a nawet powinienem, bo znając tylko część prawdy, gotów jesteś dopowiedzieć sobie nie wiadomo jakie rzeczy. Ale czy uzyskam coś w zamian? Cokolwiek. Nie chcę, byś był nielojalny, rozumiem twoją powinność, wasza godność – zastrzegł, widząc lekki grymas na twarzy tamtego.

Pochylił się nagle.

– Kim jest ta... dziewczyna?

– Nie powiem nic, wasza godność, dopóki nie poznam dokładnie celu twego przybycia do Sey Aye. Słyszałem, jak przy tym ognisku snuto plany podstępnego napadu na ziemie i osobę, których bronię. Jesteś, panie, intruzem. A niewiele brakowało, byś został rozbójnikiem – padła sucha odpowiedź. – Chcę usłyszeć wszystko, co masz mi do powiedzenia, wasza godność. W przeciwnym razie odejdę, a równo z nastaniem świtu moi żołnierze wyrzucą cię stąd siłą. Nic więcej nie mam do powiedzenia. Teraz słucham.

Denett pojął, że „zabawa w słówka" skończyła się nieodwołalnie. M.B.Yokes być może nie był biegły w intrygach, ale gdy szło o czyny, rzecz miała się zgoła inaczej. Młody przybysz znał nazwisko komendanta Sey Aye, bo w Dartanie znał je każdy. Gdy ten człowiek powiadał „wyrzucę cię stąd, panie", to znaczyło, że na pewno wyrzuci, bez względu na to, czy naprawdę ma pod komendą pięciuset, czy tylko pięciu żołnierzy. Będąc nieproszonym (a nawet wręcz wypraszanym) gościem, Denett mógł teraz położyć na szali swą szczerość, czepiając się ostatniej szansy, albo wrócić do Rollayny. Wybór oczywisty, jeśli zważyć, że od samego początku nie miał nic do ukrycia. Sądził tylko, że przedstawi swe zamiary kobiecie rządzącej w Sey Aye. Zamiast tego mówił z jej żołnierzem.

– Jej wysokość księżna Sey Aye przegra proces – powiedział równie sucho, jak przed chwilą Yokes. – Nikt w całym Dartanie nie uzna tego małżeństwa za ważne. Ale gdyby znalazł się ktoś, kto by uznał? Człowiek z nazwiskiem, z pozycją i majątkiem, cieszący się poparciem wielu świetnych rodzin...

– Czarna owca. Taki człowiek natychmiast zostałby napiętnowany – zauważył Yokes.

– Być może. W zamian zyskałby Puszczę Bukową i staroksiążęcy tytuł. Ten tytuł jest przecież przywiązany do ziem – przypomniał Denett.

– Wasza godność. Jeśli dojdzie do procesu, małżeństwo pani Sey Aye zostanie unieważnione. A jeśli pierwsze małżeństwo okaże się nieważne, to drugie... z człowiekiem, o którym mówimy... przestanie mieć jakikolwiek sens. Okaże się, że ów nieszczęsny głupiec wżenił się w tanią niewolnicę bez majątku.

– Wolno jednak uważać, że proces będzie się ciągnął latami. Nigdy nie zostanie jednoznacznie rozstrzygnięty.

– Skąd ta pewność, panie?

– Bo jesteśmy w Dartanie, wasza godność. Każdy tutaj ma jakiś proces i większość z nich nigdy nie zostanie rozstrzygnięta. Bardzo trudno o bezsporne dowody w takich sprawach, przegrywają więc tylko ci, za którymi nikt się nie ujmie – Denett odchylił się do tyłu i podparł na łokciu. – A za mną i za moją... żoną... – uśmiechnął się mimo woli – za małżeństwem książąt Sey Aye ujmie się bardzo wielu. Pozapuszczańskie gałęzie rodu K.B.I. nie cieszą się w Rollaynie sympatią, wielu ludziom odmawia się praw do rodowych monogramów. Tak się składa, że z różnych przyczyn ojciec mój od pewnego czasu skupia wokół siebie prześladowanych.

– Jakie to są przyczyny?

Denett przez chwilę zwlekał z odpowiedzią.

– Mam ci panie odpowiedzieć tak, jak na to zasłużyłeś tym pytaniem?

Yokes uśmiechnął się lekko.

– Wasza godność, przedstawiasz mi pewien bardzo niezwykły plan. Ten plan nie jest moją sprawą.

Wszystkie związane z nim szczegóły to także nie jest moja sprawa. Ale mnie tu w ogóle nie ma. Są tylko uszy jej wysokości K.B.I.Ezeny. Usta przyczepione do tych uszu powtórzą księżnej to, co zostanie tu powiedziane. Ani trochę więcej, ani trochę mniej.

Denett raz jeszcze zdał sobie sprawę, że dowódca Sey Aye ma nad nim wielką przewagę. Ten człowiek niczego nie chciał. Petentem był on, Denett.

– Mój ojciec roztoczył opiekę nad wszystkimi pomniejszymi odłamami rodu. Nie jest ubogim krewnym zmarłego księcia Sey Aye – rzekł krótko. – Umiał pomnożyć swój majątek i teraz jest... bogatym krewnym. Czy to coś wyjaśnia? Czy uszy siedzące przede mną mają między sobą jakiś rozum?

Yokes skwitował sarkazm kolejnym lekkim uśmiechem.

– Wyobrażam sobie, że blask Domu twojego ojca, panie, skupia różne ćmy – powiedział, dowodząc, że reguły rządzące życiem elit nie są dla niego tajemnicą. – Wiemy tutaj to i owo o rodowych procesach. Stronnictwo twego ojca, wasza godność, chyba rzeczywiście jest silne, a ta siła nie tyle wynika z rodowych monogramów, co właśnie z pieniędzy. Bo powiedzmy sobie szczerze, wasza godność, szacunek i zasługi to jedno. Ciężar złota to sprawa druga.

Denett skinął głową.

– Nie jesteś panie leśnym dzikusem – zauważył z ironicznym uznaniem, zabarwionym odrobiną wesołości. – Potrafisz też dobrze mówić.

– Jeśli dodać do tego – ciągnął Yokes – że twoje pokrewieństwo z nieżyjącym księciem nie daje ci raczej nadziei na wyrwanie dużego kęsa z Puszczy...

Młodzieniec znów skinął głową.

– I jeśli dodać jeszcze, że inne bogate i wpływowe rody muszą żywić naturalne obawy przed wzrostem znaczenia pozostałych... Dla wszystkich byłoby najlepiej, oprócz, ma się rozumieć, oczywistych spadkobierców księcia, gdyby to K.B.I.Enewen, twój ojciec, wasza godność, pozostał najsilniejszy. Zwłaszcza że drogo okupi uznanie małżeństwa swego syna. Udzielone wam poparcie kosztować będzie znaczną część majątku; może wreszcie uda się porozrywać Puszczę Bukową na drogocenne strzępy, choć oczywiście tobie przypadnie tytuł i najlepsza część. Ale może to lepiej, niż gdyby cała Puszcza miała dostać się komuś, kto w tej chwili niewiele znaczy... To nie będzie tak, jak z dobrym starym księciem Sey Aye, samotnym odludkiem, który był, ale tak, jakby go nie było – myślał głośno Yokes. – Czy to możliwe, wasza godność, że K.B.I.Enewen, twój czcigodny ojciec, wcale nie jest człowiekiem szalonym? Bo to przecież on (nic nie ujmując twemu rozumowi, panie) wymyślił cały ten plan, czy tak?

– Zapłacimy, nie mylisz się, panie – potwierdził Denett. – Złotem, wzrostem znaczenia, przyjaźnią Domu K.B.I. Zapłacimy każdemu, kto nas poprze. A poparcie ma polegać na bierności, na nierobieniu niczego... Mój ojciec już teraz ma duże wpływy w Rollaynie, władza nad Sey Aye tylko te wpływy utwierdzi, nic więcej. Układ sił w stolicy nie ulegnie zmianom – bogaci zostaną na górze, biedni zostaną na dole. Jeśli prawa Ezeny do Puszczy zostaną potwierdzone, to nikt nie zajmie miejsca, którego nie zajmowałby już wcześniej.

– Wojna z własną rodziną...

– Wojna trwa od dawna, to nic nowego, i nie wnikaj w to za bardzo, wasza godność, bo to nie twoja sprawa – uciął Denett. – Zamierzam właśnie tę wojnę wygrać. Wyzwolona niewolnica stoi na przegranej pozycji dlatego, że jest właśnie wyzwoloną niewolnicą. Ja jestem kimś więcej. Jeśli ja uznam jej prawa, jeśli mój ojciec uzna synową... – zawiesił głos – to nikt więcej uznawać jej nie musi. To nas trzeba będzie uznać, nie ją. Przyznasz, panie, że różnica jest znacząca?

– Uważasz więc, wasza godność, że procesy będą trwały latami?

– Wygram wszystkie wstępne rozprawy, potem będą tylko odwołania. Znowu wygram i kolejny raz, pod byle pretekstem, choćby przedłożenia jakichś nowych „dowodów", proces zostanie wznowiony. Jeszcze moje wnuki będą się sądzić o Puszczę.

– Czy naprawdę uważasz, że to możliwe, wasza godność? Że wygrasz wstępne rozprawy?

Denett przechylił głowę i uśmiechnął się swoim – jakże mylącym – chłopięco-naiwnym uśmiechem.

– Jej wysokość księżna Ezena bez żadnych wątpliwości ma prawo do nazwiska i wszystkiego, co się z nim wiąże – powiedział. – Tak czy nie? Ależ tak, nie protestuj! Czy to nie twój podpis widziałem na małżeńskim liście, wasza godność? Ach, no proszę! Więc być może już wkrótce będziesz, panie, przysięgał przed sądem, że małżeństwo zostało zawarte zgodnie z prawem. Skłamiesz? Więc zostaniesz oskarżony o poświadczenie nieprawdy na małżeńskim liście, wasza godność. To bardzo poważna sprawa, to przestępstwo ścigane z urzędu. Staniesz, panie, przed Trybunałem Imperialnym.

– Nie zamierzam kłamać. Zamierzam...

– Stroić miny, panie. Krzywić się i chrząkać znacząco. Właśnie tyle będziesz mógł zrobić.

Yokes w duchu przyznał mu rację.

– Jedynym orężem sądów w tej sprawie – ciągnął Denett – jest nagięcie prawa do oczekiwań rodów magnackich i rycerskich. Prawo imperialne w Dartanie, za cichym przyzwoleniem samego imperatora, istnieje głównie na pokaz, obaj o tym wiemy, wasza godność. By uniknąć zadrażnień z najbogatszymi i najświetniejszymi rodami imperium, cesarz gotów jest spoglądać na pewne rzeczy przez palce, tym bardziej że z punktu widzenia Kirlanu jest zupełnie obojętne, kto będzie płacił podatki do imperialnej szkatuły. A może nawet lepiej, żeby czynił to ktoś, kto wszedł w posiadanie majątku niezupełnie zgodnie z prawem... Zawsze można zrewidować proces, jeśli podatnik okaże choć cień nielojalności. Tak czy nie, wasza godność? No więc nie przybędą tu żadne legiony, by bronić praw niewolnicy, a sądy w Rollaynie wyjdą naprzeciw oczekiwaniom większości dartańskich Domów. Jakie będą te oczekiwania? Gdzie znajdzie się większość? Dziś wiadomo, ale jutro? Gdy niewolnica z Sey Aye zostanie uznana przeze mnie i mojego ojca?

– Łatwo pomylić się w takich szacunkach.

– Tak i nie. Przyjmuję do wiadomości, że istnieje pewne ryzyko, wasza godność, a ty przyjmij moje argumenty. Prawda, dzisiaj dowiedziałem się, że wszystkie obliczenia mogą zawieść. Ze względu na... osobę jej wysokości Ezeny. – Denett nieco spochmurniał.

– Nic nie wiesz, panie, na temat jej wysokości.

– Wystarczająco dużo. To ktoś bardzo, bardzo wyjątkowy.

Yokes potrząsnął głową i z nagłym znużeniem ukrył twarz w dłoniach, przecierając palcami powieki. Potem rozejrzał się dokoła, jakby zdziwiony, że tłem rozmowy wciąż jest zwyczajny, cicho szumiący las, mrok uciekający przed blaskiem słabnącego ogniska, mech i sosnowe igiełki...

– Wyzwolona niewolnica, wasza godność – powiedział stłumionym głosem, trochę jakby wbrew sobie. – Poślubiona zgodnie z prawem czy nie... Tylko niewolnica, wasza godność. Twój plan uważam za... niesmaczny. Niegodny twego Domu, twojej Czystej Krwi, niegodny twojej osoby.

Denett pochylił się lekko.

– Jak długo ją znasz, komendancie? – zapytał prawie szeptem.

Cofnął się i zaraz sam odpowiedział:

– Za długo. Zbyt blisko stoisz, by ocenić. Nie widzisz tego co na dłoni.

– Czego mianowicie?

– Tego jaka z niej niewolnica. Nie wiem, kim ona jest. Liczyłem, że ty mi to powiesz?

Yokes potrząsnął głową. Wyzbył się już chwilowego znużenia.

– Nie, panie. Obojętne mi, co sobie wyobrażasz. I tak powiedziałem za dużo. No, szykuj się do drogi, wasza godność.

Na twarzy młodzieńca pojawiła się konsternacja.

– Sądziłem... – rzekł, na chwilę tracąc pewność siebie. – Zapewniłeś mnie, że przekażesz...

– Nie przekażę, zrobię coś innego – oznajmił Yokes, wstając. – Nie chcę, panie, żeby ci się udało. Liczyłem, że Sey Aye przypadnie w udziale komuś, komu będę chciał służyć. Powodzenie twego planu oznacza, że dalej będę poniżany przez niewolnicę z tytułem. Twoją małżonkę, czy tak? Nigdy tego nie uznam. Dość już mam widoku tej ohydy. Raz spełniłem prośbę człowieka, którego kochałem, i złożyłem swój podpis... Żałuję. Nigdy więcej tego nie zrobię. Odejdę, gdy tylko wygaśnie mój kontrakt.

Denett z trudem powściągnął gniew.

– Wasza godność pouczasz kogoś, kto jest trochę lepszy od ciebie. Żaden najemnik...

– Pochodzę z rycerskiego rodu, panie. Moi przodkowie służyli wszystkim dartańskim dynastiom. Wiesz o tym doskonale. Nigdy nie mieliśmy ziem i bogactw. Tylko miecz i honor. Nie próbuj pomniejszać znaczenia jednego ani drugiego.

Denett zamilkł. Yokes nie kłamał. Igranie z dumą tego człowieka mogło być niebezpieczne. A już na pewno było niestosowne.

– Jeśli przekażę wszystko, co tutaj usłyszałem, twój plan spełznie na niczym – orzekł Yokes.

Uniósł dłoń, przerywając Denettowi w pół słowa.

– Czekaj, wasza godność, jeszcze nie skończyłem. Nie znasz księżnej. – Tym razem pozwolił sobie na nieznaczne skrzywienie ust, przy wymawianiu tytułu. – Przekażę jej twoje słowa i nie będzie najmniejszej nadziei, by zgodziła się z tobą zobaczyć. W jaki sposób, przy moim nastawieniu, mam wydać się przekonujący? Twój plan runie. Jedyny plan, w którym kryje się szansa dla niej. Tak bardzo życzę sobie tego, że jest to aż nielojalne. A przysięgałem lojalność. Postąpię więc dokładnie wbrew sobie, ale dla jej dobra, bo przysięgałem mieć je na względzie. Rozkaż, panie, swym ludziom, by złożyli broń. Jesteście moimi jeńcami. Pod eskortą zabieram was do jej wysokości Ezeny. Będziesz miał zatem jedyną okazję, by przemówić do niej raz jeszcze. To wszystko – zakończył sucho.

– W jaki sposób, rycerzu, zamierzasz eskortować dwudziestu ośmiu ludzi? – padło lekko kpiące pytanie. – Rozbrojonych, czy tak?

– Przywołaj dowódcę swojej straży, panie. Nie przyszedłem tutaj sam, już mówiłem. Gdy wezwę żołnierzy, będą na tej polanie dwa uzbrojone oddziały. To o jeden za dużo. Ktoś gotów popełnić głupstwo.

Młody magnat w milczeniu badał wzrokiem twarz swego rozmówcy.

– Ranezen! – zawołał niegłośno.

Stary żołnierz natychmiast pojawił się przy ognisku.

– Jego godność komendant Yokes chce wezwać tu swoich żołnierzy. Pod ich... opieką udamy się do Sey Aye. Trzeba, żebyśmy oddali całą broń.

– Nie zgadzam się, panie.

– Składamy broń, Ranezen.

– Odpowiadam za twoje życie, panie.

– Nic mu nie zagraża. Masz rozbroić ludzi.

– Nie, panie. Otrzymałem rozkazy od ojca waszej godności. W tym wypadku to one są dla mnie wiążące.

Yokes w milczeniu śledził wymianę zdań. Chrząknął cicho.

– Zdawało mi się, że moje nazwisko jest ci znajome, panie? – powiedział do Ranezena.

– Każdy, kto nosi broń, zna twoje nazwisko, wasza godność. Czy rozumiesz moją powinność względem osoby, której strzegę?

– Rozumiem. Czy ręczysz za swoich ludzi, Ranezen?

– Nie zrobią nic bez mojego rozkazu.

– A zatem ostrzeż ich, by nie działali pochopnie.

– To niepotrzebne. Są gotowi na wszystko, ale nie zrobią nic bez mojego rozkazu.

– A jego godność Halet?

– Za Haleta ja ręczę – rzekł Denett.

Yokes skinął głową, włożył w usta dwa palce i gwizdnął. Na polanie zrobiło się cicho. W tej ciszy oddalone od ognisk cienie, krzewy i drzewa ożyły. Owi zbrojni byli tam przez cały czas – niektórzy wstawali z ziemi, ujawniając, że aż do tej chwili nic ich nie skrywało przed spojrzeniami – nic poza mrokiem, bezruchem i magiczną wprost umiejętnością stapiania się z każdym tłem. Migotliwe światło czterech ognisk pokazało ponad dwadzieścia sylwetek kuszników i łuczników – większość stanowili ci drudzy. Wszyscy mieli na sobie brunatno-zielono-czarne, obcisłe sukienne ubiory, niektórzy ponadto takie same opończe lub tylko kaptury. Z przyczernionych ziemią twarzy błyskały białka oczu. Rozglądając się, zaskoczony Denett ujrzał kota, będącego najwyraźniej członkiem leśnego oddziału. Kot na prywatnym żołdzie? W legiach imperialnych – to było co innego. Chociaż, z drugiej strony... Bardzo niewielu ludzi potrafiło pojąć, co powoduje przedstawicielami tego dziwnego gatunku, wespół z ludźmi wybranego przez Szerń do noszenia rozumu.

– To gajowi Sey Aye. – Yokes odezwał się na tyle głośno, by słyszeli wszyscy, po czym rzekł wprost do Ranezena: – Dowódco, rozkaż swym żołnierzom, by złożyli broń. Jeśli pragniesz bezpieczeństwa jego godności Denetta, tylko twoje posłuszeństwo może je teraz zapewnić. – Uniósł rękę i w tej samej chwili dwadzieścia grotów skierowało się ku środkowi polany.

Stary żołnierz lekko przygryzł usta.

– Sto lub sto pięćdziesiąt kroków stąd, w zasięgu głosu, na drodze – dorzucił Yokes – mam drugi oddział o podobnej sile. Z tą różnicą, że jest to regularne wojsko Sey Aye. Nie wiedziałem, jak silny poczet prowadzisz, wasza godność – zwrócił się do Denetta – musiałem więc być przezorny. Proszę złożyć broń. To doskonali żołnierze – pochwalił z całkowitą powagą, ogarniając wzrokiem ludzi w granatowo-zielonych tunikach, kryjących świetne kirysy.

Nie były to słowa rzucone na wiatr. Skupieni w kręgu ludzie Ranezena stali zupełnie spokojnie, z dłońmi opartymi na rękojeściach mieczów. W większości byli to weterani spod Północnej Granicy; Yokes przyjrzał im się już wcześniej i ocenił. To nie była zgraja młodzików szukających przygód w zbrojnej służbie. Nie zdradzali strachu, niepewności czy choćby podniecenia – spoglądali na swojego dowódcę, gotowi natychmiast rozsiekać łuczników lub zginąć. Uderzało też opanowanie młodego Haleta, siedzącego nieruchomo przy ognisku, ze spojrzeniem wbitym w płomienie.

– Złożyć broń – powiedział Ranezen.

Spokojnie, bez śladu emocji, żołnierze poskładali swój oręż na ziemi. W odpowiedzi, na znak Yokesa, strzelcy natychmiast zdjęli pociski z cięciw.

– Zachowaj to, panie – rzekł komendant Sey Aye, odsuwając podetknięty przez Ranezena miecz. – Broń twoich ludzi każ przytroczyć do bagaży; nikt z mojego oddziału jej nie dotknie. Jego godność Halet niech zatrzyma przy sobie swój sztylet.

Stary żołnierz docenił gest.

3

Gdy tylko Yokes, posłuszny rozkazom, ruszył w ślad za Denettem, Ezena poszła do swojej sypialni. Nie kazała zaciągnąć kotar; owszem, położyła się na łóżku i podłożywszy ramiona pod głowę, spoglądała przez ostrołukowe okno. Purpurowa kula słońca chowała się za lasem.

Księżna chciała z kimś porozmawiać. Za niczym nie tęskniła tak, jak za rozmową. Z kimś, kto szczerze przejąłby się jej sprawami, pomógł rozważyć racje, doradził. W Sey Aye nie było nikogo takiego. Ani w Sey Aye, ani nigdzie na świecie. Niedawna rozmowa z Yokesem przepełniła czarę goryczy.

Wszyscy byli jej obcy. Nie należała już do dziewczyn, które chodziły prać w strumieniu. Owszem, po staremu śmiała się z nimi, plotkowała – ale i dla nich, i dla niej samej było w tym coś nienaturalnego. Może nawet głupiego. Stała się ich panią, właścicielką; próby podtrzymania zażyłości były skazane na niepowodzenie. Mogła z nimi rozmawiać, mogła nawet urządzić przepychankę w strumieniu, pośród śmiechu i bryzgów wody. Spełniały, dokładając starań, każdą jej zachciankę.

No właśnie: każdą zachciankę...

Nie była już jedną z nich. Czasem jeszcze chodziła do strumienia, ale tylko po to, by zamknąwszy oczy, z dłońmi zanurzonymi w chłodnej wodzie, odnaleźć smak życia sprzed kilku miesięcy. Tego łatwego, dobrego życia bez trosk. A potem iść z ciężkim koszem na głowie i pozwalać, by kapiąca woda moczyła gors koszuli.

Żołnierze, służba, domownicy. Zakrawało nieledwie na kpinę, że właściwie wszyscy ją... lubili. Nawet Yokes, ależ tak, nawet on, a może zwłaszcza on. Było wiele powodów. Ot, choćby to, że wyrzuciła część sprzętów, prawda, ale ludzi zostawiła w spokoju. Nie zaprowadziła żadnych nowych (dziwacznych!) porządków, czego skrycie się obawiano. Wszyscy, którzy mieli jakieś przywileje, zachowali je. Nikogo nie prześladowała. Nikt nie był faworyzowany. Mimo to powietrze, którym oddychano w domu, dawało jej do zrozumienia swoim smakiem, że jest niepożądana.

Nikt nie chciał takiej pani Sey Aye. Niewolnice i niewolnicy nie umieli szanować kogoś, kto wywodził się spośród nich. Żołnierze pamiętali grube żarciki, wymieniane z młodymi praczkami, cięty język ładnej Ezeny, która z mokrą szmatą w ręku potrafiła ich czasem pogonić... Nawet chłopi spotykani na drodze oglądali się za nią ukradkiem, bo „słyszał kto takie cuda, żeby bez Krwi, a rządziło?". Wszyscy myśleli tak jak Yokes. Lubili wesołą, niepokorną i wojowniczą niewolnicę Ezenę – lecz denerwowała ich cicha, zagubiona i prawie niewidoczna księżna Ezena, pani życia wszystkich ludzi Sey Aye. Służyli i słuchali, bo innego wyjścia nie było. O, gdyby znalazł się choć pretekst! Ale stary książę do ostatniej chwili zachował pełną, a nawet nadzwyczajną jasność umysłu. Wiedział, co czyni. Wyzwolił i przez kilka miesiący osobiście nauczał, a potem poślubił wybraną przez siebie dziewczynę. To nie był ktoś przypadkowy, chodziło o niebieskowłosą Ezenę-Armektankę, nikogo innego. We wszystkich wioskach Sey Aye odczytano list jego wysokości do poddanych. Odnowiono żołnierską przysięgę, lecz zmieniono nieco rotę – prywatne wojsko przysięgało spełnić każdy rozkaz już nie księcia, lecz książęcych wysokości Sey Aye. Jego wysokość Lewin uczynił wszystko co w jego mocy, by nie został nawet cień wątpliwości, iż dokonał świadomego, ostatecznego i nieodwołalnego wyboru, podnosząc Ezenę do godności małżonki. Dopiął swego o tyle, że nikt nie ośmielił się negować jej nazwiska, tytułu i prawa do rządzenia. Teraz czekano, aż ktoś to unieważni. Krewni, sądy... ktokolwiek. Albo cokolwiek.

Było kilka nocy, gdy Ezena, nie mogąc spać, krążyła po dziedzińcu, między domem a starym zameczkiem. Było kilka innych, gdy płakała. Była wreszcie noc, gdy potłukła szyby w swej sypialni, wyrzucając sprzęty przez okno i jak zwierzę wyjąc do księżyca. Nie wiedziała, jak odnaleźć się w tym nowym życiu; obietnica szczęścia była równie wielka, co złudna. Okrutnie z niej zadrwiono – i nawet nie wiedziała dlaczego. Stary pan niczego nie wyjaśnił, a nauczył niewiele, tak niewiele! Z jakichś przyczyn uznał, że najpierw musi poznać tajemnice noszenia świetnych strojów, obyczaje biesiadne, sposoby prowadzenia rozmów, taniec. Odkrył przed nią stare rodowe sekrety: sposoby rozpoznawania i przyrządzania różnych trucizn. Najmłodsza z Pereł Domu uczyła ją, jak walczy się sztyletem i lekką włócznią o długim, tnącym grocie – wszystkie kobiety książęcej linii K.B.I. umiały posługiwać się tą bronią, na pozór tak niezwykłą w słabych rękach... Lecz po co, na co to wszystko? Nauczyła się zbędnych bzdur, po czym lekcje zostały przerwane... Lekkie przeziębienie przerodziło się w ciężką chorobę, zabójczą dla starczego ciała. Książę umierał – i milczał. Nie wyjawił powodów, dla których na łożu śmierci podjął swą decyzję o małżeństwie. Wtedy jeszcze nie rozumiała, że wolność, tytuł, bogactwo – wszystko to w jednej chwili może przerodzić się w drwinę, za sprawą tego ślubu. On wiedział. Dobrze wiedział, że robi jej krzywdę; wiedział i bardzo nad tym bolał. Była przy nim, gdy umarł. Do ostatniej chwili gładził ją po włosach, nie myśląc o śmierci ani w ogóle o sobie. Wiedział i czuł, że umiera; przez ostatnie dwie doby nie mógł już nawet mówić. Lecz jego palce wciąż drżały w granatowoczarnych włosach klęczącej przy łożu dziewczyny, mówiąc starczym dotykiem: kocham cię, biedne dziecko. Potwierdzały to lśniące od gorączki oczy. Wreszcie spojrzenie zgasło, a ręka znieruchomiała.

Przez ten krótki, zbyt krótki okres, gdy byli mężem i żoną, nie zdołała się do tego przyzwyczaić. No bo jakim sposobem? Jego wysokość książę Lewin był jej panem. Wiedziała, że ją poślubił, ale było to jak dziwny sen. Sto szerokich, bezdennych przepaści dzieliło bajecznie bogatego starca z nazwiskiem ginącym w pomroce dartańskich dziejów – od dwudziestoczteroletniej niewolnicy z Armektu, którą siedem lat wcześniej zwykła nędza zmusiła do sprzedania się w niewolę. Przez tych kilka dni małżeństwa nie ośmieliła się nawet odezwać niepytana. Och, o ileż odważniejsza była wcześniej, pobierając swoje lekcje od księcia! Wtedy owszem, pytała. Lecz odpowiedź ciągle była taka sama: „Cierpliwości, pani (zawsze ją tytułował, począwszy od dnia wyzwolenia), razem dokonamy wielkich rzeczy". Co to mogło oznaczać? Wszystko, co jej przekazał, cała wiedza o powodach, dla których uczynił to, co uczynił, zaklęta została w dotyku starczej dłoni, gładzącej jej włosy. Powiedział w ten sposób tylko tyle, że na pewno nie chciał jej krzywdy. Dlaczego więc ją wyrządził?

Nie wiedziała.

Może nawet zostawiłaby wszystko i uciekła. Nikt nie chciał jej odebrać darowanej wolności. Zdawała też sobie sprawę, że może liczyć na „upominek" w zamian za ciche usunięcie się z Sey Aye. Nieduża wioska? Połać lasu? A może po prostu aksamitny, bardzo ciężki trzosik? Dano by jej tyle, ile by zażądała. Cóż znaczyła odprawa dla małej niewolnicy wobec wartości całego majątku Sey Aye?

Lecz drżące palce konającego każdej nocy pieściły jej włosy – i nie był to dotyk upiorny. Nie był przykry ani przerażający. Odnajdywała w nim współczucie, ale także coś w rodzaju nieśmiałej czci i prośby o przebaczenie... To było niezrozumiałe. Budziła się i leżała, rozpamiętując dziwnie ciepłe, senne marzenie o starym, dobrym człowieku, który gładził ją po głowie z uczuciem, jakiego nikt nigdy dotąd jej nie dał. I wiedziała, z każdym dniem coraz lepiej, że chce walczyć o powody, dla których dotykano jej tak łagodnie i tkliwie – ze współczuciem, ale także z miłością.

Potrzebowała jednak pomocy. Wszystko, czego nauczyła się od księcia, było ledwie wstępem do prawdziwej nauki; zły los udaremnił dalsze lekcje. Wprawdzie sporo dowiedziała się potem, na przekór całemu światu sprawując rządy w Sey Aye. Na szczęście umiała czytać i pisać (w Armekcie uczono tego każde dziecko) – lecz daleko było jej do biegłości. Przez tak wiele lat nie czytała i nie pisała, ponadto wszelkie dokumenty Sey Aye sporządzone były w języku dartańskim; zrozumienie ich kosztowało bardzo wiele czasu i trudu. Nie miała nikogo, kto posłużyłby pomocą i radą, nikogo, na kim mogłaby się oprzeć. Zarządca dóbr jego wysokości Lewina, zasuszony zrzęda o wręcz nieprawdopodobnej pamięci, na każde żądanie sypał setkami liczb i nazw, wymieniał imiona, udzielał dowolnych wiadomości. Suchych wiadomości... Gdy pytała o szczegóły, próbując nazwiska i liczby uczynić jakoś bliższymi, bardziej rzeczywistymi, patrzył, nie rozumiejąc, po czym od początku recytował: „wydano koncesje na wyręb... dwieście sztuk kozłów i saren złowiono dla jego godności... zaległe pobory flisaków... wartość zamówień opiewa... wykupiono długi tego a tego Domu...". Słuchała z rezygnacją, coraz lepiej uświadamiając sobie, że nie jest w stanie objąć umysłem finansów tego, czym rządzi.

Zresztą – rzecz znamienna i poniekąd zabawna – zrazu nie wiedziała prawie nic o Dartanie, kraju, w którym mieszkała. Po głowie snuły się jej tylko różne półprawdy i plotki, krążące w Wiecznym Cesarstwie. Dartan, kraj mężczyzn-próżniaków i pięknych kobiet-kapryśnic. Wielkie bogate miasta, świetne magnackie i rycerskie posiadłości – oraz najbiedniejsze wioski imperium, zasiedlone przez chłopską ciemnotę, podludzi nie mających pojęcia o świecie, nie znających historii własnego kraju, nie wiedzących nawet, że istnieje coś takiego, jak pismo. Kraj, który zemścił się na Armekcie za militarny podbój, zalewając cały Szerer swą sztuką i doskonałymi wyrobami rzemiosła, a szczególnie przedmiotami zbytku. Kraj, którego architektura naznaczyła swym piętnem wszystkie miasta Armektu; którego ceremoniały i formy towarzyskie wtargnęły nawet na dwór cesarski, zatrzymując się dopiero na rubieżach bronionych przez odwieczne armektańskie tradycje. I jeszcze wspaniała Rollayna, „złota" stolica Dartanu, wzniesiona i nazwana na cześć jednej z Cór Szerni, którą przed wiekami Pasma zesłały do walki ze złem. I legendy, najbarwniejsze legendy Szereru, jakże inne od krwawych mitów grombelardzkich czy gromkich wojennych historii Armektu! Baśnie o bohaterach-rycerzach; o honorze zwaśnionych rodów; wreszcie takie jak ta o Trzech Siostrach: Rollaynie, Seili i Delarze – największa, najpiękniejsza legenda Dartanu, znana w całym Szererze. Cudowna bajka o zrodzonych z Pasm Szerni czarodziejkach, które podjęły walkę z całym złem świata...

I to było wszystko. Nic więcej. Właśnie tyle jej wysokość Ezena wiedziała o Złotym Dartanie. Więc, na przekór wszystkiemu, od nowa zagłębiała się w rachunkach, czytała doniesienia i raporty swego przedstawiciela w Rollaynie, pytała o dziesiątki różnych spraw, przesiadywała w bibliotece – i zdawało jej się czasem, że zaczyna rozumieć, jakimi prawami rządzi się Wieczne Cesarstwo, Dartan, Złota Rollayna. Ale taka wiedza, książkowa, niepotwierdzona, właściwie nie była wiedzą... Jakieś strzępy, domysły, czasem ledwie mgliste wyobrażenia. Nigdy nie widziała dartańskiego miasta. Nigdy nie rozmawiała z osobą wielkiego rodu – pomijając, rzecz jasna, księcia K.B.I. Do Sey Aye docierało bardzo mało wieści ze świata.

***

Panowała już noc, gdy księżna przebrała się w suknię i wyszła na spacer do ogrodu. Wielki park, starannie utrzymany, zajmował znaczną przestrzeń na tyłach domu. Wysypane białym żwirem alejki, wyraźnie widoczne mimo mroku, łagodnie wiły się między żywopłotami, krzewami dzikiej róży i kępami drzew. Ezena lubiła ten park. Zwłaszcza że mogła chodzić po nim sama, bez przykrej asysty żołnierzy czy choćby przybocznych niewolnic. Zresztą, w Sey Aye nigdy nie przesadzano z taką ostrożnością; oczywiście nie było możliwe, by księżna sama błądziła po lesie, w wioskach także musiała mieć eskortę. Ale do strumienia, z praczkami, uciekała czasem bez ochrony – na złość Yokesowi, a także dlatego że obecność strażniczek psuła jej beztroski nastrój i nie pozwalała zapomnieć o ciężkim brzemieniu władzy. Ezena miała świadomość, że podobna niefrasobliwość jest możliwa tylko tutaj, na tej polanie, zwanej Dobrym Znakiem. W Dartanie, jeszcze jakieś dziesięć lat temu, mało kto obawiał się intryg, mogących pozbawić go życia. Teraz w Rollaynie – podobno – wrócili do łask niewolnicy próbujący potraw, czy aby nie są zatrute, przyboczne straże zaś dobrze było mieć nawet u drzwi sypialni. Co takiego zaszło w Dartanie? Skąd te zmiany? Czym różniły się czasy obecne od tych sprzed kilku lat? Może miało to związek z rozpadem Drugiej Prowincji cesarstwa, może rozprzężenie i bezprawie zakradało się wszędzie?... Znowu luki w wiadomościach. Ta wspaniała polana w największej kniei świata była niczym wyspa na morzu. Dartan... Wieczne Cesarstwo... cały Szerer z Bezmiarami i Wyspami... To wszystko było daleko; to wszystko był inny świat.

Zamyśliwszy się, Ezena doszła do niedużej sadzawki w środku parku. Kilka wielkich olejowych zniczy rzucało na ziemię obszerne kręgi światła – oznaczało to, że w altanie przy sadzawce ktoś przebywa. Księżna łatwo domyśliła się kto. W nocy bardzo niewiele osób miało prawo chodzić po parku. Poza tym altana przy sadzawce była ulubionym miejscem Anessy. Piękna niewolnica lubiła tutaj czytać – bądź pisać – poezje. Zdarzało się jej też zapraszać kochanków... Z myślą o takiej możliwości Ezena przystanęła niezdecydowana. Jednakże w tej samej chwili Perła Domu wyszła jej na spotkanie. W błękitnej, haftowanej złotem sukni, z wysoko upiętymi jasnymi włosami, odsłaniającymi śliczną szyję, była Anessa najpiękniejszą kobietą, jaką można sobie wyobrazić. Ezena widziała ją kiedyś nagą. Począwszy od oczu, uszu i wykroju ust, na pęcinach i palcach stóp kończąc, Perła wszystko miała doskonałe i rasowe. Kunsztowne, delikatne tatuaże na brzuchu i udach, ostatni błysk zanikającej gałęzi starej sztuki dartańskiej, podnosiły jeszcze urodę – i cenę – tej niezwykłej kobiety.

– Dlaczego nie śpisz, co właściwie tu robisz po nocy? – zapytała Perła i... zabrzmiało to trochę obcesowo, lecz zarazem niezwykle bezpośrednio.

Ezena uniosła brwi. Nieczęsto zdarzało się przyłapać Anessę na jakiejkolwiek niezręczności. Prawdę mówiąc, coś takiego miało miejsce po raz pierwszy.

– Przepraszam, pani – niewolnica błyskawicznie zdała sobie sprawę, że nie zapanowała nad głosem; teraz momentalnie odzyskała równowagę, ale... już się stało.

Ezena stała przez chwilę w milczeniu, oglądając tę pierwszą rysę, dostrzeżoną na nieskazitelnej dotąd powierzchni. Uświadomiła sobie, że to doskonałe COŚ wcale nie jest doskonałe. Anessa była człowiekiem. I kobietą. Księżna, wyczulona na każdy gest i każde słowo swego największego wroga (bo na tle Perły Domu taki Yokes wydawał się wręcz serdeczny), zauważyła coś szalenie istotnego. Nie chodziło przecież o to, jakim tonem Anessa zadała jej pytanie, ani że w ogóle odezwała się nieproszona. Chodziło o to, że... nigdy dotąd tego nie robiła.

– Nie znosisz mnie Anesso, czy tak? Proszę, powiedz mi prawdę. Chcę tego.

Pierwsza niewolnica domu skłoniła się z przesadnym szacunkiem.

– Dlaczego tak sądzisz, pani? Czy dałam jakieś powody do niezadowolenia? Przykro mi, przepraszam. Proszę wymierzyć mi karę. Albo sama dojdę do tego, co uczyniłam niedobrze, i poprawię się, obiecuję.

Stara poza! Ezena czuła, że wciąż ma przewagę. Słowa i zachowanie Perły były teraz takie jak zawsze: poprawne do tego stopnia, że aż... obelżywe. Niewolnica tej rangi miała zupełnie wyjątkowe przywileje, była KIMŚ. Składanie podobnej samokrytyki, natychmiastowa gotowość do poniesienia kary, choćby niezasłużonej, były dobre w ustach... praczki. Ezena uśmiechnęła się lekko; Perła Domu obrażała ją w najbardziej finezyjny i wyszukany sposób, jaki można sobie wyobrazić. Będąc każdego dnia przedmiotem zamaskowanych drwin, księżna nie mogła nawet marzyć o nawiązaniu równorzędnej walki na tym polu z kimś takim jak Anessa. Z kobietą znającą biegle cztery główne języki Szereru, wszechstronnie wykształconą, o umyśle uczonego mędrca, przed którą historia i algebra zdawały się nie mieć tajemnic, dla której nie istniały żadne zawiłości prawa imperialnego... Zrodzona ze specjalnie dobranej pary rozpłodowej, Anessa od dziecka przygotowywana była do swej roli, w najlepszej niewolniczej hodowli cesarstwa. Mając lat piętnaście, warta była tysiąc dziewięćset pięćdziesiąt sztuk złota – Ezena wiedziała to bardzo dokładnie, bo za tyle właśnie Perłę kupiono, co zostało starannie zaznaczone w księgach. Potem, do osiemnastego roku życia, jej cena stale rosła, by pomiędzy dziewiętnastym a dwudziestym piątym rokiem ustalić się na pewnym poziomie – później miała gwałtownie spadać... Anessa liczyła sobie dwadzieścia trzy lata i mogła kosztować grubo ponad dwa tysiące sztuk złota. Była to suma zawrotna. Przepełniona (starannie skrywanym) poczuciem niższości wobec tej kobiety, Ezena miała jednak świadomość, że w niewolnicach tej próby, jak i w wielu innych przedmiotach zbytku, najdroższa była... cena. Gdyby z tą samą urodą, wiedzą i umiejętnościami zgłosiła się do Sey Aye z własnej woli, jako wolna kobieta, byłaby nic niewarta lub warta niewiele. Liczyły się przecież wydane pieniądze. To one dodawały splendoru właścicielowi Perły.

A jednak tym razem, w potyczce z tą półboginią, Ezena była górą. Jedno niebaczne zdanie Anessy uświadomiło księżnej, że Perła prowadzi grę. Od dawna, od bardzo dawna! Zawsze i nieustannie dawała jej odczuć swą niechęć. Zawsze była przesadnie uprzejma, wręcz służalcza. I teraz nagle to jedno, jedyne pytanie, skierowane bezpośrednio i swobodnie, jak... do prawdziwej pani Sey Aye, która może mieć w swej pierwszej niewolnicy przyjaciółkę. Dlaczego Anessa zapomniała, że stoi przed nią uzurpatorka? Czy Perła Domu mogła choć na moment zapomnieć, że rozmawia z praczką?

Czy Yokes, oddany pod rozkazy proszalnego dziada, mógłby zrównać się z nim choćby na chwilę?

– Anesso – rzekła Ezena, patrząc niewolnicy prosto w oczy – jesteś żywą kobietą, nie kawałkiem drewna. Co oznacza, że musisz czuć do mnie niechęć, albo raczej nienawiść. Obie wiemy, że zajęłam twoje miejsce. Jeśli już któraś z niewolnic Sey Aye musiała zostać tu panią, to Perła Domu, nie praczka. A spośród Pereł Domu ty byłaś jedyną osobą godną podniesienia do rangi pani Dobrego Znaku.

– Wasza wysokość, ja nie mogę tego słuchać. To nieprawda. Nie pozwoliłabym sobie na...

– Ha! – powiedziała Ezena. – Oto szczerość.

Zrobiła mały krok naprzód.

– Powinnaś mną gardzić i musisz czuć do mnie niechęć – powtórzyła. – Dlaczego więc nie gardzisz i nie czujesz niechęci?

Anessa milczała. Księżna dostrzegła drobny, prawie nieuchwytny... Tak, to był ślad niepokoju. I poczuła, że to już nie jest potyczka. Toczyła bitwę i być może była w niej górą. Stosując najprostszą możliwą taktykę. Stawiając proste pytania.

– Dlaczego zostałam panią Sey Aye? Dlaczego nie ty?

– Nie wiem, wasza wysokość. Z woli księcia Lewina, to najzupełniej wystarczy.

– Co kierowało księciem?

– Nie wiem, wasza wysokość. Nie wolno mi tego dociekać.

– Wolno ci. Zresztą, ty nie musisz dociekać, ty wiesz. Czy tak? Co kierowało księciem?

– Wasza wysokość, ja... nie wiem.

Sztuka prowadzenia rozmowy była tym, co stary książę Sey Aye uznawał za rzecz najważniejszą. Lekcje, których udzielał Ezenie, zawsze zaczynały się od tego. Rozmawiali zresztą bardzo dużo, nieomal bez przerwy. Oczywiście w finezyjnym pojedynku na słowa Ezena nie miała z Anessą żadnych szans; czegóż w końcu mogła się nauczyć w tak krótkim czasie? Było jednak kilka bardzo niewyszukanych sposobów, przypominających raczej uderzenia toporem niźli walkę sztyletem. „Zapytaj wiele razy o to samo" – mówił książę – „a być może uda ci się wyprowadzić rozmówcę z równowagi. Nikt nie jest doskonale cierpliwy. Nie przyjmuj więc do wiadomości żadnej odpowiedzi i pytaj tak długo, aż usłyszysz odpowiedź inną niż wszystkie. Złośliwą, pogardliwą lub gniewną. I to może być odpowiedź prawdziwa albo chociaż do prawdy zbliżona".

– Anesso – powiedziała Ezena – dlaczego nie zostałaś panią Sey Aye? Dlaczego książę wybrał mnie? Powinien ciebie.

– Wasza wysokość, proszę. Ja naprawdę nie mogę oceniać decyzji księcia.

– Nie możesz oceniać decyzji?

Uśmiechnęła się, prawie czule.

– Słyszałam kiedyś, jak żartowaliście podczas konnej przejażdżki. Jego wysokość opowiadał dość swobodne dykteryjki. Nazwałaś go lubieżnym starym kozłem, a on był serdecznie ubawiony... Kogo chcesz oszukać, Perło Domu? Dość mam twojej wstrętnej pozy, twoich kłamstw i udawania. Książę mówił ci o wszystkim, byłaś jego przyjaciółką, a niewolnicą chyba nigdy. Kazałaś się wytatuować dla kaprysu, kto pozwala na takie rzeczy niewolnicy... Wyzwolił cię – strzeliła nagle w ciemno, wiedziona samą tylko intuicją. – Nie musisz tutaj być ani nawet ze mną rozmawiać. Yokes ma swój kontrakt i musi służyć praczce. Ty nie musisz. Dlaczego więc służysz? Słucham.

Wrogie wojsko rozpadało się w pył. Ezena czuła, że jeszcze słowo – może dwa lub trzy słowa – i wyrwie z Anessy istne rewelacje. Jednak to wszystko działo się szybko, za szybko. Uderzywszy w sam środek wrogiej linii, księżna nieoczekiwanie poznała swoją siłę i... pogubiła się. Pokonany wróg uciekał z pola bitwy, lecz niedoświadczony wódz zwycięskiej armii nie umiał przeprowadzić pościgu. Powiedziawszy kilka zdań za dużo, Ezena pozwoliła przeciwniczce ochłonąć.

– Wciąż jestem niewolnicą, pani. Nie przyjęłam daru jego wysokości. Nie chciałam, żeby mnie wyzwolił. Dzisiaj tego... żałuję.

Zaległo krótkie milczenie. Wróg się pozbierał. Okazja do zadania mu ostatecznego ciosu minęła.

Ezena poczuła znużenie. Zostawiła Anessę i zbliżyła się do sadzawki. Tafla wody była zupełnie nieruchoma. Wielkie znicze zdawały się płonąć w głębi stawu. Odbicia...

– Męczę się, Anesso. Czy naprawdę tego nie widzisz? Ja nie chciałam tego wszystkiego, przecież wiesz. Każdego dnia dawałaś mi odczuć, że zajęłam twoje miejsce... Ale dzisiaj dowiedziałam się czegoś bardzo ważnego. Że to wszystko nieprawda. Mogłam pojąć twoje zachowanie, gdy nie zgadzałaś się na... moją osobę. Bolało, ale było zrozumiałe. Natomiast teraz? Teraz to jest zwykłe okrucieństwo. Nie żywisz dla mnie pogardy. Ty ją tylko okazujesz. Dlaczego?

Ostatnie słowo właściwie nie było pytaniem. Raczej buntem i protestem. Ezena nie oczekiwała odpowiedzi, a Perła Domu jej nie udzieliła. Stanąwszy obok, zapatrzyła się w toń stawu. Nieruchoma woda pokazała wierne odbicia dwóch kobiet. Księżna, wyzwoliwszy się w domu z koszuli i prostej spódnicy, miała teraz na sobie wygodną domową suknię, ciemnozieloną z brązowymi i czarnymi dodatkami, równie bogatą i świetną jak suknia Perły Domu. Czarne włosy związane były jedwabną zieloną wstążką. Jeśli ciało pani Sey Aye ustępowało doskonałością ciału jej niewolnicy, to suknia skrywała mankamenty. Twarze były sobie równe, choć wzięte z dwóch biegunów kobiecej urody. Wyrazista twarz Armektanki – szerokie, odważne brwi, śmiało zarysowane nozdrza, drobny podbródek – przedstawiała zdecydowany, trochę może mroczny, a nawet niesamowity typ urody, choć figlarne, różnobarwne oczy, ocienione długimi rzęsami, nieco łagodziły wrażenie. Dartanka wyglądała na dziewiętnastolatkę: miała rysy delikatniejsze, niezwykle subtelne, nie tyle kobiece co dziewczęce, lecz zarazem otwarcie zmysłowe – zwłaszcza wykrój prześlicznych ust mógł nasuwać myśli wręcz... lubieżne. Te usta zdawały się mówić: „Jestem stale niezaspokojona...".

– Byłam ślepa – powiedziała Ezena po długiej, długiej chwili; w głosie, nieoczekiwanie, rozbrzmiała prawdziwa złość. – Byłam dotąd zupełnie ślepa. Czułam się uzurpatorką i nie przyszło mi nawet do głowy, że ktokolwiek może widzieć to inaczej. A przecież, wysłuchując od ciebie setek złośliwości, nigdy nie usłyszałam... – urwała. – No właśnie. Więc, Anesso, dlaczego to nie ciebie uczyniono panią Sey Aye?

Na twarzy Dartanki odmalowało się znużenie.

– Wasza wysokość, nie przedłużajmy tej rozmowy, proszę.

– Musi być jakiś powód! Jeśli nawet go nie znasz, to przynajmniej się domyślasz – Ezena ustąpiła nieco pola. – Dlaczego akurat ja?

– Na Szerń, pani... Tylko książę mógłby na to pytanie odpowiedzieć. Naprawdę nie wiem i...

– Dlaczego nie ty? Czego ci brakuje?

– Nie wiem, wasza wysokość.

– Spośród wszystkich niewolnic... akurat ja. Dlaczego?

– Nie wiem, wasza...

– Dlaczego nie ty?

– No... przestań!

Zaległo krótkie milczenie.

– Przycisnęłaś mnie dzisiaj, bardzo dobrze – oceniła Perła. – Ale teraz już przestań, nic ci dzisiaj nie powiem. Cierpliwości.

Wyciągnęła nagle rękę i dotknęła policzka Ezeny.

– Pewnego dnia wepchnę cię do tej sadzawki, obiecuję.

Odwróciła się i poszła w stronę domu.

Nie pytając o pozwolenie.

4

Yokes, eskortujący na czele swych żołnierzy Denetta i jego poczet, starał się być uprzejmy. Leśni strzelcy przepadli gdzieś w mroku, jakby nigdy nie istnieli, natomiast ciężka piechota Sey Aye postępowała przodem; ludzie dartańskiego magnata, prowadzący objuczone bagażami i bronią konie, mieli pełną swobodę. Nikt nie mógł wątpić, że rozbrojenie oddziału – czego tak domagał się komendant – miało wymiar zupełnie symboliczny. Ale nonszalancja Yokesa świadczyła o czymś jeszcze: o wielkiej pewności siebie. I Denett całkiem poważnie zaczął się zastanawiać, czy liczba pięciuset zbrojnych, o których mu wspomniano, nie odpowiada prawdzie. Różne plotki, krążące w Dartanie, zdawały się to potwierdzać. Nie brał ich dotąd poważnie. Rzeczywistą liczebność pocztów Sey Aye mógł znać tylko komendant Legii Dartańskiej, prowadzący rejestry prywatnych oddziałów.

Ale po co? W jakim celu trzymano by tutaj taką armię?

Zaraz za młynem, przy rozstajach, w wielkim żelaznym koszu płonął ogień. Dwaj ludzie, czuwający przy tym koszu, zbliżyli się do Yokesa, prowadząc za uzdy wierzchowce. W milczeniu czekali na rozkazy.

– Przewodnicy – rzekł komendant Sey Aye, zwracając się do Denetta. – Ludzie z pocztu waszej godności nie mogą nocować w domu księżnej. Możesz, panie, zatrzymać dwóch lub trzech, ale nie więcej. Pozostali znajdą schronienie w gospodzie, która jest tu niedaleko.

Denett skinął głową.

– Widziałem dachy, za dnia.

– Jeśli twoja obecność w Sey Aye przedłuży się, wasza godność, pomyślimy o porządnych kwaterach dla twojego pocztu. A tymczasem... polecam gospodę. Jest tam osobny budynek, w którym znajdują się tylko dwie wielkie izby noclegowe, korzystają z nich często pomocnicy kupieccy.

Denett przywołał Ranezena.

– Powierzam ci ludzi i bagaże, Ranezen. Ci dwaj przewodnicy pokażą wam kwatery. Nie jesteśmy na wojnie, Ranezen, a to nie jest wrogie terytorium – uprzedził zastrzeżenia żołnierza. – Byłem tu bez pocztu za dnia, mogę być i teraz. Halet jedzie ze mną, a ty zrobisz, co powiedziałem.

– Tak, wasza godność.

Dartański poczet ruszył lewą drogą, w ślad za przewodnikami. Yokes skinął na dowódcę swoich żołnierzy i, nadal nie używając słów, wykonał dłonią ruch, który chyba oznaczał „z powrotem". Rzeczywiście, ciężkozbrojni zawrócili w miejscu i pomaszerowali tą samą drogą, którą przyszli. Denett w milczeniu przyglądał się żołnierzom, nieźle widocznym w świetle ognia; wcześniej widział tylko roztopione w mroku sylwetki. Co za wojsko! Każdy szczegół, wszystko w tej krainie ociekało bogactwem. Jeśli Sey Aye rzeczywiście miało pięciuset takich wojaków, to za same ich zbroje można by chyba kupić wyposażenie dla całej Legii Dartańskiej... A nie była to tania formacja.

Yokes prowadził pieszo. Denett poniewczasie zdał sobie sprawę, że jadąc wierzchem obok pieszego komendanta, uczynił swą pozycję bardzo niewygodną. Yokes ani myślał zadzierać ku niemu głowę. Chcąc rozmawiać, młody magnat zmuszony był prawie leżeć na końskim karku, pochylając się, by usłyszeć rozmówcę.

– Czy wyjaśnisz mi kilka spraw, wasza godność?

– A co chciałbyś wiedzieć, panie?

– Przewodnicy – powiedział Denett. – Spodziewałeś się więc, że wszyscy wrócimy do Sey Aye. Ty, ja i moi ludzie.

– Nie spodziewałem się. Ale byłem przygotowany.

– Czy twoi żołnierze, panie, wrócili teraz do lasu?

– Tak. Pilnować ścieżki.

– Myślisz, panie, że zechcę stąd uciec?

– Nie. Ale będę przygotowany.

– Mógłbym wybrać drogę na przełaj – powiedział Denett na próbę. – A ścieżkę odszukałbym później.

– Wasza godność – powiedział Yokes i znaczyło to wyraźnie: młodzieńcze, jeśli chcesz o coś pytać, to pytaj, ale nie zawracaj mi głowy.

– Dartańskie zbroje płytowe. Najlepsze i najdroższe na świecie. Na dodatek zdobione. Miecze też chyba nasze – wyliczał Denett. – Przyłbice z piórami, tarcze... To nie jest piechota do walki w lesie. Ani do pilnowania porządku w wioskach. Gwardia jej wysokości?

– Chorągiew ciężkiej jazdy. Gwardia księżnej nie dzwoni żelastwem na pokojach. Jazda trzyma straż tylko na zewnątrz. Nie zalicza się do gwardii pałacowej.

– Jazda?

– Ciężka jazda, walcząca także pieszo, na wzór dawnego rycerstwa. Główną bronią tych żołnierzy nie są miecze, lecz kopie.

– Chcesz mi wmówić, panie, że masz tutaj pięciuset zakutych w zbroje jeźdźców? Na bojowych wierzchowcach?

– Tylu odpowiednich wierzchowców nie znalazłbym w całym Szererze – zauważył Yokes. – Wyjąwszy, rzecz jasna, rumaki będące w posiadaniu rodów. Ale dartańskie Domy rzadko handlują końmi. Wasza godność, wolałbym już nie rozmawiać na ten temat.

– Dlaczego?

– Prywatne wojska Sey Aye nie są moją własnością. Ja nimi tylko dowodzę. Nie powinienem rozmawiać o uzbrojeniu i liczebności tych oddziałów. Bo każda armia, wasza godność, jest narzędziem przemocy, wymierzonym przeciw komuś.

– Przeciw komu?

– Nie wiem tego, panie. Może jutro się dowiem, że przeciwko tobie? Dlatego nie powiem ci nic więcej.

– Lojalność – skwitował Denett.

– Nigdy, wasza godność, nawet szeptem nie pokpiwaj sobie z tego.

– Umarłbyś na rozkaz księżnej? Oddałbyś za nią życie?

– Bądź pewien, wasza godność – padła odpowiedź tak surowa, że aż groźna. – Przysięgałem posłuszeństwo książęcej parze Sey Aye.

– A granice tego posłuszeństwa? Zabijesz dziecko? Kopniesz ślepca?

– Wojskowe posłuszeństwo, wasza godność. Nie zabiję dziecka i nie kopnę ślepca. Ale będę bronił

Sey Aye przed każdym. Rozpętam każdą wojnę. Jeśli otrzymam taki rozkaz, to jutro ruszę na Kirlan.

Denett zamilkł. Bo o co jeszcze mógł pytać? Zwrócił głowę w stronę jadącego obok Haleta, ale nie mógł dojrzeć w ciemnościach jego oczu. Niemniej, pełna skupienia cisza, w jakiej pogrążony był jego towarzysz, świadczyła, że chłonął każde słowo.

Wkrótce ciemności zblakły nieco – zza pokrytego lasem pagórka zaczął wyłaniać się dziedziniec domu pani Sey Aye. Oświetlały go wielkie znicze. Yokes nie powiódł do głównego wejścia, skręcił wcześniej, idąc ku bocznemu skrzydłu budowli.

– Nie będziemy dzisiaj budzić jej wysokości – powiedział, jakby odpowiadając na niezadane pytanie. – Na własną odpowiedzialność wybiorę pokoje gościnne. Jutro rano stawię się przed jej wysokością z raportem. Potem... zobaczymy.

Denett przełknął upokorzenie. Czuł się prawie jak złodziej. A w każdym razie jak natrętny, nieproszony gość, wchodzący bocznymi drzwiami zaraz po tym, jak go wyrzucono frontowymi.

Ale tak też było w istocie.

Yokes nie powiedział już nic więcej. Gdy dotarli na miejsce, zniknął na chwilę w jakichś drzwiach, po czym wrócił, prowadząc służbę. Denett i Halet zsiedli z koni. Odprowadzono je gdzieś.

– Proszę za mną.

Dom był ogromny. Już po kilku chwilach przybysze stracili orientację w labiryncie cichych, pogrążonych w półmroku korytarzy. Rozmaite wzory posadzek, kandelabry, portrety, ustawione pod ścianami zbroje, pozawieszany wszędzie oręż, zasłony i kotary, liczne drzwi – wszystko to tworzyło niemożliwy do zapamiętania galimatias. Denett pomyślał, że księżna Sey Aye wyraźnie w tym skrzydle nie bywała. Jeśli pominąć rozmiary, wszystko tutaj wyglądało dość... normalnie. A więc, dla jej wysokości, chyba nazbyt „po dartańsku".

Yokes prowadził pewnie i szybko. Mogło się wydawać, że obrzydła mu już funkcja gospodarza Sey Aye. Denett wcale się temu nie dziwił. Komendant miejscowych wojsk owszem, wywodził się ze starego i znanego rycerskiego rodu – ale w gruncie rzeczy był (i chciał być) tylko najemnikiem. Oprócz nazwiska niewiele różniło go od Ranezena. Denett doskonale znał ten rodzaj ludzi. Yokesowi bardzo musiała ciążyć rola mimowolnego przedstawiciela i pełnomocnika księżnej.

– To tutaj – powiedział krótko komendant, przystając przed dużymi dwuskrzydłowymi drzwiami. – Proszę skorzystać z tych komnat. Zarządzę co trzeba, zaraz pojawi się służba. Możesz dysponować tymi ludźmi, wasza godność. Czy przysłać jakiś... posiłek?

Denett zupełnie nieoczekiwanie poczuł wilczy głód.

– Jeśli nie nadużyję...

– Nie. Choć wątpię, czy o tej porze znajdzie się coś smacznego.

Żart wypadł raczej blado, ale Denett docenił wysiłek znużonego komendanta Sey Aye.

– Dziękuję, panie – rzekł szczerze. – Wiele dzisiaj dla mnie zrobiłeś.

– Wbrew sobie.

Yokes skłonił się lekko i odszedł.

– Chodźmy, Halet. – Denett otworzył drzwi. – Lepsze to niż nocowanie w lesie.

Wezwany wzruszył ramionami. Skrzywił się.

– Nie wiem. Jesteśmy tu intruzami.

Teraz ramionami wzruszył Denett.

– A czego oczekiwałeś, wybierając się ze mną w drogę?

Halet nie odpowiedział. Denett nagle zdał sobie sprawę, że jego towarzysz nie widział jeszcze komnat tego domu. W pokoju panował półmrok, rozpraszany tylko przez świece płonące w korytarzu. Niemniej, dość było światła, by ujrzeć, jak przepysznie urządzono wnętrze. Oto był pokój w bocznym skrzydle budowli, pokój dla... nieproszonych gości.

– Zaraz przyniosą nam światło. A wtedy zobaczysz, Halet, jak bogato zamierzam się ożenić.

Nagle zaczął się śmiać.

– Widziałeś te zbroje w korytarzach? Można stawiać dwie albo cztery, na pamiątkę po sławnych przodkach... Ale tutaj ile ich było? Czterdzieści? W jednym korytarzu! Przy użyciu tego, co w całym tym domu stoi pod ścianami, albo na nich wisi dla ozdoby, można by wyekwipować ciężkozbrojną armię. Myślę, że właścicielka tej polany bez większego uszczerbku mogłaby sobie kupić Rollaynę.

Roześmiał się znowu.

– Co ty na to? Moja narzeczona, Halet, jest najbogatszą kobietą Szereru.

***

Denett nie mylił się, sądząc, że komendant oddziałów Sey Aye ma serdecznie dosyć zadania, jakie mu przypadło w udziale. Yokes był rozdrażniony i zmęczony. Zdał sobie sprawę, jak bardzo rozleniwiła go codzienna służba, polegająca na... nie robieniu właściwie niczego. Opływał w dostatki zarówno pod rządami starego księcia, jak i teraz. Sporo czasu minęło od chwili, gdy przejął pieczę nad wojskiem Sey Aye. Wtedy owszem, pracy mu nie brakło. Na żądanie księcia zreorganizował i przezbroił poczty, zaciągał nowych żołnierzy, więcej zresztą przebywał poza granicami Puszczy niż tutaj. Ale od pewnego czasu nie robił właściwie nic. Wymyślał nowe szkolenia dla żołnierzy. Beształ oficera straży pałacowej, gdy Ezenie udawało się wykraść do strumienia bez asysty przybocznych niewolnic...

Teraz czuł się zmęczony.

Widział już drzwi swojej sypialni, gdy usłyszał:

– Wasza godność!

Przystanął.

– Anesso, proszę... Nie dzisiaj – powiedział, nie odwracając głowy; owszem, zwiesił ją ciężko, by poprzeć słowa gestem. – Jestem naprawdę zmęczony.

– No to... szeharea – powiedziała krótko. – Nie będziesz dzisiaj spał.

Odwrócił się ku niej. Szybko szła korytarzem. Miała na sobie białą, delikatnie haftowaną złotem suknię, rozciętą z przodu aż do pępka i lekko spiętą między piersiami. Złoty łańcuszek opasywał talię; wolny koniec luźno kołysał się na biodrze. Suknia była rozcięta także po obu stronach, od samego dołu aż do połowy ud. Bardzo lubił tę szatę, Perła często w niej chodziła po domu.

– Szeharea? Co ty wygadujesz?

– Wyzbądź się zmęczenia. Kubeł zimnej wody na głowę, albo... szeharea. – Zatrzymała się dwa kroki przed nim. – Musisz być przytomny, potrzebuję cię.

Szeharea była bez wątpienia najgorszym świństwem Szereru. Najczęściej miała postać niewielkich brązowych grudek. Sporządzano je z pewnych nasion, które zlepione sokiem rozmaitych liści – działały pobudzająco i poprawiały nastrój. Jednak, zbyt często zażywane, działały jak trucizna. Zwłaszcza żołnierze unikali tego jak zarazy, bo po szeharei rany nie chciały się goić, nie sposób było zatamować krwi... Propozycja Anessy stanowiła dla Yokesa wyszukaną obelgę.

– Wiesz, że nigdy tego nie dotknąłem. Brzydzę się nawet patrzeć. Ledwie wiem, jak to wygląda.

Podeszła i pocałowała go leciutko.

– Wiem. Chciałam tobą wstrząsnąć. Żebyś sobie uświadomił, że naprawdę musimy porozmawiać. Chodźmy do mnie. Albo do ciebie.

– Lepiej do mnie.

Pokoje Yokesa przypominały pustelnię. Anessa ironicznie nazywała je „kwaterą". Istotnie, była to kwatera żołnierza. Yokes przez wiele lat przebywał w Armekcie i do cna przesiąkł niektórymi zwyczajami tego kraju. Nie wszystkimi, na szczęście. Lecz sypialnię urządził zaiste po armektańsku. Nie było tam nic, tylko łóżko („legowisko" – jak mawiała Perła Domu). Na podłodze, zamiast puszystego kobierca, rozpostarto szorstką skórę niedźwiedzią, tylko jedną, przy samym posłaniu. Na ścianach wisiały myśliwskie i wojenne trofea: przede wszystkim bajecznie kolorowe tarcze wojowników alerskich – obcej rasy z północnego pogranicza. M.B.Yokes przez kilka lat dowodził tam wojskowym okręgiem, jako dowódca i żołnierz zyskując nie byle jaką sławę.

W kącie pokoju migotała tylko jedna świeca; Anessa przeniosła z niej ogień na kilkanaście innych, zatkniętych w kandelabrze z kości i rogu.

– Gdzie byłeś? – zapytała.

Siedzący na łóżku Yokes wyjaśnił krótko. Słuchała w milczeniu.

– Dlaczego ja o wszystkim dowiaduję się ostatnia?

– Bo tkwisz w tej swojej przeklętej altanie, męczysz konie, galopując po lasach, albo chodzisz nie wiadomo gdzie. Zresztą... Idź i sama zapytaj swoją panią, dlaczego Pierwsza Perła Domu nic nie wie o wizycie kogoś takiego, jak jego godność K.B.I.Denett.

– Czy ty zdajesz sobie sprawę, że dowiedziałam się dopiero... no, właściwie przed chwilą? A wcześniej, późnym wieczorem, już prawie w nocy... rozmawiałam z nią w parku, przy sadzawce. Nic mi nie powiedziała.

– To odwrotnie niż wszyscy. W całym Sey Aye nie mówi się o niczym innym. Kesa i Hayna, dlaczego one ci nie powiedziały?

– A jest taki dom w Dartanie, gdzie Pierwsza Perła dowie się czegokolwiek od dwóch innych? – odparowała zgryźliwie. – Dość, bym na chwilę...

Yokes nie był w nastroju do pogwarek.

– Na jaką znów chwilę? Znikasz. Stale gdzieś znikasz. Sam cię dzisiaj szukałem, daję słowo. Co takiego jest w tym sędziwym zameczku? Przecież prawie tam mieszkasz, chociaż dziś i tam cię szukałem na próżno. To nie dziwne, że o czymś dowiadujesz się ostatnia. Zdumiewa raczej, że w ogóle wiesz cokolwiek.

Chciała przerwać, ale nie dopuścił jej do głosu.

– Twoja pani znowu dzisiaj taplała się w strumieniu, mając za eskortę praczki uzbrojone w szmaty. Kto ma tego pilnować? Ja tu jestem gościem, moje miejsce jest w lesie, w obozie żołnierzy.

Anessa zaczęła chodzić po komnatce.

– Przestań tupać – zaprotestował zrzędliwie. – Czy usłyszę wreszcie, dlaczego nie dajesz mi spać? Jutro z samego rana będę musiał się gęsto tłumaczyć, dlaczego zaprosiłem pod ten dach kogoś, kogo osobiście wyrzuciła.

Perła zatrzymała się nagle.

– On tu jest? Ten... Denett? Dlaczego? Zrozumiałam, że miałeś tylko...

– Miałem. Ale zrobiłem inaczej i sam już nie wiem czy dobrze.

– Opowiedz mi wszystko – zażądała.

– To nie twoja sprawa. Nie nasza – bronił się nieporadnie.

– Zaraz każę go wyrzucić – zagroziła. – Chcę znać powody, dla których sprzeciwiłeś się rozkazom jej wysokości.

– Jej wysokości – rzekł z przekąsem.

– Przestań. W tej chwili masz mi wszystko powiedzieć. W przeciwnym razie natychmiast każę wypędzić go do lasu – powtórzyła, wskazując palcem drzwi, jakby tam właśnie był las. – Usłyszałeś, co powiedziałam?

Yokes rozgniewał się.

– Posłuchaj no, Perło, koniec końców jesteś tu tylko niewolnicą i życzę sobie...

– Niewolnicą, ale nie twoją, wasza godność. W tym domu rządzi księżna Ezena, a zaraz po niej ja, nie pozwalaj sobie zapominać o tym. Idę wyrzucić twego gościa – zakończyła, istotnie kierując się ku drzwiom.

Znał ją, nie żartowała.

– Czekaj! – powiedział. – No, czekaj... Jego godność K.B.I.Denett zamierza poślubić naszą panią. Przybył tu w konkury, właśnie tak.

Zatkało ją. Po raz pierwszy w życiu widział tak zaskoczoną i zdezorientowaną Anessę – i ten widok osłodził mu porażkę sprzed chwili. Poza tym poczuł ulgę... bo zrzucił z siebie ciężar.

– Co ty powiedziałeś?

Westchnął i dokładnie, niemal słowo po słowie, opowiedział jej wszystko.

Anessa słuchała w milczeniu. Gdy skończył, usiadła obok na łóżku i przez długą chwilę nic nie mówiła.

– To nie może dojść do skutku – zdecydowała wreszcie.

Teraz już nie tyle zmęczony, co do cna wyczerpany opowieścią, zrozumiał jej słowa opacznie.

– Pewnie, że nie dojdzie – rzekł, tęsknie spoglądając przez okno, za którym różowił się świt. – Ilu mężczyzn rodu K.B.I. może poślubić niewolnicę, taką niewolnicę? Mógłbym zrozumieć, że ktoś tak wyjątkowy jak ty, Esa... – Żartobliwie złapał ją za włosy. – Ale ona?

Odsunęła się, nie kryjąc poirytowania.

– Mówię, że nie może dojść do skutku, bo mamy temu zapobiec! – prychnęła. – Słyszysz mnie? Przecież ten pomysł jest... jest... – szukała słowa. – Ona wyjdzie za niego natychmiast! I zupełnie nie wiadomo, co się wtedy stanie!

– Więc uważasz, że to możliwe?

– To pewne – ucięła. – Rozlatuje się wszystko, cały plan... Nie upilnuję jej, jeśli wyjdzie za tego Denetta – mówiła sama do siebie. – I to przez ciebie. Prawda, o niczym nie wiedziałeś... Przeklęty nadmiar ostrożności...

Spoglądał na nią, niczego nie rozumiejąc.

– Jaki plan? O czym nie wiedziałem?

– Ona nie jest żadną niewolnicą. Zresztą, nawet nie jest Armektanką, nic o niej nie wiesz, w ogóle. A ja też jej nie doceniłam. – Westchnęła niezadowolona. – Tylko raz, właśnie dzisiaj, zrobiłam mały błąd. Ona ma wyczucie, instynkt, nie wiem jak to nazwać. Taka malutka szczelina w pancerzu – pokazała palcami, jaka mała – tylko tyle się odsłoniłam, a ona od razu wbiła mi tam sztylet. To dlatego nie mogłeś o niczym wiedzieć, ty w ogóle nie umiesz udawać. Ale dzisiaj chciałam ci wszystko powiedzieć i naradzić się, bo ona już wie, wyrwała ze mnie... no, przynajmniej część prawdy.

– Jakiej prawdy? O czym ty mówisz? – Yokes próbował oprzytomnieć, ale chaotyczne wyznania Perły Domu nie ułatwiały sprawy.

– Ona już wie, że jest właściwą osobą na właściwym miejscu – powiedziała Anessa. – Odgadła, że były powody, prawdziwe powody, coś poważniejszego niż dziwaczny kaprys księcia. To... nawet nie rozum, ona to poczuła. Coś pewnie dałoby się wymyślić, ale teraz, kiedy mamy tutaj jego godność Denetta... Wstawaj! – zarządziła nagle. – No już! Zdążymy go jeszcze przepędzić... a może zresztą nie będzie takiej potrzeby. Porozmawiam dziś z księżną, widzę, że pora na to. Ale najpierw musisz iść ze mną, chodź.

– Dokąd? – pytał oszołomiony.

– Chodź.

Prawie biegiem, najkrótszą drogą ruszyła do frontowego wyjścia, niemal siłą ciągnąc za sobą ogłupiałego mężczyznę. Wkrótce znaleźli się na zewnątrz. Wczesny letni poranek na dobre już rozgościł się w Sey Aye, wszędzie wokół świergoliły i szczebiotały ptaki. Przecięli olbrzymi dziedziniec i znaleźli się u stóp pagórka, na którym stał sędziwy zameczek. Właściwie była to tylko krępa wieża bramna, połączona z murem, do tego niewysoki stołp i warowny budyneczek mieszkalny, oraz resztki stajni i spichlerza. Wszystko to, zgrupowane na planie trójkąta z zaokrąglonymi rogami, otaczało maleńki podwórzec, pośrodku którego tkwiła zadaszona studnia. Forteczka miała długość co najwyżej stu kroków, może mniej. Ponoć kiedyś niedaleki strumyk zasilał fosę u stóp pagórka, ale równie dobrze mogła to być tylko legenda; po rzekomej fosie nie został nawet ślad.

Chłodny ranek wygnał wreszcie senność z komendanta Yokesa, zaś bieg przez korytarze i dziedziniec dziwnie pokrzepił mięśnie. Yokes zaczął myśleć i gdy wraz z Anessą znaleźli się pod sklepieniem bramy zameczku, zapytał rozsądnie i trzeźwo:

– Mówisz mi, że to nie jest pomyłka? Znasz powody, dla których jego wysokość poślubił... panią Ezenę?

Po raz pierwszy Anessa usłyszała, jak Yokes tytułuje księżnę bez śladu sarkazmu w głosie; przeciwnie, dołożył starań, by słowo „pani" zabrzmiało jak należy. Doceniła wysiłek, na jaki zdobył się ten mężczyzna, by zwalczyć swe uprzedzenia.

– Bardzo dobrze, nareszcie – powiedziała tylko.

Przemierzyli dziedziniec zameczku. Drzwi do budynku mieszkalnego nie były zamknięte, wystarczyło je pchnąć. Anessa minęła niewielkie, zimne i puste pomieszczenie; zatrzymała się w kącie drugiej izby.

– Podnieś to – zażądała, wskazując żelazny pierścień, przytwierdzony do desek podłogi. – Szarpię się z tym prawie codziennie i najwyższy czas, żeby ktoś mi pomógł.

Yokes spełnił rozkaz. Dotąd nie miał pojęcia, że są tu jakieś podziemia. Wąskie kamienne stopnie wiodły stromo w dół.

– Na dole jest światło – uspokoiła go.

Ostrożnie zeszli w głąb chłodnej czeluści, przytrzymując się ścian. Yokes dostrzegł ślady po świeżej zaprawie (w każdym razie nie była tak stara jak cała reszta). Wszystko było tu nadzwyczaj dobrze utrzymane. Ktoś dbał o ów relikt... Yokes nie pamiętał, by prowadzono jakieś prace przy zameczku; musiało to mieć miejsce, zanim przybył do Sey Aye. Ale dbano o staruszka, to pewna. Przecież inaczej byłby już tylko omszałą kupą kamieni... Książę Lewin. Nic w tym kraju nie działo się bez jego woli.

Brunatna, bardzo wolno spalająca się świeca – „błędny ognik", jak ją czasem nazywano – prawie wcale nie dawała światła, ale też nie takie było jej zadanie. Miała tylko przechowywać płomień. Anessa ostrożnie przeniosła ogień na knoty dwóch zwykłych świec – po czym poszli dalej. Podziemia były wcale niemałe.

– To nie jest dobre miejsce – powiedziała Perła. – Wilgoć szkodzi dokumentom i księgom. Kiedyś jego wysokość trzymał wszystko w domu. Ale potem musieliśmy to ukryć... Jest pewnie wiele lepszych i bezpieczniejszych miejsc, ale żadne nie leży dość blisko. No więc, wasza godność – oznajmiła, wchodząc do niedużej kwadratowej izby i unosząc światło – znajdziesz tutaj drugi testament jego wysokości księcia Sey Aye. Pokazuję ci to zgodnie z jego życzeniem i wolą. Choć wcześniej, niż zamierzałam.

Kolejno zapalała świece tkwiące w sześcioramiennym kandelabrze.

Na prostokątnym stole leżało kilka oprawionych w skórę tomów, a obok jakieś rulony. Wygodne krzesło było nakryte puszystym futrem. Yokes łatwo się domyślił, że Perła często przebywała w tej izbie. Rozpoznał parę kobiecych drobiazgów: grzebień, jakiś pogardliwie zapomniany złoty kolczyk pod stołem, pucharek do wina...

– Tam. – Wskazała palcem, sadowiąc się na krześle.

Powiódł wzrokiem za jej ręką i zobaczył wielki portret Ezeny. Miała na sobie królewską purpurę: suknię dopełnioną przez staromodną, szeroką wstążkę na szyi...

– Kto to namalował? – zapytał, podziwiając wierność wizerunku; artyście udało się uchwycić trochę filuterne, a zarazem poważne... i nawet trochę gniewne spojrzenie księżnej. Oddano je po mistrzowsku.

– Kto? Nie... nawet nie wiem... – odparła z roztargnieniem. – Może lepiej zapytaj: kiedy?

Zbliżył się jeszcze bardziej i naraz dostrzegł drobniutką siateczkę pęknięć, znaczącą warstwy farby. Spłowiałe barwy. Powiódł wzrokiem po zaśniedziałych ramach. Widywał już stare... bardzo stare obrazy.

– Przecież ten portret liczy parę wieków... Przypadkowe podobieństwo! Ale... te oczy i granatowe włosy? Niemożliwe!

Zwrócił się ku Anessie, szukając potwierdzenia. Milczała wyczekująco.

– Kto to jest? – zapytał, mimowolnie zniżając głos do szeptu.

Przez króciutką chwilę zwlekała z odpowiedzią.

– Rollayna. Córka Szerni, najstarsza z Trzech Sióstr. Przodkowie naszego księcia służyli jej swoimi mieczami.

Posunęła ku niemu po blacie jedną z wielkich ksiąg.

– Obiecała, że wróci tu kiedyś. No więc, Yokes, to twoja pani.

CZĘŚĆ DRUGA

Potrójne Pogranicze

5

Obszerna, ale bardzo niska izba o kamiennych ścianach łączyła funkcje jadalni, sypialni, kancelarii... i nie wiadomo czego jeszcze. Pod oknem stała prymitywna wojskowa prycza (na oko bardzo niewygodna), a pod drugim oknem wielki stół. Były to jedyne sprzęty dające się łatwo rozpoznać, poza tym z sufitu zwisały jakieś kotary, na ścianach pyszniły się gobeliny i makatki, porozwieszany był oręż, poroża łosi, najróżniejsze tarcze i kolczugi, rozmaite sztuki odzienia, świeczniki i wianki suszonych grzybów oraz straszny łańcuch – chyba okrętowy, kotwiczny. Tuż przy progu stał niski zydelek. Na zydelku blaszany talerz, na talerzu kubek. Wepchnięto weń kawałek słoniny.

W odległym kącie izby znajdował się jeszcze jeden stół, bardzo mały, a przy stole krzesło. Siedziała na nim kobieta w średnim wieku, o dość przeciętnej urodzie, ale za to tuszy trochę więcej niż średniej. Nie była tłusta; właściwie nie była nawet gruba. Jednak potężne dupsko, a zwłaszcza solidne uda i łydki, wystające spod krótkiej spódnicy, wzbudzały niejaki szacunek. Tym bardziej, że nogi, zadarte wysoko na blat stołu, były doskonale widoczne. Kobieta kiwała się na krześle, w zamyśleniu spoglądając na muchę łażącą po słoninie w kubku.

Mucha łaziła i łaziła.

– Zdechnę tutaj – powiedziała baba i ziewnęła. Ziewnięcie ujawniło, dobywając z cienia, dość szeroką, nieładną bliznę, ciągnącą się od kącika ust aż do ucha, przez cały lewy policzek.

Mucha dalej łaziła po słoninie.

Kobieta wstała, przeciągnęła się i podeszła do jednego z okien – przy czym jej poruszenia były zaskakująco sprężyste, chciałoby się powiedzieć: wdzięczne. Wyszło na jaw, że tyłek i nogi zbudowane są z budzących respekt mięśni, dla niepoznaki tylko otulonych warstewką lubego tłuszczyku. Jak na czterdziestoparolatkę, lokatorka izby miała figurę wcale proporcjonalną.

Wyjrzawszy przez okno, wzruszyła ramionami, jakby po raz pierwszy widziała rozpostarte na zewnątrz miasto, po czym otwarła wieko stojącej pod ścianą skrzyni i wyjęła białą tunikę z czarnymi obszyciami. Nałożywszy ją, wygładziła krótkie, wycinane w trójkątne zęby rękawy; błysnęły wyhaftowane na piersi srebrne gwiazdy Wiecznego Cesarstwa. Dupiata właścicielka graciarni miała stopień tysięcznika legii imperialnej. Jako komendantka garnizonu Akali była bardzo ważną figurą.

Akala była miastem niezwykłym co się zowie. Leżała dokładnie w punkcie, gdzie stykały się Dartan, Armekt i Grombelard, i po trosze należała do każdej z tych prowincji – lecz zarazem do żadnej. Przed wiekami, leżącą przy handlowym trakcie osadę rozbudowali Dartańczycy; zresztą miejskie klucze i przywilej składu uzyskała Akala od dartańskiego króla. Później jednak, gdy Dartan popękał od zatargów i waśni rodowych, miasto zostało zdobyte oraz umocnione przez grombelardzkiego rozbójnika-rycerza. Teraz – odkąd nastało cesarstwo – Akalę zamieszkiwali głównie Armektańczycy. I tak, na pamiątkę burzliwych dziejów, stały w Akali pyszne, bielone budowle dartańskie, z szybami w oknach – ale opasane miejskim murem obronnym: szorstkim, ponurym, jak wszystko co grombelardzkie. Białe domy-pałacyki, w otoczeniu trawników i ogrodów, wyglądały kiedyś wykwintnie. Ale grombelardzcy zbóje wszędzie, gdzie się dało, pobudowali jakieś umocnienia, wieżyce i strażnice, czasem wprost ni przypiął, ni przyłatał. Część tego wyburzono, resztę przerobiono na domy mieszkalne, winiarnie i piwiarnie, jakieś składy... Między budynkami wiły się znakomite brukowane ulice – armektański wkład w wygląd miasta.

Trzy bite gościńce zbiegały się w Akali: północno-zachodni, wiodący z armektańskich okręgów Riny i Rapy; północno-wschodni, biegnący przez góry Grombelardu; wreszcie południowy, łączący Akalę z Rollayną. Sunęły po tych drogach karawany kupieckie, a potwierdzone przez cesarza prawo składu czyniło z Akali największe targowisko w tych stronach. Trwające na Potrójnym Pograniczu miasto było bardzo bogate; dość bogate, by móc cieszyć się zupełnie unikalnym statusem miasta wolnego, nienależącego do żadnej prowincji. Akalczycy, niezmiernie przywiązani do swej dziwacznej odrębności, zaskarbili tym sobie szacunek władców Wiecznego Cesarstwa. Armektańczycy cenili i akceptowali tego rodzaju dumę. Oczywiście nie mogło być mowy, by Akala pozostała miastem niepodległym w jakimkolwiek rozumieniu tego słowa. Cesarscy poborcy sumiennie ściągali podatki, Trybunał Imperialny ścigał i sądził, legie zaś pilnowały porządku. Niemniej nikt nie mógł nazwać

Potrójnego Pogranicza terenem armektańskim, a tym bardziej grombelardzkim czy dartańskim. Miasto zostało wyłączone spod władzy Książąt Przedstawicieli w prowincjach. Widomym tego znakiem były czarne tuniki żołnierzy – nie kojarzące się nawet z jasnoszarymi mundurami osobistej gwardii cesarza, a już żadną miarą z dartańską czerwienią, armektańskim błękitem, czy wreszcie zielenią Legii Grombelardzkiej.

Tysięczniczka legii, dowodząca tym garnizonem, była naprawdę kimś.

Teraz, wystroiwszy się w mundurową tunikę, znowu stanęła przy oknie. Spod gratów leżących na stole wyciągnęła pas i zapięła na biodrach z obojętną, rutynową sprawnością, używając tylko prawej ręki; palcem lewej dłubała w zębach. Odpięła miecz, bo był zbędny.

– Zdechnę tutaj – mruknęła po raz drugi.

Wielka jak twierdza grombelardzka baszta, w której mieściła się komendantura, górowała nad pobliskimi domami. Doskonale widać było pustawą już o tej porze ulicę, biegnącą wzdłuż murów garnizonu. Komendantka Akali zdawała się na coś czekać. Na coś albo raczej na kogoś. Tak wygląda przez okno człowiek, który spodziewa się gości.

Rzeczywiście.

Oddział pieszych łuczników liczący mniej więcej trzydzieści głów, maszerujący ulicami miasta, od strony Bramy Armektańskiej, wzbudził niejaką sensację – ludzie ci nie należeli do garnizonu okręgu. Nosili brunatne spódnice, na kolczugach zaś niebiesko-szare tuniki. Pomimo iż zbliżający się wieczór wygnał z ulic handlarzy i kupujących, wciąż spotykało się licznych przechodniów. W mieście, gdzie tak wielu było przyjezdnych ze wszystkich stron świata, bardzo szybko znalazł się ktoś, kto rozpoznał przynależność łuczników: do Akali zawitał klin elitarnej Gwardii Armektańskiej. Tylko rozmieszczone w Kirlanie osobiste oddziały imperatora stały wyżej w wojskowej hierarchii.

Wieść o przybyciu tak świetnego wojska rozniosła się błyskawicznie – rozpowszechnianie intrygujących plotek jest przecież tym, co mieszczanin potrafi najlepiej. Gwardziści nie szli szybko, niemniej trudno powiedzieć, by wlekli się noga za nogą; pozostanie zagadką, w jaki sposób zacnym akalczykom wystarczyło czasu, by zebrać się na drodze ich przemarszu. Gromada dzieciaków w różnym wieku mknęła przodem, rycząc co sił w płucach: „Gwardia! gwardia!". Liczne głowy pojawiały się w oknach. Całe rodziny stawały na progach domów, by obejrzeć tak sławne wojsko. Ci żołnierze pełnili kiedyś służbę pod północną granicą Armektu, walcząc z potworami, o których krążyły mrożące krew w żyłach opowieści. Najlepsi z najlepszych, sami bohaterowie – bo do gwardii nie trafiał każdy, kto odsłużył swoje na północy. Tylko ci, którzy odznaczyli się szczególnie. Najdzielniejsi, najwaleczniejsi.

Czekająca w oknie tysięczniczka najpierw zobaczyła dzieciarnię i usłyszała opętańcze wrzaski. Potem wzdłuż ścian domów poczęły tworzyć się szpalery ludzi – najpierw rzadkie, stopniowo gęstniejące. Przemknęła niska kocia sylwetka – jedna, potem druga, kilka innych pojawiło się na dachach. No, jeżeli nawet koty przejawiały zaciekawienie, to znaczyło, że jest co oglądać; czworonożnych nosicieli rozumu nic nigdy nie obchodziło... Komendantka Akali dobrze znała koty, kiedyś wiele ich służyło pod jej rozkazami.

Wreszcie pokazali się żołnierze. Maszerowali niespiesznie, obojętnie, równając krok i szyk nieomal mimochodem. Poprzedzający oddział konny dowódca, w asyście gońca na świetnym rumaku, wyraźnie kiwał się w siodle. Może drzemał?...

– Weterani – kpiąco mruknęła tysięczniczka. – Ach, elita...

Uśmiechnęła się i jej twarz dziwnie zbrzydła w tym uśmiechu. Jednak zarówno w głosie, jak i w wyrazie twarzy, było coś więcej niż sama kpina. Pobłażliwa... życzliwość?

– Elita! – parsknęła jeszcze raz, wzruszając ramionami.

Miała do tego prawo. Przed dwudziestu pięciu laty wygrała na północy małą wojnę. Nie sama, oczywiście... Ale bardzo się do tego przyczyniła.

– Wartownik! – zawołała, nie odwracając głowy.

W drzwiach natychmiast pojawił się żołnierz.

– Tak, pani.

– Do oficera służbowego i z powrotem do mnie. Migiem. Chcę wiedzieć, czy kwatery są przygotowane. Nasi goście będą tu za chwilę. Znajdziesz mnie w sali odpraw.

– Tak, pani.

Żołnierz pobiegł wypełnić rozkaz. Komendantka Akali jeszcze raz wyjrzała przez okno, po czym także opuściła swoją zagraconą izbę. Ruszyła w dół po wąskich kamiennych schodach, biegnących wzdłuż ścian baszty, poprzez kolejne piętra. Nie miała najmniejszego zamiaru sterczeć przy bramie garnizonu, czekając na jakichś łuczników. Ale musiała rozmówić się z dowódcą tych ludzi. Krótki list, jaki dostała przed paroma dniami, zapowiadający przybycie gwardii, bardzo niewiele wyjaśniał. *Udziel tym żołnierzom, Wasza Godność, wszelkiej możliwej pomocy. Mają do spełnienia trudną misję* – brzmiały słowa rozkazu. Dokument podpisany został przez... cesarzową. Nie sygnował go żaden z urzędników imperatora. Osobisty podpis i pieczęć jej wysokości... Znaczyło to bardzo, bardzo wiele. Komendantce Akali dawano do zrozumienia kilka rzeczy. Po pierwsze, że sprawa jest poważna. Po wtóre, że ma raczej polityczny niż wojskowy charakter; pierwsza kobieta imperium w sposób tyleż nieoficjalny, co prawie otwarcie jawny, sprawowała kontrolę nad poczynaniami Trybunału Imperialnego. Wszystko to pachniało jakąś brzydką intrygą. Ale co miało do tego wojsko? Komu należało dać w łeb?

Sala odpraw, zwykle rozbrzmiewająca gwarem rozmów, była pusta i cicha. Komendantka miała pojęcie, że sprawa, z jaką przybył oficer łuczników gwardii, jest co najmniej poufna. Nie wezwała nikogo ze starszyzny garnizonu. Oczekiwany był w zamian Namiestnik Sędziego Trybunału, właściwie powinien już być. Krzywiła się na samą myśl o tym. Nie znosiła urzędasów i szpicli.

Usiadła na ławie przy jednym ze stołów i czekała.

Nie minęło wiele czasu, gdy w izbie zameldował się żołnierz.

– Wasza godność, kwatery wyznaczone. Dowódca oddziału stawi się...

– Wiem. Znajdź coś do jedzenia i picia. Zapomniałam o tym. Dowódca tych łuczników... mmm... stopień?

– Podsetnik, wasza godność.

– Na pewno jest głodny. Ma prawo. Zapytaj, nim tu przyjdzie, czy ma jakieś specjalne życzenia. Pogoń garkotłuków do roboty.

– Tak, pani.

Żołnierz wyszedł.

Podsetnik. Regulaminowo dla oddziału tej wielkości. Ale nisko. Może jednak sprawa nie była zbyt poważna? Sądząc po treści listu, spodziewała się co najmniej setnika.

Pas trochę uwierał ją w brzuch. Odchyliła się do tyłu i oparła o ścianę, daleko wyciągając nogi pod stołem. Zaraz potem znów usiadła prosto. Mający służbę dziesiętnik lekkiej jazdy wprowadził przybyłego oficera, złożył krótki meldunek i oddalił się. Podsetnik gwardii, średniego wzrostu, szczupły człowiek, przy mieczu i w kapalinowym hełmie na głowie, mierzył ją uważnym spojrzeniem. Zmarszczyła lekko brwi, bo odniosła wrażenie...

– Jej godność tysięczniczka Tereza – rzekł oficer i się uśmiechnął. – Wciąż prowadzisz lekką jazdę, pani?

Komendantka podniosła się z ławy. Znała ten głos... i ten uśmiech! Osoba przed nią zdjęła hełm i zsunęła do tyłu kolczy czepiec, pokazując krótko przystrzyżoną czuprynę i pełny kształt nieładnej, chudej, lecz z całą pewnością kobiecej twarzy.

– Agatra – powiedziała, nie skrywając radości. – Dziewczyno... co ty tutaj robisz?

Pospiesznie wyszła zza stołu, tamta przez króciutką chwilę zwlekała, nie wiedząc, czy na pewno dobrze odczytuje intencje dawnej przełożonej, lecz w następnej chwili ruszyła jej naprzeciw. Objęły się serdecznie i szczerze.

– Oczekiwałam tu jakiegoś bufona – mówiła ze śmiechem Tereza. – Nie mogłaś mnie powiadomić?

– Chciałam... niespodziankę – powiedziała gwardzistka, pociągając nosem; była szczerze wzruszona. – Tak bardzo się ucieszyłam, kiedy dano mi to zadanie. Jedyna okazja, wasza godność, żeby...

– Przestań z „waszą godnością" – powiedziała komendantka Akali, prowadząc łuczniczkę do stołu. – Gadamy w cztery oczy, nie podlegasz mi, a stopień gwardyjski mamy taki sam. Wciąż jestem tylko honor-podsetniczką gwardii. – Pokazała wąskie szare paski, oddzielające biel tuniki od czarnych obramowań. – Świetnie wyglądasz – pochwaliła, trzepnąwszy lekko palcami smolistoczarne włosy byłej podkomendnej. – Nawet śladu siwizny, a ja? – Machnęła ręką przy skroni. – Ile ty właściwie masz lat? Zdaje mi się, że tyle, co ja? Nie widać tego – skwitowała z prawdziwą zazdrością.

Rzeczywiście, Agatra raczej zyskała, niźli straciła na urodzie. Twarz zawsze miała nieładną, więc dojrzały wiek jej nie zaszkodził, natomiast gdy szło o sylwetkę, to niegdyś żołnierka była wręcz kanciasta, sucha jak strzała do łuku. Teraz zaokrągliła się troszeczkę tu i tam, zyskując bardziej kobiece kształty. Ponadto życia oficera gwardii nie dało się przecież porównać z życiem zwykłego żołnierza. W swym garnizonowym mieście podsetniczka Gwardii Armektańskiej była nie byle jaką figurą – stale doceniana, zapraszana, rozpieszczana... Nabrała obycia i poloru. Bezdomna sierota, zwykła chłopka, która ochotniczo zgłosiła się do wojska i została natychmiast przyjęta, gdy ujrzano, jak potrafi strzelać z łuku...

Obie przemierzyły dokładnie taką samą drogę. Tysięczniczka Akali także urodziła się w armektańskiej wiosce.

– Ty też, pa... ty także dobrze wyglądasz – powiedziała Agatra.

– Łżesz.

Przez długą chwilę spoglądała z uśmiechem.

– Nigdy nie byłam tak chuda, jak ty. Ale ostatnio troszeczkę się spasłam – stwierdziła. – Byłoby jeszcze gorzej, ale moi żołnierze mają tu klamoty do siłowych ćwiczeń i z nudów czasem razem z nimi łażę w kucki z belką na ramionach lub przetaczam kamienne kule po majdanie. Jaki wstyd! Potrzebna mi jakaś wojna. Jeszcze trochę, a zdechnę tutaj.

– No, z tą wojną... nie wywołuj wilka z lasu – w głosie gwardzistki zabrzmiała nieoczekiwana powaga.

Tereza uniosła brwi.

– Ano właśnie – zagaiła. – Zaraz przyjdzie tutaj Namiestnik Trybunału... Chcesz mi coś powiedzieć póki jesteśmy same?

– Mnóstwo rzeczy. Ale mogą poczekać, jeśli znajdziesz dla mnie trochę czasu później, w nocy. Ploty. – Agatra uśmiechnęła się.

Tereza zauważyła, że jej dawna podkomendna wysławia się bardzo poprawnie; naprawdę widać było szlif, jakiego nabyła między oficerami.

– To prywatnie. A służbowo?

– Służbowo namiestnik będzie miał więcej do powiedzenia, niż ja.

– Tak też myślałam. A o co w ogóle chodzi?

– O Puszczę Bukową.

– A! – powiedziała komendantka.

– Wiesz coś o tym, wasza godność?

– Żartujesz? Przecież to po sąsiedzku. I zaczynam rozumieć, dlaczego mogę być przydatna. Ale jakim cudem powierzono ci misję w Dartanie? Wędrujesz do Puszczy, tak? Znasz chociaż język?

– Parę lat temu wyszłam za mąż za Dartańczyka – z wyraźnym armektańskim akcentem, ale zupełnie poprawnie, powiedziała po dartańsku gwardzistka. – Z dziećmi rozmawiamy w dwóch językach.

– A! – po raz drugi powiedziała Tereza, doskonale osłuchana z dartańskim, ale władająca tym językiem ledwie ledwie. – Czekaj, to ciekawsze niż Puszcza... Wyszłaś za mąż? Masz dzieci?

– No.

– I jak ci?

– Sama nie wiem.

Tereza uśmiechnęła się życzliwie. I z wyższością. Złośliwie i z zazdrością.

– A twój mąż?

– No... co z nim? Nie jest żołnierzem i nie wchodzi w skład mojego oddziału – powiedziała Agatra. – Został w Kirlanie, z dziećmi.

– Mhm. Wróćmy do Puszczy. Więc znasz język.

– Wasza godność – nawyk tytułowania dowódczyni był jednak u Agatry dosyć silny – tu nie ma żadnych przypadków. Znam język – uniosła w górę palec, po czym odchylała następne – dowodzę pieszymi łucznikami, a nie, na przykład, jeźdźcami, znam ciebie, a ty znasz mnie, no i jestem nisko urodzona. Tak jak nowa pani Sey Aye. Jestem też kobietą. W Kirlanie doszli do wniosku, że lepiej posłać do Puszczy kobietę, bo łatwiej będzie jej przewidzieć i zrozumieć drugą. Poza tym kobieta pozostanie raczej obojętna na kobiecą urodę, nie da sobie zawrócić w głowie... no i tak dalej. Nie ma tu żadnych przypadków – podkreśliła raz jeszcze.

W drzwiach pojawił się starszy mężczyzna z dwoma potężnymi półmiskami. Nie miał na sobie mundurowej tuniki; zgodnie z armektańską tradycją osoby pełniące w wojsku funkcje pomocnicze nie były – i nie miały prawa być – żołnierzami. Kucharz postawił półmiski na stole. Zapachniało gotowaną wołowiną i fasolą. Zaraz nadszedł pomocnik kucharza, niosąc wino i piwo.

– No, niezbyt wykwintnie – zauważyła Tereza. – Więc nie miałaś żadnych specjalnych życzeń?

– Miałam. To są moje specjalne życzenia.

– A. No dobrze.

Tym razem w drzwiach stanął żołnierz.

– Jego dostojność T.L.Wadelar, Namiestnik...

– Wprowadzić – przerwała Tereza.

Trzydziestopięcioletni Namiestnik Sędziego Trybunału miał wygląd zupełnie nie pasujący do stanowiska, które zajmował. Był wysokim i mocno zbudowanym mężczyzną, który jak się zdawało, mógł wygrywać zapaśnicze zawody na dartańskich arenach. Twarz pasowała do reszty – była bardzo męska i po męsku surowa, lecz zarazem dość ujmująca. Przedwcześnie łysiejący, nosił jednak krótko przystrzyżoną brodę, chcąc chyba nadrobić braki w owłosieniu... A jednak ciało i twarz tego człowieka stanowiły zaledwie maskę. W oczach komendantki Pogranicza jego dostojność Wadelar był człowiekiem oślizgłym. Urzędnik Trybunału, wyborny w tym, co robił. Tereza go nie cierpiała. Z wzajemnością.

– Proszę, wasza dostojność – rzekła, z satysfakcją wskazując twardą ławę; nie bez powodu wybrała tę izbę.

Namiestnik skrzywił się prawie niedostrzegalnie, ale zajął wskazane miejsce. Prawie osłupiał na widok prostego żołnierskiego posiłku; cóż dopiero, gdy poczuł zapach. Straszliwa fasola z cebulą zapierała dech. W oczach urzędnika było to jakieś... żarcie. Tereza i Agatra wymieniły dyskretne, rozbawione spojrzenia. Komendantka Akali doceniła spostrzegawczość gwardzistki.

– A zatem, dobry panie, proszę jeść – powiedziała z pełnymi ustami, nie wątpiąc, że urzędnik podziękuje. – I proszę opowiedzieć mi dokładnie, co wspólnego ma Potrójne Pogranicze z Gwardią Armektańską, Gwardia z Puszczą Bukową, a Puszcza z Trybunałem Imperialnym. No, szybciutko.

Tysięczniczka, wobec urzędników imperium, z lubością udawała nieokrzesaną półchłopkę. Wadelar wiedział o tym i nigdy nie dawał się wciągnąć w żadne gierki. Nazwanie „dobrym panem" – czemuż nie „poczciwym człowiekiem"? – wysokiego urzędnika imperium było zwykłą kpiną. Ale nic nie mógł na to poradzić. Znana w całym Armekcie komendantka Tereza była orzechem, na którym łatwo mógł połamać sobie zęby. Była zresztą nie tylko sławna. Także niegłupia, potrafiąca podejmować decyzje i narwana. Słowem: niebezpieczna.

– Wasza godność wiesz już, jak słyszę, o czym będziemy mówić – miał spokojny, głęboki głos. – To dobrze, że nie muszę opowiadać wszystkiego od początku.

– Panią Puszczy Bukowej została niewolnica – skwitowała Tereza. – Będzie proces i zabiorą jej wszystko. Cała sprawa.

– Nie, nie cała. W majątku Sey Aye mamy swoich ludzi. Ich wartość nie jest duża, są zbyt daleko od osoby księżnej. Jednakże dostatecznie blisko, by dostarczyć pewnych wiadomości. Ta kobieta jest... osobą niezwykłą. W każdym razie jak na niewolnicę.

Zaległo milczenie.

– No i...? Wasza świetlistość? – ponagliła Tereza.

Dyskretnie beknęła w pięść. Wadelar zastanawiał się przez chwilę, kiedy jej godność komendantka zacznie pierdzieć. Nie powiedział nic, co tłumaczyłoby jej postawę. Po prostu nie lubiła go i już.

– Na tej polanie jest trzymana istna armia – przypomniał. – Wiesz o tym, wasza godność, równie dobrze jak ja. Nikogo nie obchodziło, w jakim celu książę K.B.I.Lewin utrzymywał tak liczne poczty. Dla kaprysu albo dla fasonu. Człowiek wywodzący się z takiego rodu, noszący staroksiążęcą dartańską koronę, ma prawo mieć różne zachcianki. Silne wojsko prywatne istnieje tam od lat, a właściwie chyba od zawsze. Rzecz w tym, że niedługo przed śmiercią jego wysokość książę Lewin co najmniej trzykrotnie pomnożył siły wojska, wyrzucając na ten cel sumy, jakich imperator nie wykłada na swoją gwardię. Wkrótce potem poślubił armektańską niewolnicę i zupełnie nie wiadomo, czego jej nakładł do głowy. Krążą plotki, że jego wysokość być może... nie był całkiem zdrów na umyśle. Trzeba to brać pod uwagę.

Tereza skończyła jeść połeć wołowiny i oblizała ociekające tłuszczem palce.

– Znakomicie – rzekła, dłubiąc palcem w zębach. – Będzie proces i Ezena go przegra. Co nie znaczy, że uzna wyrok. Wtedy Yokes weźmie swoje ciężkozbrojne chorągwie i wykopie z Sey Aye każdego, kto będzie na tyle głupi, żeby zgłosić się po majątek.

Wadelar przez chwilę popatrywał w milczeniu. Zerknął na spokojnie siedzącą z boku gwardzistkę, a potem znów na Terezę. Komendantka znała nawet imiona... Wiedziała tyle, co on.

– Właśnie tak. Właśnie tego się obawiamy. Nie doceniłem cię, pani.

Tereza znów zajęła się mięsem. Przegryzła kość i, siorbiąc, wyssała szpik.

– Ciągle nie wiem, dlaczego mamy się tym martwić – powiedziała. – Kogo obchodzi, kto zostanie królem Puszczy Bukowej? Grunt, żeby płacił podatki.

– W prywatnych dobrach ustalane są prywatne prawa. Na ich straży stoją prywatne wojska. Ale sądy w Rollaynie, i w ogóle wszędzie, ferują wyroki w imieniu imperatora. Egzekwują zaś te wyroki wojska imperialne. Jeśli jej wysokość Ezena, pozbawiona praw i tytułu, nie ugnie się przed wyrokiem sądu, to oddziały Legii Dartańskiej będą musiały wyegzekwować prawa nowych właścicieli.

– Licząc gajowych, tam jest tysiąc żołnierzy lub niewiele mniej. – Tereza odłożyła pogryzioną kość. – Żołnierzy dowodzonych przez człowieka, którego dobrze znam. Przed laty biliśmy się razem na północy. Potem Yokes trzymał jeden z zachodnich okręgów. Znakomity dowódca. Urodzony wojownik.

– Wiem o tym.

– Cała Legia Dartańska nie wystarczy do zdobycia tego lasu. Przecież to wojsko na pokaz. W Dartanie, tak naprawdę, liczą się poczty prywatne.

– Legia Dartańska pilnuje porządku na ulicach miast i na traktach. Poza tym jest obecna w dobrach imperialnych. To wszystko – potwierdził namiestnik.

Tereza kiwała głową. Nagle spojrzała na Agatrę. To samo uczynił Wadelar.

– Nie wprowadza się wojsk imperialnych do prywatnych dóbr – przemówiła milcząca dotąd gwardzistka, dając do zrozumienia, że jest świetnie zorientowana w delikatnej materii problemu. – Jeśli nie zostanie naruszone prawo Wiecznego Cesarstwa, więc jeżeli, na przykład, właściciel nie zabrania swoim chłopom zaciągać się do legii, lub sprzedawać w niewolę w koncesjonowanych hodowlach... Idę tam w gości, to wszystko.

– Jakiś pretekst? – zapytała Tereza.

– Wymiana doświadczeń. Mała prośba o doszkolenie trzydziestu gwardzistów. Puszcza Bukowa słynie ze świetnej straży leśnej.

– Słabiutko. – Tysięczniczka wydęła wargi. – Chyba najpierw powinien pojechać goniec z listem? Zapytać, czy Sey Aye zgodzi się szkolić żołnierzy.

– Nie pojechał.

– No jasne. Wróciłby z krótkim: nie.

– Mam takie listy przy sobie – powiedziała gwardzistka. – Co innego nie zgodzić się na przybycie żołnierzy, a co innego wyprosić armektańskich gwardzistów, gdy już przyjdą. Trudno tak w jednej chwili znaleźć wiarygodne usprawiedliwienie dla afrontu wyrządzonego Gwardii Armektańskiej. Ja zaś będę robić dobrą minę do złej gry. Trzeba będzie po prostu wypędzić mnie stamtąd, bo na delikatne sugestie, że jestem niepożądana, będę się tylko uśmiechać. Nie zrozumiem ich, prosta żołnierka.

– Nadajesz się do tej roboty – skonstatowała Tereza.

– Chyba tak.

– A więc cesarstwo będzie miało elitarny oddział żołnierzy w samym środku Sey Aye – podsumowała tysięczniczka. – Ale co dalej? Co może zdziałać trzydziestu łuczników, choćby najlepszych na świecie, jeśli rzeczywiście dojdzie tam do awantury?

– Przede wszystkim może temu zapobiec.

– W jaki sposób?

– Cały czas ten sam. Co innego zbuntować się i nie wpuścić Legii Dartańskiej do Sey Aye. Co innego zaatakować armektańskich gwardzistów, którzy już tam będą. Na tej tunice są gwiazdy cesarstwa, barwy Armektu i gwardii. Wielu ludzi, patrząc na nie, może uświadomić sobie, komu i czemu właściwie wydaje wojnę. Kiedy ostatnio widziano tam żołnierzy imperium? Wieczne Cesarstwo, dla większości mieszkańców Sey Aye, nie wyłączając księżnej, to jakiś mglisty, daleki byt, niezbyt rzeczywisty i prawdziwy. Warto więc pokazać, że istnieje naprawdę. Nikt nie twierdzi zresztą, że księżna Sey Aye na pewno myśli o nieposłuszeństwie wobec wyroku sądów. Będzie wahać się, rozważać racje. Widok tych mundurów może pomóc w podjęciu słusznej decyzji. To nie tak, że „zbuntuję się, a później zobaczymy". Żadne „później" i żadne „zobaczymy". Zaraz i natychmiast trzeba będzie ukręcić mi łeb. I trzydziestu armektańskim gwardzistom.

– No, no – powiedziała Tereza.

Znów zwróciła się do namiestnika.

– Dobrze. Dlaczego my?

Krótkie, wprost postawione pytanie zabrzmiało ostro i prawie wyzywająco. Wadelar po raz drugi zaczął się zastanawiać, ile ta kobieta wie naprawdę, a co tylko podejrzewa.

– Nie rozumiem, wasza godność – rzekł ostrożnie.

– Co wspólnego ma z tym Akala? To sprawa Trybunału dartańskiego. No i Legii Dartańskiej, tak? Przecież nie moja ani tym bardziej twoja, namiestniku.

– Dlaczego „tym bardziej"?

– Bo ja znam naszą gwardzistkę i mogę jej coś doradzić. Znam też Yokesa, jest dla mnie przewidywalny, o ile, jako żołnierz, może być przewidywalny dla kogokolwiek w Szererze. I na koniec mam wojsko, które może pomóc interesom cesarstwa tam, gdzie Legia Dartańska nie da rady. To nie moja sprawa, ale powiedzmy, że mogę być przydatna. Natomiast ty, panie?

Wadelar milczał.

– Niemożliwe, byś miał swoich własnych szpiegów w Sey Aye. Ma ich co najwyżej Trybunał dartański, bo Puszcza to przecież Dartan, no tak? Czyli wszystkie wiadomości, którymi mnie uraczyłeś, zostały ci przekazane z Rollayny, i to na polecenie z Seneletty, bo to tam siedzi Najwyższy Sędzia. Przekazane bardzo, bardzo niechętnie. – Uśmiechnęła się z jawnym szyderstwem. – Spokojnie, wasza dostojność, wiem przecież doskonale, jak zazdrośnie Trybunał strzeże swych tajemnic. Nawet przed własnymi ludźmi.

Nic na to nie dało się odpowiedzieć. Komendantka Akali świetnie wiedziała, co mówi.

– Masz mnie kontrolować – powiedziała oskarżycielsko. – Moja przydatność może dać mi niepożądaną siłę. To dlatego przekazano sprawę w twoje ręce, panie. Bo jesteś jedyną w tej części cesarstwa osobą, która może zatruć mi życie. Ale czego boi się Kirlan? Że z dnia na dzień obwołam Potrójne Pogranicze jakimś udzielnym księstwem?

Po długiej chwili milczenia zwróciła spojrzenie ku gwardzistce.

– On mi nic nie powie, Agatro. No więc, może ty? Nie chcę wydzierać ci żadnych tajemnic – zastrzegła – jesteś żołnierzem i masz swoje rozkazy. Pytam o twoje... no, spostrzeżenia. Coś, czym możesz się ze mną podzielić.

Podsetniczka zerknęła na Wadelara i znów na Terezę.

– No, hm, rozmawiałam z jej cesarską wysokością...

Tereza omal nie uniosła brwi.

Sprawa była bardzo poważna... a Agatra nie była podsetniczką. Przynajmniej stopień wyżej. Wycinana w półokrągłe zęby tunika stanowiła przebranie, nic więcej. Zostawiając na później rozważania, co to właściwie znaczy, tysięczniczka dała znak, że słucha.

– Zwróciłam uwagę cesarzowej na liczebność pocztów Sey Aye. Powiedziała tylko coś takiego, że Akala to zrównoważy.

– Jakim cudem? – zdziwiła się Tereza. – Mam tutaj trzy setki ludzi.

Nagle odchyliła się do tyłu.

– Nieprawda – odpowiedziała sama sobie. – Mogę mieć przeszło tysiąc żołnierzy, wystarczy że wydana zostanie decyzja o przestawieniu garnizonu na stopę wojenną...

Rzut oka na Wadelara upewnił ją, że Agatra podała dobry trop. Ale rozwinięcie legionu do stanu przewidzianego etatem wojennym? Taki rozkaz mógł wydać w prowincjach jedynie Książę Przedstawiciel Cesarza. A w przypadku Akali sam cesarz.

„No, a któżby?" – zapytała się w myślach. – „To oczywiste, że Kirlan przywiązuje do tej sprawy bardzo dużą wagę. Większą, niż sądziłam".

– Trzy lata temu, gdy walił się Grombelard – powiedziała – wysunęłam propozycję przestawienia mojego legionu na stopę wojenną. Nie otrzymałam zgody. Czy ta sprawa z Puszczą Bukową jest ważniejsza niż rozsypywanie się całej prowincji? Przemów wreszcie, wasza dostojność! – rozzłościła się. – Czy wiesz coś na ten temat? Mam przejść na etaty wojenne? Kiedy? Nie przeprowadzę tego w dwa dni.

– Rozważana jest... taka możliwość.

– Z powodu Puszczy Bukowej?

– Nie tylko. W Grombelardzie dzieje się coraz gorzej. Ale sama Puszcza Bukowa płaci do szkatuły imperium więcej, niż cały Grombelard płacił kiedykolwiek, wasza godność – zauważył chłodno urzędnik.

Było to bliskie prawdy. Wpływy z Grombelardu były oczywiście większe niż z Puszczy, ale wydatki... Cesarstwo stale dopłacało do górzystej Drugiej Prowincji. Warto było trzymać tam legie, bo tylko siła mogła poskromić zbójeckie żywioły tego kraju. Jeśli żyzne pogranicza Armektu i Dartanu miały być bezpieczne od łupieżczych najazdów, Grombelard musiał trwać w granicach cesarstwa. Ale tylko dlatego. Sam w sobie nie przedstawiał prawie żadnej wartości.

Odwrotnie niż Puszcza Bukowa.

– Posłuchaj, wasza dostojność – powiedziała Tereza – nie wiem, co sobie wyobrażasz na temat wojska... Mam tu trzy skadrowane półlegiony, podobnie wygląda sprawa w większości okręgów Armektu i Dartanu. Mamy Wieczne Cesarstwo, a w nim wieczny pokój – znane powiedzenie zabrzmiało nieco cynicznie na tle niedawnego powstania w Morskiej Prowincji i bałaganu w Grombelardzie; bałaganu, który skończył się jego rozpadem. – Nikt nie trzyma w pełni gotowych do walki legionów, bo potrzebni są tylko żołnierze do patrolowania miejskich ulic i szlaków kupieckich. Moje kliny składają się teraz z dziesiątek, które są nimi tylko z nazwy. Każda taka dziesiątka to dziesiętnik z obniżonym żołdem i trzech żołnierzy. Ci żołnierze natychmiast obejmą funkcje trójkowych, gdy nadejdą uzupełnienia: sześciu ludzi dla każdej dziesiątki. Ale tych ludzi nie ma! Chętni do służby w wojsku, a i owszem, bo oto, co w wojsku można uzyskać, wychodząc z byle wioski. – Ujęła dwoma palcami białą tunikę na piersi. – Można gościć nawet namiestników Trybunału, już nie powiem, że rozmawiać z samą cesarzową. – Pokazała palcem Agatrę. – Jutro rozpiszę pobór, a pojutrze stawią się setki i wciąż będą napływać nowe. Wybiorę najlepszych, no a potem... cztery miesiące. Tyle trzeba, żeby wyszkolić żołnierza ciężkiej piechoty. Trochę więcej, żeby mieć sprawnego łucznika. A dwa razy tyle, żeby wyszkolić jeźdźca. Wszystko to zaledwie jako tako.

– Wstępna rozprawa przed sądem w Rollaynie odbędzie się już wkrótce – rzekł namiestnik. – Ale wyrok zostanie wydany najprędzej za pół roku. Będziesz miała dosyć czasu, pani, by wyszkolić ochotników z poboru.

– Tak. Pod warunkiem, że już dzisiaj zacznę jakieś przygotowania. Że dostanę fundusze. I że powie mi się wreszcie jasno, jaka jest moja rola! – wrzasnęła nieoczekiwanie, waląc otwartą dłonią w stół. – Mam dosyć tego krętactwa! Co to jest, że Trybunał wie o zadaniach legii więcej niż same legie?!

Tak rozzłoszczonej tysięczniczki Wadelar jeszcze nie widział. Złośliwa i nieuprzejma, otwarcie pokazująca swoją niechęć – a i owszem. Ale krzyczącej i walącej ręką w stół nie widział jeszcze nigdy. Uderzyły go zmiany, jakie zaszły na twarzy kobiety. Zdecydowanie (acz nieoczekiwanie...) wyładniała. Te usta nie były stworzone do uśmiechu; lepiej, gdy górna warga wędrowała w górę, odsłaniając równe zęby. Nozdrza rozdęły się, poprawiając kształt zbyt wąskiego nosa. Po raz pierwszy zobaczył Terezę taką, jaka była za młodu, gdy wiodła swoją jazdę do szarży.

Wojowniczka.

– Wynoś się stąd, wasza dostojność – powiedziała, wstając z ławy i pokazując drzwi. – Wynocha z mojego garnizonu! Przyjdziesz wtedy, kiedy będziesz miał mi coś do powiedzenia. Nie zamierzam bawić się w zgadywanki, dociekając, co też naprawdę stoi za każdym twoim słowem. Już cię tu nie ma!

– Powiedziałem wszystko, co było do powiedzenia – rzekł namiestnik.

– To nie warto było przychodzić, tyle wiedziałam sama. Żegnam, panie.

Wstał i skłonił się lekko, nie kryjąc ironicznego uśmiechu. Gdy wyszedł, Tereza odpięła pas, sapnęła z ulgą i z powrotem usiadła na ławie.

– No i co o tym myślisz?

Agatra siedziała cicho, raczej jednak ubawiona sytuacją niż zdenerwowana albo przestraszona. Komendantka Akali po raz kolejny musiała sobie powiedzieć, że to już nie jest prosta łuczniczka z legii, dla której całym światem najpierw była rodzinna wioska, a potem żołnierska izba.

– Chyba niepotrzebnie asystowałam przy tym... wydarzeniu. – Zaśmiała się pod nosem. – On nie podaruje. Możesz pewnie krzyczeć na niego, ale nie przy świadkach.

Tereza barwnie i dosadnie opowiedziała o tym, co może jej zrobić Wadelar. Agatra słuchała, myśląc, że zmieniło się wiele, ale nie język jej dawnej dowódczyni.

– ...i to bardzo głęboko. Chodźmy stąd – rzekła komendantka, skończywszy z Namiestnikiem Sędziego. – Nie wezmę cię do mojej sypialni, bo tam... niewiele jest miejsca. Pójdziemy do ciebie. Przydzieliłam ci najlepszą z gościnnych izb.

6

Wyszedłszy na dziedziniec garnizonu, namiestnik T.L.Wadelar przywołał swoich czterech żołnierzy. Własnych żołnierzy, prywatnych... Powinien dostać eskortę od komendantki Akali, wymagała tego uprzejmość. Lecz tysięczniczka Tereza nigdy nie była uprzejma. Żołnierze strzegli siedziby Trybunału Imperialnego, bo musieli. Ale już osobistą eskortę namiestnik Wadelar dostałby tylko wtedy, gdyby o nią wyraźnie poprosił; był pewien, że jej godność komendantka zażądałaby oficjalnego pisma w tej sprawie. Nie zamierzał się do tego zniżać. Stać go było na kilku pocztowych.

Dosiadł konia i wyjechał za bramę. Dwaj żołnierze jechali przodem, a dwaj nieco z tyłu. Wątpił, by ktokolwiek groziło mu w tym spokojnym, bogatym mieście. Zwłaszcza że tysięczniczka, przy wszystkich swoich wadach, potrafiła pilnować porządku. Ale jakaś asysta była przecież potrzebna. Choćby dla powagi urzędu.

Zauważył naraz, że jest... rozżalony. Zabawne. Wysoki urzędnik Trybunału Imperialnego rozżalony zachowaniem żołnierki. Urzędnicy i żołnierze nigdy nie pałali do siebie miłością. Trybunał i armia – dwie najpotężniejsze instytucje imperium – musiały wchodzić sobie w paradę. Żadna nie była w pełni samodzielna. Trybunał rozporządzał setkami (co tam setkami...

tysiącami!) szpiegów i donosicieli. To właśnie urzędnicy Trybunału wskazywali cele legionistom, przy czym ściganie pospolitych przestępców było sprawą drugorzędną – przede wszystkim chodziło o utrzymanie politycznej jedności imperium. Wielkie rody w Dartanie cieszyły się znaczną niezależnością; należało to jakoś kontrolować. A Garra, gdzie wiecznie tliło się zarzewie buntu? Wywiadowcy i szpicle wszelkiej maści byli wręcz niezbędni, dzięki nim sędziów Trybunału rzadko dało się czymś zaskoczyć. Ale wykonawcą wszystkich zaleceń było wojsko. Urzędnicy mieli tylko oczy i uszy, za to pozbawiono ich rąk. Owe ręce zaś, przyczepione do ślepych i głuchych korpusów w mundurowych tunikach, nie zawsze chętnie wykonywały polecenia...

Tym bardziej że oczy i uszy można było jakoś zastąpić. Legie imperialne miały własnych szpiegów, wysocy oficerowie wiedzieli zwykle więcej, niż powinni (o, choćby taka Tereza). Oczywiście na tle potężnej machiny Trybunału wyglądało to wszystko bardzo blado. Jednak z drugiej strony (Wadelar musiał przyznać w duchu) urzędnikom czasem wyrastały... no, jeśli nawet nie ręce, to przynajmniej paluszki. Zabójcy działający na zlecenie, czy choćby prywatni żołnierze, załatwiający – bywało – sprawy wcale nie prywatne... Jednak wszystkie te – obustronne – zabiegi nie miały większego znaczenia. W sprawach naprawdę poważnych urzędnicy i żołnierze byli na siebie skazani. Dochodziło więc do tarć. Rozmowa z tysięczniczką Terezą była tego doskonałym przykładem.

Nie lubił tej strasznej baby! Ale jednak, tym razem, w głębi duszy trzymał jej stronę. Miała prawo wiedzieć tyle, co on.

A jeszcze ta gwardzistka. Przysłano mu trochę wiadomości na jej temat. Wyglądało na to, że spełniała postawione wymagania. A jednak... Wadelar znał się na ludziach. Było w tej kobiecie coś bardzo paskudnego. Buntownicza czupurność, dobra pewnie u dowódczyni łuczników, mających wciągnąć wroga w zasadzkę. Ale tutaj? Misja była bardzo delikatna. Wadelar nigdy nie miał wysokiego mniemania o zręczności wojskowych. A już ta... orlica? Gotowa sama rozpętać wojnę. Namiestnik Sędziego spróbował wyobrazić sobie, jak ktoś w Puszczy Bukowej zaczyna działać nie po myśli gwardzistki, albo (co gorsza) pragnie użyć jej do swoich celów... Poczuł, jak skóra cierpnie mu na karku.

Ona byłaby dobra tylko w jednym wypadku – uświadomił sobie nieoczekiwanie. Gdyby miała rozkaz stawić się w Sey Aye i zaraz po przywitaniu wsadzić miecz w brzuch nowej księżnej.

Prawie zdrętwiał. Za tym wszystkim stała przecież cesarzowa... Czy możliwe, że i jego nie wtajemniczono w niektóre szczegóły gry? To, co wydumał przed chwilą, mogło być bliskie prawdy.

Ale nie, niemożliwe. Jej cesarska wysokość nie ważyłaby się na coś podobnego. Usunąć niewygodną osobę? Ależ owszem. Lecz zabójca na pewno nie nosiłby tuniki z gwiazdami Wiecznego Cesarstwa. Poza tym w Puszczy Bukowej nic groźnego jeszcze się nie działo, nic aż tak groźnego, by posyłać zabójców. Krnąbrna księżna-niewolnica wyobrażała sobie zbyt wiele, wymachując swoim listem małżeńskim, ale misja Agatry była wcale niegłupim posunięciem. Wystarczyło pokazać jej wysokości Ezenie, że cesarstwo ciągle istnieje. Akalski garnizon zaś przestawiano na stopę wojenną jednak bardziej z powodu Grombelardu niż Puszczy

Bukowej. Kirlanowi niezręcznie było przyznać się przed Terezą, że miała słuszność, zabiegając o to już przed laty.

Odpędziwszy natrętne myśli, Wadelar wyprostował się w siodle i rozejrzał dokoła. Było już całkiem ciemno, ulicę rozjaśniał tylko migotliwy poblask, padający z niektórych okien. No i wielki, wspaniały księżyc w pełni.

Namiestnik Najwyższego Sędziego bardzo skrzętnie skrywał przed światem swą marzycielską naturę. Nigdy by się nie przyznał, jak wiele czasu zajmują mu rozmyślania, czy ta srebrnozłota tarcza jest w istocie gasnącą gwiazdą, taką samą jak słońce, tylko starszą? Czy naprawdę stanie się kiedyś taką samą ciemną, wypaloną kulą, jak ta, po której stąpał? Czy i tam przybędzie siła podobna do Szerni, by rozpostrzeć swe Pasma nad wielkim oceanem i wyłonić lądy, a potem zapłodnić je życiem?...

Świat był kulą, na powierzchni której Szerer stanowił zaledwie małą plamkę. O kulistości świata mógł przekonać się każdy, kto choć raz oglądał znikający za horyzontem okręt. Wadelar, jak każdy Armektańczyk Czystej Krwi, znał trochę matematykę. Przynajmniej na tyle, by wiedzieć, że uczeni Szereru dawno już policzyli, jakie rozmiary ma świat. Czy ta gasnąca gwiazda nad głową była czymś o podobnej wielkości? Umysł wzdragał się przed nieogarnionym. A zatem te wszystkie maleńkie gwiazdeczki... Jak bezmierne powietrzne przestrzenie musiały rozpościerać się na drodze do nich, skoro kule o rozmiarach świata zdawały się tak niewielkie? Jak tam dotrzeć? Czy będzie to kiedyś możliwe? Powątpiewał. Chociaż... ptaki przecież latały...

Parsknięcie wierzchowca sprowadziło Wadelara na ziemię. Koń przestraszył się jakiegoś żebraka, skulonego w załomie murów domu. Żebranie po zmierzchu było zakazane. Nikogo nie obchodziło, co ze sobą poczną bezdomni, byle nie rzucali się w oczy. Patrol legii na ulicach, ścigając nocnego złodzieja, nie mógł tracić go z oczu wśród wylegujących się wszędzie żebraków. Namiestnik skinął na jednego ze swych jeźdźców; ten natychmiast zeskoczył z konia i kopniakami przepędził dziada precz. Na bruku została porzucona torba, z której wysypało się jedzenie.

– Nie tacy głodni, na jakich wyglądają – rzekł Wadelar.

Żołnierz na powrót dosiadł konia i pojechali dalej.

Ulica kończyła się, płynnie przechodząc w szeroką parkową aleję. Pozostałość po dartańskim ogrodzie. Wśród trawników rosły tylko drzewa; żadnych żywopłotów ani krzewów. W części parku, którą namiestnik miał po prawej ręce, piętrzyły się resztki grombelardzkiej wieży. Odnowiono tylko najniższą kondygnację, służyła teraz za wartownię żołnierzom strzegącym Trybunału. Częściowo zakopane w ziemi głazy zbliżały się do alei, wyznaczając swym kręgiem zarys dawnego muru obronnego. Twierdza w mieście – i to miał być dom...

Z wieży-wartowni wyszli dwaj żołnierze, szybkim krokiem zmierzając ku jadącym. Byli czujni. Jej godność Tereza obdarłaby tych wartowników ze skóry, gdyby choć raz zaspali. Domyślał się, że już sama myśl o uzasadnionej skardze namiestnika, dotyczącej służby żołnierzy, spędzała jej sen z powiek. Ale nie, nie miał prawa narzekać. Sprawiedliwość kazała powiedzieć, że garnizon Akali mógł być wzorem dla wszystkich garnizonów imperium. A już sposób pełnienia wart przed gmachem Trybunału zasługiwał na najwyższą pochwałę. Za namiestnictwa Wadelara nigdy nikt nie doszedł aż do drzwi budynku, nie doświadczywszy wcześniej surowej dociekliwości legionistów. Jeden patrol stale siedział w wartowni. Dwa krążyły po parku. Dodatkowo przy wejściu czuwali halabardnicy.

Rozpoznawszy namiestnika w otoczeniu prywatnych żołnierzy, legioniści nie zawrócili. Trójkowy podszedł do samego konia Wadelara.

– Jesteś panie Namiestnikiem Sędziego czy tylko kimś bardzo podobnym? Jest noc, chcę usłyszeć twój głos.

– Jestem Namiestnikiem, żołnierzu.

Trójkowy złożył skąpy wojskowy ukłon i wraz z podkomendnymi spokojnie wrócił do wartowni. Wadelar jechał dalej. Aleja wiodła prosto i kończyła się u stóp szerokich schodów, wiodących do drzwi rezydencji wzniesionej w nowodartańskim stylu. Strzelista biała budowla była wiernym odbiciem magnackich pałaców z Rollayny. W głębi duszy namiestnik uważał, że gmach Trybunału winien być bardziej surowy. Ten tutaj... choć niewątpliwie piękny... zdawał się nazbyt pyszny. Potęga i znaczenie Trybunału nie zależały od tak marnych rzeczy jak fasada tej czy innej budowli. Zdawał sobie sprawę, że przemawia przez niego głęboko zakorzenione w armektańskiej tradycji umiłowanie prostoty i umiaru. Zbyt bogato odziany człowiek zaraz jawił mu się durniem. Zbyt wiele jadła na stole – to było niczym głośne wołanie: „Drogi gościu, nie mam cię czym zająć, a więc jedz, bo inaczej umrzesz z nudów!". Zbyt kwieciste przemowy świadczyły o pustocie. A najbardziej złościła go dartańska broń. Jakże można, na wszystkie Pasma Szerni, grawerować głownie mieczy, złocić jelce, srebrzyć napierśniki?... Wojna, dziedzina Niepojętej Arilory, Pani Losu i śmierci, stawała się jakimś jarmarcznym pośmiewiskiem. Jak mógł służyć wojnie człowiek, który myślał o błyskotkach na broni? Na broni: strażniczce życia, pośredniczce śmierci. Dartańczycy głośno wołali, by ich podbić. I dostali, o co prosili.

Lecz Wadelar, służąc swemu krajowi na stanowisku Namiestnika Sędziego, nauczył się powściągać odruchy dezaprobaty. Dartan był taki, jaki był. Nie mógł stać się Armektem i nikt nie chciał go takim uczynić. Miejsce Pierwszej Prowincji cesarstwa było dlań wystarczające. I niejako także zasłużone. Historia pouczała o przyczynach, dla których należało podbić Złoty Dartan. Lecz zniszczenie go byłoby niepotrzebne. Zbędne, dzikie i głupie. Ten kraj miał prawo istnieć. I miał prawo nie być Armektem.

Znalazłszy się w swoich komnatach, Namiestnik odprawił skinieniem urzędnika, który czekał z jakimiś sprawami. Chciał być sam. Urzędnik odszedł, co znaczyło, że nie czekał z niczym ważnym, pragnął tylko dokładnie wypełnić swoje obowiązki. Zasiadłszy wygodnie na krześle, Wadelar daleko wyciągnął nogi, zapierając je o niski stopień, przecinający komnatę na pół. We wszystkich pomieszczeniach dobudowano takie stopnie, zgodnie z armektańskim obyczajem i tradycją. Były zbędne. Miały tylko przypominać swą uciążliwością, że należy być zawsze gotowym do niewygód. Armektańscy wojownicy sprzed wieków, ojcowie zdobywców Szereru, sypiali pod gołym niebem, trzymając łuki w dłoniach.

Skrzypnęły drzwi; za plecami siedzącego namiestnika rozbrzmiały lekkie, bardzo drobne kroki. Tylko jedna osoba miała prawo wchodzić w ten sposób do komnaty, w której przebywał. Obejrzał się i z uśmiechem spoglądał przez ramię na okrąglutką, ładną kobietkę, którą szczerze lubił – zamiast kochać... Nie umiał być jej mężem, ona zaś nie chciała być mu żoną. Matką, przyjaciółką i powiernicą, może starszą siostrą. Lecz nie żoną.

– Dlaczego nie jestem zdziwiona? – powiedziała z lekką ironią. – Zamyślony i trochę zły, trochę smutny i nie wiadomo jaki... Zawsze tak samo. Jaką trucizną częstuje cię ten wilk przebrany za kobietę? Czy choć raz wrócisz po rozmowie z jej godnością komendantką Terezą w innym nastroju niż dzisiaj?

Pokręcił głową i wzruszył ramionami, ale wszystkie te narzekania i łagodne wyrzuty go rozbroiły.

– Usiądź przy mnie – poprosił, wstając i przynosząc drugie krzesło. – Kiedy właśnie, Akea, jestem w innym nastroju niż zwykle. Czy Lenet już zasnął? – zapytał, biegnąc myślami do syna.

– Zasnął. – Uśmiechnęła się ciepło. – Gdy ma się cztery lata, każdy dzień jest niesłychanie męczący i bezsenność to puste słowo... Czekał na ciebie, czekał i czekał, a całe to czekanie trwało właśnie tak długo, jak mówię. Gdy zdmuchiwałam świecę, mówił, że czeka, a gdy zdmuchnęłam, spał. Ale nie uciekaj przede mną, chowasz się! – Pogroziła palcem. – Komendantka Tereza, no? Co ci zrobiła? Gdzie masz wbity zatruty kolec? Pokaż, wyrwiemy go.

– Nic mi nie zrobiła. Dzisiaj to ja wbijałem zatrute kolce.

– Opowiedz mi, jak je wbijałeś. Rzeczywiście, jest to jakaś odmiana.

Roześmiał się. Akea roztaczała wokół siebie nieodmiennie ciepłą i pogodną aurę. Nie potrafił się martwić ani gniewać, kiedy była obok.

Spoważniał.

– Nielojalny. Czuję się nielojalny wobec tysięczniczki Terezy – powiedział. – To suka, naturalnie, że tak. Ale wojsko potrzebuje suk. Jadąc tutaj, rozmyślałem o wszystkim, tylko nie o niej. Lecz teraz ty przychodzisz i pytasz, gdzie mi wbiła zatruty kolec... Otóż nigdzie. Ugryzła mnie, właśnie tak. A ja na to zasłużyłem, Akeo. Bo jestem wobec niej nielojalny.

Przekrzywiła głowę. Słuchała, umiała słuchać.

– Mówiłem ci przecież o Puszczy i o tym, jakie są plany Kirlanu. No więc ta gwardzistka, którą przysłali... – w kilku słowach opowiedział, jakie wrażenie wywarła na nim Agatra. – A wobec Terezy czuję się nielojalny, bo podzielam jej zastrzeżenia. Nie wolno traktować jej w ten sposób. Albo ma zaufanie Kirlanu, albo nie. Staram się czasem ograniczać jej wpływy, bo na tym, między innymi, polega moje zadanie, zadanie Namiestnika Trybunału. Ale... zatajać przesądzony już termin przestawienia garnizonu na wojenną stopę? A gdyby dowiedziała się już dzisiaj, to co? Zapytała mnie wprost – słuchasz, Akeo? – otóż zapytała mnie wprost: „Czy oni się obawiają, że z dnia na dzień obwołam Pogranicze niepodległym księstwem?”. I co miałem na to powiedzieć? Prywatnie to jest żmija i suka, ale jako tysięczniczka legii? Czy rzeczywiście komendantka Tereza poczyni jutro przygotowania do zbrojnego marszu na Kirlan? Sprzymierzy się z wojskiem Sey Aye i bandami grombelardzkich zbójów, po czym przyłączy Grombelard do Puszczy, tworząc sojusz dwóch nowych królestw ze stolicą w Akali? Jak można traktować w ten sposób zasłużoną i sławną wojowniczkę, która nigdy, nawet jednym słowem, a cóż dopiero czynem, nie sprzeniewierzyła się interesom cesarstwa? Czy jest w jej chlubnej przeszłości coś, o czym nie wiem? Jakaś plama, cień, skaza? Niemożliwe. Z racji swego stanowiska musiałbym znać takie sprawy.

– Twoje rozterki świadczą o tobie jak najlepiej – powiedziała. – Ale ja przecież wiem, że jesteś człowiekiem wyjątkowym, takim którego nie zepsuje władza ani... Bądź cicho, teraz ja. Mówię, że powiedziałeś jej to, co pozwolono ci powiedzieć. Nie ma w tym twojej winy i nie ma twojej nielojalności.

– Nielojalność to nielojalność, Akeo – uciął. – Osobista czy nie...

Nagle, trochę chaotycznie, zaczął mówić o wszystkim. O sprawach bardzo, bardzo ważnych. Takich które przez lata odsuwał od siebie.

– Akeo, czy ty nie widzisz, że coś się psuje... w całym świecie, w całym Wiecznym Cesarstwie? Zobacz, powstania w Morskiej Prowincji wybuchały co jakiś czas, ale były to zwykłe bunty, mniej lub bardziej kłopotliwe z wojskowego punktu widzenia. Garyjczycy wysokich rodów hałasowali o niepodległości, ale nie stał za nimi naród, zresztą, czy garyjscy magnaci wiedzą w ogóle o jakimś narodzie? Skądże, mają zawsze na myśli niepodległe królestwo, nie naród. Wszystkie rebelie tak tam wyglądały. Wszystkie poza ostatnią. Oderwano od imperium dwie małe wysepki, zapomniane skrawki lądu na Bezmiarach. Agary.

Próbujemy teraz zapomnieć o tej nazwie. Ale one tam są. Dwie wyspy, maleńkie pirackie księstwo.

– No właśnie, dlaczego to takie ważne? Słyszałam o tych... Agarach.

– Dlaczego ważne? Dlatego że, stłumiwszy bunt wielkiej prowincji, cesarskie wojska nie potrafią odzyskać dwóch wysepek! Za daleko. Zbyt drogo. No i zbyt ryzykownie. Zaraz po powstaniu nasza flota była słaba, poniosła znaczne straty w walce z garyjskimi rebeliantami; potrzebne są pieniądze i czas, by przywrócić jej sprawność i siłę. A morscy zbóje, liczni i bitni, chcieli mieć swoje porty, gdzie można przeczekać sztormy, może też chcieli mieć jakiś... dom i kraj? Dom i kraj, Akeo, to są bardzo niebezpieczne słowa. W imię tych dwóch słów armektańskie królestwo podbiło kiedyś cały Szerer. A teraz olbrzymie imperium, cesarstwo nazwane „wiecznym" nie potrafi sprostać zajadłości jakichś zbójów-marynarzy, którzy pazurami uczepili się dwóch skał i gotowi są raczej potopić łupy, utracić wszystkie okręty, złożyć na dnie morza swoje kości, niźli wpuścić na Agary... kogo? Najeźdźców! Dlaczego tak się dzieje? Co sprawiło, że uznali te wyspy za swoje? A może po prostu nigdy dotąd nie mieli własnego kraju?

Wadelar wstał i chodził po komnacie. Gestykulując, przedstawiał racje z żarliwością, na jaką rzadko sobie pozwalał.

Obserwowała go w milczeniu.

– A przecież rozpadł się już Grombelard – ciągnął, rozkładając bezradnie ręce. – Z innych powodów, ale chyba nieodwracalnie. Oglądaliśmy ten rozpad z Londu, pamiętasz, co wtedy mówiłem? Dziki kraj, zamieszkany przez równie dzikich górali... to nigdy nie było w pełni pod kontrolą. Po co zresztą? Wyrzynanie się pastuchów w wioskach u stóp gór, wzajemne porachunki różnych obwiesiów i banitów, zbiegłych między przełęcze i szczyty, to wszystko nikogo nie obchodziło. Położyliśmy kres wyprawom grombelardzkich rozbójników-rycerzy, zdobyliśmy ich górskie twierdze i przemieniliśmy w miasta, pojawił się tam jakiś handel, rzemiosło... Wszystko to, lepiej albo gorzej, działało przez długi czas. By nagle, za sprawą garstki pomyleńców, igrających z wiszącymi nad światem potęgami, upaść i pogrążyć się w chaosie. Ale przecież Pasma Szerni i Wstęgi Aleru nie spowodowały tej tragedii. To my, istoty obdarzone przez Szerń rozumem! Zawarto chyba jakiś tajny sojusz, bo nie widzę lepszego wyjaśnienia, by strącić Grombelard z powrotem w otchłań zupełnego bezprawia. Co tam teraz zostało? Kilka na poły opuszczonych miast, z których dawno już zbiegli wszyscy mający coś do stracenia... Dziki trakt, którym nikt nie waży się podróżować bez asysty silnego oddziału... Przecież Tereza słusznie żądała już przed trzema laty, by postawić jej garnizon w pełną gotowość bojową. Pozostaje kwestią miesięcy, kiedy zbrojne bandy znów najadą wioski w Armekcie i Dartanie, by następnie uciec przed pościgiem w dzikie góry. Jak przed wiekami! Cofnęliśmy się o całe wieki!

– Nie spełniono żądania Terezy, bo nie było na to pieniędzy – zauważyła Akea.

Wadelar nagle oprzytomniał. I więcej – zdał sobie sprawę, że ta cicha i łagodna kobietka, pochłonięta na co dzień tylko dzieckiem, stroniąca od wszystkiego, co wypełniało mu życie, nie jest ślepa, głucha... ani głupia.

– Nagle się znalazły – powiedział. – Przecież garnizon Akali przechodzi na stopę wojenną.

– Słuchasz plotek, Namiestniku Sędziego? – zapytała ze swoją ciepłą ironią.

– Jakich plotek? Nie, nie słucham.

– Powinieneś, przecież na tym polega twoja praca.

– Na słuchaniu plotek?

– Plotki często zawierają ziarna prawdy. Odbudowa zniszczonej przez wojnę Garry, odtwarzanie wojennych flot, zamieszanie w Grombelardzie i to wszystko, o czym mówiłeś, pochłonęło takie sumy, że dopiero teraz, wobec groźby utraty kontroli nad Puszczą Bukową, imperator zdecydował się sięgnąć do zapasowej szkatuły. Być może zresztą szkatuły prywatnej.

– To naprawdę są plotki – rzekł Wadelar.

– Tak. Że imperator zastawił część majątków, które wniosła mu w posagu małżonka... To są plotki, mężu.

– Co ty możesz wiedzieć o tym wszystkim?

– Co mogę? Zapytaj raczej, co ja muszę wiedzieć.

– Musisz?

– Ależ muszę, będąc żoną dużego chłopca, który z lada powodu czuje się nielojalny i zbrukany. Chłopca, który w ogóle nie nadaje się na swoje stanowisko i gotów jutro popełnić jakieś głupstwo, od którego ucierpi przyszłość jego syna. Muszę wiedzieć na przykład, że jeżeli coś złego wydarzy się w Dartanie, to dla Wiecznego Cesarstwa nadejdą ciężkie czasy. Prędzej albo później znów wybuchnie powstanie za morzem, bo Garyjczycy nigdy nie wyrzekną się snów o wskrzeszeniu swego wyspiarskiego mocarstwa. A magnaci dartańscy już teraz korzystają z osłabienia Kirlanu, by powiększyć swoją, i tak nazbyt dużą, niezależność.

– Owszem, i co uczyniono, żeby temu zapobiec? Otóż snuje się zawiłe intrygi, nie ufając zarazem wiernej i zasłużonej dla cesarstwa wojowniczce. To jest... to nie po armektańsku, Akeo.

– Ty wiesz, co jest po armektańsku.

Po raz pierwszy w życiu rozmawiała z nim w taki sposób. Okłamała go. Nie przyszła po to, by wyrwać zatruty cierń. Przyszła, by go wbić. Skąd wychynęła ta istota, której w ogóle nie znał?

– Jesteś zbyt miękki, nie masz prawa być taki – powiedziała, wstając z krzesła. – Masz robić, czego od ciebie żądają, i to robić dobrze. Masz syna i nie pozwolę, byś go skrzywdził przez zbędne i niemądre skrupuły.

– Ja miałbym skrzywdzić... naszego syna? – wymamrotał ogłuszony. – Co w ciebie dzisiaj wstąpiło?

– Nic nie wstąpiło, było zawsze. Masz robić, co do ciebie należy – powiedziała. – Nic więcej i nic mniej. Zawsze za dużo myślałeś, a żąda się od ciebie nie rozterek, lecz całkowitej lojalności. Wobec Kirlanu, nie wobec jakiejś żołnierki. Nie wiem, co ci wbiła do głowy tysięczniczka Tereza. Widzę tylko, że po raz pierwszy gotów jesteś iść za nią na sznurku. Ta kobieta oczywiście mogłaby dopuścić się zdrady, widzę to wyraźnie. A jeśli ty tego nie widzisz, to źle.

7

Podsetniczka Agatra nie spieszyła się z wyjazdem; przeciwnie, pobyt w Akali wyraźnie przypadł jej do gustu. Tereza nie pytała, jakie są powody tej zwłoki w podróży. Zdawała sobie sprawę, że gwardzistka nic jej nie powie, czy też raczej powie tylko tyle, ile może. Wyglądało na to, że Agatra czeka na kogoś.

Nie była jednak uciążliwym gościem. Formalnie, na czas pobytu w Akali, oddała się pod rozkazy tysięczniczki, nalegając wręcz, by jej żołnierzy użyto z pożytkiem dla garnizonu. Tereza nie widziała sensu w posyłaniu łuczników na uliczne patrole – nie znali miejscowych warunków ani nawet rozkładu miasta. Natomiast chętnie przystała na użycie ich do służby wartowniczej, tradycyjnie nie lubianej przez żołnierzy. Widok gwardzisty w armektańskiej tunice, karnie stojącego na warcie przy bramie albo zbrojowni, znakomicie wpływał na morale. „Nie jemy darmo chleba" – zdawali się mówić ci żołnierze. – „Biliśmy się świetnie tu i tam, więc jesteśmy w armektańskiej gwardii, ale teraz nie walczymy i możemy nawet stać na warcie". Nawet – bo do służby wartowniczej i patrolowej doborowych oddziałów zwykle nie używano.

Cenne też były wzajemne kontakty. Komendantka Akali z przyjemnością zauważyła, że gwardziści nie próbują się wywyższać; przeciwnie, chętnie przestają z jej legionistami. Doszło nawet do pewnego... hm, braterstwa broni. Któregoś dnia po służbie mieszana grupka żołnierzy pozwoliła sobie poużywać w jednej z karczm; piwo okazało się zbyt krzepkie. Nie doszło do żadnej awantury, niemniej, na prośbę strapionego oberżysty, pijaków obudzili, potem zaś z trudem zawlekli do kwater, koledzy z ulicznego patrolu. Winowajcy nie mieli mundurowych tunik ani broni, a czasem wolnym mogli dysponować według własnego uznania, komendantka znalazła więc podstawy, by przymknąć oczy na – niewinny w końcu – wybryk. Żadnych dyscyplinarnych kar nie było. Niemniej, rankiem dnia następnego, cały garnizon śmiał się do rozpuku, oglądając jedyne w swoim rodzaju zajęcia na padoku. Schorowani i bladzi, walczący z bólem głowy gwardziści i legioniści pospołu, dyszeli pod ciężarem kolegów, którzy przynieśli ich w nocy. Tereza dość starannie oceniła odległość dzielącą karczmę od bramy garnizonu. „Czterdzieści okrążeń każdy" – zarządziła. – „Jakaś sprawiedliwość być musi". W ten sposób armektańscy gwardziści na dobre już zbratali się z akalczykami.

Słodką sielankę zakłócało tylko jedno: kobiety.

W garnizonie akalskim nie było ich zbyt wiele. Mniej niż w garnizonach armektańskich. Żołnierze Potrójnego Pogranicza wywodzili się z trzech krajów, a w Dartanie i Grombelardzie idea kobiety-żołnierza nie była zbyt popularna. Dartańczycy z orężnymi kobietami, walczącymi na prawach mężczyzn, zetknęli się dopiero w armiach armektańskich. Było to zetknięcie bolesne, niemniej pozostało bez wpływu na wyobrażenia Dartańczyków o wojnie, i ogólnie o roli i możliwościach kobiet. Prowadzony w Złotej Prowincji pobór w ogóle nie dostarczał żołnierek. Do Legii Dartańskiej – będącej w końcu wojskiem imperialnym – trzeba by kierować Armektanki. Nie czyniono tego, szanując miejscowe nawyki i zwyczaje. W Grombelardzie z kolei służba była tak ciężka, że żołnierki trafiały się zupełnie wyjątkowo. Po wycofaniu z gór resztek Legii Grombelardzkiej szeregi wojsk w innych prowincjach zasiliło ledwie kilka kobiet; Tereza miała pod komendą jedną jedyną Grombelardkę. W całym garnizonie z trudem dało się naliczyć kilkanaście legionistek.

W gwardyjskim klinie, wraz z Agatrą, było siedem.

Wredne suki – z grubsza biorąc, taka była opinia Terezy o kobietach w wojsku. Sama zresztą miała się za coś podobnego... pod niektórymi względami. Doskonale znała przyczyny. Otóż nie istniały w Armekcie żadne formalne ograniczenia, dotyczące naboru kobiet do legii. Ale nie istniały też żadne przywileje. Zgłaszająca się do wojska kandydatka na żołnierza musiała wykazać się tym wszystkim, co potrafili mężczyźni. Z oczywistych powodów rzadko która mogła. Do legii więc trafiały tylko te dziewczyny, które w zamian za niedostatki tężyzny i krzepy, potrafiły ofiarować coś innego, dla wojska wartościowego. Zwykle było to niechybne oko, umiejętności strzeleckie na tak wysokim poziomie, że warto było machnąć ręką na parę niedomagań, by pozyskać wyborny materiał na łuczniczkę. Trafiały więc do szeregów dziewczyny, które od samego początku musiały udowadniać, że pod pewnymi względami są dużo lepsze od mężczyzn. Z czasem wchodziło to w nawyk i stawało się nieznośną przywarą.

Łuczniczki Agatry nie bratały się z legionistami – i nie uczyniłyby tego nawet na wyraźny rozkaz swojej podsetniczki. Oprócz jednej, w stopniu dziesiętniczki, wszystkie trzymały się razem (co nie znaczy, że w miłej zgodzie; coś takiego nie mogło panować w gronie pięciu kobiet). Władzę Terezy w pełni honorowały, ale nie było w Akali takiego mężczyzny, któremu by zeszły z drogi. Nadsetnicy Terezy – o niższych szarżach nawet nie wspominając – zaczynali zgrzytać zębami. Ujmując rzecz ściśle regulaminowo, żołnierzowi gwardii miał prawo rozkazywać tylko oficer gwardzista. Tysięczniczka legii Tereza była ledwie honor-podsetniczką gwardii (co znaczyło, że dowodzić mogła co najwyżej klinem lub półsetką). Jej zastępca także był honor-podsetnikiem; reszta oficerów miała stopnie dziesiętników lub zwykłych honor-gwardzistów, a większość wcale nie przynależała do gwardii. Lecz praktyka służby nie zawsze szła w parze z suchymi regulaminami. Dobrym obyczajem wojskowym było uznanie starszeństwa gospodarzy danego garnizonu, placówki czy posterunku.

Dobrym obyczajem...

Łuczniczki Agatry udawały, że nie zauważają szarych pasków, oddzielających czerń akalskich tunik od białych obszyć stopnia na rękawach. Zmuszone do tego, przepraszały honor-dziesiętnika. Zwykłych honor-gwardzistów zupełnie ignorowały. Innych oficerów gotowe były obrażać. Nadszedł wreszcie dzień, gdy Tereza uznała, że dosyć. Posłała kadrowy klin piechoty dla zluzowania wysuniętego posterunku, utrzymywanego przez Potrójne Pogranicze na terenie Drugiej Prowincji. Następnego dnia wieczorem w garnizonie stawili się akalscy gwardziści. I gwardzistki... Tysięczniczka podjęła wyzwanie.

Po rozpadzie Grombelardu komendantka Akali najzwyczajniej w świecie zaczęła podkradać i podkupywać żołnierzy. Wycofanie resztek garnizonów z górskich miast zaowocowało przeniesieniem części legionistów do Londu, wielkiego portowego miasta na północy – byli to ci, którzy nadawali się do służby w straży morskiej. Całą resztę wcielono do Legii Garyjskiej, gdzie, po niedawnym powstaniu, wciąż jeszcze potrzebowano uzupełnień. Do Armektu i Dartanu odesłano materiał zupełnie bezwartościowy, więc żołnierzy chorych lub zdemoralizowanych. Jednak było ponadto trochę weteranów, których kontrakty wojskowe wygasały lada dzień. Lond, nowa stolica Grombelardu, miał sporo kłopotów z reorganizacją własnego garnizonu, nakładały się na to problemy związane z zaokrętowaniem żołnierzy mających płynąć na Garrę, odnawianie kontraktów powierzono więc Akali. Wybór oczywisty – miasto leżało w takim miejscu, że każdy, kto szedł do Armektu lub Dartanu, musiał doń zawitać.

Pośród wszystkich wiarusów, zdatnych jeszcze do służby, a chcących odnowić kontrakt, było kilku grombelardzkich gwardzistów. Tereza znalazła też paru zwykłych legionistów, których staż i chlubny przebieg służby kwalifikowały do wojsk elitarnych. Nie wypuściła już tych ludzi z rąk. Trudno zresztą powiedzieć, by trafiła na poważne kłopoty z werbunkiem. Akala, nie mająca nic wspólnego z grombelardzkimi górami, była przecież położona najbliżej i żołnierzom wydawała się przez to bardziej swojska. Nie bez wpływu pozostawał wygląd miasta, pełnego pamiątek po grombelardzkim rozdziale dziejów. Wreszcie sama osoba tysięczniczki, znanej i sławnej żołnierki, gwarantowała wysoki prestiż służby. Odnawiający kontrakty wojownicy chętnie prosili o przydział do Akali, a Tereza, w imieniu imperatora, równie chętnie te prośby spełniała... Tak

Potrójne Pogranicze zyskało dwie dziesiątki własnych gwardzistów: jedną pełną i jedną kadrową. Doborowy ten oddziałek siedział w małej placówce obserwacyjnej, mając pilne baczenie na wszystko, co działo się w ogarniętej chaosem grombelardzkiej prowincji. Nie było to całkiem zgodne z prawem – żołnierze Potrójnego Pogranicza nie powinni służyć w Grombelardzie. Lecz groźba zbójeckich napadów na tereny Armektu i Dartanu rysowała się tak realnie, że zwierzchnicy Terezy w Kirlanie milcząco zaaprobowali posunięcie, a Księżna Przedstawicielka Cesarza w Londzie udawała, że niczego nie widzi. Prawdę rzekłszy, Tereza zdjęła jej z karku spory kłopot.

Teraz komendantka Akali, przy pomocy swych najlepszych żołnierzy, zamierzała utrzeć komuś nosa.

***

Zachowanie dwóch akalskich gwardzistek tak wyraźnie odstawało od tego, co pokazywały armektańskie koleżanki, że najgłupszy z żołnierzy garnizonu natychmiast musiał pojąć, w czym rzecz... Zacierano ręce ukradkiem a radośnie. W każdym wojsku świata żołnierze różnych formacji rywalizują ze sobą, niezależnie od łączących ich często koleżeńskich więzów. Tutaj zaś chodziło o coś więcej: stawały w szranki już nawet nie dwie formacje i nie dwa garnizony, lecz dwie różne armie, wspólnie służące cesarstwu, ale każda w innych mundurach. Akalscy gwardziści nie zdążyli nawet zameldować o swoim przybyciu, a Tereza już miała dowody, jak mądrą podjęła decyzję. Pewnie, leżały u jej źródeł przekora i poirytowanie... Żołnierze garnizonu jednak naprawdę zasłużyli na wsparcie. Obecność elitarnego, mającego do spełnienia jakąś wyjątkową misję, obcego oddziału, była jednak deprymująca, zaś buta okazywana przez gwardzistki zaczynała wołać o pomstę. Akalski legionista, całkowicie bezbronny wobec wrednych armektańskich bab, czuł się wręcz upokorzony sposobem, w jaki łuczniczki traktowały jego oficerów. Przełożonych, których słuchał i którym okazywał szacunek. Nie łagodziła tego bezpośredniość armektańskich kolegów-gwardzistów. Tereza, ujrzawszy satysfakcję swoich ludzi, zrozumiała naraz, że nie doceniła wagi problemu. Kilka pustogłowych dziewczyn mogło jej rozłożyć garnizon... Na szczęście, żołnierze teraz mieli już swoich własnych gwardzistów. Z przybyłymi witano się serdecznie, tak serdecznie, jak nigdy dotąd, a już „własne" gwardzistki wręcz wyrywano sobie z rąk (były najwyraźniej speszone tą owacją). Ale pod komendą Terezy nie było mowy o żadnych fochach żołnierek i wszyscy legioniści garnizonu chcieli to koniecznie pokazać.

Agatra odnalazła Terezę w jej kwaterze na szczycie baszty. Zameldowała się regulaminowo, lecz tysięczniczka tylko machnęła ręką. Wyglądała przez okno.

– Straszne zbiegowisko na majdanie – powiedziała Agatra. – Ale widzę, że już o tym wiesz?

Tereza wzruszyła ramionami.

– Niech się cieszą. – Wskazała okno. – Przecież to są dzieciaki.

Agatra uniosła lekko brwi.

– No, dzieciaki – powtórzyła komendantka, siadając za swoim stołem. – Nigdy nie przyszło ci to na myśl? Ktoś się nimi stale opiekuje, mówi, co mają robić, nie ponoszą za te decyzje żadnej odpowiedzialności. Nie muszą myśleć o posiłkach, ani o tym, co włożyć na grzbiet. Więc gdy tylko mają trochę wolnego czasu, to zaraz zaczynają się bawić. Wypełnianie poleceń, a w wolnych chwilach zabawa... Czym innym jest życie dziecka?

Agatra, z niejakim trudem, znalazła sobie wolne miejsce do siedzenia.

– Naprawdę, straszną masz tu graciarnię, wasza godność – powiedziała z uśmieszkiem.

– Nie wiem, po co to trzymam. – Tereza zaśmiała się, zawstydzona. – A właściwie może i wiem... W wojsku panuje porządek. Tutaj od tego uciekam, ten bałagan jest mój własny, nie wojskowy. Kiedyś, jeszcze w naszej stanicy – uśmiechnęła się porozumiewawczo – strasznie drażnił mnie bałagan w izbach oficerów. Potem zestarzałam się trochę i chyba zrozumiałam, skąd się brał.

– Bardzo się zmieniłaś – poważnie powiedziała Agatra.

– Czy to dziwne? Mam dwa razy więcej lat. A ty? Co zostało z tamtej Agatry?

– Niewyparzony język. No i wciąż strzelam z łuku, jak kiedyś.

– Zgoda. I to już wszystko.

Zmieniła temat.

– Nie panujesz nad swoimi podkomendnymi – powiedziała.

Gwardzistka zjeżyła się troszeczkę. Tereza trafiła w bardzo czuły punkt.

– Masz na myśli moje łuczniczki?

– Nie są lepsze niż łucznicy. Dlaczego pozwalasz, żeby uważały inaczej?

– Bo myślę tak samo jak one – padła sucha odpowiedź. – Są lepsze. Są dużo lepsze.

– Może lepiej strzelają. Ale kiedyś dojdzie do siłowej młócki, a wtedy oddasz je wszystkie za jednego tęgiego rębajłę.

– Są twardsze – powiedziała Agatra. – Zapomniałaś już, jak trudno dostać się do wojska bez... no, tego? – Pokazała okolice zbiegu ud.

– Wciąż mi „to" nie wyrosło, więc wiem. Sprowadziłam swoich gwardzistów, żeby ustawili twoje podkomendne na właściwym miejscu – oznajmiła otwarcie. – Może przyda im się mała lekcja.

– To mój oddział, nie wtrącaj się w moje dowodzenie, wasza godność – powiedziała Agatra.

– Ani mi to w głowie. Ale tutaj jest mój garnizon. Mówię tylko, żebyś wzięła swoje podkomendne na smycz. Już raz o to prosiłam, tylko oględniej – przypomniała. – Teraz po prostu ostrzegam.

– Przed czym?

– Przed moimi gwardzistkami. Zderzenie może być bardzo nieprzyjemne. Masz zadanie do wykonania, chcesz mieć pełnowartościowy oddział, no to pilnuj, żeby nikt nie naruszył jego morale.

– Nie rozumiem, o czym mówisz, wasza godność – bardzo oficjalnie oznajmiła Agatra.

Tereza wzruszyła ramionami. Zaczynała zdawać sobie sprawę z tego, co namiestnik Wadelar odgadł na pierwszy rzut oka: ta gwardzistka nie umiała się cofnąć, a sztuka pójścia na kompromis była jej całkiem obca...

Lecz może właśnie ktoś taki był potrzebny w Puszczy Bukowej?

***

Zgodnie z wojskowymi regulaminami służbę pełniła trzecia część żołnierzy garnizonu. Z pozostałych połowa miała wolne, druga połowa także, ale tylko na terenie koszar. Żołnierze ci musieli być w mundurach i pod bronią, gotowi do natychmiastowego użycia, gdyby zaszła taka potrzeba. Legioniści, trochę żartobliwie, nazywali to „wolną służbą".

Kwatery żołnierzy składały się zwykle z dwóch pomieszczeń: większe było wspólną sypialnią, w drugim składowano podręczny ekwipunek i broń. Po przejściu na stopę wojenną do pomieszczeń sypialnych wstawiano po prostu dodatkowe prycze, zsuwając je tak ciasno, jak to było konieczne. Bogata Akala stanowiła pod tym względem jeden z nielicznych wyjątków: rozbudowane w oparciu o starą twierdzę koszary były duże i wygodne, przewidziano nawet dodatkowe izby sypialne. W okresie pokoju stały tam stoły i ławy; żołnierze nie musieli grać w kości na pryczach, odpoczywający zaś mieli możność dobrze się wyspać, bo ci z wolnej służby nie hałasowali tuż nad ich głowami.

Po forsownym marszu do miasta ściągnięci z grombelardzkiej placówki żołnierze najpierw solidnie się wyspali. Na porannym apelu, dziennym rozkazem komendantki otrzymali dodatkowy przydział czasu wolnego – i już w parę chwil później rzeczą niemożliwą było znaleźć na terenie garnizonu choć jednego akalskiego gwardzistę. Uroki dawno nie oglądanego miasta stanowiły zbyt wielką pokusę. Wrócili dopiero wieczorem, by objąć podwójną wolną służbę (zwykła służba gwardzistów nie obowiązywała). Dopiero wtedy znalazł się czas na pogawędki. Siedzący w garnizonie legioniści chwalili gości z Armektu, a opowieść o losach szajki pijaków wciąż wzbudzała powszechną wesołość. Rzecz jasna, do beczki miodu natychmiast dodano dziegciu – postawa armektańskich gwardzistek drażniła wszystkich bez wyjątku. Ale temat nie utrzymał się zbyt długo. Gwardziści mieli nowiny z Grombelardu – i nie były to wieści pomyślne. Załoga małej placówki musiała coraz częściej szczerzyć zęby, utrzymując na wodzy rozmaite niesforne żywioły. Trwano tam w stanie półwojny; zwykły patrol mógł zakończyć się bójką, lub nawet zbrojną potyczką. Gdyby w Grombelardzie istniała sprawna władza, każdego dnia żołnierze oddawaliby kogoś w ręce Trybunału – ale władzy nie było, a półlegalnie przebywający w prowincji akalczycy nie mogli posyłać schwytanych rzezimieszków namiestnikowi w Akali. Pozostawał kij. Lecz kij nie mógł się równać z zamknięciem w twierdzy więziennej czy zesłaniem do kopalń soli, a cóż dopiero ze stryczkiem. Wszelkie typy spod ciemnej gwiazdy dawno już zdały sobie sprawę z całkowitej bezkarności. Było tylko kwestią czasu, kiedy zaczną skupiać się w silne, uzbrojone bandy, przeciw którym patrol nic nie wskóra. Gdyby garnizon Akali przestawiono na wojenną stopę choć rok temu i dano mu trochę większe uprawnienia, można by tłumić takie poczynania w zarodku. Ale była tylko jedna placówka, której obsada biegała to tu, to tam... Nieliczni kupcy, ruszający jeszcze do Grombelardu, zapewniali sobie eskortę orężnych pachołków. Było jednak jasne, że już teraz dla podtrzymania, a cóż dopiero ożywienia handlu, potrzebna jest asysta regularnych oddziałów wojskowych. I stała kontrola nad kupieckim szlakiem.

Do kwatery gwardzistów coraz liczniej napływali chciwi wieści słuchacze. To, co opowiadano przy stołach w dziennej izbie, dotyczyło wszystkich. Przeważały mieszane uczucia: legioniści mieli szczerze dosyć rutynowych ulicznych patroli, bardziej aktywne działania poza granicami miasta mogły przynieść odmianę, dać szansę wyróżnienia się, awansu – z drugiej jednak strony, nie o takich bojach marzyli żołnierze. Utarczki z rzezimieszkami nie mogły przynieść chwały. Jeszcze przed kilkoma laty górskie bitwy z oddziałami rozbójników zdarzały się wcale nierzadko. Ale były właśnie bitwami – postawa karnych oddziałów pod wodzą słynnych hersztów wzbudzała pewien szacunek. W Grombelardzie zawsze, w tle władzy cesarskiego przedstawiciela, istniało mroczne imperium bezprawia. Jednak ktoś tym rządził. Rozbójnicy mieli swego króla, a ostatnio królową, organizowali się na sposób wojskowy, istniały pewne ogólnie przestrzegane reguły. Nikt nie atakował karawany pustych wozów; ba, rzadko mordowano kogokolwiek na szlaku. Samotny wędrowiec musiał oddać sakiewkę, ale życie tylko wtedy, gdy był głupi. Kupcom pozwalano wykpić się haraczem, i to na tyle niskim, by nie przeraziła ich wizja ponownego odwiedzenia górskich miast. Ktoś stał za tym wszystkim, żelazną ręką sprawując kontrolę. Zdarzało się, że przed bramą garnizonu miejskiego jacyś ludzie porzucali trupa – i z reguły był to trup szaleńca, albo zwyrodnialca, ściganego przez Trybunał i legie. Niewidzialni egzekutorzy zdawali się mówić w ten sposób: „Nie mamy nic wspólnego ze zbrodniami tego człowieka, nie musicie już plątać się po górach, macie go". Wojna toczona w ten sposób, z takim przeciwnikiem, nie była czymś obmierzłym.

Ale teraz? Teraz legioniści stykali się ze zbirami, mordującymi dla przyjemności, a lada dzień miały nadciągnąć bandy łotrów podpalających jakąś wioskę tylko po to, by odwrócić uwagę od drugiej. Zgraje, które więcej niszczyły, niż brały, złożone z bezmyślnych zwierząt, które należało co najwyżej wytępić. Tu nie było miejsca dla sławy.

Była późna noc, a w wielkiej izbie wciąż jeszcze rozprawiano z ożywieniem, toczono spory. Pozostało najwyżej dwadzieścia parę osób, w tym czwórka armektańskich łuczników. Przyszli dosyć późno; teraz ich pytania i opinie rozpalały rozmowę na nowo.

– Trzeba tu zbudować stanice – dowodził jeden z armektańskich żołnierzy. – Tak jak na Północnej Granicy.

– Właśnie po to kiedyś zdobyto Grombelard, żeby nie budować stanic – wytłumaczył jeden z legionistów.

Ten trzydziestoparoletni człowiek nazywał się Elg i przed laty był szpiegiem Trybunału. Obrzydła mu krecia robota i zaciągnął się do Legii Grombelardzkiej, pomimo licznych przeszkód; Trybunał niechętnie widział w wojsku kogoś znającego różne sposoby i wybiegi, używane przez tajnych urzędników. To dlatego właśnie dartański szpicel zaciągnął się w Grombelardzie – nie chciał być prześladowany. Dowódcy legii mieli na temat jego przydatności do służby zdanie akurat odwrotne niż Trybunał i Elg został żołnierzem. Bardzo wyjątkowym, co prawda, bo główną jego zaletą była wiedza, nie umiejętności wojskowe. Lecz – uparty i wytrwały – zdobył je. Był dobrym legionistą, ze stopniem dziesiętnika czekającym w zasięgu ręki. Tereza wcale nie kryła, że nominacja nastąpi natychmiast, gdy zwolni się jakiś etat.

– Stanice dużo kosztują – mówił dalej Elg. – Garnizony w Grombelardzie pilnowały porządku, w samych miastach żyło się dość bezpiecznie, byli rzemieślnicy i kupcy, karczmarze i kamienicznicy, a wszyscy płacili podatki. Stanice nie płacą podatków, a kosztują tyle co garnizony w miastach. Nawet więcej.

– Tak było kiedyś – upierał się Armektańczyk. – Ale teraz musicie mieć stanice i warowne placówki, tak jak u nas. Cesarz nie podbije Grombelardu po raz drugi, a w każdym razie jeszcze nie teraz. Nie zanosi się.

Było w tym sporo racji.

– Strasznie dużo wojska będzie trzeba – zafrasował się ktoś w kącie izby.

– Wcale nie tak dużo. A jak zrobi się ciężko, to na pewno przyjdzie gwardia – powiedziała armektańska łuczniczka. – Wy trzymacie już jedną placówkę, obsadzi się parę innych... – mówiła do akalskich gwardzistów. – Nic nie przejdzie przez taki kordon.

Zaległo krótkie milczenie. Widać prędzej czy później musiał nastąpić zgrzyt. Słowa, które miały być chyba jakimś wyrazem uznania dla siostrzanego oddziału gwardii, uraziły wszystkich legionistów. A więc rozważania, jak to będzie na wojnie ze zbójami, są niepotrzebne i głupie. I tak wszystko zrobi gwardia. Tylko elitarne jednostki zdołają zaprowadzić porządek. Legioniści z Potrójnego Pogranicza, a choćby i z Armektu – nie.

– Gwardii Grombelardzkiej już nie ma – powiedziała z uśmiechem kuszniczka Ganea, jedyna Grombelardka w garnizonie. – A nas tutaj jest na razie za mało.

Armektanka nie pojęła, o co chodzi.

– Przyjdzie Gwardia Armektańska – orzekła z takim przekonaniem, jakby sama mogła to sprawić.

– U was wszędzie posyła się gwardię? – pytała zdziwiona Ganea, zupełnie nie pojmując w czym rzecz.

Łuczniczka uważnie przyjrzała się rozmówczyni. Ganea była... prawie odrażająca. Pomimo (a może zwłaszcza dlatego) że jej twarz nosiła ślady bujnej urody. Lewa strona głowy wciąż jeszcze należała do pięknej i niestarej, bo trzydziestoparoletniej kobiety. Z prawej strony jasnożółte włosy odchylały się czasem, odsłaniając starą ranę na skroni: wrogie ostrze ścięło tam płat skóry. Inny oręż (a może ten sam?) niemal odrąbał policzek, który musiał, po tym ciosie, wisieć na płacie mięsa. Całość na powrót przyrosła do twarzy, ale straszne blizny pozostały. Okropnie wyglądały też przedramiona, wystające spod krótkich, nierównych rękawów kolczugi i narzuconej na nią tuniki. Ktoś pociął je nożem, raz przy razie. Na lewym przedramieniu było ze dwadzieścia blizn, na prawym tylko cztery, ale za to szerokie.

Ganea nie była nadzwyczajnie bystra. Marszcząc brwi, zastanawiała się nad losem armektańskich żołnierzy.

– Strasznie tam wami orzą – powiedziała. – I wszędzie was tak posyłają?

– Nie – powiedziała skonsternowana Armektanka. – Przecież narzekaliście, że jest was za mało.

– No, ale jak tysięczniczka dostanie wreszcie pozwolenie, żeby uzupełnić nasz legion do pełnego stanu, to jeśli Legia Armektańska i Dartańska będzie nam pomagać...

Jedna mówiąc „my" myślała „gwardia", podczas gdy druga – „żołnierze"... Nie mogły dogadać się w ten sposób. Może też zawinił trochę język. Kinen – zubożony armektański – ułatwiał poruszanie się po całym Wiecznym Cesarstwie i umożliwiał porozumienie, ale jednak nie bardzo nadawał się do trudnych rozmów.

– Uzupełnią wasz legion gwardią?

– Nie... Dlaczego gwardią?

– Ona mówi – odezwał się w końcu Elg – że legia nie poradzi sobie tutaj. Dlatego potrzebna będzie gwardia. Armektańska, bo akalskiej jest za mało.

Ganea pojęła wreszcie, o co chodzi armektańskiej łuczniczce. Ale nie zauważyła pełnej napięcia ciszy, w jakiej toczyła się rozmowa. Wszyscy czekali na ciąg dalszy.

– Mówisz, że oni – Grombelardka pokazała palcem legionistów – nie dadzą tu sobie rady? A wy dacie?

Jeden z Armektańczyków chciał zmitygować koleżankę. Nic z tego nie wyszło.

– No, to chyba jasne? – zapytała.

Ganea lubiła każdego, kogo spotkała. Ale czasem przestawała lubić. Nagle.

– Ja się nazywam Ganea. A ty?

– Kerita.

– Kerita. Słuchaj, Kerita, to wszystko są gwardziści – powiedziała kuszniczka, znowu pokazując swoich kolegów w jednolicie czarnych tunikach. – Wiesz, czym się od nich różnimy? My już mamy do połowy szare mundury, a oni dopiero będą mieli. Zdobędą je i przejdą do gwardii. Tak jak ty przeszłaś z legii do gwardii. Gwardia nie przyszła, żeby zabrać twoją robotę, dlatego zrobiłaś ją sama, wyróżniłaś się i jesteś gwardzistką.

Nic lepszego nie dało się powiedzieć. Na twarzach akalczyków zagościły uśmiechy. Ale rozmowa, niestety, nie skończyła się jeszcze... Tam, gdzie mężczyźni przerwaliby spór, kobiety dopiero zaczynały.

– A gdyby ktoś w Akali potrzebował pomocy – Ganea nie dopuściła Armektanki do głosu, nie wiedząc, że już zwyciężyła – to nie łuczników z Armektu. Jesteście na pewno świetni u siebie, ale tutaj nie jest Armekt i Legia Akalska poradzi tu sobie lepiej – niepotrzebnie przeciągała strunę.

– Co masz do łuczników z Armektu? – zapytała tamta, odpychając kolegę, który ujął jej ramię. – Nie szarp mnie... Kto sobie poradzi lepiej? Oni lepiej niż Gwardia Armektańska?

– Wy lepiej u siebie, a my lepiej u siebie.

– Armektanka wszędzie jest u siebie.

To był cios poniżej pasa; tego Grombelardka nie przełknęła.

– Armektanka dostanie grombelardzką nogą w dupę – powiedziała, wstając z ławy. – Chodź no tutaj.

Dwudziestu chłopa rzuciło się zewsząd i przytrzymało wojowniczki. Kłócono się, hałasowano, tłumaczono.

– No już, nie pobiję jej! – powiedziała wreszcie Ganea.

– Wycięłabym ci parę nowych szram na ręce – odparła łuczniczka, której zabrano nóż.

Nieoczekiwanie ktoś się zaśmiał. Zawtórował mu drugi, a potem reszta, bo akalczycy znali tajemnicę blizn na ramionach Grombelardki... Po chwili śmiechy umilkły.

– Nie, kwiatku – powiedziała właścicielka pokarbowanych przedramion. – To już robię se sama. Gdybym dostała cię z kuszy, to trafiłabyś tu, a gdybym cię udusiła albo zarżnęła mieczem, wtedy tutaj. – Pokazała gęsto pobliźnioną rękę, a potem drugą, na której były tylko cztery znaki.

Armektanka nie wiedziała, co powiedzieć.

Mężczyźni wypiliby piwo. Kobiety były w połowie drogi.

– Nie mam nic do twojego łuku – rzekła Ganea. – Tylko co to w ogóle za broń?

Teraz już obrażała wszystkich łuczników świata.

– Chodź, Kerita – powiedział jeden z Armektańczyków.

– Nie. Chcę posłuchać, co ona mówi.

– Masz. – Ganea rzuciła na stół bełt do kuszy. – A ty używasz takich? – Pokazała kołczan gwardzistki.

Kerita wyjęła smukły, piękny pocisk, zakończony liściastym grotem. Grombelardka obejrzała go dokładnie, po czym zupełnie nieoczekiwanie wzięła zamach – i przybiła sobie dłoń do stołu. Ktoś sapnął zaskoczony. Jakiś legionista plasnął się dłonią w czoło, zapanowało powszechne poruszenie.

– Teraz ty – z lekką chrypką powiedziała kuszniczka, ruchem głowy wskazując swój pocisk.

Zaległa martwa cisza. Kerita powoli wzięła bełt, przeznaczony do ciężkiej, napinanej korbą kuszy. Miał grubość męskiego palca... Czworograniasty grot mógłby służyć do łupania orzechów.

– Zostaw to, Kerita – powiedział armektański gwardzista. – Będzie tego na dzisiaj. Zostaw to, no już.

Dla wszystkich było jasne, że jeśli dziewczyna przebije sobie rękę tym... czymś, to już nigdy nie będzie strzelać z łuku. Miałaby pogruchotane kości dłoni.

Armektanka powoli odłożyła bełt, spojrzała na Ganeę, odwróciła się i wyszła. W ślad za nią ruszyli armektańscy łucznicy. Po chwili w izbie pozostali sami gospodarze.

Jeszcze przez chwilę panowało milczenie.

– No... to teraz niech ktoś to przełamie – powiedziała Ganea, pokazując promień strzały. – Może jakoś... wyjmiemy, co?

Krwi na stole było coraz więcej. Pospieszono z pomocą. Ganea, od dawna już ciesząca się niemałym poważaniem, wyrosła na bohaterkę. Prostym żołnierzom imponowały takie popisy. Lecz kuszniczka, skrzywiona i niezadowolona, potrzebowała czasu, by móc cieszyć się wywartym wrażeniem. Na razie była jedyną w izbie osobą potrafiącą ocenić rzecz z dystansu.

– Nie wiem, w co trafiłam – wymruczała, gdy przełamano strzałę – ale... jakbym jeszcze kiedy chciała się popisywać... to niech ktoś pierdolnie mnie w dzbanek.

Zgrzytnąwszy zębami, szarpnęła dłoń do góry. Okrwawiony ułomek pocisku został w blacie stołu.

***

Tereza zawsze wiedziała, co dzieje się w garnizonie – i nawet nie potrzebowała donosicieli. Żołnierzy, funkcyjnych i oficerów łączyła pewna zażyłość, więc wszelkie plotki łatwo pięły się po szczeblach hierarchii; ktoś opowiedział o zdarzeniu swojemu dziesiętnikowi, ten znów napomknął podsetnikowi, którego był zastępcą i kolegą... Jeszcze nim nastało południe, komendantka miała świadomość, iż w garnizonie jest ranna kuszniczka, którą nieustannie odwiedzają całe zastępy legionistów. Poznawszy szczegóły, przemyślała rzecz dogłębnie i postanowiła, że nic o niczym nie wie. Wpadła jednak w zły humor. Z jednej strony osiągnęła to, czego chciała – bo ktoś odpowiednio potraktował armektańskie gwardzistki. Lecz z drugiej znów strony nie było żadnych powodów do dumy. Podobne tarcia między żołnierzami należałoby właściwie tępić, zamiast prowokować. A ona sprowokowała. Poniekąd.

Tego dnia żołnierze pełnili służbę tak starannie, jak tylko mogli, bo zły humor komendantki był aż nazbyt dobrze widoczny. Tereza, w ogóle mająca dość kapryśne usposobienie, bywała wręcz nieznośna, gdy coś ją rozdrażniło. Lecz okazało się wkrótce, że swary pomiędzy gwardzistkami były niczym wobec wojny, jaką mogły rozpętać ich dowódczynie. Agatra ani myślała naśladować żołnierzy; zamiast zejść z oczu złej jak osa tysięczniczce, zrobiła coś wręcz odwrotnego: wybrała się do niej z zażaleniem. Wiedziała o nocnym zajściu i chciała sobie wyprosić podobne rzeczy na przyszłość – tak przynajmniej, jakby to Tereza przybijała sobie rękę do stołu albo osobiście wydała taki rozkaz Ganei.

Tereza, siedząca w swojej rupieciarni, przerwała podsetniczce w pół słowa.

– Czekaj, czekaj – rzekła. – Czy ja mam ukarać swoją kuszniczkę? Zrobiła sobie dziurę w ręce, prawda, żołnierz nie ma prawa czynić się niezdolnym do służby. Ale oficjalnie ja o niczym nie wiem. Jej dziesiętnik, myślę, zdrowo dał jej po dupie, ale nie złożył mi raportu i nie złoży, bo stałby się szpiclem donoszącym na swoich własnych żołnierzy. A dla mnie nieudolnym funkcyjnym, któremu trzeba matkować, bo niczego sam załatwić nie potrafi... Mam iść i zapytać wprost, skąd się wzięła rana? I wysłuchać kłamstw? Zresztą to nie jest sprawa dla komendanta garnizonu, czego ty chcesz ode mnie?

– Twoi legioniści, wasza godność, obrazili moich żołnierzy – oświadczyła lodowato Agatra.

– I co ja ci na to poradzę? Mam ustawić w szeregu połowę garnizonu, żeby chórem powiedzieli „przepraszamy"? Zejdź z obłoków na ziemię, dziewczyno! –

rozzłościła się tysięczniczka. – Mówiłam ci, żebyś swoje suki trzymała na smyczy! A teraz wynocha stąd, mam robotę! – Pokazała jakieś dokumenty, które, pokryte kurzem, najwyraźniej spoczywały w kącie od tygodnia.

Agatra oniemiała.

– Wyniosę się, bądź pewna, pani – powiedziała po długiej chwili. – I nie tylko z tej przepysznie urządzonej izby, ale jeszcze dalej. Zabieram stąd moich żołnierzy, wolę znaleźć im kwatery w gospodach. – Odwróciła się i ruszyła ku drzwiom.

Tereza ochłonęła dość szybko.

– Czekaj – powiedziała, o wiele spokojniej niż poprzednio. – No, czekaj, mówię, i nie każ mi powtarzać po raz trzeci...

Milczały przez długą chwilę.

– Cała ta sprawa złości mnie jeszcze bardziej niż ciebie – rzekła na koniec Tereza. – Ale twoi żołnierze to nie jest jakiś prywatny poczet, moi także nie. Dano nam ich pod komendę w jakimś celu, a tym celem jest współdziałanie, zawsze i wszędzie. Lada dzień przepadniesz w tym przeklętym lesie i może lepiej, żeby twoi wojacy mieli tutaj przyjaciół, nie wrogów?

Agatra była blada ze złości.

– Wyprowadzisz się jutro – powiedziała Tereza. – To... no, prośba. Jestem wściekła i nie zdołam dzisiaj dogadać się z tobą, raczej walnę cię w łeb, a ty mnie... i będą nieliche kłopoty. Jutro rano przyjdź do mnie, zjemy razem śniadanie i albo zostaniesz, albo sobie pójdziesz. No? Czy to brzmi trochę lepiej, niż „wynocha"? Doceń, jak bardzo się staram! – Żart, o ile nim był, wypadł raczej jak ponura pogróżka.

Agatra wzruszyła ramionami, kiwnęła głową i wyszła.

– Nawet oszczać cię nie chcę – powiedziała Tereza do zamkniętych drzwi. – Nadęta sługusko cesarzowej. Gdybym tak mogła, jak nie mogę...

Ale nie mogła. Zupełnie.

Następnego dnia, przy śniadaniu, unikały przykrego tematu. Komendantka wróciła do rozmowy sprzed paru dni, wypytując o jakieś niemające żadnego znaczenia nowinki z Kirlanu, Agatra zaś chciała lepiej poznać historię Pogranicza.

Armektańscy gwardziści zostali na terenie garnizonu.

8

T.L.Wadelar, Pierwszy Namiestnik Trybunału w Akali, niewiele wiedział o tym, co działo się w garnizonie. Można by rzec: na szczęście niewiele wiedział – bo gdyby mógł poznać przykre usposobienie dowódczyni gwardzistów, obawy i złe przeczucia zabrałyby mu sen. Jeszcze nim zobaczył Agatrę, wiedział na jej temat to i owo, lecz dostarczony raport dotyczył głównie przebiegu służby, poza tym był wyjątkowo zwięzły i oszczędny w słowach. W powszechnym mniemaniu urzędnicy Trybunału wiedzieli wszystko o wszystkich; Wadelar świetnie rozumiał, że taki mit jest bardzo pożyteczny – niemniej był właśnie mitem. W osobie zadziornej łuczniczki obchodziło go mnóstwo rzeczy, poza przebiegiem wojskowej kariery akurat. Dowiedział się, że była wzorową żołnierką, a potem bardzo dobrym oficerem. Ot, nowina, warto było pisać, doprawdy... Wszak do specjalnych misji wybierano z reguły złych żołnierzy i kiepskich oficerów, czyż nie?

Wadelar niecierpliwił się, bo czekał na tę samą osobę, której wyglądała Agatra. Jednak było to czekanie trochę inne; namiestnik wiedział nie tylko, kto przybędzie, ale też – dlaczego. Gwardzistka znała tylko tożsamość osoby.

Bo nie wszystkie raporty i listy, jakie otrzymywał Pierwszy Namiestnik Sędziego, były wyzute z treści...

Miał przyjaciół, wielu przyjaciół. Na szczęście – bo oto dano mu posmakować tego, czym niedawno karmiono komendantkę akalskiego garnizonu. Nie ufano mu chyba. Cesarzowa w specjalnym piśmie ani słowem nie wspomniała o powodach, dla których grombelardzki mędrzec-Przyjęty miał dołączyć do oddziału Agatry.

Lecz pisała doń nie tylko cesarzowa...

Jego Dostojność T.L.Wadelar
Pierwszy Namiestnik Najwyższego Sędziego
Trybunału Imperialnego
w Akali

Czcigodny Kamracie!

Nie uwierzysz mi chyba, gdy powiem, że wciąż jeszcze wybucham śmiechem, budząc się czasem w nocy. Nie dalej jak wczoraj chodziłam po sypialni, znów nie mogąc uwierzyć, że naprawdę powierzono mi po Tobie namiestnictwo Londu. Minął rok, a ja ciągle się śmieję, wyobrażasz sobie? Różne rzeczy o mnie powiadają, ale nikt nie wie o najważniejszym, a mianowicie o tym, że Pierwsza Namiestniczka jest osobą zupełnie niepoważną – tak zaczynał się list, doręczony mu przez specjalnego posłańca.

Nazywała go „czcigodnym kamratem"... Wiedział, kim była kiedyś, i nie musiała tego ukrywać, pozwalała więc sobie na kpinę. Przed laty dowodziła wszystkimi szpiegami i wywiadowcami legendarnego już za życia Basergora-Kragdoba, najsłynniejszego w dziejach Grombelardu władcy gór i górskich rozbójników. Potem, gdy Druga Prowincja zaczęła sypać się w gruzy, została powierniczką Wereny, jedynej córki cesarskiej i żony grombelardzkiego Księcia Przedstawiciela; Werena piastowała wówczas stanowisko Pierwszej Namiestniczki Sędziego w Grombie. Lecz przed półtorarokiem objęła w Grombelardzie tron książęcy i nie pozwoliła odejść swojej faworytce. Uczyniła ją Namiestniczką Sędziego w Grombie, a potem Londzie, nowej stolicy Grombelardu. Było to stanowisko zwolnione przez Wadelara. Były Namiestnik, nim przeniósł się do Akali, o co usilnie od wielu lat zabiegał, musiał przekazać wszystkie sprawy swojej następczyni, co trwało dwa miesiące, bo w zrujnowanej prowincji Trybunał zajmował się po prostu wszystkim, będąc ostatnią działającą instytucją. Tak poznał niełądną Armę o słonecznożółtych włosach. I szczerze polubił, a nawet... połączyło ich na krótko coś poważniejszego. Rzecz niezwykła, lecz rozstali się jak przyjaciele. Krótkie zadurzenie, zamiast zniszczyć, wzbogaciło tę niezwykłą znajomość cesarskiego urzędnika i byłej banitki – ostatniej gwardzistki sławnego Króla Gór.

Zwany jest Głupim bądź Szalonym – pisała teraz doń – *lecz nie daj się zwieść pozorom. Przezwisko wzięło się od wyrazu jego skrzywionej twarzy. Ale ten kaleka o wyglądzie półgłówka jest może największym z żyjących Przyjętych, a na pewno wśród historyków, bo matematycy Szerni to osobne i trochę zamknięte grono. Szalony Gotah oddał kiedyś wielkie usługi Werenie i jest jej osobistym przyjacielem. Uważaj na to, co mówisz przy tym człowieku, bo to bardzo niezwykły mędrzec Szerni, obchodzi go świat i wydarzenia na świecie, a zdaje się nawet, że ma niejakie pojęcie o politycznych sprawach Cesarstwa. Śmiejąc się co prawda, ale chyba szczerze, powiedział mi kiedyś, że niedawno (lecz niedawno w jego rozumieniu, nieprawdaż, więc zupełnie nie wiadomo co to znaczy) zobaczył prawdziwe pole bitwy, a potem nagą kobietę i uświadomił sobie, że zapomniał, jak wyglądają ludzie i ich sprawy. Zaczął więc przyglądać się światu, oddając Szerni tylko pół swojego czasu. Może to tylko dziwny żart, lecz nikt nie wie, co powoduje Przyjętymi, i myślę, że opowiadane przez nich żarty warto brać trochę serio.*

Z rozpostartym listem w dłoni Wadelar, czytający słowa namiestniczki po raz trzeci lub czwarty, znów kiwnął głową na zgodę. Przez wiele lat siedząc w Grombelardzie, wiele widział i słyszał, choć Lond nie był „prawdziwym" grombelardzkim miastem – wielki port na końcu świata niewiele miał wspólnego z orlimi gniazdami w Ciężkich Górach. Ale o mędrcach-Przyjętych mówiło się i w Londzie.

Nawet gdybym wszystko dokładnie rozumiała, musiałabym napisać trzy listy, żeby wytłumaczyć, o co chodzi z Przepowiedniami, jakie Przyjęci czasem odnajdują w Księdze Całości. Ale to nieważne, wystarczy, żebyś wiedział, iż taką Przepowiednię znajdowało się raz na sto czy dwieście lat, a teraz znajdują je ciągle. Nie wiem kto znalazł Przepowiednię o żywym Pęknięciu Szerni w Dartanie, w każdym razie chyba nie Gotah, ale to on napisał o tym do Wereny. Jest w tym wszystkim moja zasługa (albo moja zbrodnia, skoro nie wiadomo, jaki obrót przybiorą sprawy), bo to ja nakłoniłam Werenę, żeby posłała list Gotaha do stolicy. Ona sama panicznie boi się wszystkiego, co jest związane z siłami nad światem, i gotowa była potraktować tę Przepowiednię najwyżej jako ciekawostkę. I co powiesz? Naraz okazało się, że Cesarzowa ma zupełnie inne zdanie na ten temat. Wiemy tu już trochę o sprawach Puszczy Bukowej, a ja je ponadto rozumiem, bo przecież, jak pamiętasz, dosyć długo mieszkałam w Rollaynie. Ale osobista prośba Jej Cesarskiej Wysokości skierowana do mędrca-Przyjętego? To chyba po raz pierwszy w dziejach świata. Nie wiem o co chodzi i się nie dowiem. Domyślasz się, że nie łamałam pieczęci Cesarzowej, chociaż miałam jej pismo w ręku, bo Werena zleciła mi przesłanie tej korespondencji dalej, do rąk własnych Gotaha (oj, cóż to było za zadanie! nie masz mi czego zazdrościć). Ale rozmawiałam z Przyjętym, kiedy stawił się w Londzie, i chociaż niewiele powiedział, to mam wrażenie, że w liście z Kirlanu wręcz nalegano, by odbył podróż do Puszczy. Tak jak Werena, trochę zżymam się, Drogi, myśląc o tych wszystkich Przepowiedniach i różnych Prawach Całości. Ale trzeba trafu, przekonałam się na własnej skórze, iż całkiem lekceważyć ich niepodobna. Może więc ma rację Cesarzowa, która najwyraźniej uważa, że Trybunał, legie i całość Wiecznego Cesarstwa to jedno, natomiast wszystkim co związane z Szernią winien zająć się mędrzec-Przyjęty. W Sey Aye rzeczywiście dzieją się dziwne rzeczy, więc jeśli ktoś taki uważa, iż wiążą się z siłami nad światem, to dlaczego mu nie uwierzyć? Pewna jestem, że otrzymasz mój list jeszcze przed przybyciem Gotaha, bo ufam swoim posłańcom – nie używam, jak wiesz, tych waszych (ach, co mówię! przecież naszych!) kurierów. Jednakże on już wyruszył, a chociaż jest tylko mędrcem Szerni, to jednak potrafi podróżować. Oczekuj więc rychłych, bardzo niezwykłych odwiedzin. I koniecznie napisz mi wszystko, co wiesz o Puszczy Bukowej, Sey Aye i nowej księżnej, bo umieram z ciekawości i jeśli nie napiszesz, to już nigdy nie uprzedzę Cię o niczym.

Było jeszcze trochę plotek, pozdrowienia i na koniec: *Twoja zawsze oddana przyjaciółka Arma.*

Wadelar odłożył list i przetarł palcami powieki.

Słuszność miała Akea: nie nadawał się na swoje stanowisko. Wychowany w surowym domu, został nauczony poszanowania tradycji. Ojciec nie wyobrażał sobie, by ktokolwiek noszący monogramy przodków rodu mógł nie służyć swemu krajowi. Drogi były dwie:

wojskowa albo... I Wadelar, nie chcąc zostać wojakiem, musiał wybrać życie urzędnika Trybunału. Nie nadawał się do tego jednak. Do niczego się nie nadawał.

– Bo to prawda – mruknął sam do siebie.

Marzył kiedyś, że zostanie uczonym. Pozna wszystkie tajniki algebry i geometrii, meandry wyższej matematyki, a potem będzie wykładał w jednej z imperialnych uczelni, może nawet w stołecznej Wielkiej Akademii... Marzenia. Nigdy nie ośmielił się powiedzieć o nich ojcu, dla którego istniała tylko jedna nauka: historia. Lecz wyłącznie historia armektańskiej chwały, armektańskich wojen i podbojów.

A teraz... Teraz słuszność miała Akea. Mając na oku przyszłość swego syna, winien piąć się mozolnie po szczeblach kariery, nie myśleć zbyt wiele, błyszczeć gorliwością... Tymczasem robił wszystko, byle tylko pozostać namiestnikiem sędziego w Akali. Żona nie wiedziała, jak bardzo o to zabiegał ani że w ogóle zabiegał... Była zrozpaczona. Okres „grombelardzkiego zesłania" przebolała, licząc, że prędzej albo później przeniosą się z powrotem do Armektu albo Dartanu, gdzie namiestnictwo w byle okręgu znaczyło dziesięć razy więcej. Zamiast tego trafili do Akali: miasta-państwa, miasta-prowincji... Stąd już nie było ucieczki. Jedyny na Potrójnym Pograniczu wysoki urzędnik Trybunału nie miał przyjaciół ani przeciwników, ani konkurentów; nie mógł znaleźć protektorów, nie mógł się wyróżnić, jego okręg nie mógł błyszczeć na tle innych okręgów prowincji. Nie było innych okręgów. Z akalskiego gmachu dało się przejść tylko do stanu spoczynku. Można było wcześniej złożyć rezygnację. Dlatego więc Wadelar, nie mogąc już marzyć o wyższej matematyce, marzył o Akali. I gdy dopiął swego, upił się z radości.

Z radości i trochę ze strachu, bo był pewien, że gdyby prawda kiedykolwiek wyszła na jaw, żona natychmiast wezwałaby świadków i wręczyła mu list rozwodowy.

Ale życie zadrwiło zeń okrutnie. Jeden z najbogatszych i najspokojniejszych okręgów Wiecznego Cesarstwa był takim do niedawna. Przestał być spokojny, gdy doszło do grombelardzkiej katastrofy. A teraz jeszcze ta Puszcza Bukowa... Istna awantura, w której brali udział szpiedzy, legioniści komendantki Terezy i sama komendantka Tereza, sławni dowódcy prywatnych pocztów Sey Aye, jej wysokość księżna-niewolnica, gwardziści dowodzeni przez faworytkę cesarzowej, a na koniec mędrzec-Przyjęty. No i namiestnik Wadelar.

***

Przyjęty przyjechał dwa dni później.

Przeczytawszy list od grombelardzkiej przyjaciółki, Wadelar oczekiwał starca z groteskowo wykrzywioną twarzą, trochę zrzędliwego (nie wiadomo dlaczego miałby być zrzędliwy...). Chcąc okazać gościowi szacunek, ruszył do drzwi komnaty i... stanął przed pięćdziesięciopięcioletnim krzepkim mężczyzną, średniego wzrostu, o budowie raczej żylastej. Skrzywienie ust, któremu Gotah rzekomo zawdzięczał swój przydomek, budziło nie tyle współczucie, co lekką irytację, był to bowiem nieśmiertelny uśmieszek kpiarza. Ten człowiek winien raczej nazywać się Gotah-Szyderca niż Głupi albo Szalony.

Składając komuś wizytę, do dobrego tonu należało czekać na słowa gospodarza, który miał prawo w swoim domu mówić albo nie. Z drugiej strony, domownik winien przez chwilę zwlekać z zabraniem głosu, by gość zdążył zademonstrować znajomość dobrych manier. Jednak Wadelar omal nie roześmiał się od ucha do ucha, uprzejmie i w milczeniu stercząc przed człowiekiem o kpiarsko wykrzywionej gębie.

– Witam cię, panie – rzekł wreszcie. – Bardzo rad jestem. Nie domyślasz się nawet jak bardzo.

– Bardzo bardzo – rzekł Gotah. – Także witam waszą dostojność. Rad mi jesteś najwyżej prywatnie, Namiestniku Sędziego Trybunału, bo każdy chce poznać Przyjętego, a niektórzy chcą bardziej niż inni. Lecz jako cesarski urzędnik wolałbyś zobaczyć pożar w swoim domu niż moje nadobne oblicze.

Bezpośredniość przybysza ujęła gospodarza.

– Nie, naprawdę – powiedział zadowolony. – Przebacz mi, wasza godność, ale nie oczekiwałem tu kogoś takiego.

– Wasza dostojność nie wiesz jeszcze, jaki jestem. Gdzie mogę sobie stanąć?

– Ależ usiąść, nie stanąć! – zaprotestował Wadelar, ujmując gościa za łokieć i wskazując fotele w głębi sali. – Przebacz, mędrcze Szerni, ale...

– Jednak stanąć – przerwał Przyjęty. – Cały dzień tkwiłem w siodle i okropnie boli mnie... wszystko.

– A zatem stańmy przy oknie. – Namiestnik uśmiechnął się. – Zobaczysz, wasza godność, najdziwniejsze miasto Szereru.

Ruszyli do okna.

– Rzeczywiście słabo znam Akalę. Byłem tu, lecz dawno, bardzo dawno temu. Już jadąc tutaj, zobaczyłem, ile się zmieniło... Wasza dostojność – Gotah, uprzejmie zerknąwszy na zewnątrz, po chwili zmienił temat – najpierw zapytam, czy pozwolisz mi przenocować w twoim domu?

– To przecież oczywiste. Miałbyś, panie, nocować w gospodzie?

– Rzeczywiście, gospody już mi obrzydły. Ale czas namiestnika Trybunału nie zawsze należy do niego. Mogę przenocować w garnizonie. Jeśli nie dzisiaj, to jutro i tak będę musiał tam zawitać. Mam list polecający dla dowódcy żołnierzy, z którymi mam jechać dalej.

– Komendantka garnizonu jest... na pewno bardzo gościnna, ale koszary to jednak tylko koszary. Możesz panie dysponować moim domem i czasem.

– Jestem wdzięczny.

Spojrzawszy z ukosa, Przyjęty skonstatował, że urzędnik przestępuje z nogi na nogę. Ten człowiek nie przywykł do rozmów na stojąco.

– Usiądźmy, panie – powiedział. – Moje kości już trochę odpoczęły, za to twoje zaraz się zmęczą.

Zajęli miejsca przy stole. Wadelar przywołał służbę, a upewniwszy się, że gość nie odczuwa głodu i nie ma żadnych specjalnych życzeń, kazał przynieść lekkie wino i owoce.

– Wieczerzę podadzą nam później. Nie ukrywam, wasza godność – zagaił – że twoja obecność tutaj, i w ogóle twoja tajemnicza misja, budzą moją ciekawość. Nie zamierzam jednak wyciągać od ciebie żadnych sekretów i tajemnic.

Przyjęty wzruszył ramionami.

– Powiem najkrócej jak, potrafię: otóż w Księdze Całości... myślę, że słyszałeś panie o tym dziele... odkryto pewną ciekawą wzmiankę. Stary przyjaciel, Przyjęty tak jak i ja, szukał swego syna i znalazł go w Dartanie, w Rollaynie. Huczało tam o podstępnej niewolnicy, która została księżną. Przyjaciel mój powiązał tę historię z inną, której sam był bohaterem, i odkrył w Księdze Całości odnoszącą się do tych zdarzeń Przepowiednię. Wybacz mi, panie, lapidarność, ale to opowieść na dwa dni, ja zaś pragnę szybko przejść do sedna sprawy... Słowem, powiadomił mnie o swoim odkryciu. Znając jej wysokość Księżnę Przedstawicielkę Cesarza w Londzie, posłałem list, w którym pytałem, czy w Dartanie zaszły jakieś szczególne wydarzenia mogące się odnosić do odkrytej Przepowiedni (mój przyjaciel przecież słyszał tylko plotki, Trybunał nie udzielał mu swej wiedzy). Mój list trafił aż do jej cesarskiej wysokości w Kirlanie. Okazało się, że w Puszczy Bukowej (z którą, podobno, mogą być jakieś kłopoty) rzeczywiście pojawiła się osoba, której dokładny opis podałem. W Rollaynie, gdzie każdy teraz chce zostać spadkobiercą księcia Sey Aye, trudno usłyszeć coś wiarygodnego. Ale wiadomości uzyskane od samej imperatorowej zasługują przecież na zaufanie. Czy mówię zbyt szybko, wasza dostojność?

– Nie – zaprzeczył Wadelar. – Czy ta osoba, którą Przepowiednia dokładnie opisuje, to... księżna Ezena? Armektańska niewolnica wyniesiona do rangi...

– Chyba tak. Przepowiednie, których możesz wysłuchać na każdym jarmarku, panie, to sposób na wyciągnięcie paru miedziaków od naiwnych. Mogą znaczyć wszystko albo nic. Lecz w Księdze Całości nie ma takiego bełkotu. Przepowiednie Całości są dosłowne, wasza dostojność. Gdy jest napisane: „niewolnica wywodząca się z narodu zdobywców świata zostanie władczynią wielkiej puszczy", trudno to rozumieć dwojako, nieprawdaż? Ile niewolnic panuje dziś nad puszczami?

– Ale w jaki sposób – zapytał zdziwiony Wadelar – takie Przepowiednie pozostają przez całe wieki niezauważone?

– Trudno to wyjaśnić w dwóch słowach. Samo określenie „przepowiednia" nie jest tu najszczęśliwsze, ja sam stargrombelardzkie słowo *nohee* prędzej wyłożyłbym jako „komentarz". Księgi Całości spisywane są po starogrombelardzku. Ten martwy język jest, po armektańskim, najbogatszym językiem Szereru, lecz tylko w mowie, nie piśmie. Starożytny naród Shergardów używał pisma do utrwalania najważniejszych wiadomości i do niczego więcej. Każde słowo, odpowiednio wymówione, właściwie zaakcentowane, może mieć tam jedno z wielu znaczeń, tak jak w dzisiejszym grombelardzkim, lecz pisownia starogrombelardzka w ogóle nie uwzględnia akcentów. Zapisane słowo ma, w domyśle, zawsze znaczenie podstawowe.

– Więc tym bardziej chyba...

– Nie „tym bardziej", a „pomimo wszystko". Mimo wszystko, panie, zachodzą czasem w świecie wydarzenia, do których można dopasować tekst, rozszerzając podstawowe znaczenie starogrombelardzkich słów. Przepowiednie są niewidoczne, bo dowolnie przekładając jakikolwiek fragment Księgi, można bawić się w niezliczone kalambury i nic z tego nie będzie wynikać. To wszystko mogą być Przepowiednie, tylko, wasza dostojność, do czego właściwie je odnieść? Lecz na szczęście bywa i odwrotnie, bo gdy coś się rzeczywiście wydarzy, można znaleźć wytłumaczenie. Wydarzenie ujawnia Przepowiednię, nie na odwrót. Czy rozumiesz mnie, wasza dostojność?

– Nie do końca.

– Głupi osioł.

Wadelar zdumiał się. Lecz Przyjęty pokazał palcem drzwi.

– Wziąłeś to, panie, do siebie, bardzo słusznie, bo jak inaczej miałbyś mnie zrozumieć? Lecz gdyby teraz, przez te drzwi, wprowadzono osła ryczącego bez przerwy i śliniącego się z pyska? Zrozumiałbyś nagle, że nie o tobie mówiłem, i zapytałbyś najwyżej: „Skąd wiedziałeś?!". Tak mniej więcej objawiają się Przepowiednie Całości.

– Już rozumiem – rzekł rozbawiony Wadelar. – Twój dar tłumaczenia, wasza godność, godzien jest podziwu.

Milczeli przez długą chwilę.

– Czy Przepowiednie Całości odnoszą się czasem do zdarzeń błahych?

– Tak i nie. Co uważasz, panie, za zdarzenie błahe? Przepowiednie zawsze wiążą się z Szernią, więc dla badacza Pasm mogą mieć duże znaczenie. Najczęściej jednak tylko dla badacza Pasm. Nikt nigdy nie znalazł Przepowiedni mówiącej, dajmy na to, o upadku mocarstwa, zamordowaniu panującego lub innych nieważnych sprawach.

– Nieważnych?

– Niemających znaczenia dla Pasm Szerni. Księga Całości nie jest kroniką dziejów, lecz zapisem wspólnych praw rządzących Szernią i jej światem. Wydarzenia, z którymi związane są Przepowiednie, zawsze mogą dać trochę nowej wiedzy o działaniu Pasm Szerni. W oczach świata jednak są to zwykle zupełne błahostki. Bardzo dokładnie tłumaczyłem to w liście do jej wysokości księżnej Wereny, bo miała kiedyś do czynienia z pewną Przepowiednią i bałem się, że ją przestraszę. Okazało się wkrótce, że bardzo dobrze zrobiłem, bo mój list trafił aż do jej cesarskiej wysokości i gdyby nie wszystkie wyjaśnienia, jakie w nim zawarłem, mogłaby pomyśleć nie wiadomo co. Na szczęście zostałem dobrze zrozumiany. Choć i tak wywołałem poruszenie większe niż trzeba.

Wadelar pokiwał głową. Poczuł się przytłoczony nawałem wiadomości dotyczących tego, o czym nie miał pojęcia. Każdy wiedział o Szerni. Każdy słyszał o mędrcach-Przyjętych. Każdy też jednak słyszał o Trybunale i urzędnikach Trybunału... Wzięty z ulicy człowiek, któremu wyłożono by w krótkiej rozmowie zawiłości imperialnej polityki, poczułby się pewnie przytłoczony tak samo.

– O czym dokładnie mówi ta Przepowiednia? – zapytał. – Nie wiem, wasza godność, czy mogę o to pytać?...

– A dlaczego nie? Dokładnie, wasza dostojność, mówi ona o niczym, przynajmniej z twojego punktu widzenia. O czymś, co nazywa się Pęknięciem Szerni. Choć nim nie jest, bo Szerń nie jest twarda ani miękka i nie może pękać, wasza dostojność – oznajmił Gotah. – Czasem dochodzi do wtargnięcia Szerni w głąb świata, jakaś rzecz lub istota staje się wtedy odbiciem maleńkiej części Pasma. Kiedyś takich wtargnięć było bardzo wiele i powstały Geerkoto, Ledoo i Dor-Orego, nazywane dziś wspólnie Porzuconymi Przedmiotami. Co jakiś czas powstaje nowy Przedmiot, a czasem istota o cechach Przedmiotu... tylko że troszeczkę mniej trwała.

– I to już wszystko? A co może sprawić taka istota? Czy tyle, co Porzucony Przedmiot?

– Zwykle mniej, bo choć Przedmiot niczego nie sprawia, wasza godność, to można za jego pośrednictwem odwołać się do części jakiegoś Pasma Szerni. W przypadku istot sprawa wygląda gorzej. Jeszcze niedawno żyła w Grombelardzie kobieta, której za sprawą Szerni oddano oczy innego człowieka. Kto ją spotkał, mógł odwołać się najwyżej do jej dobrego humoru...

– Łowczyni – powiedział Wadelar. – Każdy, kto był w Grombelardzie, słyszał o tej kobiecie. Wasza godność... czy w Puszczy Bukowej może pojawić się ktoś taki jak ona? Przecież to grozi...

Gotah westchnął ciężko.

– Pęknięcie Szerni, za sprawą którego Łowczyni odzyskała wzrok, nie ma żadnej wartości dla badacza Pasm, bo zostało mimowolnie spowodowane przez człowieka przyjętego przez Szerń. Wasza dostojność, czy wiesz, co najtrudniej wytłumaczyć komuś, kto na co dzień nie obcuje z Szernią? Najtrudniej wytłumaczyć, że jest to beznadziejnie bezmyślna i nieżywa potęga, działająca akurat z takim wyrachowaniem, z jakim działa ogień, tylko bardziej skomplikowana. Ogień potrzebuje do życia powietrza, Szerń potrzebuje kawałka lądu, tylko tyle. Nad ogniem pojawia się dym; pod Pasmami pojawia się rozum. Nie ma dymu bez ognia i nie ma rozumu bez potęg takich, jak Szerń. Ale to właśnie my, ty i ja, panie, wszystkie rozumne istoty, jesteśmy żywym i myślącym odbiciem Pasm Szerni. Łowczyni była kimś bardzo niezwykłym dlatego, że uczyniła swoje życie niezwykłym, wasza dostojność, nie stała się taka za sprawą Pasm. Cudowne ozdrowienia, o jakich pewnie zdarzyło ci się słyszeć, to na przykład są właśnie naturalne Pęknięcia Szerni. Jak iskry pryskające z ogniska. Ilu z tych ozdrowieńców miało format Łowczyni? Czy każda iskra wywołuje pożar?

Wadelar myślał o tym, co usłyszał.

– Ale o ozdrowieńcach nie mówią Przepowiednie – zauważył.

– Ależ na pewno mówią, wasza dostojność! Tylko kto i w jaki sposób je wykryje? Głupi osioł, wielka dynia, masz oto, wasza dostojność, dwa przykłady jasnowidzenia, bo na pewno gdzieś jest głupi osioł i wielka dynia także. Za sprawą niezwykłego zbiegu okoliczności da się odkryć Przepowiednię, która jest raczej komentarzem, jak już powiedziałem. Jeśli ów komentarz odnosi się do niewolnicy, która została władczynią puszczy, to ktoś może go wykryć. Ale jeśli odnosi się do wieśniaka, który co prawda odzyskał wczoraj władzę w nogach, ale poza tym jest pastuchem i zjadł obiad? Mam szukać podobnych historii, a potem pędzić do ogólnie wiadomego miejsca, w którym siedzi pastuch, co zjadł obiad?

– Do Puszczy wyrusza oddział gwardzistów – rzekł Wadelar. – Jaką rolę masz tam odegrać, wasza godność? Czy to tajemnica?

– Żadną rolę. Ja tylko... jestem ciekaw, co tam jest, wasza dostojność. W Puszczy Bukowej, w Sey Aye. Trafiła mi się, jak ślepej kurze ziarno, wiadomość o tym pastuchu, co zjadł obiad, a ponieważ wiem gdzie go szukać, to idę z nim porozmawiać. Gdybyś był, panie, ogrodnikiem, czy nie poszedłbyś do miejsca, gdzie zakwitła róża wielka jak młyński kamień?

Zabrzmiało to szczerze.

– Jestem ciekaw – powtórzył Przyjęty. – Jej cesarska wysokość poprosiła, bym zechciał udać się do Puszczy, jeśli czas i siły mi na to pozwolą. Potwierdziła prawdziwość niektórych fragmentów Przepowiedni. Przyjęła moje zapewnienie, że Szerń nigdy nie wpływa na losy świata, bo od tego powołała do istnienia rozum, niemniej jako osoba obdarzona ogromnym poczuciem humoru, żartowała w liście, że jednak właśnie wpłynęła... Może wyda ci się, panie, zabawne, ale to za sprawą siedzącego przed tobą brzydala, a raczej za sprawą jego listu, wędruje do Puszczy oddział wojska... Zrozumiałem, że Kirlan nie przywiązywał do tych zdarzeń nadmiernej wagi i dopiero moje pytanie o wiarygodność Przepowiedni... – Gotah rozłożył ręce. – Widzisz więc, że mimowolnie wywołałem większe poruszenie niż trzeba. Ale to ja, nie Szerń.

– I jej cesarska wysokość...?

– Jej cesarska wysokość zapytała, czy zechcę jej wyjaśnić, co właściwie dzieje się w Puszczy, gdy już sam będę wiedział. Czy Pęknięcie Szerni dotyczy samej księżnej Sey Aye, czy kogoś z jej otoczenia, bo tego akurat Przepowiednia nie wyjaśnia. Jest możliwe, że niestety niewiele się dowiem, bo najbardziej niezwykłą osobą był chyba w Puszczy zmarły książę i możliwe, że to do niego odnosiło się Pęknięcie Szerni. Tyle prośba jej cesarskiej wysokości. Ponieważ nie widzę żadnego powodu, dla którego nie miałbym rozmawiać o Szerni... Zgodziłem się. Tym bardziej że sam jestem ciekaw i pojechałbym pewnie tak czy owak.

– Czy jej cesarska wysokość... nie zabroniła ci rozmawiać ze mną na ten temat, panie?

– Zabroniła? Nie, nawet wręcz przeciwnie.

– Przeciwnie? To znaczy: coś nakazała?

Przyjęty odchylił się na oparcie krzesła i przekrzywił głowę.

– Uprzedzono mnie tylko, że przyjedziesz – wyjaśnił Wadelar. – Ani słowa o powodach.

– To już nie należy do mnie, namiestniku. Mówiąc między nami, cesarzowa jest chyba zbyt mądra, by mi nakazywać cokolwiek lub czegokolwiek zabraniać. Żywię wielki szacunek dla Armektu, nie podśmiewam się z jego władców ani urzędników, w ogóle zaś istnienie Wiecznego Cesarstwa mam za rzecz... właściwą. Lecz komuś takiemu jak ja trudno coś nakazać z Kirlanu. Zostałem przyjęty przez Szerń i nie bardzo należę do Szereru. Wiszę gdzieś pomiędzy. Tak sobie.

– Lecz spełniłeś, wasza godność, polecenie... prośbę cesarzowej, by stawić się tutaj, w tym gmachu. I jechać dalej w towarzystwie żołnierzy.

– Prośbę, tak. Jej wysokość poprosiła, bym po drodze odwiedził Namiestnika Sędziego w Akali i powiedział mu parę słów o tym, co moim zdaniem, dzieje się w Dobrym Znaku. Dlatego rzekłem, że nie zabraniała, wręcz przeciwnie. Ponadto uprzejmie zaproponowała mi towarzystwo armektańskich gwardzistów. Nie odmówiłem. W towarzystwie żołnierzy będzie chyba i bezpieczniej, i raźniej.

– Nie wiem, czy będzie ci raźniej, wasza godność.

– A to znów dlaczego?

– Ano, dlatego... – Wadelar, pomimo ostrzeżeń Army, w przypływie sympatii i szczerości wobec widzianego po raz pierwszy uczonego, wyjawił mu wszystko, co sam wiedział o awanturze w Puszczy. Nie zatаił też swych obaw związanych z Agatrą.

Może nie nadawał się na swoje stanowisko. A może mędrzec Szerni po prostu zasługiwał na szacunek i szczerość urzędnika?

CZĘŚĆ TRZECIA

Perły jej wysokości

9

Pierwsza Perła Domu, orząc mech pazurami, odsłoniła próchniczą glebę leśną i teraz krztusiła się ziemią. Siedząca nieopodal pod drzewem znudzona przyboczna niewolnica bawiła się kawałkami kory, nadziewając je na wąskie ostrze sztyletu. Dopiero gdy dosiadający jej pani mężczyzna zaczął sapać jak niedźwiedź, zostawiła korę w spokoju i wyczekująco zagapiła się między paprocie. Harce miały się ku końcowi: rozpłaszczona na ziemi jak żaba Perła Domu gmerała palcami stóp w igliwiu i wypychała biodra do góry, jakby chciała wysadzić jeźdźca z siodła, ale męska dłoń poskromiła ją raz jeszcze, mocniej wtłaczając twarz w ziemię. Przyboczna zaczęła bezgłośnie chichotać, słysząc bezradne, stłumione przez mech stęknięcia i fuknięcia. Ale zaraz potem jego godność Denett, sapnąwszy potężnie kilka razy, spadł z kobyły i walnął się między paprocie. Zawiedziona i rozwścieczona Perła wrzasnęła, aż echo poszło po lesie. Wyrżnęła pięścią w ziemię.

– Czego was tam uczą w tej Rollaynie?! Byle pastuch tutaj robi to lepiej!

Denett ziajał w paprociach.

– Chłopiec... Wybrałam się z dzieckiem, eh!

Przyboczna z największym trudem zachowała obojętność i powagę, ukradkiem tylko rzucając złośliwe spojrzenia. Z nosem brudnym od ziemi i odciśniętymi na policzku sosnowymi igłami Anessa parskała i zrzędziła w paprociach. Wylazła wreszcie i usiadła w kucki; zerwała liść paproci, a potem jeszcze kilka. Znów zaczęła parskać ze złości – Denett był tak hojny, że w lesie mogło zabraknąć liści... Przyboczna, wezwana gniewnym skinieniem, podeszła, niosąc spódnicę, sukienne nogawice, jedwabną koszulkę i zgrabny łosiowy kubraczek. Zła jak osa, obrażona na cały świat Perła sama wciągnęła nogawice, wzuła wysokie skórzane buty, wyrzuciła spódnicę w krzaki i poszła prosto przed siebie, ubierając się dalej w marszu, nie dbając ani o Denetta, ani o strażniczkę, która zresztą nie czekała na wezwanie i od razu ruszyła jej śladem (lecz zdążyła porwać wyrzuconą spódnicę). Denett wołał coś, wystawiwszy głowę z paproci, ale było to... wołanie na puszczy, właśnie tak. Anessa ani myślała czekać na nieudacznika.

Niewolnica niskiej rangi, potrafiąca co najwyżej milczeć i zabijać, była dla Perły Domu powietrzem. Teraz jednak rozgniewany klejnot Sey Aye gotów był mówić choćby sam do siebie.

– Wyobrażasz sobie? Wyobrażasz?

Przyboczna mogła wyobrazić sobie wszystko, bo – powiedziawszy prawdę – nie takie rzeczy widziała. W żaden sposób natomiast nie mogła rozmawiać z Perłą Domu o jej przygodach z kochankami. Kosztująca krocie niewolnica z certyfikatem Perły miała prawo, zwłaszcza w imieniu właściciela, rozmówić się z każdym, choćby i z cesarzem. Lecz przyboczna strażniczka warta była niewiele więcej niż wieśniaczka. Od takiej Anessy oddzielała ją przepaść, której nic nie mogło zniwelować.

– Bęcwał! – rzekła piękna blondynka, gniewnym ruchem zrywając rozpiętą między drzewami pajęczynę. – Gdzie są te konie, no?

To już było pytanie wymagające odpowiedzi. Przyboczna pokazała kierunek. Wkrótce obie znalazły się w siodłach. Ledwie widoczna leśna ścieżka nie nadawała się do dzikich galopad, lecz Perła uważała inaczej: spięła swoją klacz i pognała, jakby gonił ją zły duch kniei, albo nawet jego godność Denett. Strażniczka, jeżdżąca konno równie dobrze jak jej pani, nie została w tyle. Kolejno przesadziły zwalony w poprzek ścieżki pień drzewa; prawie leżąc na końskich karkach, z plecami smaganymi przez gałęzie, mogły uchodzić za dwie samobójczynie.

Do zachodniego skraju Sey Aye nie było wcale daleko. Kobiety wypadły z lasu i sforsowały galopem płytki strumyk; rozbryźnięta woda szerokimi wachlarzami strzelała spod końskich kopyt. Uwielbiająca jeździć konno Anessa zgubiła swój gniew – prostując się w siodle, zawyła jak wilczyca. Z łomotem przemknęły przez wieś. Jakaś baba w obejściu zagapiła się na drogę, ale zaraz wróciła do roboty; wyjąca z końskiego grzbietu „dobra pani Anessa" zdążyła już wszystkim spowszednieć. Owszem, warto było wybiec na próg domu, bo Perła lubiła czasem cisnąć w powietrze garść srebrnych monet... Teraz jednak niczego nie rzuciła.

Dom władców Sey Aye stał bardzo blisko południowo-zachodniego skraju polany; po drodze była tylko jedna wioska, a trochę dalej duża gospoda, której właściciel wciąż jeszcze – i z niemałym zadowoleniem – gościł żołnierzy K.B.I.Denetta. Anessa i przyboczna, galopujące teraz ramię w ramię, minęły ją, a wkrótce potem wpadły na rozstaje przy młynie, skąd biegła już prosta droga do pałacu. Konie zaryły kopytami, wzniecając obłok kurzu. Perła Domu znowu zawyła co sił w płucach, wysforowała się przed towarzyszkę i ruszyła już nie galopem, a cwałem. Wkrótce podkowy załomotały na płytach dziedzińca. Blondynka zeskoczyła z siodła i roześmiana wbiegła na schody.

– Cudownie! – powiedziała na widok Yokesa. – Uwielbiam to.

Pokręcił głową, widząc wypieki na zakurzonej twarzy. Do spoconego czoła przylepił się kosmyk rozpuszczonych włosów, w których grzywie tkwiły jakieś patyczki i sosnowe igły. Zdyszana Perła mrugnęła doń i poszła w stronę swoich pokoi.

– Gdzie byłaś? – zapytał, idąc obok.

– Na spacerze z księciem Denettem. Że jest głupi, to już wiedziałam, ale ciągle szukam jakichś zalet. Nie znalazłam. Ogier też z niego żaden.

– Pozwoliłaś mu...?

– Och, nie bądź zazdrosny.

Żachnął się.

– Nie jestem.

Skłamał. Był zazdrosny.

Weszli do pokoju. Yokes zamknął drzwi. Perła wezwała służbę i niedługo potem, mrucząc z zadowolenia, pławiła się w gorącej kąpieli. Do wody dodano pachnącego olejku.

– Gdzie księżna? – zapytała.

– Tam gdzie zawsze.

– Znów czyta?

– Nie wiem. Siedzi w tej przeklętej piwnicy i tyle. Nie zaglądam jej przez ramię.

– Trzeba wreszcie przenieść te księgi i dokumenty gdzie indziej.

– A kto ma to zrobić? Ja?

– Wiecznie jesteś skwaszony – powiedziała.

Wzruszył ramionami. Anessa odpowiedziała tym samym gestem.

– Służyłeś praczce – źle. Służysz pierwszej królowej Dartanu, legendarnej Rollaynie – też niedobrze. Czego trzeba, żeby jego godność M.B.Yokes pokazał pogodne oblicze?

Jeszcze raz wzruszył ramionami.

– Może tylko spokoju – powiedział. – Naprawdę dość już nawojowałem się w życiu. Zostawiłem Północną Granicę i wróciłem do Dartanu, ciesząc się, że obejmę wreszcie komendę nad jakimś prywatnym pocztem w najspokojniejszej prowincji imperium. Książę wprawdzie kazał mi zreorganizować swoje wojska i porobić świeże zaciągi, ale to była tylko zabawa...

– O, nie – zauważyła.

– Wiem już, że nie. Ale nie tego chciałem. Ostatecznie – rzekł z namysłem – mógłbym nawet wojować, no trudno... Przynajmniej umiem. Ale wikłać się w to wszystko, w co właśnie się uwikłałem? Ty jesteś w swoim żywiole, oczywiście. Intrygi, podchody, przemilczenia... A ja ciągle wątpię i ciągle niewiele rozumiem.

– Czego znów nie rozumiesz? – zapytała, odchylając głowę i kręcąc nią tak, że mokre włosy pływały w tę i z powrotem. – Hm?

– Choćby tego, że legendarna Pierwsza Siostra nie ma pojęcia, że nią jest – odpowiedział zgryźliwie, obmywając jej szyję i piersi. – Jaki to w ogóle ma sens? Umieram i pojawia się, przykładowo, drugi komendant Yokes, który nie wie, że był kiedyś tysięcznikiem legii, nie ma pojęcia, jak wydać najprostszy rozkaz, patrzy na konia i miecz w taki sposób, jakby nigdy dotąd ich nie widział... Jaka jest wartość tego wodza i wojownika? Dlaczego żołnierze mieliby szanować tego świetnego rycerza? Dlaczego piękna Anessa miałaby z nim sypiać, skoro on jej nawet nie pamięta? Dlatego że jest podobny do starego Yokesa? Nie jest nim! Yokes, Ezena i w ogóle każda rozumna istota to najpierw wnętrze, Esa, zdolności, uczucia, pamięć... Cała reszta to tylko fasada. Zmartwychwstanie samego ciała nie ma żadnego sensu.

– Pewnie, że nie – powiedziała. – Mówiłam ci wiele razy, że wcale nie jesteś głupi... Ale mówiłam też, że księżna odzyska pamięć, zdolności i wszystkie swoje cechy. Armektanka Ezena to przecież tylko maska. Albo nawet nie maska. Jajko. Z tego jajka wykluje się Rollayna. A przynajmniej... mam taką nadzieję – dodała z lekkim namysłem.

Skrzywił usta z powątpiewaniem.

– Na razie czyta o swoich własnych dziejach, jakby chciała nauczyć się tego na pamięć.

– To zrozumiałe.

– Nic nie jest zrozumiałe. O co chodzi z jego godnością Denettem? – zagadnął niespodziewanie. – Ten... spacer?

– Utopię się – powiedziała.

Opadła w wodę i zaczęła wypuszczać nosem bąbelki powietrza. Otworzyła oczy i uśmiechnęła się do niego spod wody. Wyciągnął ją za włosy.

– Dzięki za ratunek, rycerzu – powiedziała, biorąc oddech. – Jestem twoja.

– Jesteś wszystkich, to gorzej niż niczyja – Yokes nie miał ochoty do żartów. – Dlaczego to robisz?

– Bo lubię. Co, ożenisz się ze mną? – zapytała z nagłą agresją. – To może chociaż będziemy mieli dziecko i razem je wychowamy? Także nie? Już rozumiem: jest ci bardzo przyjemnie kłaść się na ładnej i do tego cudzej niewolnicy, ale to w końcu tylko niewolnica, a ty przecież pochodzisz z rycerskiego Domu.

– Jesteś taka sama jak ona.

– Jak Ezena? No, a może nie bez powodu? Posłuchaj, wasza godność: kup sobie niewolnicę! Na Perłę chyba cię nie stać, ale dziewczyny pierwszego sortu kosztują nawet trzy razy mniej, a są równie ładne i wcale nie głupsze ode mnie. Będziesz wtedy mówił takiej, z kim ma spacerować albo nie spacerować, z kim ma siedzieć, a z kim może leżeć. A ja jestem cudza. Jeśli Ezena mi każe, to jutro wlezę pod knura. Albo wsadzę sobie między nogi cały miecz i umrę. Albo już nigdy nie spotkam się z mężczyzną, albo może będę milczeć do śmierci, albo będę jadła tylko marchewkę... Wszystko, co rozkaże. Rozmawiaj więc z księżną, komendancie, nie ze mną. Namów ją, żeby coś mi kazała lub czegoś zakazała. Tylko sam nie próbuj mną rządzić, bo mogę być twoją kochanką i przyjaciółką, ale niewolnicą nie zostanę.

Cierpliwie wysłuchał tyrady.

– Kochanką i przyjaciółką – powtórzył. – Właśnie tego bym chciał. Niczego nie chcę ci nakazywać, Esa. Ale gdy przychodzę do ciebie, żeby porozmawiać, a potem razem zasypiamy, to chciałbym... to nie chcę być piątym mężczyzną, który ci się zwierzył w tym tygodniu, i trzecim, który zasnął obok ciebie.

– Odwrotnie: trzecim i piątym.

Pokręcił tylko głową. Ale dotarło do niej, co właściwie powiedział, i trochę złagodniała.

– Niemądry jesteś. Ile ty właściwie masz lat? Czasem zachowujesz się jak chłopiec, rycerzu... Przecież tylko ty znasz wiele moich tajemnic, nie każdemu mówię to, co tobie. Ale nie będę czekać, aż raz na dziesięć dni przypomnisz sobie o moim istnieniu i przyjdziesz... jak po własne.

Wstała, ociekając wodą.

– No? Wytrzyj mnie i idź już, jestem zmęczona – powiedziała.

Wziął kąpielowe prześcieradło i spełnił pierwsze polecenie. Drugiego nie zdążył; nim ruszył w stronę drzwi, otwarły się, przepuszczając panią Sey Aye. Miała na sobie lekką suknię z purpurowego atłasu, niesymetrycznie przybraną złotymi cekinami, a na zebranych z tyłu włosach pasującą do sukni kokardę. Wygląd księżnej zawsze był niespodzianką – o każdej porze dnia i nocy można ją było zobaczyć zarówno na bosaka i w samej koszuli, jak też w sukni kosztującej tyle co zbroje czterech gwardzistów. A czasem umiała włożyć straszliwy serdak, zabrany chyba chłopcu stajennemu, do tego spódnicę haftowaną srebrem, na stopy zaś sandały praczki. Yokes dawno już przestał zgadywać, czemu miała służyć ta huśtawka upodobań i gustów. Teraz, gdy szła od drzwi, pokazując kształtną nogę przez rozcięcie w sukni, w zgrabnych pantofelkach na koturnach mocno podwyższonych z tyłu, wyglądała bardzo pociągająco.

– Razem, bardzo dobrze – powiedziała. – Zostań, Yokes. Anesso, gdzie byłaś?

– Jeździłam konno... Po lesie.

– Od tej pory, zanim ruszysz się gdziekolwiek, masz zostawiać dla mnie wiadomość. U Kesy albo u Hayny. Ostatni raz szukam cię po całym Sey Aye.

– Tak, wasza wysokość.

– Jego godność Denett, gdzie jest? Też przepadł jak kamień w wodę.

– Jeździliśmy razem.

– O?! – powiedziała Ezena. – Yokes, wyjdź jednak i poczekaj za drzwiami. Zawołam cię.

Komendant skłonił się po wojskowemu i opuścił komnatę. Ezena wzięła przewieszoną przez oparcie krzesła domową suknię Anessy.

– Ubierz się, bo zmarzniesz. Byliście sami?

– Tak.

– No i...?

Perła ubrała się w suknię. Uczyniwszy gest oznaczający „odwróć się", Ezena zasznurowała szatę na plecach.

– Nie mam do niego cierpliwości – powiedziała Perła przez ramię. – Jest beznadziejny... we wszystkim. Przede wszystkim jest bezdennie głupi. Nie wiem, co wyobrażał sobie ojciec jego godności Denetta, ale wiem, co powinien zrobić: spłodzić drugiego syna, nakłaść mu rozumu do głowy i dopiero wtedy przysłać tutaj. Bo z pierworodnego pożytku nie będzie.

– Połknął haczyk?

– Jaki tam haczyk! – żachnęła się blondynka. Klasnąwszy w dłonie, wezwała służebne i gestem pokazała, żeby posprzątały po kąpieli. – Jaki haczyk? Wlazł na mnie od razu w pierwszych krzakach, nie zdążyłabym nawet kichnąć, co dopiero zarzucić przynętę.

Ezena zmarszczyła swe szerokie brwi.

– Myśli, że się nienawidzimy.

– I co z tego? Pierwszy raz zobaczył niewolnicę? Przecież wie, że choćbym nienawidziła cię dziesięć razy bardziej, niż udaję, to nie odważę się skłamać, zapytana. Musiałam cię okłamywać, wypełniając ostatnią wolę księcia... ale igraszki w paprociach? Zapomniałaś już, jak to jest? – pytała. – Okłamałabyś księcia, gdyby cię zapytał o coś podobnego? Przecież by cię za to publicznie zatłukli. Zatłukliby praczkę, a co dopiero Perłę. Za moją psią lojalność wyłożono fortunę.

Ezena uśmiechnęła się lekko, bo istotnie kłamstwo karano surowiej niż otwarte nieposłuszeństwo. W szanującym się domu, niewolnika musiała za to spotkać bardzo surowa kara.

– A jego godność Denett o tym nie wie – podsumowała Perła Domu. – Jest tak bardzo pewien, iż przyjmiesz jego ofertę, że już uważa mnie za swoją własność. I jak własność traktuje. Naprawdę, tylko czekam, aż rozkaże mi szpiegować cię, czy jesteś mu wierna. Tak jak to mają w zwyczaju mężowie we wszystkich liczących się Domach Dartanu.

– Ale to bezczelność – zauważyła Ezena. – Niewolnice są po to, żeby ich używać... Ale własne niewolnice, nie cudze.

– I po ślubie – dorzuciła Anessa. – Już teraz jesteś dla niego nikim, mimo że czegoś chce. Wyjdź za mąż, a będziesz prać pościel. Jego i moją.

– Hmm... Skąd to masz?

Perła uniosła rąbek sukni, odsłaniając leciutki sandał z lakierowanego drewna i skóry. Ściśle mówiąc, do zwykłego sandała nawiązywał tylko układ pasków i rzemyków; niewolnica stała niemal na palcach.

– Kazałam zrobić. Hm?

– Bardzo. Nie noś ich albo każ zrobić dla mnie podobne. Ale nie takie same, tylko podobne, niech ten pasek mają... pokaż... o, tutaj. Na krzyż z tym. Białe, czerwone i... niebieskie?

– Niebieskiego nie noś, źle ci w niebieskim.

– To srebrne i złote – powiedziała Ezena. – W ogóle nie mam w czym chodzić. Mówiłaś, że Denett... A, że będę wam prała pościel? Mhm... Nie chcesz, żeby jego godność Denett był twoim panem, Anesso?

– Pytasz czy żartujesz?

– Pytam.

– Wasza wysokość, przecież dobrze wiesz – Perła natychmiast odzyskała dystans.

– Nie, nie – powiedziała Ezena, siadając przy stole i opierając na nim przedramiona. Splotła dłonie. – Wiem, że życzysz sobie, by powiodły się plany księcia Lewina, a jego godność Denett może temu przeszkodzić, choć właściwie nie rozumiem, w jaki sposób. Ale nie o to pytam. Pytam, czy chciałabyś mieć takiego pana? Czy Denett byłby dobrym panem, Anesso?

– Jestem tylko rzeczą, wasza wysokość. Nie mogę decydować, kto mnie będzie miał i używał.

– Toteż nie decydujesz – zniecierpliwiła się pani Sey Aye. – Ja też kiedyś byłam rzeczą, ale wiedziałam, kogo lubię, a kogo nie lubię... Zgłupiałaś nagle? Udzieliło ci się od Denetta? Może coś jest w jego nasieniu...? Bo rozmawiasz ze mną tak, jak parę tygodni temu. Chciałabyś takiego pana czy nie?

– Przecież to głupek! – rzekła ze złością Perła. – Słyszę, że dotarło to do ciebie, więc po co mi każesz powtarzać? Przyjemnie jest należeć do głupka?

– Naprawdę nie chcesz być wolna? Wyzwolę cię – rzekła Ezena, nawiązując do rozmowy, jaką odbyły przed dwoma dniami.

– Nie chcę. Nie umiem być wolna. Pierwsza Perła Domu, takiego Domu, jest przedmiotem tylko dla swego właściciela. Dla wszystkich innych jestem... kimś.

Tu, w Sey Aye, najważniejszą osobą po tobie. Wyzwolona, będę nikim dla każdego.

– Zatrzymałabym cię przy sobie.

– Jako kogo? Kobietę z hodowli, bez przeszłości, bez pochodzenia, która zamiast imienia ojca ma na certyfikacie sygnaturę hodowcy i potwierdzoną czystość pary rozpłodowej? Coś, co już nie jest Perłą Domu, więc jest niczym i nikim, ale dalej próbuje rządzić? Opowiedzieć ci o losie pewnej praczki, która nagle została księżną?

– To co innego.

– Nie, to zupełnie to samo. Taki Yokes nie wypełniłby nawet jednego mojego polecenia, a jeżeli nawet, to upokorzony do ostatnich granic. Co dopiero Kesa... Pierwsza Perła Domu nie mająca nic do gadania. Zostaw to, wasza wysokość. Proszę cię, Ezeno. Co jest ze mną źle?

Księżnej zrobiło się żal ślicznej Dartanki z nieuczesanymi mokrymi włosami, która wyglądała na szczerze zmartwioną.

– Wszystko dobrze. Odkąd przestałaś udawać, jesteś...

Urwała, zakłopotana. Po chwili pokazała niewolnicy język.

– Nieznośna.

Anessa podeszła i pocałowała księżnę w czubek nosa.

– Nie wyzwolisz mnie?

– Nie wyzwolę – obiecała Ezena ze śmiechem, rozbrojona. – Teraz lepiej opowiedz mi szybko, jak było w tym lesie z Denettem... A potem zawołamy Yokesa.

Perła Domu zaśmiała się złośliwie i opowiedziała o paprociach. Z najdrobniejszymi szczegółami.

***

Yokes przechadzał się po korytarzu i próbował dociec, co właściwie czuje.

Od chwili, gdy poznał prawdę o pani Sey Aye, nie zaznał spokoju. Każdego dnia zamyślał się głęboko, bądź to patrząc przez okno, bądź kiwając się na krześle z kubkiem wina w dłoni... Było tak, jak powiedział Anessie: uciekł od wojska i wojny, chcąc znaleźć wreszcie odrobinę spokoju. Ale – naiwny – szukał nie tam, gdzie trzeba. Wiedział już, że dla kogoś takiego jak on spokój istnieje tylko na wojnie... Spokój ducha. Gdy jasne było, kto wróg, a kto przyjaciel, serce i sumienie mogły spokojnie spać. W Sey Aye, a być może w całym Dartanie, nic nie było jasne. Nie istniały sprawy oczywiste. Wychowany przez surowego ojca, starego rycerza, komendant oddziałów Sey Aye był dumny ze swego pochodzenia, wysoko nosił głowę, bez namysłu potrafił każdemu wskazać jego miejsce. Do czasu. Po raz pierwszy w życiu poczuł się z tym... śmieszny, no tak, śmieszny. W ciągu kilku zaledwie miesięcy gotów był tej samej osobie pokazywać miejsce – a to w strumieniu, z koszem na brudną bieliznę; a to przed sądem w Rollaynie; a to na tronie królewskim bez mała... Uświadomił sobie nieoczekiwanie, że Czysta Krew w żyłach wcale nie woła do każdego, kto chce i umie słuchać. Gdyby istotnie wołała, gdyby jej istnienie rzeczywiście przejawiało się jakkolwiek, Ezena nigdy nie byłaby praczką. Gdyby zaś nawet zaszła taka przykra pomyłka, to po zajęciu przez rzekomą niewolnicę właściwego miejsca, nikt nie powinien mieć wątpliwości, że istotnie przysługuje jej to miejsce. A tymczasem on sam, jako pierwszy i najpierwszy ze wszystkich, kwestionował prawa „niewolnicy". W jaki sposób Czysta Krew nie potrafiła rozpoznać innej Czystej Krwi?

Może jednak istniało coś jeszcze, poza wojną, poza służbą pod sztandarem Arilory, co mogło zrównać ludzi wszystkich stanów? Ale co to było? Nie wiedział.

Czuł się ośmieszony, upokorzony i żałosny.

Nie czytał żadnej z opasłych kronik zostawionych przez księcia Lewina. Choćby chciał, nie miał kiedy, bo bez przerwy ślęczała nad nimi jej wysokość. Ale rozmawiał z Anessą. Perła, z właściwą sobie swadą, przybliżyła mu prawdziwą historię najstarszej z mitycznych Trzech Sióstr. Historię pierwszej królowej Dartanu, największej w dziejach świata wojowniczki, której dzieła nikt nie umiał poprowadzić dalej. Królowa Rollayna odeszła, zostawiając bogaty i potężny, zjednoczony Dartan, z silną władzą królewską, sprawiedliwym prawem, kwitnącą sztuką, zastępami uczonych mędrców – Dartan, który bez trudu mógł podporządkować sobie wszystkie ziemie i plemiona Szereru, lecz wybrał intrygi i rodowe waśnie. Odeszła... A teraz wróciła i on, Yokes, stał u jej boku.

Gdyby tylko mógł, zanegowałby tożsamość Rollayny-Ezeny. Ale były dowody. Córę Szerni w armektańskiej niewolnicy zobaczył przecież sam książę Lewin, spadkobierca tradycji najświetniejszego dartańskiego Domu. Poza tym, nawet jeśli pominąć zewnętrzne podobieństwo Ezeny i legendarnej królowej, były w kronikach (jak zapewniała Anessa) bezsporne dowody. Yokes nie mógł uwierzyć, gdy usłyszał, że teraz to właśnie od niego zaczęła się cała historia. Tak, bo w księgach zapisano nawet imiona – i było wśród nich imię Yoss, starożytny odpowiednik imienia, które nosił. W służbie Domu K.B.I. nigdy nie było nikogo o takim imieniu. Aż do chwili, gdy stary książę, odebrawszy przysięgę wierności od nowego komendanta swych pocztów, zszedł do lochów zameczku, by odszukać fragment mówiący o rycerzu Yossie, który stawi się w Sey Aye, by objąć komendę nad wojskami królowej Rollayny. Praczka Ezena wciąż jeszcze chodziła do strumienia, nikomu nieznana, niazauważona przez władcę Sey Aye, gdy komendant Yokes – rycerz Yoss – czynił nowe zaciągi i przezbrajał wojsko, którym miał dowodzić w jej służbie...

Drzwi do komnaty Anessy otwarły się szeroko.

– Zasnąłeś? Wołam cię i wołam – powiedziała.

– Zamyśliłem się.

Wróciwszy do komnaty, Yokes zauważył lekkie rumieńce na twarzach obu kobiet. O czymkolwiek rozmawiały pod jego nieobecność, musiało być niezmiernie interesujące.

– Nie wyjdę za mąż – powiedziała bez wstępów Ezena. – A jeśli nawet, to nie za jego godność Denetta... Radź, Yokes. Denett wróci z niczym, bo nie zamierzam oddać mu połowy wszystkiego, co mam, a zwłaszcza połowy wojska i połowy władzy nad ludźmi. Szczególnie takimi ludźmi jak ty. Niezbędnymi. Radź, komendancie. Będą chcieli odebrać mi wszystko. Co wtedy?

– Nie uznasz wyroku i odwołasz się, wasza wysokość.

– Zostaniesz ze mną?

– Tak, wasza wysokość.

– A jeśli jutro znowu wylezie ze mnie praczka?

Czy słyszała jego myśli przez drzwi? Komendant przygryzł wargę.

– Wasza wysokość – powiedziała Anessa.

Skarcona przez Perłę księżna zaśmiała się krótko.

– Przepraszam, komendancie... Prędzej albo później sądy wydadzą wyrok ostateczny, a ja się z nim nie pogodzę. Usiądź, Yokes. Nie chcę, byś udzielił mi pochopnej odpowiedzi. Namyśl się, zastanów.

– Nad czym, wasza wysokość? Nie uznasz wyroku sądu, bardzo dobrze. Nikt ci niczego nie odbierze.

– A legie imperialne?

– Legie imperialne, wasza wysokość, niczego tu nie wskórają. Pod warunkiem, że dasz mi wolną rękę w prowadzeniu wojny.

– Obronisz Sey Aye przed całym Wiecznym Cesarstwem?

– Nie, wasza wysokość, bo nie mam odpowiedniego wojska.

– Legie niczego nie wskórają... a jednocześnie mówisz, że się nie obronimy? Ach, rozumiem, uważasz, że trzeba pomnożyć chorągwie?

– Zawsze warto, ale nie o tym myślałem. To wojsko nie może się bronić.

– Dlaczego?

– Bo jest wojskiem zaczepnym, księżno. Zorganizowanym i wyszkolonym z myślą o agresji. Jego wysokość zostawił ci, pani, twardy rdzeń armii, która, rozwinięta, może za pół roku wkroczyć do Rollayny. Nikt nie będzie oblegał Sey Aye.

10

K.B.I.Denett wcale nie był głupi. Raczej rozpieszczony. W całym swoim życiu ledwie parę razy widział coś, czego nie mógł dostać. Bardzo chciał, lecz nie umiał sięgnąć po laury na dartańskich arenach walk – od lat królował tam człowiek, z którym nikt nie potrafił się mierzyć. Denett, pomimo młodzieńczej powierzchowności będący nie lada rębajłą i znakomitym jeźdźcem, chciał kiedyś rzucić mu wyzwanie, lecz napotkał opór ze strony własnego ojca. K.B.I.Enewen, biegły w rycerskim rzemiośle nie mniej niż jego syn, był jednak bardziej doświadczony i potrafił ocenić szanse.

„Nie" – powiedział wtedy. – „Ten człowiek nazywany jest Rycerzem Bez Zbroi i wiesz dobrze, że to miano nie wzięło się znikąd. Nie musi dźwigać blach, bo gdy trzyma w dłoniach swoje dwa miecze, nikt nie zdoła przebić ostrzem jego kolczugi. Najlepsi niewolnicy, spłodzeni z dobranej pary i od dziecka szkoleni do walki nie są w stanie dotrzymać mu pola. Znam jego godność Weneta; i ty także z nim rozmawiałeś. To człowiek łagodny i życzliwy, ale na arenie walczy, żeby wygrać. Zabije cię, chłopcze. Zabije cię niechcący. A jesteś jedynym moim synem i nie pozwolę, żebyś zginął tak głupio. Walcz z każdym, ale nie z nim".

I na tym stanęło. Była to największa życiowa porażka Denetta.

Z drugą poważną sprawą zetknął się dopiero w Sey Aye. Lecz zwątpienie bardzo szybko ustąpiło pola spokojnej pewności siebie. Rozmówiwszy się z Armektanką, młody magnat zyskał przekonanie, że jednak dopnie swego. Ezena nie była głupia. Wyraźnie widział, że jej wysokość jest pod wrażeniem propozycji. To była szansa, realna szansa dla niej. Niezwykłość tej kobiety okazała się w dużej mierze złudna. Miała swoje fumy, o... Miała. Ale z kobiecymi kaprysami Denett potrafił sobie radzić. Posłał więc krótki list do ojca, zapewniając, że sprawy mają się dobrze.

Minęło kilka tygodni, podczas których przybysz z Rollayny traktowany był tak, jak na to zasługiwał. Dostał do dyspozycji najlepsze pokoje gościnne, przydzielono mu służbę, towarzyszył pani Sey Aye przy posiłkach. Mógł jeździć, gdzie tylko chciał, i robić, co mu się żywnie podobało. Otrzymał w podarunku świetnego małego wierzchowca, farneta – była to krzyżówka hodowana tylko w Dobrym Znaku. Konie tej rasy, niezbyt szybkie i wytrzymałe, ale bardzo zwrotne i ruchliwe, znakomicie spisywały się na leśnych bezdrożach; powszechnie używali ich leśni strażnicy Sey Aye. Wrażenia z pierwszego dnia pobytu na polanie zblakły; młody Denett miał owe zajścia za przykre nieporozumienie. Zwłokę w przyjęciu jego propozycji (oświadczyn!) rozumiał już tylko jako pozę rozgrymaszonej niewolnicy, która nieporadnie próbowała mu pokazać, jak bardzo jest niezależna. Ale (tu rację miała Anessa) od pewnego czasu czuł się w jej domu jak u siebie. Bo oferta była nie do odrzucenia i każdy, kto miał w głowie wszystkie klepki, musiał o tym wiedzieć.

W wolnych chwilach Denett kończył pisać drugi list do ojca, znacznie dłuższy od pierwszego. Mozolnie to szło; sztuka kreślenia słów nie była szczególnie poważana w stolicy rycerskiego Dartanu. Młody magnat obszernie wyjaśniał, kim jest księżna Ezena, jak wygląda jej dom i o jaką stawkę toczy się gra. Miał nadzieję, że w zakończeniu będzie mógł już podać wstępny termin uroczystych zaręczyn.

***

Perła Domu warta była swojej pani – wróciwszy ze spaceru, Denett nawet nie próbował ukryć rozdrażnienia. Halet, strażnik i wierny przyjaciel, wysłuchał opowieści o bezczelnej dziwce (nie była to opowieść wierna do samego końca...), ale nie powiedział ani słowa, krzywiąc tylko usta w nic nie mówiącym uśmiechu. Denett chodził po komnacie, obmyślając kary, które wkrótce zada krnąbrnej niewolnicy.

– To jedyne miejsce na świecie, gdzie panują takie obyczaje – rzekł wreszcie, zatrzymując się przed Haletem. – Listy ślubne z Ezeną wymienimy w Rollaynie, ale gdy tylko tu wrócę (a wrócę, bo wiele rzeczy trzeba będzie zmienić), każę tej całej Anessie sprzątać stajnie.

Halet ziewnął ostentacyjnie.

– Tak, a potem, brudną po tym sprzątaniu i z połamanymi paznokciami, weźmiesz do sypialni... Co ty wygadujesz? To nie Rollayna! Z kim zamierzasz tu sypiać? Z tym czarnym czupiradłem? To może od razu weź sobie krowę. – Halet dokładnie obejrzał Ezenę i miał wyrobione zdanie, zwłaszcza na temat ciężkich piersi i okrągłego zadu Armektanki. Gustował w kobietach raczej drobnych, a już na pewno szczupłych w biodrach.

– Mają tu aż trzy Perły. Kesa jest za chuda i za stara, ale widziałeś Haynę? No i co? A gdzie jest powiedziane, że Pierwsza Perła Sey Aye musi się nazywać Anessa?

– Hayna ma się do Anessy jak ścierwo do pieczeni – spokojnie ocenił Halet. – I nie chodzi tylko o urodę. Ale zostańmy przy tym, jeśli wolisz... Widziałem sto różnych domów i dwieście różnych Pereł. Ale takiej jak Anessa nie widziałem jeszcze nigdy. Jest... aż niemożliwa.

Denett parsknął lekceważąco. Ale Halet nie dał się zbyć.

– To najdoskonalsze ciało w Dartanie, a może i w całym Szererze – ciągnął, z tym samym spokojem. – Nominalna cena, według mnie, wynosi jakieś dwa tysiące dwieście sztuk złota, ale gdybyś rzeczywiście chciał ją wystawić na sprzedaż, wziąłbyś dwa razy tyle.

– Jest wytatuowana. Nikt takiej nie kupi.

– Nieprawda. Jest trudno zbywalna, ale jeśli komuś te tatuaże przypadną do gustu, to same są warte pięćdziesiąt sztuk złota. Wziąłbyś za nią tyle, ile powiedziałem. Można wystawić za to zbrojny poczet. A ty mówisz, że poślesz ją do stajni?

– Ee... – rzekł Denett.

Poklepał Haleta po ramieniu.

– Muszę wreszcie się przebrać – powiedział. – Spocony jestem, cały śmierdzę...

Przystanął.

– Zauważyłeś, że one dziwnie pachną? – zapytał z głębokim namysłem.

– Co robią? – zdziwił się Halet.

– Dziwnie pachną... – powtórzył Denett. – Jakoś tak... jak powietrze po burzy.

– Kto tak pachnie? Nigdy nic nie czułem.

– Ezena i Anessa.

– Zawsze miałeś nos jak ogar. Ja prawie wcale nie rozróżniam zapachów. Róże... kwiaty bzu, jeśli z bliska, to tak. No i różne nieprzyjemne wonie, wiadomo. Ale już na stole rzadko coś mi pachnie.

– Biedaku! – ulitował się Denett.

– Idź już, wasza godność, bo twój zapach rzeczywiście czuję... Jechałeś na koniu czy raczej koń na tobie?

Denett machnął ręką i wyszedł. Halet został sam.

I siedział, zamyślony. Potrafił siedzieć bez ruchu – nawet i pół dnia. Dziwna cecha u młodego, pełnego życia człowieka, o naturze bynajmniej nie flegmatycznej.

Martwił się o Denetta.

Halet był sługą. Kimś takim bez mała, jak przyboczne niewolnice księżnej Sey Aye i Pereł Domu. Urodził się jako człowiek wolny, a nawet miał w żyłach Czystą Krew – niemniej był tylko sługą; od syna rodu K.B.I., którego strzegł, oddzielała go przepaść. Już jako dziecko przyuczany był do służby i potrafił tylko dwie rzeczy: towarzyszyć swemu panu i zabijać. Towarzyszyć wszędzie i we wszystkim: w rozmowie, na polowaniu, w podróży. Towarzysz i obrońca, pieczołowicie poskładany z cech, które miały się podobać tylko jednej osobie na świecie: K.B.I.Denettowi. Jego godność K.B.I.Enewen, myśląc o przyszłości swego syna, trzymał dla niego dom, wyhodował wierzchowce, zamówił szaty i oręż, kupił niewolnice, wystawił zbrojny poczet i wyszkolił powiernika-gwardzistę:

T.Haleta. W tym świetnie obrobionym i wytresowanym człowieku była jednak drobna skaza. Halet myślał, mówił i działał tak, jak tego oczekiwano, ale gdzieś, na samym dnie serca, zachował swoje „ja". I najpierw, w tym malutkim, ukrytym zakamarku, trzymał coś, co przeraziłoby jego godność Enewena; przeraziło tak bardzo, że zabiłby Haleta własną ręką.

Bo Halet Denetta nienawidził. Przez długie cztery lata. Nienawidził za nic, bez powodu. Może tylko za to, że dla takich ludzi jak Denett przemieniano innych w machiny. Bezmyślne jak mechanizm wiatraka.

Skąd wziął się taki człowiek, jak Halet, w samym środku Złotego Dartanu, gdzie od wieków dla wszystkich było oczywiste, iż każdy musi znać swoje miejsce? Nikt nie protestował przeciwko takiemu porządkowi rzeczy... I naraz, w rodzinie, której kolejne pokolenia zawsze komuś z dumą służyły, pojawił się chłopiec nienawidzący służby. Bez powodu.

Nienawidząc, szukał Halet przywar K.B.I.Denetta. Znalazł sto albo tysiąc. Mijały lata, wad przybywało. Zalet nie było wcale. Aż do czasu, gdy osiemnastoletni Denett wyrwał się swemu druhowi-gwardziście i wskoczył do wezbranej rzeki, między ostre kry, żeby wyciągnąć szczeniaka ze złamaną łapą. Psiak zdechł wkrótce, po dwóch lub trzech dniach, mimo troskliwej opieki, a Denett pochował go na łące. Owa niedorzecznie ckliwa historia obnażyła nową wadę Denetta: lekkomyślność, jeśli nie głupotę. Ale oprócz tego pokazała coś jeszcze: ten chłopak był odważny i miał serce. Miał je nie tylko dla psa w rzece, miał je także dla ludzi. Rozpieszczony, pyszałkowaty, gnuśny – jednak nigdy i nikomu nie wyrządził krzywdy. A nawet – wstydliwie i ukradkiem – umiał pomóc...

Halet otworzył oczy. Ujrzał coś, czego wcześniej dostrzec nie potrafił.

Malutki schowek na dnie serca, przeoczony przez budowniczych ludzkich machin, nie mógł pomieścić dwóch uczuć. Halet wyrzucił nienawiść i zaczął Denetta kochać.

Teraz siedział, w pysznej komnacie wspaniałego domu w Sey Aye, nieruchomy, jak miał we zwyczaju, i martwił się. Nie wiedział, jak pomóc Denettowi, nie potrafił z nim rozmawiać tak jak należało. Mógł tylko pilnować, by nikt nie wyrządził mu krzywdy.

I bał się, że nie upilnuje.

Być może jego godność Denett czuł zapachy, których inni pochwycić nie umieli. Za to Halet miał instynkt, jak zwierzę. Pożądana cecha u strażnika-zabójcy. Instynkt milczał, gdy w nocy, na polanie, Yokes wyprowadzał z zarośli swych łuczników. Lecz odzywał się teraz: w cichej komnacie wspaniałego domu na polanie zwanej Dobrym Znakiem.

11

W Dartanie koty nie były rzadkością – nawet w stolicy nikogo nie dziwił widok czworonożnych rozumnych. Ale zaskoczenie Denetta, gdy ujrzał kocich członków straży leśnej, miało uzasadnienie: koty chętnie imały się różnych dorywczych zajęć, lecz na prywatną służbę wstępowały rzadko. Co innego w legiach imperialnych. Zwłaszcza wojska armektańskie i grombelardzkie miały kocich zwiadowców i kurierów, a do niedawna nawet wojowników w słynnej kociej półsetce rahgarskiej. Tam jednak służyły gadba, grombelardzkie koty-olbrzymy, dwa razy większe i trzy razy cięższe od armektańskich tirsów.

Pręgowany buras, drobnym truchtem przemierzający dziedziniec, a potem skaczący po schodach, był właśnie tirsem. Wartownicy przy drzwiach musieli dobrze go znać, bo o nic nie pytali; owszem, oddali mu honory, co wyraźnie dowodziło, iż kocur nie jest przybłędą i ma stopień oficerski lub pełni jakąś wysoką funkcję w Sey Aye. Parsknąwszy w odpowiedzi, tirs zniknął w głębi domu. Służba na korytarzach nie zwróciła nań żadnej uwagi. Nasuwała się myśl, że czworonóg traktowany jest lepiej niż dwunożni nosiciele rozumu; prawie nikt nie mógł bez zapowiedzi pojawiać się w pokojach księżnej, a kot tam właśnie zmierzał. Może z racji pełnionej funkcji miał prawo odwiedzać jej wysokość o dowolnej porze, ale prędzej chodziło tylko o to, że... był kotem. Nikt nie musiał korzystać z usług tych niezwykłych stworzeń. Lecz gdy ktoś raz podjął decyzję, że jednak korzystać będzie, musiał się liczyć z kocim sposobem postrzegania świata, więc także pogardą dla dobrych obyczajów i wydumanych reguł. Nawet w legiach imperialnych pogodzono się z faktem, że kosmatych zwiadowców wojskowa dyscyplina nie dotyczy. Gdyby burasowi zastąpiono drogę, na pewno gotów był okrążyć dom i znaleźć się w pokojach księżnej razem z kawałkami llapmańskiego okna wychodzącego na ogród. Jeśli tylko uznał swoją sprawę za ważną.

Ktoś jednak zwrócił uwagę na kocura. Idący w przeciwnym kierunku młody niewolnik obejrzał się i zawołał. Kocur przystanął, nie odwracając jednak głowy. Do tego też nie każdy potrafił przywyknąć... Dla kota patrzenie na człowieka, który mówił, było karygodnym marnowaniem aż dwóch zmysłów dla jednej sprawy. Można przecież słuchać, a zarazem badać spojrzeniem coś innego.

– Idziesz do księżnej, wasza godność?

– Z konieczności – odparł zapytany, tym razem odwracając głowę; koci głos miał niewyraźne brzmienie i człowiek, któremu nie mówiono w sam nos, czasem nie potrafił zrozumieć słów. – Szukałem komendanta, ale powiedziano mi, że jest w obozie wojskowym. Szukałem Pierwszej Perły i też jej nie znalazłem. A mam ważną wiadomość, dlatego idę do księżnej.

– Jej wysokość jest w zameczku, a Perła razem z nią – rzekł niewolnik.

Kot nie podziękował, czy też raczej – nie uczynił tego głosem, bo zawrócił i ominął chłopaka. To było podziękowanie; koty nie schodziły z drogi ludziom. W niektórych miastach, gdzie kotów było dużo, powszechnie przyjętym zwyczajem przepuszczano je między nogami. Nikt nie poczytywał tego za uwłaczające.

Po raz drugi przemierzywszy dziedziniec, pręgowany tirs znalazł się w starej warowni. Odnalazł otwartą klapę w podłodze i zbiegł po ciemnych schodach do podziemi. Wkrótce wyraźniej usłyszał głosy kobiet i niedługo potem stał w drzwiach dobrze oświetlonej izby. Perła Domu, zwrócona twarzą w tę stronę, dostrzegła go od razu.

– Vahen! Jak tu trafiłeś?

Księżna obejrzała się zdziwiona i uśmiechnęła na widok szelmowskiego oblicza oficera swojej leśnej straży.

– Słychać was. Szukałem komendanta.

– Jest w obozie jazdy.

– Już wiem. Będziemy mieli gości, pojutrze rano, a najdalej przed południem.

– Gości? Pojutrze... przed południem?

Kocur nigdy nie rozumiał, dlaczego ludziom wszystko trzeba powtarzać dwa razy.

– Armektańscy gwardziści, klin łuczników pieszych dowodzony przez podsetniczkę, towarzyszy im podróżny, który nie jest wojskowym. Trzy konie wierzchowe, w tym pełnokrwisty dartańczyk klinowego gońca i osiem jucznych mułów. Regulaminowe służby: czterech mulników, kucharz-kwatermistrz. W jukach sprzęty obozowe i trochę żywności, nic zwracającego uwagę.

Kobiety w milczeniu spoglądały po sobie.

– Muszę jeszcze powiadomić komendanta – rzekł Vahen.

– Zaczekaj – powiedziała Anessa, bo leśny strażnik zbierał się już do odejścia.

Buras usiadł na progu izby, owijając ogon wokół łap. Wiedział, co teraz będzie. Pytania.

– Mówisz, że to gwardziści? I ktoś jeszcze?

Kocur milczał.

– Ale co tu robi trzydziestu gwardzistów? I to jeszcze armektańskich... bo dobrze usłyszałam? – Ezena pytająco spoglądała to na Perłę, to na burego oficera. – Co to może oznaczać?

Kocur milczał.

– A ten człowiek? Jak wygląda?

– Jak podróżny – powiedział Vahen.

– Nie wiesz, kto to jest?

– Nie jest wojskowym.

– Ale... wygląda jak kto? Kupiec? Urzędnik? Mężczyzna Czystej Krwi?

– Wygląda jak podróżny, księżno – cierpliwie powiedział kocur, dobrze znający ludzi i ich umiłowanie gadulstwa. – Gdyby wyglądał na kogokolwiek innego, usłyszałabyś od razu. Wiem tyle, ile powiedziałem. Gdy dowiem się czegoś więcej, zaraz przyjdę, lub przyślę kogoś z wiadomością. Teraz powinienem iść do obozu jazdy. Czy masz jakieś instrukcje dla komendanta?

Ezena i Anessa oswoiły się już trochę z wieściami – w każdym razie na tyle, by przypomnieć sobie, że rozmawiają z kotem.

– Dziękuję Vahen, wiem wszystko – powiedziała księżna. – Nie, żadnych instrukcji. Yokes będzie wiedział, co trzeba przedsięwziąć.

Kot nastroszył wąsy, doceniając starania kobiety, która mówiła „wiem wszystko", choć zarazem pękała z ciekawości i gotowa była wysłuchać jego raportu nawet siedem razy, pytając o każde słowo z osobna. Oderwał łapę od posadzki i wysunął pazury w kocim Pozdrowieniu Nocy. Nie każdego człowieka honorowano tym gestem.

Kobiety zostały same.

– Gwardia armektańska?

– Ale... co to może znaczyć?

– I ten jakiś podróżny...

Vahen nie rozchorował się tylko dlatego, że był już daleko i nie słyszał rozmowy podnieconych kobiet, które dziesięć razy powtórzyły sobie każde jego słowo. Hałas, z którego nic nie wynikało. Nagadawszy się, wreszcie zamilkły.

– Nie wyrzucaj go jeszcze z Sey Aye – powiedziała po chwili Ezena, myśląc o Denetcie.

Perła zrozumiała.

– Nie wyrzucę. Zawsze zdążę to zrobić. Dowiemy się najpierw, po co przyszli ci Armektańczycy. A poza tym i tak chciałam doradzić, żebyś jeszcze trochę poczekała.

– Na co?

– Na wieści z Dartanu. Jutro, lub najdalej pojutrze, powinny przyjść listy z Rollayny – przypomniała Perła.

– Myślisz, że dowiemy się o nim jeszcze czegoś wartego uwagi?

– Wątpię. Liczę raczej na potwierdzenie wcześniejszych wieści. No, tych o sporach między Enewenem a innymi Domami K.B.I. Wygląda na to, że Enewen naprawdę boi się wzrostu znaczenia niektórych krewnych. Procesują się o pochodzenie, tak? Już od dawna. Jeśli w listach przyjdą jakieś nowe szczegóły, to może uda ci się wyciągnąć potwierdzenie tego od Denetta, przy obiedzie albo na przechadzce. To zawsze może się przydać.

Ezena machnęła ręką.

– Nie dają mi spokoju ci gwardziści. Vahen wie, jak zepsuć resztę dnia... Może trzeba było wezwać tu Yokesa?

– A po co? Dobrze zrobiłaś, zostawiając mu wolną rękę. Czasami bywa nieznośny, ale w takich sprawach lepiej mu nie przeszkadzać. Żadna z nas nie wymyśli nic mądrzejszego, niż on.

Ezena popatrzyła z uśmiechem.

– Słuchaj, ty go... kochasz?

– Yokesa? – Perła wyglądała na zaskoczoną. Zamyśliła się. – Powinnam odpowiedzieć, że mi nie wolno... Prawda, wasza wysokość?

– Nieprawda.

– Nie wiem, czy go kocham. Ja... myślę trochę jak kot. – Uśmiechnęła się i pokazała drzwi, w których niedawno siedział Vahen. – Nawet jeżeli coś czuję, a przecież czuję... to zaraz się pytam, co z tego wynika. Naucz się wreszcie, że ja... naprawdę jestem rzeczą, w każdym razie nie jestem człowiekiem, a tylko tak wyglądam. Ty kiedyś byłaś. Potem sprzedałaś swoją wolność, ale tylko wolność. Wcześniej miałaś swoje własne życie, dobre albo złe, wszystko jedno. Ja nigdy nie miałam niczego takiego.

Ezena milczała.

– Nie miałam matki, ojca, rodzeństwa, więc nie miałam kogo kochać, nie miałam nawet towarzyszek zabaw, bo nie wolno nam było się bawić, cały czas wypełniała nauka – ciągnęła Anessa. – Byłam Niebieska, potem byłam Piasek, jeszcze pamiętam, że Jodła i Policzek... Co i rusz zmieniano nam imiona, o ile to były imiona, więc miałam ich chyba ze sto. Anessą nazwał mnie dopiero książę Lewin, ale jeśli jutro mnie sprzedasz, to ktoś gotów nazwać mnie Ezeną, Hayną albo Rzygowiną, jeśli będzie sobie cenił taki rodzaj humoru. A ty mnie pytasz, czy kocham Yokesa? Potrafię rozpoznać miłość u innych, bo mnie nauczono, ale u siebie... – Pokręciła głową. – Nie wiem, zupełnie nie wiem. Bardzo dobrze mu życzę i lubię z nim sypiać, Ezeno.

Armektanka przyglądała się jej z uwagą. Niewolnica mówiła więcej i szybciej niż zwykle. Pytanie poruszyło ją bardziej, niźli chciała okazać.

– Chciałabym to zmienić.

Perła żachnęła się.

– Znów to samo... Dobrze mi tak, jak jest.

– Nie chciałabyś być taka, jak inni?

– Jacy „inni"?

– Zwykli ludzie.

– To znaczy? Taka jak księżna Ezena? Jak Denett? Między Ezeną a Denettem jest więcej różnic niż między Denettem a znalezionym w lesie patykiem. Co to znaczy „być jak inni ludzie"? Rozpoznawać miłość? Nie wszyscy rozpoznają. Nie być rzeczą? Kiedy Denett nią jest, tylko o tym nie wie. Yokes też jest rzeczą, tak jak ja. Wykonali te rzeczy różni rzemieślnicy, ale skoro już o tym mowa, to jestem rzeczą wartą tyle co Yokes, o Denetcie nie wspominając. I nie chodzi mi o pieniądze.

– Ja też jestem rzeczą?

– Ty? Ty chyba nie.

– A dlaczego?

– Nie wiem, wasza wysokość.

Gdy Anessa mówiła „wasza wysokość" oznaczało to zwykle, że rozmowa dobiegła końca. Ezena uśmiechnęła się lekko. Nie, nie... Perła Domu nie była przedmiotem. Albo raczej: owszem, bywała nim wtedy, kiedy chciała. Kiedy jej było wygodnie. Bez względu na to, w co próbowano przemienić ludzkie dziecko, wyrosła z niego kobieta. Miała już swoje przeżycia, nie tylko wiedzę i zasady, którymi ją karmiono. Przyuczona do szybkiego nabywania doświadczeń, zebrała ich więcej, niż gotowa była przyznać.

– Dobrze, Anesso – powiedziała. – Nie mówmy już o tym. Wytłumacz mi raczej, dlaczego mnie okłamywałaś?

Perła na krótką chwilę zmarszczyła brwi.

– Mmm... wtedy? – upewniła się, z właściwą sobie szybkością odgadując, co rozmówczyni ma na myśli.

– Wtedy – potwierdziła Ezena, podchodząc do portretu Rollayny. – Ty i książę, wszyscy, którzy wiedzieli... Dlaczego nie można było po prostu przyjść do Ezeny i powiedzieć jej, kim jest naprawdę? Przeczytałam to wszystko – pokazała ręką wnętrze izby – nie mogłam myśleć o niczym innym... i dopiero wczoraj uświadomiłam sobie, że nie wiem, dlaczego mi nie powiedziano. Na co czekaliście?

Anessa milczała.

– Dziwiło mnie trochę, że nie zapytałaś – powiedziała wreszcie. – Czekam na to od chwili... od początku. Przygotowałam się do tej rozmowy.

Ezena pojęła nagle, że powody mogły być o wiele ważniejsze, niż podejrzewała. Zbliżyła się do stołu i usiadła.

– Czy nie wiem o czymś ważnym?

– Musiałam coś przemilczeć.

– Co przemilczałaś?

– Nie czytałaś jeszcze kronik Sey Aye. Dzieje Dartanu, historia Trzech Sióstr, to wszystko jest tutaj. Ale kroniki Sey Aye mam ja.

– Co jest w tych kronikach?

– A gdybym cię poprosiła, żebyś nie pytała? Dla twojego dobra, uwierz mi! – spróbowała Anessa, doskonale wiedząc, jaka będzie odpowiedź.

– Oszalałaś? Co jest w tych kronikach, masz mi zaraz powiedzieć.

– Nie jesteś pierwsza – powiedziała Anessa. – Albo raczej: wróciłaś nie po raz pierwszy. Pasma Szerni próbowały już wskrzesić Rollaynę, ale udało im się tylko powołać kogoś bardzo podobnego.

Ezena uczuła przyspieszone bicie serca.

– Ile razy? – zapytała stłumionym głosem. – I na czym polegało to podobieństwo?

– Najpierw to była dziewczyna bardzo do niej podobna, może taka samą. – Perła pokazała wielki portret. – I nic więcej. Za drugim razem Rollayna odzyskała jakieś strzępy wspomnień, dysponowała też jakąś mocą, trochę chyba taką, jaką mają Przyjęci. Ale nie panowała nad nią. Oszalała... a potem przestała być człowiekiem.

Ezena, z coraz mocniej bijącym sercem, patrzyła blada i milcząca.

– Zdaje się, że Pasma, ożywiając jakąś swoją część pod postacią myślącej istoty – ciągnęła Anessa – tracą nad nią kontrolę. Szerń jest martwa i bezrozumna. W kronikach Sey Aye są zapiski, których nie rozumiem, ale wynika z nich, że Rollayna wróciła do Szerni, tak zresztą powiedział mi książę. Nie rozumiem tego – powtórzyła Perła. – Rollayna... stała się z powrotem Pasmem Szerni. Książę uznał, że należy czekać, aż Rollayna obudzi się sama. Może trzeba czasu, by wszystko ukształtowało się tak, jak powinno. Nie wolno tego przyspieszać.

– Ty jednak przyspieszyłaś.

– Bo nie mogłam inaczej. Proces w stolicy... jego godność Denett ze swoją propozycją, a wreszcie ty sama, twoje rozterki i... nieobliczalność – tłumaczyła się Perła. – Widziałam, że zaraz dojdzie do katastrofy. Gotowa byłaś wyjść za Denetta równie dobrze, jak ugiąć się przed wyrokiem sądu albo rozpętać wojnę. Książę przewidział, że tak może być. Kazał mi czekać tak długo, jak uznam za rozsądne. Wszystko jest tutaj: roczniki, dowody na to, kim jesteś, odpowiednie środki, a na koniec sprzymierzeńcy. Tacy jak ja. Pomyśl: powoli odkrywająca prawdę o sobie, przerażona i zagubiona dziewczyna gdzieś w Dartanie... Skrzywdzono by cię, albo skrzywdziłabyś się sama.

– Ale jesteś tylko przedmiotem – oceniła cicho Ezena. – Pozostawiono twojej decyzji współudział w ożywaniu Pasma Szerni, ty przyjęłaś tę odpowiedzialność i postąpiłaś, jak uznałaś za słuszne. Ale jesteś tylko przedmiotem...

Anessa odwróciła wzrok.

– Kimkolwiek lub czymkolwiek jesteś – powiedziała pani Sey Aye – podziwiam tego kogoś lub to coś. Przepraszam cię, Anesso... ale zostaw mnie teraz samą. Byłam wiejską dziewczyną, potem niewolnicą tu i tam, potem księżną, potem półboginią... a mogę być jeszcze Pasmem Szerni, wariatką albo nie wiem czym. Zostaw mnie samą, muszę dojść ze sobą do ładu.

Perła przełknęła ślinę, skłoniła się i ruszyła ku drzwiom.

– Ale nie odchodź daleko – rzekła jeszcze cicho Ezena – bo potem będę chciała przed kimś sę wypłakać. A nie mam nikogo oprócz ciebie.

***

Historia armektańskich wojen i podbojów uczyła niejednego. Pokazywała dobitnie, że już przed wiekami dartańskie hufce rycerskie były wojskiem przestarzałym i nieodpowiednim, mającym się nijak do armektańskich armii złożonych z żołnierzy zawodowych, jednolicie uzbrojonych, wyszkolonych, podzielonych na równe oddziały. Dartański rycerz, zakuty w świetną zbroję i dosiadający bojowego rumaka, od dziecka ćwiczony w rycerskim rzemiośle, w pojedynczej walce zdecydowanie górował nad konnym łucznikiem z Równin. Pojedynków jednak nie staczano... Zrodzona jeszcze w Księstwie Sar Soa armektańska doktryna wojenna zalecała łączenie trzydziesiętnych klinów w kolumny, tych zaś w półlegiony. Najwyższym stopniem organizacji był legion – jednostka dość silna, bo licząca tysiąc do tysiąca pięciuset żołnierzy, zarazem jednak na tyle mała, by można nią było łatwo kierować. Wojska na każdym poziomie organizacji można było łączyć i dzielić bez zmniejszania ich bojowej sprawności – przechodzącą do innego półlegionu kolumnę tworzyli ci sami, zżyci ze sobą żołnierze, mający własnych dziesiętników i własnych oficerów; w każdej armii obowiązywały takie same komendy i sygnały, takie same były wojskowe insygnia i znaki. Wobec tak skonstruowanej wojennej machiny dartańskie pospolite ruszenie prezentowało się aż humorystycznie: niekarne rycerstwo szło na wojnę z musu, bez widoków na pojmanie znaczniejszego jeńca (armektański oficer, nierzadko wywodzący się z gminu, mógł być zupełnym golcem, żyjącym wyłącznie z żołdu i niezdolnym do wypłacenia za siebie okupu); dyscyplina nie istniała, autorytet wodzów, stale podważany, był niewielki, chyba że dowodził sam król – lecz król nie mógł osobiście dowodzić każdym hufcem i każdą broniącą się twierdzą. Ciężka jazda dartańska, mogąca wgnieść w ziemię trzykrotnie liczniejszego przeciwnika, pozostawała bezradna wobec unikającej twardych czołowych starć lekkiej konnicy armektańskiej i była w niemałym kłopocie, stając przeciw piechurom, którzy przyjmowali bitwę tylko na wybranej pozycji, otoczeni rowem i prowizoryczną palisadą, a potem nękali napastników istnym deszczem strzał. To deprymowało i zniechęcało rycerzy, którzy – obrażeni na wroga – potrafili nawet zabrać się z pola bitwy i rozjechać do domów.

Mądry książę Lewin wiedział o tym wszystkim. Rozbudowując swoje poczty, ani myślał opierać się na dartańskiej jeździe rycerskiej. Zarazem jednak nie musiał bez zastrzeżeń korzystać z armektańskich wzorców – bo miał pieniądze. Wojska kraju równin musiały być tanie; nawet po nastaniu imperium w całym Armekcie istniał tylko jeden paradny klin ciężkiej jazdy, dodany do Gwardii Cesarskiej. Kiedyś dartański rycerz, otrzymawszy od króla nadział ziemi, obowiązany był w zamian stawić się na wezwanie konno, zbrojno i z pocztem. We własnym interesie dbał o konia i oręż, bo od tego zależało jego życie. W armii stałej utrzymanie takiego jeźdźca i pocztowych było niemożliwe. I mijało się z celem; ciężka jazda rycerska (lub wyposażona według rycerskiego wzoru) musiała być liczna, by wywierać decydujący wpływ na przebieg boju. Przyłączanie słabych oddziałów do poszczególnych legionów nie miało żadnego sensu.

Lecz jego wysokość K.B.I.Lewin nie był władcą Wiecznego Cesarstwa, posyłającym swych żołnierzy na cztery strony świata, dla pilnowania porządku we wszystkich krainach imperium. Mógł wystawić armię, jaką uznał za najlepszą – i wystawił. Może jeszcze nie armię, lecz na pewno zalążek takowej.

Yokes nie kłamał, mówiąc Denettowi, iż brakuje mu bojowych wierzchowców. To istotnie był największy kłopot – tyle że od dawna rozwiązany. Brakowało koni dla nowych formacji, ale istniejące nie odczuwały braków. Na każdego z czterystu jeźdźców w pełnych zbrojach płytowych i na ladrowanych rumakach przypadało dwóch lekkozbrojnych (choć „lekko-" tylko w pojęciu dartańskim) strzelców-pocztowych. Pocztowi nie używali olbrzymich bojowych rumaków, wyposażeni byli w pełne kolczugi (bo nawet żelazne rajtuzy) wzmocnione elementami płytowymi, małe tarcze zaś wozili na plecach, jako dodatkową osłonę; zadaniem tych żołnierzy, podczas szarży strzelających ponad głowami towarzyszy – zwano taki ostrzał nawiją – było zmieszanie szyku wrogich wojsk przed czołem ciężkiej jazdy. Ponadto na dwóch kopijników przypadał jeden średniozbrojny, którego miejsce było nie w ostrzu przełamującego szyku, lecz z boku. Średniozbrojny zamiast kopii trzymał włócznię, lecz tak samo używał tarczy i płytowej zbroi, wprawdzie tańszej i lżejszej niż u kopijnika, ale wciąż nie mającej przeciwwagi w wojsku armektańskim (ciężkozbrojny piechur cesarski był chroniony sporo słabiej) – także i ci jeźdźcy nie mieli pod sobą bojowych rumaków rycerskich, a tylko duże i silne wierzchowce ebelskie;

była to rasa hodowana w południowym Armekcie. Zwierzęta średniozbrojnych nie miały płytowych ladrów; jedynie na karkach nosiły folgowe osłony, poza tym ubierano je w końskie kolczugi.

Sey Aye wystawiło dotąd tysiąc czterystu kopijników, włóczników i konnych kuszników, zgrupowanych w siedmiu chorągwiach. Komendant zamierzał rozwinąć te siły o dalszych czterystu konnych kuszników, których szkolenie było najłatwiejsze, bo wypełniali tylko wnętrze bojowego szyku i nie od nich zależało powodzenie manewrów ciężkiej jazdy. Nie potrzebował do tego bojowych wierzchowców, a dwustu nowozaciężnych właśnie zaczynał szkolić. Cała reszta regularnego wojska Sey Aye – raptem dwustu piechurów z kuszami i półtorakroć tylu żołnierzy lekkiej konnicy – pomyślana była jako wsparcie dla kopijniczej jazdy; były to zresztą formacje dość tanie, które łatwo się dało rozbudować. Na razie realną siłę stanowiła raczej znakomita straż leśna – kilkuset gajowych uzbrojonych w łuki albo kusze.

Pręgowany Vahen, dotarłszy do skrytego w lesie obozu jazdy, musiał pokonać kilka linii wartowniczych placówek – i doprawdy poddano go badaniom bardziej szczegółowym niźli w pałacu księżnej. Wielu wartowników znało oficera gajowych, ale żaden nie przepuściłby go, nie usłyszawszy hasła obowiązującego w tym tygodniu. I nawet kot nie mógł stroić sobie z tego żartów... W wojskowych obozach trzymano psy; ostatnia warta musiała zameldować o przyjściu Vahena, bo mogłoby dojść do nieszczęścia. Wszystkie te środki ostrożności bardzo dobitnie czegoś dowodziły – a mianowicie tego, że w Sey Aye zdawano sobie sprawę z istnienia Trybunału Imperialnego i szpiegów tej instytucji. Pamiętano też o obecności kocich zwiadowców w legiach...

Ogromna polana była placem ćwiczeń dla jazdy. Pod samym lasem wzniesiono wygodne, choć surowe z wyglądu, domy z sosnowych bali; do każdego była dobudowana stajnia. Dla siedmiu chorągwi ciężkich i dwóch lekkich przeznaczono dwadzieścia sześć budynków, lecz mieszkalnych domów wzniesiono więcej, choć wciąż stały puste; liczono się tu z powiększeniem liczebności wojsk. Po drugiej stronie obozu widniały budynki gospodarcze, a także służące rozrywce: dwie karczmy, piwiarnia, wielki dom z dziewczętami, boisko do gry w piłkę, świetlice, kuchnie i jadalnie, zadaszone podesty zapaśnicze i, tak samo pod dachem, stoły do warcabów. Niedaleki strumień zasilił duży choć płytki staw, gdzie utworzono wygodne kąpielisko. Żołnierze po służbie nie musieli chodzić aż do Sey Aye.

Yokes był w mniejszym od innych, lecz podobnym z wyglądu, budynku komendantury – mieszkali tu tylko najwyżsi oficerowie i mieściła się izba odpraw. Vahen, zameldowany przez wartownika, zastał komendanta przecierającego twarz po krótkiej drzemce.

– Co tam, Vahen?

Kot przekazał wiadomości, skąpiąc słów tak samo, jak wcześniej w zameczku. Lecz Yokes był wojskowym; zwięzły raport nie widział mu się czymś podejrzanym. Zamyślił się, marszcząc brwi.

– Co tam masz?

– Cztery drużyny. I paru włóczęgów.

Włóczęgami nazywano w Sey Aye tropicieli-zwiadowców, samotnie krążących po lesie, badających jego zasoby, ale także szukających obcych sideł. Lecz drużyny – liczące po siedem głów zbrojne patrole – to już było wojsko. Przeznaczone do rozpraw z dość licznymi czasem bandami kłusowników.

– No? – zdziwił się Yokes. – Aż cztery, mówisz? Nie przypadkiem chyba?

Kot nastroszył wąsy w grymasie, który wprawne oko odczytać mogło jako uśmiech.

– Gdy ruszałem tutaj, jeszcze ich nie było. Ale teraz na pewno już są.

Komendant uśmiechnął się w duchu. Vahen nie czekał na rozkazy, na wszelki wypadek od razu ściągnął najbliższe oddziały.

– Wracaj tam. Ale najpierw zajrzyj do obozu piechoty i weź klin kuszników. Każ im maszerować jakieś ćwierć mili przed czołem naszych gości, ale tak, żeby ci o tym nie wiedzieli. Swoje drużyny trzymaj po bokach. Poślij dwóch rozgarniętych włóczęgów z uprzejmym pytaniem, czy nie trzeba przewodników. Sam się nie pokazuj, nie muszą wiedzieć, że ma na nich oko kot. Gdy już wyjdą z lasu, każ swoim zrobić to samo; chcę, żeby nasi gwardziści zobaczyli towarzystwo przed sobą i po obu stronach. Jeśli będą sprzyjające warunki, posłuchaj, o czym gadają na biwakach, ale nie ryzykuj, nie pchaj się na środek żadnej polany. Nie posyłaj tu nikogo z byle głupstwem, chyba żebyś się dowiedział czegoś naprawdę ciekawego.

– Werk – potwierdził kocur.

Yokes skinął głową; Vahen poszedł.

Komendant posiedział trochę, porozmyślał, ale nie trwało to długo. Wkrótce wezwał wartownika.

– Odprawa sztandarowych i prowadzących – rzekł krótko.

Wartownik zniknął. Yokes poprawił odzienie, trochę rozchełstane podczas drzemki, spiął pasem narzutę w barwach Domu i poszedł do izby odpraw. Sztandarowi i kilku prowadzących już tam byli, dwaj następni wychodzili ze swych izb. Zadzwoniły ostrogi na drewnianym ganku – oficer placu przysłał swego zastępcę. Yokes poczekał, aż zebrali się wszyscy, i krótko przedstawił sprawę.

– Wielki Sztandar – rzekł na koniec.

Dowódca wyprostował się służbiście.

– Czarną przeformować do walki pieszej, dołączy do Szarej w straży księżnej – rzekł Yokes. – Stu Róż pełni służbę wartowniczą aż do odwołania. Sztandar Mniejszy: chorągwie Trzech Sióstr i Pierwszego Śniegu zostają w obozie, Błękitna dalej ćwiczy w lesie, nie ściągać.

Leśne ćwiczenia, znienawidzone przez żołnierzy w zbrojach, były karą. Chorągiew Błękitna, najgorsza, niezdyscyplinowana, od trzech dni z drewnianymi mieczami ganiała po mokradłach, licząc puknięcia zakończonych gałkami strzał o kirysy. Trzy drużyny gajowych już dwa razy zdążyły „wymordować" wszystkich spieszonych jeźdźców. Teraz „trzecia" z rzędu Błękitna Chorągiew bawiła się w podchody.

– Chorągiew Domu ma być gotowa do walki konnej – ciągnął Yokes, spoglądając na dowódcę elity Sey Aye, który odpowiedział wojskowym ukłonem. – Wątpię, by Gwardia Armektańska miała złe zamiary, ale służymy jej wysokości i wątpienie nie jest naszą sprawą. Jest nią gotowość do walki z tymi, których księżna nam wskaże. Ten oddział może być tylko przednią strażą jakiejś wojskowej ekspedycji, przysłanej dla przejęcia kontroli w Sey Aye. Pytania?

Nie było.

– Do oddziałów.

12

Jej wysokość księżna Ezena, od wielu dni pochłonięta lekturą kronik w zameczku, tym razem przeszła samą siebie: otrzymawszy cztery wielkie tomy, w których spisano dzieje Domu K.B.I., kazała zanieść je do swojej sypialni, odmówiła udania się na posiłek, zażądała tylko, by przyniesiono jej wino i owoce. Jedwabne zakładki, zostawione przez Anessę w odpowiednich miejscach, trochę ułatwiały lekturę, niemniej dartańskie teksty wciąż jeszcze sprawiały księżnej kłopot. Czytała je półgłosem, wzdychając od czasu do czasu, a nawet złoszcząc się, gdy nie rozumiała jakichś słów (złościła się zaś trochę zabawnie, bo potrafiła „wygarbować skórę" księdze, otwartą dłonią tłukąc jej stronice, jakby lała po grzbiecie nieznośnego psa). Minął wieczór. Kesa, która zwykle pomagała Ezenie rozebrać się do snu, została odprawiona skinieniem. Nadszedł ranek. Kesa, ze świeżą suknią w rękach, zobaczyła panią Sey Aye leżącą w poprzek łoża z nosem utkwionym w księdze. Jabłka i słodkie wino. Po południu Hayna przyszła prosić księżną do stołu. Wyszła zaraz, przysyłając w zamian służebną z koszem pełnym jabłek. Dziewczyna postawiła go przy łożu i wyszła, unosząc w zamian chlupoczące nocne naczynie. Nastał wieczór. Anessa znalazła księżnę śpiącą z otwartą księgą pod policzkiem.

– Zabijesz się – powiedziała. – Zostaw, nie trzyj... – tłumaczyła, bo obudzona Ezena zakryła dłońmi oczy i tarła czerwone powieki. – Umyj się i idź spać. Te księgi mają po kilkaset lat, nie uciekną.

– One nie, ale czas – powiedziała Ezena zachrypniętym od snu głosem. Odkaszlnęła. – Jutro rano przyjdą ci żołnierze... Coś się kończy. Nie czujesz?

Wyciągnęła rękę, pokazując kosz palcem. Anessa podała jabłko.

– Coś się kończy – powtórzyła księżna, przetaczając się na plecy; jabłko chrupnęło w zdrowych zębach. – Czytałaś armektańskie sagi? – pytała z pełnymi ustami.

Perła Domu czytała sto armektańskich sag.

– Ja dopiero tutaj. Bo kiedyś, dawno, tylko jedną... tą co wszyscy, wiesz... Z której żeśmy się uczyli czytać we wiosce – zmęczona Armektanka, choć mówiła w swoim języku, jak zwykle w rozmowach z Perłą, to jednak trochę niepoprawnie; nauki udzielane przez starego księcia dość mocno zapadły w młody umysł, lecz nie aż tak mocno, by mogła z nich skorzystać śmiertelnie znużona kobieta, przez całą dobę bez przerwy zmagająca się z dartańską pisownią. – Już od roku albo dłużej było wiadomo, że przyjdzie do nas bakałarz, bo uczył niedaleko, a potem bliżej, a potem już w sąsiedniej wsi... Wszystkie dzieciaki czekały. Ja nie mogłam się doczekać najbardziej, bo byłam prawie najstarsza z tych, co się jeszcze nie uczyli. Pięć lat wcześniej byłam za mała do nauki, ale tylko trochę za mała. Ojciec potem nauczył mnie liter, ale że nie było nic do czytania, to sporo zapomniałam. Wreszcie przyszedł bakałarz i uczył nas przez cztery miesiące. Widziałaś zwój do nauki czytania? Inny niż zwykłe. Wielki, gruby jak belka, z dużymi literami...

– Widziałam – powiedziała Perła z uśmiechem, trochę wzruszona dziecięcymi wspomnieniami Ezeny. – Też się z takiego uczyłam.

– Ty? Naprawdę?

– A co myślałaś? Że miałam własny zwój do nauki? Hodowle niewolników muszą przynosić zyski. Dziewczyny takie jak ty kupuje się tam i zaraz sprzedaje, ale własne, z rozpłodowych par, utrzymuje się i wychowuje całymi latami. To nie może być zbyt drogie, jeśli cena piętnastolatki pierwszego sortu ma z nawiązką pokryć wszystkie koszty, a Perły przynieść zyski. Uczą nas inni niewolnicy, specjalnie do tego przeznaczeni, a zwój do nauki jest jeden. Z tą samą sagą, którą czytałaś na głos ze wszystkimi, podczas gdy nauczyciel wolno przewijał zwój... „Pieśń o jeźdźcach Sar Soa", nieprawdaż? Opowiedzieć ci, jak wygląda stojak?

Ezena zaśmiała się, inaczej widząc mądrą, wszechstronnie wykształconą niewolnicę, która kiedyś tak samo, jako mała dziewczynka, nie mogła się doczekać pierwszej lekcji czytania.

– Ta historia to bajka ułożona specjalnie dla dzieci – dorzuciła Perła – ale ułożona w taki sposób, żeby mogły się dowiedzieć jak najwięcej o świecie, a zwłaszcza o Armekcie. Zresztą, jej kompozycja nie odbiega od kompozycji innych sag, bo sagi to też część armektańskiej tradycji i każde dziecko powinno wiedzieć, jak coś takiego wygląda.

– No właśnie – przytwierdziła Ezena. – I teraz wydaje mi się, że sama jestem bohaterką takiej sagi. W „Pieśni o jeźdźcach" najpierw nic się nie dzieje, książę poślubia narzeczoną, mówi się o wojnie, ale to ma być później... To wszystko jest bardzo piękne i ciekawe, ale właściwie... no wiesz, cały czas wiadomo, że dalej będzie to najważniejsze. Wojna zbliża się, towarzysze nakłaniają księcia, by wyruszył, ale książę zwleka, nie chce opuścić swojej pięknej żony... Aż nagle biegną gońcy, donoszą, że nieprzyjaciel jest tuż, książę zbiera wojska, żegna się, wyrusza, żona tylko na to czeka i zdradza go z najwierniejszym przyjacielem, zdradza wojownika, który ruszył w pole, hańba... Wszystko dzieje się szybko, bitwy, knowania, mały łucznik z wioski, który ratuje armię i obejmuje komendę, gdy giną starsi szarżą... – Wsparta na łokciu Ezena, rozbudzona już zupełnie, marszczyła brwi i mrużyła różnobarwne oczy. – Pamiętasz? Mam wrażenie, Anesso, że tak właśnie jest dzisiaj. Czas się skończył, właśnie biegną gońcy. Księżna wie już, kim jest, pokłóciła się z Pierwszą Perłą Domu, pogodziła, nagadały się, naczytały... Komendant Yokes poustawiał sobie wszystko w sercu i w tym miejscu, gdzie nosi swój honor, jego godność Denett oświadczył się i naczekał na odpowiedź. Co jutro? Jutro przyjdą armektańscy gwardziści. Coś mi mówi, że nie zdążę doczytać tych ksiąg. Nie wiem, co będzie jutro.

– Jutro będziesz niewyspana, a przez to nerwowa, lekkomyślna i brzydka – skwitowała Perła. – Jeśli nawet naprawdę jest tak, jak mówisz, to tym bardziej musisz zostawić te tomiska. Spać, wasza wysokość. I wyrzuć ten ogryzek, co tam jeszcze jest do jedzenia?

– Nie zasnę.

– Ależ zaśniesz, jak tylko ściągnę z ciebie suknię. Kąpieli już nie będzie – zawyrokowała Perła Domu. – No już, rozsznurujmy to... Bardzo pięknie. Teraz wstań i ręce do góry... Uff, za duża jesteś dla mnie. Ale mimo wszystko ładna – oceniła.

– Jakie „mimo wszystko”? – obruszyła się pani Sey Aye.

– Bo kudłata jak... Vahen. Przyślę ci jutro rano niewolnicę z woskiem.

– Nie chcę! Boli mnie od samego patrzenia.

– A widziałaś?

– Widziałam! Łzy stawały mi w oczach i trzymałam się za... Nie ma mowy.

– Pochodzisz z Armektu, księżno. I wszystko masz armektańskie, no, może poza wzrostem.

– I co z tego?

– To z tego, wasza wysokość, że pocisz się pod pachami jak mężczyzna i widać plamy na rękawach sukni. Chcesz nosić to runo pod pępkiem, no to już trudno, noś, ale pod pachami... Można tym obdzielić dwóch gwardzistów.

– Każdy się poci – orzekła Ezena z owym, tak znamiennym dla Armektańczyków, zrozumieniem dla wszystkich spraw cielesnych.

– O, i każdy pierdzi! – rozzłościła się Anessa. – Dlaczego nie pierdzisz gdzie popadnie?

– Bo trudno wtedy wytrzymać. Ale jak naprawdę muszę, no to...

– Nie – powiedziała Anessa. – Wystarczy mi zupełnie. Idź już spać.

Ezena parsknęła śmiechem.

– No, przecież żartuję sobie z ciebie – powiedziała. – Głupie te wasze zwyczaje, ale pogodziłam się z głupszymi niż ten. Dość długo jestem w Dartanie, żeby pojąć, o co ci chodzi. Wosku nie używam z przekory. Komu mam się tutaj podobać, Yokesowi, czy Denettowi? Naprawdę, wolę drażnić ich obu.

Perła Domu była wyraźnie zbita z tropu, co sprawiło Ezenie niesłychaną przyjemność.

– Żartowałaś sobie?

– No pewnie. Włóż jutro wygniecioną koszulę, zausznice... cicho! Najpiękniejsze zausznice, jakie masz, do tego tę błękitną spódnicę, no wiesz którą, tę z wszytymi perłami, a na nogi sandały praczki albo coś podobnego i pokaż się Yokesowi albo Denettowi, ale tak mimochodem. Jak zobaczysz minę, to będziesz wiedziała wszystko.

– Mam się z nimi droczyć? – Anessa najwyraźniej nie była przekonana. – Znowu sobie ze mnie żartujesz.

– Nie żartuję. Zrób tak – rzekła Ezena, mrużąc czarne oko, gdy w zielonym migotała wesoła iskierka.

– No... dobrze, może zrobię. Ale teraz idź już spać, bo jutro...

– Wiem. Ty też się wyśpij, Seilo. Jutro mogę cię potrzebować.

Perła Domu uśmiechnęła się lekko. Przez chwilę patrzyła na Ezenę, jakby chciała o coś zapytać, ale tylko westchnęła.

– Naprawdę za dużo naczytałaś się tych legend – powiedziała. – Dobrze, położę się wcześniej.

Po chwili służebna przyszła zgasić świece.

***

Anessa nigdy nie sypiała zbyt wiele, choć lubiła wylegiwać się w łóżku. Nakłoniwszy Ezenę do udania się na spoczynek, zamierzała wprawdzie dotrzymać słowa i położyć się wcześniej, ale owo „wcześniej" oznaczało dla niej: przed północą.

Był dopiero wieczór. Miała ochotę na spacer.

Znalazłszy się w swoich pokojach, Perła wezwała niewolnice i kazała się przebrać. Do łażenia po lesie najlepiej nadawały się wysokie buty, sukienne nogawice i spódnica o męskim kroju, trochę krótsza i szersza, niż nosiły kobiety. Całości dopełniał kosmaty kaftan z długimi rękawami. Prosty strój, godny strażnika lasu, wykonany był jednak z największą starannością; kaftan miał miękkość jedwabiu. Anessa w ogóle nie rozumiała swojej pani, gotowej nosić jakieś zgrzebne łachy. Umarłaby chyba w szorstkiej koszuli praczki. Ani myślała droczyć się z Yokesem; nie w ten sposób.

Czapka z zawadiackim szarym piórkiem jak zwykle nie chciała pomieścić włosów i Anessa złośliwie dokuczała niewolnicy, próbującej rozwiązać problem. Dziewczyna była nowa; pierwszy raz ubierała Perłę Domu w strój do spacerów po lesie i zupełnie nie wiedziała, co począć z żółtą grzywą. Anessa, zerknąwszy w zwieciadło, zaśmiała się, a potem szczerze rozzłościła, bo zatknięta na czubku wielkiego koka czapka wyglądała jak kapelusz dziwacznego grzyba.

– Liczę do stu – powiedziała. – Jeśli nie skończysz w tym czasie, to ja skończę z tobą. Na twoje miejsce przyślą mi dwadzieścia zręcznych i mądrych dziewczyn, a ty przydasz się gdzie indziej.

Niewolnica, prawdziwie przestraszona, rozpuściła fatalny kok.

– Ostatnio brakuje praczek – dorzuciła Anessa. – Teraz to praca przyjemna, ale zobaczysz zimą.

– Jak... jak mam to zrobić? – zapytała dziewczyna.

– Nie wiem. Myśl. Raz, dwa, trzy, cztery...

Niewolnica zaczęła splatać warkocz. Anessa nie znosiła warkoczy.

–...jedenaście, pięćdziesiąt, osiemdziesiąt, sto! – rzekła rozgniewana Perła Domu. – Zgłoś się do zarządcy i zapytaj, gdzie śpią praczki. Najpierw rozbierz się, bo nie będziesz już miała sukienki, tylko lniany worek z rękawami; tam mówią, że to koszula. Zarządca niech mi przyśle kogoś na twoje miejsce. Ma to być dziewczyna rozgarnięta.

Niewolnica rozpłakała się. Anessa niedbale związała włosy w dwie kiście, przerzuciła na piersi i wepchnęła pod kaftan. Nałożyła czapeczkę.

– Jazda stąd. Nie podoba się życie praczki? A kto powiedział, że karczować las mogą tylko mężczyźni? No to jazda, zanim udowodnię, że niewolnice też mogą.

Dziewczyna uciekła, przerażona i zapłakana. Anessa jeszcze przez chwilę poprawiała włosy, wyciągając pojedyncze kosmyki przez wiązanie kaftana. Popatrzyła z ukosa w taflę lustra, potem także wyszła z komnaty.

– Przyboczna – zażądała, mijając spieszącego gdzieś niewolnika.

Niewolnik zawrócił w miejscu i pobiegł szukać strażniczki. Nim Anessa doszła do wyjścia, dziewczyna już na nią czekała, dopinając na spódnicy pas z mieczem. Pora była zbyt późna, by mogła towarzyszyć Pierwszej Perle, mając tylko swoje sztylety.

Przemierzyły rzęsiście oświetlony dziedziniec i zagłębiły się w półmrok letniej nocy. Anessa ruszyła drogą prowadzącą do młyna, pozwalając się wyprzedzić strażniczce. Za młynem droga przechodziła w ścieżkę i znikała w lesie. Anessa jednak nie zamierzała iść aż tak daleko. Droga okrążała pagórek porośnięty sosnowym zagajnikiem – ten kawałek prawdziwego lasu zostawiono w dzikim stanie na życzenie księcia Lewina; Anessa często towarzyszyła dostojnemu starcowi podczas wieczornych spacerów. Po śmierci jego wysokości lasek stał się jej wyłączną własnością. Prawie nikt nie miał prawa tam chodzić, a ci, co mieli prawo, nie chcieli. Ezena wolała park za domem.

Mając po prawej ręce łagodny stok pagórka, Anessa skręciła w stronę drzew. Nie zwróciła uwagi na przyboczną, która poszła drogą jeszcze mały kawałek.

– Perło – powiedziała niewolnica.

Anessa przystanęła.

– Ktoś jedzie. Od rozstajów.

– Kto to?

– Mam sprawdzić?

– Tak.

Przyboczna ruszyła przed siebie. W świetle księżyca majaczyły ciemne sylwetki dwóch jeźdźców. Padło pytanie i nadeszła stłumiona odległością odpowiedź. Strażniczka zawróciła, prowadząc napotkanych ludzi.

– Jego godność Denett z przybocznym, Perło.

Denett podjechał do stojącej wyczekująco Anessy.

– Nocny spacer? – zagadnął.

– Wieczorny – poprawiła. – No właśnie... Wieczorny spacer?

– Co ma znaczyć to pytanie, Anesso?

– Ma znaczyć, wasza godność, że chcę się upewnić, czy nie zabłądziłeś.

– Nie pozwalaj sobie na kpinki, Anesso. I spuść z tonu.

– Przepraszam, wasza godność.

– Skoro przepraszasz, to odpowiem, że odwiedziłem swoich żołnierzy w gospodzie.

– Rozumiem, wasza godność.

Zamilkła na chwilę.

– Idę właśnie na szczyt tego pagórka – powiedziała. – To malutki, ale najprawdziwszy dziki las. Są tu piaszczyste jamy, w których lubię siedzieć, kiedy nikt mnie nie widzi. Po upalnym dniu piasek jest bardzo ciepły, nawet późnym wieczorem.

Denett zsiadł z konia.

– Piaszczyste jamy?

– Rozpadliny. Wykroty... Chyba wypłukane przez wodę.

– Pokaż mi te wykroty. Może i ja je polubię?

Znów milczała przez krótką chwilę.

– Polubisz, bo dam ci powód, wasza godność – rzekła wreszcie, końcami palców dotykając piersi mężczyzny. – Przepraszam za tamto... w paprociach. Ale mogę wszystko naprawić...

– Nie gniewam się na ciebie, Anesso.

– Dziękuję.

– Ale mówisz, że możesz naprawić? To wcale nie jest zły pomysł.

Zaśmiała się, wyciągając rękę.

– No to chodźmy.

– Halet – rzekł Denett z rozbawieniem – wracaj sam, ja tu trochę zostanę.

– Wasza godność...

– Jest tu przyboczna Pierwszej Perły Domu, więc na pewno nic mi nie grozi. Nie musisz czekać.

– Czy jego godność Halet to twój przyjaciel, panie? – zapytała Anessa, uśmiechając się w mroku; słychać było ten uśmiech w pytaniu.

– A dlaczego pytasz?

– Tak tylko – rzekła stłumionym głosem. – Nie lubisz, wasza godność... podzielić się czasem z przyjacielem?...

Zaległo krótkie milczenie.

– Jesteś dziś skarbnicą pomysłów – rzekł po chwili jego godność Denett. – Halet, nie odchodź. Dostaniesz dziś ode mnie mały prezent. Co ty na to?

Gwardzista nie namyślał się długo.

– Oczywiście przyjmę – powiedział wesoło, zeskakując z siodła.

– Ja myślę. Gdzie więc są te rozpadliny, Anesso?

Perła Domu parsknęła śmiechem.

– Kto pierwszy złapie... ten pierwszy będzie miał! – oznajmiła. – No, wasza godność, masz fory, twój towarzysz jest trochę dalej!

Zwinnie skoczyła za najbliższe drzewo. Denett okrążył je, lecz Perły już nie było, biegiem forsowała stromiznę. Halet puścił się w pogoń, próbując przeciąć jej drogę. Ona jednak znała każdy krzak na tym wzgórzu, była coraz dalej i wyżej.

– No?! – zawołała, chwytając ramieniem pień sosny i kręcąc się wokół niego. – Hej tam, w dole!

Zniknęła gdzieś, było słychać tylko jej śmiech.

Samotnie stojąca na drodze przyboczna rozejrzała się dokoła, przywiązała wierzchowce do drzewa na poboczu, po czym także ruszyła na wzgórze.

Poznawszy, że łania ma zbyt zdrowe nogi, mężczyźni wybrali współpracę zamiast rywalizacji. Na szczycie pagórka Halet przedzierzgnął się w jednoosobową nagonkę; Denett, ukryty w zaroślach, czekał na zwierzynę. Uciekinierka nie zwietrzyła podstępu, oglądając się w kierunku, gdzie hałasował Halet, przeskoczyła piaszczysty wykrot i wpadła prosto na myśliwego. Krzyknęła, przestraszona, lecz było już za późno, bo Denett pochwycił ją wpół i przerzucił przez ramię. Triumfalnie dźwigając wierzgającą zdobycz, ruszył na spotkanie przyjaciela, nawołując od czasu do czasu. Lasek, chociaż malutki i niegęsty, rzeczywiście był zupełnie dziki – nikt tu nawet nie zbierał chrustu. Denett, łamiąc swym ciężarem zalegające ziemię patyki, potknął się raz i drugi, ale utrzymał równowagę. Halet wkrótce odebrał mu zdobycz i zaniósł w upatrzone miejsce, gdzie ścieliła się miękka trawa.

– Au!

Śmiejąc się, Anessa próbowała wyrzucić szyszkę spod pleców, lecz Halet przytrzymał jej ręce po obu stronach głowy, Denett zaś po kolei ściągnął buty. Kopała przez chwilę, ale zaraz się uspokoiła; w ciemności słychać było trzy przyspieszone oddechy. Z furkotem odleciała w mrok nocy spódnica, potem nogawice, a wreszcie futrzany kaftan. Jeszcze jedna spódnica i następny kaftan... Przyboczna bezszelestnie i z niemałą wprawą pozbierała sztuki odzienia i przysiadła gdzieś w mroku, nasłuchując i spojrzeniem badając las dokoła, choć było zupełnie niemożliwe, by cokolwiek groziło Perle w samym środku Sey Aye; strażniczka wiedziała o tym lepiej niż ktokolwiek inny. Przecież gdyby istniały choć najmniejsze powody do obaw, usłyszałaby o tym jako pierwsza. Komendant Yokes bardzo poważnie traktował swoje obowiązki i niezwłocznie przekazałby odpowiednie rozkazy strażniczkom. Nic takiego nie miało miejsca. Jednak przybocznej nie zależało na udowodnieniu, że jest zbędna. Służba u boku Perły była służbą lekką; zbrojna niewolnica nierzadko całymi tygodniami nie miała nic do roboty... Tym bardziej chciała wykazać swą przydatność zawsze wtedy, gdy nadarzyła się okazja.

Jednak tej nocy zadanie okazało się trudniejsze niż zwykle.

– Precz...

W księżycowym półmroku ciało nagiej kobiety było wyraźnie widoczne na ziemi. Przyboczna leniwie spojrzała w tamtą stronę, potem znowu zapatrzyła się w las. Nie od razu pojęła, że Perła zwraca się do niej.

– Słyszałaś...? Precz mówię... Wynoś się.

Strażniczka zastygła w bezruchu.

– Perło? – upewniła się z obawą.

– Wynoś się... Precz, no już...

Niewolnica wstała, trzymając w dłoniach zmiętoszone odzienie. Pierwszy raz wydano jej podobne polecenie. Nie wiedziała jak ma postąpić. Jej obowiązkiem było towarzyszyć Pierwszej Perle zawsze i wszędzie, gdy ta wychodziła z domu. Nie mogła odejść. Wiedziała, że komendant Yokes, usłyszawszy, iż spełniła taki rozkaz, natychmiast wcieli ją do jakiejś drużyny straży leśnej. Wszystkie przywileje, wszystkie umiejętności... przepadną i zostaną zmarnowane w niekończących się włóczęgach po mokradłach i kniejach.

– Perło? – zapytała raz jeszcze, nie ustrzegłszy się drżenia głosu.

Anessa stęknęła przeciągle.

– Wynoś się. W tej chwili.

Niewolnica zagryzła usta.

– Idę – powiedziała.

Ale nie odeszła. Ruszyła w głąb zagajnika, zaraz jednak przystanęła i z mocno bijącym sercem myślała przez krótką chwilę. Poszła dalej, umyślnie czyniąc sporo hałasu...

Lecz wróciła niemal bezszelestnie. Ukryła się w zaroślach, wcale nie chcąc niczego widzieć ani słyszeć. Jednak czuwać musiała. Choćby nic na świecie nie mogło zagrozić Perle, przyboczna miała jej strzec.

Narażała się na gniew Anessy. Lecz miała nadzieję, że Pierwsza Perła o niczym się nie dowie. Zarazem jednak, gdyby prawda wyszła na jaw, przyboczna mogła złożyć poufny raport komendantowi. Ten żołnierz z krwi i kości – była pewna – doceni, jak poważnie traktowała swoje obowiązki. Jeśli nawet rozgniewana Perła Domu zażąda nowej przybocznej na jej miejsce, to Yokes spełni żądanie, lecz nie pośle lojalnej strażniczki do lasu. Raczej znajdzie dla niej zajęcie u boku innej ważnej osoby.

Wystraszona gwardzistka wstrzymywała oddech, wbrew rozkazowi przyczajona w krzakach.

Lecz to jeszcze nie był koniec jej rozterek. Bo wkrótce wyszło na jaw, dlaczego Pierwsza Perła kazała swej przybocznej iść precz.

Nieszczęsna czapeczka z piórkiem już dawno przepadła gdzieś w lesie. Halet, jedną ręką przytrzymując oba nadgarstki kobiety, drugą dłoń podłożył pod jej kark, plącząc się w jasnych włosach. Perła posłusznie oderwała głowę od ziemi, szukając ustami ust pochylonego gwardzisty. Denett, klęczący między rozłożonymi udami niewolnicy, ściągał z siebie ostatnie sztuki odzienia. Anessa z głuchym jękiem przytrzymała zębami język Haleta, a potem próbowała go połknąć, ssąc aż do bólu. Wytrzymawszy najdłuższy pocałunek swego życia, gwardzista niwco się cofnął. Perła zaczerpnęła tchu i wygięła się w łuk.

– Uderz... – powiedziała ochryple. – No, bij mnie... Zasłużyłam...

Denett pochylił się nad nią.

– Proszę... Uderz, proszę...

Młody magnat znalazł drogę, lecz wtargnięcie było gwałtowne. Anessa stęknęła, odruchowo ściskając uda; trzymający nadgarstki Halet poczuł skurcz ramion.

– A... Uderz, uderz mnie wreszcie... Proszę.

Denett przygniótł ją ciałem do ziemi. Rzucała się, próbując go zepchnąć. Cofnął się, zdeprymowany.

– Uderz... Proszę, najpierw...

Odetchnęła spazmatycznie, otrzymawszy lekki policzek. Halet znowu odczuł skurcz mięśni ramion. Krztusząc się z podniecenia, Perła nieustannie prosiła o karę. Gwardzista uderzył mocniej niż Denett, którego dziwna zabawa najwyraźniej nie pociągała, i zobaczył, że jest na właściwej drodze. Przesunąwszy się, odgarnął spódnicę i klęknął okrakiem nad twarzą kobiety, chwytając odsłonięte piersi. Zgniótł mocno i nie przestał, słysząc stłumiony skowyt, bo odpowiedzią był jej oddech i dotyk warg pod spódnicą; gwardzista zadrżał, czując wilgotne wnętrze ust i słaby uścisk zębów. Pochylony, lekko odepchnął Denetta, sięgnął ręką do gładkiego łona i wepchnął palce w niewolnicę, czując gwałtowne pulsowanie rozciąganych mięśni. W gorących zakamarkach królowała lepka wilgoć; podniecenie tej kobiety nie było udawane. Krztusiła się pod spódnicą. Chlasnął dłonią nagie udo, potem jeszcze raz.

Ukryta w krzakach przyboczna cierpiała istne katusze. Uderzenia, które sprawiały rozkosz Pierwszej Perle, nieomal zabijały jej strażniczkę – dziewczynę od dziecka szkoloną do zapobiegania podobnym zdarzeniom. Przyboczna potrafiła używać rozumu i widziała w życiu niejedno, próbowała więc mówić sobie, że na trawie, pośród szyszek i patyków, nie doszło do żadnego zamachu... Ale dygotała jak w gorączce; nie umiała zapanować nad szczękaniem zębów. Było jasne, dlaczego Perła Domu kazała przybocznej iść precz. Bo wiedziała, że zamknięte w ludzkiej skórze, wytresowane tylko do zabijania zwierzę może zapanować nad ludzką częścią istoty. Tak, to było jasne – ale nie dla dygoczącej w zaroślach wilczycy, która z każdą chwilą bardziej traciła kontrolę nad swym ciałem i już prawie nie umiała myśleć. Splecione w odległości dwudziestu kroków ciała należały do mężczyzny i wijącej się z bólu, płaczącej kobiety, której miała strzec.

Wilczyca patrzyła, jak krzywdzą jej młode.

Na pogniecionej trawie rozpalone żądze wzięły górę nad rozsądkiem i umiarem. Halet usiadł Anessie na piersiach, przygniótł kolanami jej ramiona i wymierzył kilka mocnych policzków. Niewolnica po każdym uderzeniu wydawała stłumiony okrzyk. Denett siedział z boku, wyraźnie zagubiony, patrząc szeroko otwartymi oczami. Powiedział coś, lecz nikt go nie dosłyszał. Halet zerwał się i chwyciwszy kłęby jasnych włosów, zaczął wlec Anessę po ziemi. Pośród urywanych okrzyków, w których ból i dzika rozkosz splotły się w jedno, Perła trzymała Haleta za ręce, by zmniejszyć ciężar wleczonego ciała. Zawołała nagle:

– Już nie... Błagam, już nie!

– Złap ją! – wykrztusił gwardzista.

Ogłupiały Denett pochwycił wierzgające nogi kobiety. Halet odpiął pas; oderwawszy odeń pochwę ze sztyletem, znów złapał Anessę za ręce i kilkakrotnie smagnął po nagim brzuchu, raz za razem. To nie było lanie na pokaz... Perła skowyczała, błagając, żeby przestał. Halet zamierzył się znowu.

Przyboczna zbiła go z nóg jednym uderzeniem rozpędzonego ciała. Dzikie zwierzę z wyszczerzonymi zębami bezgłośnie przypuściło najbardziej zajadły atak swego życia. Pierwszy prawdziwy atak; strażniczka nigdy dotąd nie broniła powierzonej jej opiece osoby. Halet nie miał najmniejszej szansy. Wyszkolony do walki równie dobrze i na pewno silniejszy od dziewczyny, popełnił błąd, którego ustrzegła się przyboczna: po raz pierwszy w życiu zapomniał, kim jest i gdzie się znajduje.

Dostrzegł atak i zdążył osłabić jego impet, czyniąc zakrok i częściowo usuwając się z drogi. Niewielu ludzi na świecie umiałoby zareagować z podobną, iście kocią szybkością. Lecz przyboczna nie była jakimś chuchrem; choć trafiła w bark zamiast w środek ciała, to jednak dość silnie, by przewrócić mężczyznę. Halet zerwał się, lecz było już po wszystkim, bo przyboczna także stała na nogach... on zaś ustać nie mógł. Zwierzę, które go powaliło, miało przecież pazury. Oba ostrza chybiły celu, lecz w niejednakowym stopniu: pierwszy sztylet przeciął powietrze, drugi, zamiast w brzuch, trafił w miejsce, gdzie udo łączyło się z biodrem i tryskająca krew w mgnieniu oka zmoczyła spódnicę. Halet zachwiał się; wciąż trzymając w ręku swój pas, zdołał użyć go jako pętli przechwytującej uzbrojone ramię – lecz w nogach brakło siły do obrócenia szybkości ataku przeciw napastniczce. Pomógł jej, zamiast przeszkodzić: przyboczna nie musiała już łapać przeciwnika, szarpnęła tylko, pociągając ku sobie. Halet nie zdążył puścić pasa.

Tym razem ostrze weszło tuż pod żebra.

Niewolnica walczyła dotąd bezgłośnie. Teraz krzyknęła ochryple, przekręciła broń w ranie, szarpnęła w górę, potem w bok.

Denett powalił ją ciosem w kark. Uniósł splecione dłonie, by z rozmachem grzmotnąć raz jeszcze.

Anessa uderzyła tak jak wcześniej przyboczna: całym ciałem. Pereł nie szkolono do walki tak twardo jak niewolnic przeznaczonych wyłącznie do obrony, ale tym bardziej Denett nie miał szybkości i zręczności swego gwardzisty. Pas z mieczem leżał gdzieś w mroku... Uzbrojony, walcząc konno lub pieszo, młody magnat mógł stawić czoło każdemu, lecz K.B.I.Enewen nie uczył swego syna, potomka rycerskiego rodu, skrytobójczych zapasów w ciemnościach. Anessa nie miała sztyletu, lecz znalazłszy się na powalonym mężczyźnie, najpierw uderzyła go w twarz czołem, a następnie wbiła palce w oczy. Denett ryknął głucho i zepchnął ją na bok. Półślepy, desperacko machnął ramieniem, trafiając Perłę w głowę; zdołał uklęknąć, lecz w tej samej chwili ryknął po raz drugi i skręcił ciało w biodrach, broniąc się przed atakiem przybocznej. Było na to o wiele za późno; dwa ostrza, które weszły w plecy, dokonały dzieła. Denett upadł, wijąc się na trawie i charcząc. Po krótkiej chwili znieruchomiał, dziwacznie wygięty.

W zagajniku zaległa cisza.

Być może piękna Anessa mogła liczyć do stu, czekając, aż służebna wepchnie jej włosy pod czapkę... Lecz od chwili, gdy nastąpił atak przybocznej, nie zdołałaby doliczyć nawet do dziesięciu.

Strażniczka, wciąż ze sztyletami w dłoniach, klęczała na czworakach ze zwieszoną głową, podpierając się rękami po obu stronach nieruchomej nogi Haleta. Jej ciałem wstrząsały dziwne drgawki. Niewolnica spazmatycznie chwytała powietrze; brzmiało to prawie jak szloch. Trupio blada w świetle księżyca, rozczochrana Anessa siedziała skulona obok ciała Denetta, dygoczącymi dłońmi rozmazując krew na policzkach i wokół ust. Tatuaże na gołych udach wyglądały jak nierówne rany. Przyboczna uniosła głowę – i przez krótką chwilę dwie półprzytomne kobiety mierzyły się dzikimi spojrzeniami.

– Zabij się – ochryple powiedziała Perła Domu. – Ezena nie może się dowiedzieć... że to przeze mnie... Nigdy. Zabij się. Już, teraz.

Przyboczna na powrót zwiesiła głowę i przez chwilę trwała nieruchomo, potem usiadła na podwiniętych nogach. Przez jakiś czas oddychała głęboko z zamkniętymi oczami, coraz szybciej, wreszcie zagryzła usta i mocno trzymając swe sztylety przejechała ostrzami po szyi, tnąc tętnice.

13

Pierwsza Perła Domu dowiedziała się, że nie jest przedmiotem.

Dowiedziała się, że nie jest rzeczą. Była kobietą, mającą swoje zachcianki i kaprysy. Głupie zachcianki i kaprysy... Tego na pewno nie uczono w hodowli.

Zginęli dwaj ludzie, goście Sey Aye. Jeden był potomkiem znakomitego rodu, ale Halet także miał w żyłach Czystą Krew. Nie był niewolnikiem; owszem, pozostawał w czyjejś służbie, ale tak jak Yokes. Pani Dobrego Znaku odpowiadała za wszystko, co działo się w jej dobrach. Niewolnice księżnej nie mogły mordować bez powodu. Nikogo, a już na pewno nie ludzi Czystej Krwi.

Kaprys. To był tylko kaprys, nic więcej. Pierwsza Perła Domu miała kaprys oddać się człowiekowi, którym pogardzała. Życzyła sobie zaznać upokorzenia; chciała być sponiewierana, chciała żebrać o karę... A następnego dnia słodko powiedzieć: „Wracasz do domu, chłopcze".

Kaprys pustej, zepsutej piękności.

Słaniająca się na nogach, pokrwawiona i półnaga Perła Domu wywołała w pałacu poruszenie, z którym nic jak dotąd nie mogło się równać. Pośród bieganiny i krzyków zaniesiono Anessę do sypialni. Hayna, działająca z nieznaną w domu szybkością i zdecydowaniem, błyskawicznie opanowała bałagan, odsuwając na bok starszą Kesę, wyraźnie przestraszoną. Konny posłaniec natychmiast ruszył do obozu wojskowego, gdzie wciąż jeszcze przebywał Yokes, mający przybyć dopiero wczesnym rankiem. Hayna kazała Kesie sprowadzić Ezenę.

Księżna pojawiła się w sypialni swojej Perły niemal natychmiast. Była nieuczesana, miała na sobie tylko lekką domową szatkę, przewiązaną jedwabnym paskiem. Na jej widok Anessa, roztrzęsiona i obolała, ale przecież nie ranna, natychmiast kazała wszystkim iść precz. Spierano się z nią przez chwilę, ale była stanowcza. Odwołano się do jej wysokości.

– Wyjść. Natychmiast – powiedziała Ezena.

Służba i domownicy zniknęli.

– Denett i Halet nie żyją – powiedziała Anessa, gdy zostały same. – Są w lasku na pagórku, tym przy drodze.

Opanowanie księżnej było aż nienaturalne. Mogło się wydawać, że nic nie usłyszała.

– Pokaż się – rzekła. – Masz rozciętą wargę, spuchnięty nos i nabitego guza na głowie. Czy coś jeszcze?

– Nie, pani, nic wartego wzmianki.

– Kto to zrobił?

– Denett.

Anessa doskonale wiedziała, że najlepsze kłamstwo to takie, które w dużej mierze składa się z prawdy i przemilczeń.

– Miałam głupi kaprys – powiedziała. – Podczas wieczornej przechadzki spotkałam ich na drodze i zaciągnęłam do lasku. Chciałam upokorzyć Denetta przed jego własnym gwardzistą. Posunęłam się za daleko i dostałam po twarzy. Było ciemno i przyboczna wzięła to za napaść. Zabiła Haleta, a potem jego. Denetta.

– Gdzie jest ta dziewczyna?

– Już nie żyje.

– Upewniłaś się? Może tylko jest ranna?

– Nie zranili jej w walce – wyjaśniła Perła. – Kazałam jej popełnić samobójstwo.

Ezena spoglądała w milczeniu.

– Dlaczego?

– Zrobiła już swoje, a nawet za dużo. W tej hodowli nie szkolą strażniczek, tylko zwierzęta, trzeba je wszystkie sprzedać! I to jak najszybciej. Jeżeli prawda kiedykolwiek wyjdzie na jaw i wszczęte zostanie jakieś śledztwo... a na pewno zostanie wszczęte...

– Nie, nie – przerwała Ezena. – Co to znaczy: jeżeli prawda wyjdzie na jaw? Jak chcesz ukryć śmierć syna Domu K.B.I.?

– Nie śmierć, ale powody, dla których go zabito. Wasza wysokość, przecież to ty odpowiadasz za wszystko, co się dzieje w Dobrym Znaku. Jeśli wyjdzie na jaw, że twoje niewolnice mordują mężczyzn Czystej Krwi... z powodu kilku uderzeń po twarzy...

– To co wtedy?

– Trybunał Imperialny to już nie są sądy, przed którymi teraz masz stawać. Nie obronisz się, wasza wysokość. Możesz nawet uciąć mi głowę, ale to nie zmieni postawy śledczych Trybunału. Zwłaszcza wobec ciebie! Za wszystko, co robią twoje niewolnice, odpowiadasz ty.

– I dlatego zabiłaś swoją przyboczną? Nic z tego nie rozumiem!

Anessa też nie rozumiała, czego chce od niej księżna. Martwiło ją mnóstwo rzeczy... ale śmierć przybocznej?

Zdążyła już o tym zapomnieć. Nie przewidziała, że Ezena zechce drążyć ten temat.

– Właściwie... nie było specjalnych powodów – powiedziała szczerze. – Przestraszyłam się i najpierw chciałam cię okłamać. Przecież to wszystko przeze mnie. Wasza wysokość... miałaś jakieś plany związane z tą niewolnicą?

– Plany? Nawet nie wiem, która to była... Ale mówisz, że kazałaś tej przybocznej popełnić samobójstwo ze... strachu? Ze strachu przede mną? Bałaś się, że cię potępię za bezmyślne uwodzenie Denetta?

– Tak – powiedziała Anessa. – Ale...

Ezenie zrobiło się zimno.

– Kim ty jesteś? – zapytała cicho. – Na wszystkie Pasma Szerni... nie rozumiem, co do mnie mówisz. Patrzyłaś, jak z twojego rozkazu odbiera sobie życie dziewczyna, która chwilę wcześniej rzuciła się w twojej obronie na dwóch mężczyzn? Rozkazałaś jej popełnić samobójstwo... bo wstydziłaś się przyznać przede mną do... do zwykłej babskiej głupoty?

Anessa zaczęła pojmować, o co chodzi księżnej. Przecież nie po raz pierwszy Ezena dawała dowody, że zupełnie nie rozumie świata, w którym przyszło jej żyć.

– Gdybym ukradła ci sztylet wysadzany klejnotami i za jego pomocą obroniła się w tym lasku, też bym go wyrzuciła. Ze wstydu, właśnie ze wstydu. Spełnił swoje zadanie, ale nie musi zaświadczać o... niemądrym uczynku.

Ezena milczała ze ściągniętymi brwiami.

– Zostaw to już – łagodnie poradziła Perła. – Czas ucieka, musimy jak najszybciej znaleźć winnych i powody, dla których stało się to, co się stało. Jutro przyjdzie tu gwardia armektańska, a już dzisiaj mamy dwudziestu paru wojaków jego godności Denetta. Nikt nie może wiedzieć, a już zwłaszcza oni, że twoje niewolnice bez powodu zrobiły to, co zrobiły.

Ezena ciągle milczała.

– Obudź się – powiedziała Anessa, mimowolnie dotykając opuchniętej wargi, która znowu zaczęła boleć. – Musimy...

– Obudź się, wasza wysokość. Tak masz do mnie mówić. Zresztą, nieprędko trafi nam się okazja do rozmowy. Zgłosisz się zaraz do dowódcy gwardii pałacowej i polecisz mu w moim imieniu, by cię zamknął gdzieś, w możliwie jak najgorszych warunkach, i wyznaczył codzienne kary, takie jakie wyznacza się złodziejce. Jesteś kosztownym przedmiotem i nie chcę, byś straciła na wartości, powiesz więc komendantowi, że ma cię dobrze odżywiać, a do bicia wyznaczać ludzi, którzy potrafią to robić. Na razie nie życzę sobie trwałych śladów na ciele ani żadnych spustoszeń wewnątrz. Teraz wyjdź.

– Tak... tak, wasza wysokość.

Anessa powoli poszła do drzwi, oglądając się za siebie. Raz... i drugi.

Księżna została sama.

– Hayna – powiedziała po chwili.

Śliczna brązowowłosa Perła najwyraźniej czekała pod drzwiami, bo natychmiast weszła do komnaty. Ezena usłyszała kroki, lecz nie odwróciła się.

– Czy wygodnie ci w twoich pokojach? – zapytała, oglądając armektański arras na ścianie.

– Tak, wasza wysokość.

– Więc nie będzie na razie żadnej przeprowadzki. Poza tym zażądaj wszystkiego, czego potrzebuje

Pierwsza Perła Domu. Wiesz komu wydać odpowiednie rozkazy.

– Tak, wasza wysokość.

– Gdy tylko Yokes stawi się w pałacu, natychmiast przyprowadź go do mnie. Będę w swojej sypialni. Gdybym spała, obudzisz mnie.

– Tak, wasza wysokość.

– W lasku za pałacem, no, w tym zagajniku przy drodze, leżą trzy ciała. Przyboczną pochowajcie tak, jak chowa się niewolników. Ciała mężczyzn zostaną odwiezione do Rollayny, trzeba więc je specjalnie przygotować. Nie wiem w jaki sposób; wydaj odpowiednie polecenia.

– Tak, wasza wysokość.

– To wszystko.

Perła odeszła.

Ezena postała jeszcze chwilę, potem także wyszła z komnaty i wróciła do swojej sypialni. Przez długą chwilę spoglądała na łoże, ale doszła do wniosku, że nie jest bardzo zmęczona. Jeszcze za dnia dość długo spała z księgą pod policzkiem, nim znalazła ją Anessa... Teraz znowu pospała trochę. A zresztą, w jaki sposób miałaby zasnąć po tym, co się stało?

– Enea czy Seva? – zapytała.

Niewolnica pojawiła się jak wyczarowana z powietrza. Jej obowiązkiem było stale czuwać w sąsiednim pokoju – chyba że księżna zarządziła inaczej.

– Seva, wasza wysokość. Enea była wczoraj... ale wasza wysokość czytała przez cały dzień...

– Znajdź mi coś do ubrania.

– Jakieś specjalne życzenia, pani?

– Tak. Szkarłaty.

Niewolnica zniknęła.

Wróciła wkrótce, niosąc dwie suknie. Ezena wskazała palcem, ale rozmyśliła się zaraz i wybrała drugą. Żadnej dotąd nie nosiła. Książę Lewin, jeszcze zanim wyzwolił praczkę, wybrał dwie dziewczyny mające odpowiedni wzrost i figurę, po czym posłał je do Rollayny. Po dwóch miesiącach przywieziono sto pięćdziesiąt różnych ubiorów – bo nie tylko sukni – szytych na miarę specjalnie dla czarnowłosej Ezeny... Potem drugie tyle. Stołeczni krawcy święcili niezwykle urodzajny rok. Szewcy i jubilerzy również nie mogli narzekać.

Miała wszystko, nawet własny hełm i zbroję, wykonane tutaj, w Sey Aye. Na wypadek, gdyby przyszło jej do głowy dowodzić kiedyś wojskami.

Wybrana suknia nie miała rękawów, lecz nie miała także żadnych wiązań ani zapięć, sznurowany był tylko dekolt stanika. Przyobleczenie tej szaty było męczącą pracą, lecz potem ciężki brokat znakomicie ułożył się na ciele, choć nieznośnie drapał – trzeba było do tego przywyknąć. Spódnicę sukni uszyto niesymetrycznie, zgodnie z najnowszą modą: od prawego biodra spływały w dół trzy szerokie plisy, obficiej wyszywane złotą nicią niż reszta; drugą stronę wykonano bez ozdób. Niewolnica sięgnęła do stanika, układając duże piersi księżnej.

– Słabo sznuruj. Nie, za mocno... O, tak jak teraz.

– Będziesz półnaga, wasza wysokość.

– No i bardzo dobrze.

Niewolnica podeszła do wielkiego lustra i nachyliła je odpowiednio. Ezena poruszyła nagimi ramionami. Piersi zakołysały się w staniku.

– Jednak zasznuruj mocniej.

Ściśnięte półkule zwarły się, zyskując na twardości.

– Czy tak, wasza wysokość?

– Chyba tak. Co myślisz?

– Dobrze, wasza wysokość.

– Tylko: dobrze?

– Wasza wysokość... nie powinna nosić sukni bez rękawów.

– Jeśli powiesz mi, że z powodu zarostu pod pachami, to nie ręczę za siebie – powiedziała Ezena. – Pora przenieść trochę Armektu do Dartanu.

– Jak ułożyć włosy, pani?

– Tylko rozczesz, niech spływają luźno.

Niewolnica spełniła żądanie.

– Jeszcze wstążkę na szyję i jakieś trzewiki. Czerwone, ma się rozumieć, ale wszystko jedno jakie, sama wybierz.

Dziewczyna oddaliła się posłusznie i wróciła po długiej chwili.

– Dobrze – powiedziała Ezena. – Już mi nie będziesz potrzebna.

Po chwili została sama. Usiadła przed lustrem i długo poprawiała włosy, układając je w taki sposób, by najlepiej podkreślały krągłość ramion. Potem wygładzała fałdy sukni, wreszcie znowu zajęła się włosami. Bardzo długo nikt nie wchodził do sypialni, a gdyby nawet jakiś zuchwalec uchylił drzwi i zajrzał, na pewno nie umiałby dostrzec, że strojąca się przed lustrem księżna płacze.

***

Yokes zdążył przyjechać przed świtem. Hayna zgodnie z otrzymanym poleceniem wprowadziła go do sypialni Ezeny, lecz znaleźli tam tylko Sevę. Jej wysokość poszła do parku, należało jej szukać przy sadzawce.

Już idąc żwirową alejką, wyższy od Perły Yokes dostrzegł ponad żywopłotem przechadzającą się panią Sey Aye. Spacerowała przed altaną, z rękami założonymi do tyłu; olejowe znicze wyławiały z brokatowej sukni setki lśnień. Także zobaczyła nadchodzących. Zatrzymała się wyczekująco.

– Zajeździłeś konia? – zapytała, oglądając zakurzoną twarz komendanta.

– Prawie, wasza wysokość.

Ciasna szczelina między rozpychającymi stanik sukni piersiami nieodparcie wabiła wzrok.

– Nie odchodź, Hayno – powiedziała Ezena, bo niewolnica skłoniła się lekko, jakby dając znak, ze spełniła swoje zadanie. – Komendancie, wiesz już, co zaszło tej nocy w Sey Aye?

– Wiem, wasza wysokość. Ale dowiedziałem się dopiero tutaj. W obozie powiedziano mi tylko, że dokonano zamachu na Pierwszą Perłę Domu.

– Umyj się i porozmawiamy.

Z wdzięcznością skinąwszy głową, Yokes kucnął na brzegu wskazanej przez księżnę sadzawki. Zmył z twarzy pot i kurz, ochłodził kark. Zaczerpnął wody w dłonie i wypił dwa łyki.

– Co zarządziłeś? – zapytała, gdy wytarł twarz rękawem.

– Przyprowadziłem dwie chorągwie. Na wszelki wypadek. Z tych, co już tu są, jedna poszła właśnie do kwater żołnierzy jego godności Denetta, będzie czekać w pobliżu gospody na dalsze rozkazy.

– Cała chorągiew?

– Przeformowana do walki pieszej.

– Opowiedz mi o tym. Nigdy dotąd nie interesowałam się wojskiem, a dzisiaj tego żałuję. Czy potrafisz mi krótko wyjaśnić... no... właściwie nie wiem. – Uśmiechnęła się. – Wyjaśnić, co tu właściwie mamy. W Sey Aye.

Yokesa uderzył głęboki spokój księżnej. Ta kobieta stanęła nagle przed bardzo trudnym wyzwaniem i podjęła je. Bez żadnych wahań. Niczego nie lekceważyła, ale też niczego się nie bała. Komendant widywał już takich ludzi, najczęściej na polach bitew. Gdy wróg wprowadzał do walki ukryte rezerwy, niektórzy tracili głowę, a inni robili swoje – spokojnie, jakby nic się nie stało.

– W każdej chorągwi jest jazda ciężka, średnia i strzelcza. Ciężkozbrojni bez koni nie nadają się do niczego, chyba że na samym polu bitwy. Tutaj wartują przed domem, raz tylko zabrałem ich do lasu, pamiętasz pani, wtedy na spotkanie Denetta, bo chciałem wywrzeć odpowiednie wrażenie. Ale zwykle do służby pieszej wydziela się tylko średniozbrojnych i kuszników, tworząc z nich oddziały o mieszanym składzie. Oba oddziały z Chorągwi Szarej poszły do oberży, gdzie mieszkają żołnierze Denetta. Spieszoną Czarną Chorągiew mam pod bronią w pałacowych koszarach. Tam też zatrzymały się te dwie nowe chorągwie. Czy mówię zbyt zawile, wasza wysokość? Bardziej uprościć tych spraw nie potrafię.

– Przeciwnie. Zrozumiałam, chociaż zupełnie nic nie wiem o wojsku. Zapewniłeś sobie przewagę liczebną nad niczego nieświadomymi żołnierzami w oberży, więc z tej strony nic nam nie grozi, czy tak? Ale lada chwila na polanę wejdą armektańscy gwardziści. Rozumiem, że potrafisz utrzymać oba te oddziały z daleka od siebie, gdy przeciwnie sam w każdej chwili możesz skupić nasze wojska w jednym miejscu?

Yokes milczał przez chwilę, potem zwrócił spojrzenie na Perłę, jakby pytał: ty też to słyszałaś?

– Nic nie wiesz o wojsku, księżno?

Spojrzała zdziwiona.

– No tak, nic... Ale nie rób mi dzisiaj wyrzutów, komendancie.

– Wyrzutów? Jestem tu zbędny – rzekł, nie tając uznania. – Wyłożyłaś mi właśnie w kilku słowach najważniejszą z wojennych reguł.

– Yokes, nie męcz mnie dzisiaj – poprosiła.

Nigdy dotąd nie widział jej takiej. Pomieszanie stanowczości z przyjazną otwartością... Sposób, w jaki mówiła... Pani Sey Aye była kimś stworzonym do podejmowania decyzji. Złośliwa i zagubiona, gdy musiała się zmagać z siecią kłamstw, intryg, niedomówień, w obliczu jasno postawionego problemu budziła się, pokazując inną twarz.

Ruszyła alejką w głąb parku. Komendant i Perła towarzyszyli jej po obu stronach, pozostając pół kroku w tyle.

– Czy wiecie dokładnie, co zaszło dzisiejszej nocy?

Zaprzeczyli. Księżna przedstawiła sprawę, nie mówiąc jednak ani słowa więcej, niż było to niezbędne.

– Postanowiłam, że nie przyznam się do tego zabójstwa. Hayno, powiadomisz Trybunał, że zamordowano w lesie dwóch gości Sey Aye i przydzieloną do asysty niewolnicę. Tylko tyle. Nie spiesz się z tym zbytnio, najlepiej gdyby nasi urzędnicy pojawili się tu dopiero wieczorem, a jeszcze lepiej jutro, chcę najpierw wiedzieć, po co przyjechali ci gwardziści. Ale jeśli gończy stawi się już dzisiaj, to trudno, skierujesz go do Kesy. Ona będzie wiedziała najlepiej, jak załatwić tę sprawę, wyjaśnij jej tylko, że nie życzę sobie odpowiadać za tę zbrodnię.

– Tak, wasza wysokość.

– Natomiast od was nie oczekuję na razie żadnej samodzielności, a tylko dokładnego wykonywania rozkazów. Oboje stale macie dostęp do mnie, ale teraz rozciągam to na wszystkie możliwe sytuacje. Słyszysz, Yokes? Jeśli będę akurat leżała pod mężczyzną – rzekła z cierpkim humorem – to podniesiesz go, rozmówisz się ze mną i dopiero potem odłożysz na miejsce.

Iście żołnierski, nieco ciężki żarcik, spodobał się komendantowi. Czarodziejka w brokatowej sukni każdym słowem zjednywała sobie dowódcę pocztów Sey Aye, dokonując sztuki, która nie udała się przez wiele miesięcy.

– Czy chcecie o coś zapytać?

– Tak, wasza wysokość. Czy Anessa... bardzo ucierpiała?

– Nic jej nie jest. Ale kazałam ją uwięzić.

Yokes osłupiał. Hayna, która wiedziała o wszystkim, nie odezwała się.

– To nie było konieczne – rzekł komendant.

– Nie – przyznała Ezena. – Miałam powody, żeby ją ukarać, ale nie musicie ich znać. Dobrze jednak, że o tym mówimy, bo coś sobie przypomniałam. Hayno, jesteś Pierwszą Perłą i zostaniesz nią bez względu na to, co postanowię zrobić z Anessą. Nie musisz się niczego obawiać, nie odbiorę tego, co raz dałam. Anessa nigdy już nie będzie Pierwszą Perłą Sey Aye.

Niewolnica skinęła głową. Księżna odgadła jej najskrytsze wątpliwości.

– Tak, wasza wysokość. Rozumiem.

Yokes, który sądził dotąd, że Hayna tylko zastępuje chorą, może lekko poturbowaną Anessę, nie mógł dojść do ładu ze swoimi uczuciami i myślami.

– Wasza wysokość... – zaczął.

– Rozbroisz poczet Denetta – powiedziała Ezena, ucinając rozmowę o Anessie. – Bezkrwawo. Rozliczę cię z tego, więc najlepiej dopilnuj osobiście, by nie zdarzył się jakiś wypadek. Wydaj rozkazy natychmiast. Wprawdzie mamy tu całą masę żołnierzy, ale nie będziesz szachował dwudziestu paru wojaków przy użyciu całej chorągwi, gdy do pilnowania rozbrojonych wystarczy pięciu ludzi. Nie wiem, czego chce od nas ten armektański oddział. Nie domyślasz się?

Yokes się pozbierał. Żołnierz wziął górę nad kochankiem – i u tego człowieka była to zwyczajna kolej rzeczy.

– Nie, ale dowodzi nim kobieta. Nie mam żadnych uprzedzeń, zbyt długo służyłem w Armekcie – zastrzegł zaraz. – Ale jednak... ta kobieta jest wredna i na pewno nieobliczalna. Nie ufaj jej w żadnym razie.

– Wredna? Skąd możesz wiedzieć?

– Mogę, wasza wysokość. W całym swoim życiu spotkałem tylko jedną, która była świetnym oficerem... a zresztą i tak była wredna. Służba w wojsku robi kobietom coś bardzo paskudnego. Uwierz mi, pani, na słowo.

14

Szalony Gotah poznał Agatrę na tyle, że rozumiał już, przed czym ostrzegał go namiestnik Wadelar. Sumienna i lojalna – była taka wyłącznie wobec swoich żołnierzy (być może także wobec przełożonych). Gotah miał przykrą pewność, że Armektanka, choć uprzejma, sprzedałaby go natychmiast i znowu odkupiła, gdyby tylko był z tego pożytek dla oddziału. Na drodze między Akalą a Puszczą, w kilku przydrożnych gospodach zachowywała się tak, że karczmarzom nawet nie przyszło do głowy żądać zapłaty za posiłek, choć cesarscy żołnierze absolutnie nie stali ponad prawem. Każdy mógł jednak podarować miłym gościom część swoich zapasów, a było jasne, że dowódczyni oddziału tego właśnie oczekuje... Armektańscy gwardziści wszędzie byli u siebie, jej zdaniem, a goszcząc pod czyimś dachem, przydawali domowi splendoru. Gotaha niewymownie to mierziło. Miał nadzieję, że nie zawsze i nie wszędzie wygląda to tak samo. Dotąd stykał się z legionistami jak każdy – widywał uliczne patrole, raz nawet uczestniczył w wojskowej wyprawie, podczas której nie doszło, co prawda, do bitwy. Ale nigdy nie dzielił z żołnierzami trudów długiej podróży, nie zasypiał przy ogniskach obozowych, nie zrywał się na sygnał... Ze swej strony starał się w niczym nie uchybiać porządkom zaprowadzonym przez dowódczynię. Podsetniczka łuczników traktowała mędrca Szerni z atencją, była bardzo uprzejma i nie kryła, że odczuwa niejaki respekt przed człowiekiem przyjętym przez Pasma. Lecz z tej uprzejmości niewiele wynikało. Usłyszawszy „Pobudka, poobudka!", Gotah przecierał oczy i choć nikt go nie ponaglał, na wyścigi pędził za drzewo, potem do strumienia, a następnie do juków, z których wyrywał porcję wędzonki i przełykał z oczami na wierzchu. Nauczył się tego po pierwszym porannym wymarszu. Podsetniczka siedziała w siodle, wsparta na końskiej szyi, skracając sobie czas zaplataniem grzywy w warkoczyki. Żołnierze, bez śladu zniecierpliwienia, stali w szyku na drodze, spokojnie patrząc na człapiącego w tę i nazad mędrca Szerni. Być może słuchali, jak szeleścił i ciurkał w krzakach, sikając na igliwie; potem znowu patrzyli, jak pakował swoje klamoty... Teraz Przyjęty gotów był wyleźć ze skóry, byle nie czuć ciężaru takich wyrozumiałych spojrzeń.

W czasie podróży rozmawiał niewiele, ale w zamian, zwłaszcza na wieczornych biwakach, lubił opowiadać o zdarzeniach z dziejów Szereru, szczególnie zaś Wiecznego Cesarstwa. Przybliżył gwardzistom historię armektańskich podbojów. Wiedział, co może spodobać się tym prostym ludziom, którzy całe życie poświęcili wojnie. Żołnierze docenili, że nie stronił od nich, nie wywyższał się, znośnie radził sobie w podróży, a nawet potrafił udzielić cennych rad. Wyszukał raz jakieś zioła, z których, po zagotowaniu, otrzymano wyborny napój, trochę gorzki, ale jednak smaczny i bardzo orzeźwiający. Chętnie pokazał, jak wygląda liść tej rośliny. Nawet Agatra nie kryła zadowolenia; wojskowi bardzo cenili proste i tanie sposoby uprzyjemniania sobie życia. Zapytany o inne zioła, odszukał kilka rodzajów i doradził jak je przyrządzać. Szczególnie zajmujący okazał się korzeń przecińca; żołnierze nie wiedzieli, że spożyty na surowo – a więc niesłychanie łatwy do zastosowania – działa podobnie jak kobylak, a mianowicie hamuje biegunki. Przykra dolegliwość, będąca zmorą wszystkich armii świata (bo przecież na wojennych wyprawach rzadko jadano frykasy), okazała się łatwiejsza do zwalczenia wszędzie tam, gdzie było dość wilgoci i niewiele światła.

Będąc dobrym obserwatorem, Przyjęty potrzebował zaledwie kilku dni, by poznać zapatrywania i odczucia żołnierzy. Podsetniczka nie była lubiana, choć cieszyła się znacznym mirem. Jednak, z różnych półsłówek, Gotah wywnioskował, że ta kobieta dowodzi klinem od niedawna; z oddziału, którym komenderowała wcześniej, w Kirlanie, przyjechały z nią tylko cztery żołnierki: trójka łuczniczek pod wodzą dziesiętniczki – zastępczyni Agatry. Pozostali gwardziści mieli wcześniej innego dowódcę i zostali oddani pod komendę podsetniczki tylko na czas wyprawy (chyba zabrano ich z nieodległej Rapy). Nowa dowódczyni naprawdę była bardzo lojalna wobec swoich żołnierzy – ale tylko na zewnątrz, niestety. Gdyby doszło do jakiegoś konfliktu między, przykładowo, żołnierzami a mędrcem-Przyjętym, Gotah mógł w ciemno założyć, że wzięłaby stronę tych pierwszych, nawet nie zagłębiając się w sprawę. Ale już w samym oddziale ulubiona dziesiątka podsetniczki, w skład której wchodziły wszystkie kobiety, była wyraźnie przez nią faworyzowana, choć, zdaniem Gotaha, wyróżniała się wyłącznie na niekorzyść... Już choćby z tego powodu, że członkinie oddziału nie umiały utrzymać języków za zębami.

Kilkakrotnie zdarzyło się, że jakaś łuczniczka palnęła do Agatry „nadsetniczko". Mędrzec Szerni wyobrażał sobie, że na pewno istniały ważkie przyczyny, dla których tak wysokiego oficera przebrano w mundur podsetnika, „degradując" aż o dwa stopnie. Nieukaranie żołnierki, która taką tajemnicę zdradzała, zakrawało nieledwie na kpinę.

Idąc z Akali, gwardziści mieli do przebycia znacznie dłuższą drogę przez las niż ta, którą wcześniej pokonał Denett, jadący wprost z Rollayny. Mogli wprawdzie okrążyć Puszczę i wejść na tamten, bardziej znany, szlak (do Sey Aye wiodły tylko te dwie ścieżki, oprócz tego była droga wodna, po której odbywał się niemal cały handel), ale dowódczyni uznała, że skoro tak czy owak maszerują do lasu, to nie będą obawiać się drzew. Nie tylko Agatra rozumowała w ten sposób. Spotkali po drodze dwie nieduże karawany kupieckie, wracające z Sey Aye – drobnym kupcom nie opłacało się jeździć aż do rzeki; osły i muły nieźle radziły sobie na puszczańskim szlaku. Przyjęty, dosiadający niezłego górskiego wierzchowca, przyzwyczajonego do niewygód, nie mógł specjalnie narzekać.

A jednak podróż była męcząca. Pierwsze zetknięcie z leśnymi strażanikami Sey Aye Gotah powitał jako zapowiedź jej kresu – i odczuł zarówno ulgę, jak też przyjemne podniecenie. Zwykła praca Przyjętego była bardzo monotonna, tak jak praca każdego uczonego; smak nagrody i uczucie satysfakcji mędrzec Szerni odczuwał dopiero wówczas, gdy zamykał kolejny rozdział żmudnej pracy. Nie zdarzało się to codziennie. Wyprawa mająca na celu zbadanie czegoś nowego dostarczała dreszczyku emocji i pobudzała wyobraźnię, wyrywając umysł z przykrej gnuśności.

Porównywanie zapisków różnych kronikarzy i odnoszenie ich do stanu Pasm Szerni, choć niewątpliwie zajmujące, miało wyraźny posmak rutyny. Gotah od wielu lat świetnie wiedział jakiej przesady oczekiwać w tekście Dartańczyka, jakich przemilczeń w diariuszu kronikarza armektańskiego, jakich zaś bajań w grombelardzkiej legendzie przekazywanej z ust do ust. Rzadko coś go zaskakiwało.

Lecz teraz?... Powiedział prawdę Wadelarowi – nie oczekiwał czegoś, co przewróci do góry nogami wszystkie jego wyobrażenia o Szerni. Ale jednak nie miał pojęcia czego dokładnie spodziewać się w Sey Aye. I czuł podekscytowanie. Jak przed kilkoma laty, gdy u boku półdzikiej wojowniczki ruszał na poszukiwanie leżącej w górach Wstęgi Aleru.

Podsetniczka rozmówiła się z gajowymi, traktując ich z rezerwą, lecz nie demonstrując wyższości – byli to w jej oczach prywatni żołnierze (oczywiście na pewno nie mogący się równać z armektańską gwardią...), wypełniający zadania zwiadowców, więc odpowiedzialne i trudne. Podziękowała jednak za towarzystwo, nie podając żadnych powodów; upewniła się tylko, czy ścieżka na pewno wiedzie wprost do Sey Aye. Ruszyli dalej w zwykłym szyku. Gotah wiedział już, że jest to „marsz ubezpieczony" – przodem postępowały dwie trójki awangardy, z tyłu zaś trójka ariergardy. Juczne muły prowadzone przez mulników, dowódczyni w asyście gońca i Przyjęty zajmowali sam środek szyku, między dwiema zwartymi dziesiątkami.

Drugiego dnia po spotkaniu z gajowymi gwardzistka pozwoliła sobie na żołnierski figiel: awangarda wraz z dziesiętnikiem, po cichej pobudce, wyruszyła wcześniej niż zwykle i niedługo potem towarzyszący głównemu oddziałowi Gotah mógł oglądać ironiczne uśmieszki gwardzistów i ich dowódczyni. Nieopodal ścieżki żołnierze straży przedniej pokazali im opuszczone w najwyższym pośpiechu obozowisko – porzucono nawet jakiś płaszcz, a wszędzie stratowano zarośla. Przyjęty odczuł mimowolny podziw dla chudej dowódczyni łuczników.

– Więc przed nami idzie jakiś oddział – stwierdził.

– Straż przednia na pewno poderwała ich wartowników na ścieżce – potwierdziła. – Sądząc po rozmiarach biwaku, maszeruje przed nami klin piechoty. Gospodarze chcą nam dać do zrozumienia, że kontrolują nasz marsz, więc ja z kolei powiedziałam, że owszem kontrolują, bo mi to nie przeszkadza. Ale ci tutaj to nie byli gajowi. Widziałeś tych dwóch, wasza godność. Wyszli z lasu nie wiedzieć kiedy i tak samo zniknęli. Tacy ludzie pilnowaliby naszego obozu, nie swojego. Nie daliby się zaskoczyć.

– Może więc towarzyszą nam nadal?

– Jestem prawie pewna. Jak i tego, że nie jest ich dwóch.

Był to ostatni odcinek wędrówki. Wkrótce wyszli z lasu i Gotah na własne oczy mógł się przekonać, jak dokładne były szacunki podsetniczki. Na skraju lasu czekała awangarda, sporo dalej zaś oddział liczący mniej więcej trzydziestu piechurów, a więc tylu, ilu spodziewała się ujrzeć dowódczyni. Armektańscy łucznicy wyszli wkrótce na drogę, już nie wysuwając ubezpieczeń, a wtedy po obu stronach wyłoniły się z lasu kilkunastoosobowe oddziałki ubranych w ciemne stroje ludzi. Zaraz z powrotem zniknęły między drzewami.

– Co oznacza taka asysta w wojskowym języku? – zapytał Gotah, skinąwszy głową jadącej obok kobiecie, na znak, że docenia jej przenikliwość.

– Mniej więcej to, co powiedziałam: wiemy o was i kontrolujemy wasze ruchy, ale nie sądzimy, że macie złe zamiary, bo inaczej już dawno byśmy na was napadli. Sey Aye pokazuje ponadto, że dla byle demonstracji może posłać gdzieś klin piechoty, a drugie tyle ściągnąć z głębi lasu. I to rzeczywiście budzi podziw.

– Liczebność?

– Nie, panie. Ktoś wykrył maszerujący oddział, ktoś potem doniósł o tym zwierzchnikom, ktoś biegał po lesie, szukając gajowych, zebrał ich, sprowadził w określone miejsce, wydał wszystkie potrzebne rozkazy... Sądzisz, panie, że to takie łatwe? Widziałeś, jaki to las. Tych wieści i rozkazów nie wyćwierkały ptaki. Różni gońcy wiedzieli dokąd iść i kogo tam zastaną.

Historyk-Przyjęty miał pojęcie, jaką rolę na wojnie odgrywa rozpoznanie i jak ważne jest, by rozkazy docierały na miejsce. Ale po raz pierwszy obserwował, jak wygląda to w rzeczywistości. Wodząc palcem po mapie, bardzo łatwo prowadziło się kampanie...

Poprzedzani przez klin miejscowej piechoty minęli dużą wieś. Nieco dalej leżała następna. Droga rozwidlała się kilkakrotnie, ale wciąż widoczni z przodu miejscowi piechurzy wzięli na siebie rolę przewodników. Gwardziści, na których chłopstwo gapiło się z otwartymi gębami, niczym na istoty nie z tego świata, nie musieli pytać o drogę.

Agatra dość obojętnie rozglądała się wokół, zdziwiona co najwyżej rozmiarami polany, bo mogło się wydawać, że puszcza bezpowrotnie została za plecami. Ale Gotah podziwiał nie tylko wielkość Sey Aye. Dowódczyni łuczników znała ojczysty Armekt, Dartan zaś bardzo powierzchownie – było więc jej trudno odnieść tę polanę do reszty Złotej Prowincji. Lecz

Przyjęty podróżował kiedyś po Dartanie. Przed miesiącem Denett musiał zobaczyć dom, by zrozumieć, jak bogaci są władcy tego kraju; Gotahowi wystarczyły dwie wioski. Mocno wątpił, by ktokolwiek zawracał tu sobie głowę uczeniem chłopów czytania. Obejścia jednak były bardzo zasobne, a liczba żywego inwentarza przyprawiała o zawrót głowy. Książę Lewin, a zapewne także jego przodkowie, najwyraźniej nie mieli ochoty do zabawy w chwytanie chłopskich zbiegów, nie mówiąc już o uśmierzaniu buntów. Wieśniacy nie głodowali, mogli ponadto wyżywić istne stada krów i prosiaków, o kurach nie wspominając, zimą zaś nie trzęśli się z zimna w byle jakich lepiankach. Otrzymali dość narzędzi i drewna, by pobudować solidne chałupy, kurniki, chlewy i obory dla zwierząt. Przede wszystkim ktoś pokazał im jak to robić. Jeśli więc ścieżki do Sey Aye były wyboiste, to tylko dlatego, że władcy polany nie chcieli budować dobrych dróg, łączących tę śródlądową wyspę ze światem...

Jechali i jechali. Przyjęty poważnie zaczął się zastanawiać, czy to, co wziął za koniec podróży, nie było zaledwie początkiem końca. Polana rozciągała się chyba w nieskończoność. Lecz wreszcie, na kolejnych rozstajach, pojawili się jacyś jeźdźcy. Świetne konie i wojskowe ubiory, połączone z pysznym uzbrojeniem, zdawały się dowodzić, że naprzeciw Armektańczykom wysłano powitalny poczet.

Dowodzący czterema żołnierzami mężczyzna odesłał poprzedzający gwardzistów klin piechoty i ruszył stępa, wyjeżdżając gościom naprzeciw. Agatra uniosła rękę i zatrzymała oddział.

– Czy będziesz mi towarzyszyć, wasza godność?

Przyjęty zgodził się chętnie.

Postawny niestary mężczyzna skinął krótko głową Agatrze i tak samo jej towarzyszowi, przyglądając mu się jednak chwilę dłużej. Gotah odgadł, że jego tożsamość wzbudza zaciekawienie gospodarza; wojskowa narzuta Agatry mówiła sama za siebie. Przyjęty cofnął konia o pół długości, dając do zrozumienia, że nie z nim trzeba rozmawiać.

– Witam, pani – powiedział po armektańsku mężczyzna. – Jestem M.B.Yokes, dowódca prywatnych oddziałów jej wysokości księżnej K.B.I.Ezeny.

– Agatra, podsetniczka Gwardii Armektańskiej – kobieta przedstawiła się z lekkim uśmiechem. – Wiem, kim jesteś, panie, bo znamy się od jakichś dwudziestu pięciu lat. Jako zastępca nadsetniczki konnego półlegionu dbałeś o to, by siedzący w warownym obozie łucznicy nie przymierali głodem. Potem zostałeś dowódcą drugiego konnego półlegionu. Przez cały ten czas walczyliśmy razem.

– Siedziałaś więc, pani, w tym obozie?

– Z łukiem w ręku. Tak, komendancie.

Yokes wyciągnął dłoń.

– Obyśmy nigdy nie zostali wrogami – rzekł poważnie. – Służbę pod komendą nadsetniczki Terezy do dziś uważam za zaszczyt. Co zaś tyczy się ciebie, pani, to rad jestem, że żołnierka, która brała udział w tamtej wojnie, jest dziś oficerem gwardii.

Przeniósł spojrzenie na mężczyznę ze skrzywioną twarzą.

– Nie pytam, kim jesteś, panie, bo być może zechcesz to powiedzieć tylko księżnej. Wystarcza mi, że towarzyszysz cesarskim żołnierzom, na pewno więc nie ma powodów, by odmówić ci wstępu na te ziemie.

– Jestem Gotah-Przyjęty.

Yokes nie ukrywał zaskoczenia.

– Pierwszy raz spotykam kogoś takiego, wasza godność. Przyznam, że trochę inaczej wyobrażałem sobie mędrca Szerni.

Gotah uprzejmie nie dał poznać po sobie, że wysłuchał w życiu kilkuset podobnych deklaracji. Yokes ponownie zwrócił się do podsetniczki:

– Domu jej wysokości nie widać z tego miejsca, ale to tylko pół mili. Doradź mi, pani, co począć z twoimi żołnierzami? W pałacowych koszarach nie mam w ogóle miejsca, zaś kwatery w samym pałacu nie wchodzą w rachubę. Lecz o milę stąd leży miasto... nazywamy je tylko „miastem", nie ma żadnej innej nazwy. – Uśmiechnął się lekko. – Jest to miejsce, gdzie swoje domy mają rodziny żołnierzy, a także niemal wszyscy kupcy, rzemieślnicy i urzędnicy Sey Aye, oprócz tych, którzy muszą stale przebywać u boku księżnej. Mieszczą się tam składy, kramy, jest rynek, winiarnie, piwiarnie, trzy oberże... i wszystko to, co w każdym małym mieście. Tam by było najłatwiej o kwatery.

– Oczywiście, wasza godność. Jednak dwóch lub trzech żołnierzy... do pomocy przy najbardziej błahych sprawach...

– To się rozumie samo przez się. Otrzymają pokój obok twojego, wasza godność.

Agatra odwróciła się, wymieniając imiona dwóch łuczniczek. Pokazała gońcowi, że ma zostać przy klinie. Ze swej strony Yokes skinął na żołnierzy na rozstajach.

– Straż pałacowa jej wysokości – przedstawił. – Twój zastępca, pani, może tymi ludźmi rozporządzać. Pomogą w znalezieniu wygodnych kwater i posłużą radą we wszystkim.

Dziesiętniczka Agatry wydała krótki rozkaz i klin gwardzistów podążył za czterema jeźdźcami, na rozstajach skręcając w prawo. Yokes, Agatra i Przyjęty w asyście dwóch pieszych łuczniczek ruszyli drogą wiodącą prosto.

– Dałaś do myślenia moim kusznikom, pani – zagaił Yokes z uśmiechem. – Mam ich ukarać? Bardzo łatwo dali się przyłapać!

– Ukarać? Nie, nie sądzę. – Kobieta także uśmiechnęła się lekko. – To chyba nie jest piechota do walki w lesie? Twoich gajowych, wasza godność, nawet nie próbowałam podchodzić.

Komendant zastanowił się, co przemawia przez dowódczynię łuczników: uprzejmość, skromność czy ostrożność? Armekt – szczególnie zaś Armekt północny, gdzie żołnierze Agatry zdobywali swe półszare tuniki – wcale nie był równą jak stół łąką. Podjazdowa wojna z Alerem toczyła się między licznymi zagajnikami, a nierzadko w lasach, i to dosyć rozległych. Każdy z tych łuczników musiał świetnie wiedzieć, jak się chodzi po kniei. Być może niektórzy mogliby od razu przyodziać brunatne ubiory gajowych i nie byliby zawadą dla żadnej leśnej drużyny.

Rozmawiając o tym i owym (głównie jednak, ku znudzeniu Przyjętego, o sprawach najogólniej związanych z wojskiem i wojną), przemierzyli znaczną część drogi. Znaleźli się na szczycie garbu, przez który biegła, i gwardzistka wydała okrzyk szczerego zaskoczenia. Niewiele brakowało, by Przyjęty zareagował podobnie. Olbrzymi biały dom, widoczny jak na dłoni, śmiało mógł iść o lepsze z cesarską rezydencją w Kirlanie – przynajmniej jeśli wziąć pod uwagę przestrzeń, jaką zajmował. Kilkupiętrowy pałac imperatora mieścił na pewno trzy lub cztery razy więcej sal, pokoi i komnat. Ale przecież był siedzibą władcy Wiecznego Cesarstwa i całej jego rodziny, domem dla setek urzędników, dworaków, gości i petentów ze wszystkich stron świata... Podczas gdy książęcy pałac w Sey Aye stanowił sadybę właściciela wielkiego lasu – i niczego więcej.

– Wszystko tu jest niezwykłe i ogromne – rzekł Przyjęty. – Naprawdę warto tu przyjechać choćby tylko po to, by patrzeć.

– Zapraszam – powiedział Yokes. – Jej wysokość poleciła mi przekazać, że ma mnóstwo czasu i przyjmie gości wtedy, kiedy zechcą. Zjedźmy na dół. Zaraz zostaną wskazane pokoje, a służba przyniesie wszystko co potrzebne znużonym podróżnym.

15

Hayna otoczyła Ezenę tak troskliwą opieką, że księżna nie posiadała się ze zdziwienia. Minęło zaledwie pół nocy i pół dnia od chwili, gdy została Pierwszą Perłą Domu, a przewróciła do góry nogami cały porządek Anessy. Zresztą – czy aby na pewno porządek?... Anessa była leniwa, nawet najżyczliwsze jej osoby dostrzegały tę przywarę. Ezena nie miała pojęcia, że życie w domu może toczyć się tak wartko i gładko. W jaki sposób Hayna tak szybko wdrożyła służbę do nowych obowiązków – było jej tajemnicą. Niewolnice pojawiały się, zanim jej wysokość złożyła dłonie do klaśnięcia, i niosły właśnie to, czego chciała zażądać, lub zabierały coś innego, czego pragnęła się pozbyć. Nim pomyślała, czy warto zmienić suknię (w końcu armektańska podsetniczka nie była kimś wyjątkowym, komu należało się uroczyste powitanie), Hayna stawiła się w jednej z dziennych komnat. Jej śladem podążała Enea, niosąca cztery różne stroje.

– To, jeśli chcesz wyglądać jak królowa – powiedziała uśmiechnięta Perła Domu, pokazując dartańską purpurę; była to suknia cięższa chyba od niejednej zbroi. – To z kolei, wasza wysokość, włóż, jeśli chcesz okazać tym przybyszom jawne lekceważenie. – Druga suknia była szatą domową, niebywale kosztowną, ale jednak przeznaczoną raczej dla oczu domowników. – To jest suknia, w jakiej podsądna mogłaby stanąć przed sędziami Trybunału, bardzo dobrze skrojona, ale skromna. Jeśli chcesz dać do zrozumienia... szczerze albo nieszczerze... że nie w głowie ci awantury, to doradzę właśnie tę suknię. A to, wasza wysokość, jest suknia wojenna. Jeśli twoi goście mają jakiekolwiek pojęcie o Dartanie, będą wiedzieli, co nosisz. W podobnie skrojonych sukniach żony dawnych rycerzy towarzyszyły swoim mężom i panom na wojennych wyprawach, dzisiaj zaś zasiadają na arenach walk, bo tyle właśnie zostało z rycerskich tradycji Dartanu. To suknia bardzo trwała, nie przeszkadzająca w jeździe konnej, i to nawet w męskim siodle, sznurowana z boku, nie z tyłu, więc każda kobieta może nałożyć tę szatę bez czyjejkolwiek pomocy. Spinana pasem, z przymocowaną siatką na włosy, wszystko to stanowi jedną całość, niczego nie można zgubić.

– Nawet nie wiedziałam, że to mam – powiedziała Ezena. – Pokaż mi tę suknię dokładniej.

Perła odsunęła się nieco, przykładając szatę do ciała i przytrzymując dłonią na wysokości piersi. Drugą ręką rozpostarła spódnicę.

– Granatowa... Nie wiem – rzekła Ezena. – Chyba źle mi w niebieskim.

– W niebieskim, bo niebieski jest zimny i w ogóle nie pasuje ci do oczu. Ale ta suknia ma kolor twoich włosów. Będziesz mroczna i groźna. Ani skrawka ciała, tylko dłonie i twarz. Hm? Wasza wysokość?

– Nigdy nie nosiłam czegoś podobnego, będę się źle czuła. Najpierw muszę się przyzwyczaić. Nie, Hayno. A może zostanę w tej, którą mam na sobie?

– Nosisz ją już prawie cały dzień.

– Rzeczywiście. Ale lubię pokazywać ramiona.

– I piersi – dorzuciła Perła z uśmiechem. – Łatwo to rozumiem, są... intrygujące. Ale w takim razie przyniosę coś lepszego. Też granat, ale... Poczekaj, pani, dobrze?

Skinęła na Eneę i pobiegła. Żywiołowość tej dziewczyny wywoływała uśmiech. Mówiła bez przerwy, śmiała się, wymyślała coś nowego... i gotowa była się rozpłakać nad martwym motylem. Ezena niewiele czasu spędzała dotąd w jej towarzystwie, ale zawsze były to chwile przyjemne. Hayna potrafiła uśmiechnąć się do niej nawet wówczas, gdy księżna była jeszcze praczką-uzurpatorką, nieuznawaną przez nikogo...

Kasztanowobrązowe włosy nosiła niedługie, nawet nie do ramion. Równo obcięte, zawijały się do wewnątrz, tworząc śliczną oprawę twarzy. Ezena zastanowiła się, czy nie obciąć włosów tak samo. Rozejrzała się za zwierciadłem. Miała kilka w sypialni, ale tutaj chyba nie było żadnego.

– Wasza wysokość?

Dziewczyna stała w drzwiach wiodących do drugiej komnaty. Ezena nie znała jej, lecz kusy strój, taki sam jaki nosiły Seva i Enea, dowodził, że Hayna przydała księżnej przynajmniej jedną nową niewolnicę do drobnych codziennych posług.

– Nazywałam się Ayana, ale będę nosiła imię, jakie wasza wysokość mi wybierze. Czy wasza wysokość czegoś potrzebuje?

– Najpierw cię obejrzę – powiedziała Ezena, tłumiąc śmiech.

Lecz niewolnica wzięła to zupełnie poważnie.

– Czy mam się rozebrać, wasza wysokość?

Ezena wzniosła spojrzenie do sufitu.

– Przynieś mi jakieś lustro.

– Jest tutaj.

Dziewczyna przytrzymała zwierciadło, ale księżna zdążyła już zapomnieć, do czego jej było potrzebne. Przejrzała się jednak.

– Ayana – powtórzyła. – To chyba najbardziej znane imię w całym Szererze.

– Tak, wasza wysokość.

– Może zostać.

– Dziękuję, wasza wysokość.

– Jesteś taka pokorna, bo nowa, czy po prostu taką masz naturę? Nie chcę przesadnej służalczości. Seva i Enea potrafią mi zwrócić uwagę, jeśli coś robię źle.

Niewolnica przez króciutką chwilę zwlekała z odpowiedzią.

– Jestem nowa, wasza wysokość.

– No to powiedz mi coś niemiłego.

Rozburzywszy nieco włosy na skroni, Ezena przypomniała sobie, do czego potrzebne było lustro. Spróbowała wyobrazić sobie, jak by wyglądała z krótszymi włosami, takimi jakie nosiła Hayna. Chyba zupełnie dobrze.

Niewolnica upuściła lustro i cofnęła się, zakrywając dłonią usta. Przestraszona Ezena także odruchowo cofnęła się o pół kroku.

– Oszalałaś?! – krzyknęła. – Co to miało znaczyć?

Dziewczyna była szczerze przerażona.

– Twoje włosy, wasza wysokość... – wykrztusiła. – Co się z nimi stało?

Lustro leżało na puszystym kobiercu. Ezena spojrzała z góry i tak samo jak niewolnica przytknęła palce do ust. Patrzyła przez długą chwilę, potem rzuciła okiem na niewolnicę i znów w lustro. Zacisnęła powieki.

– Jakie mam włosy? – wyszeptała. – Szybko. Powiedz mi.

Niewolnica zaczerpnęła tchu.

– Kasztanowe, wasza wysokość. I krótkie... takie jak Hayna...

Ezena otwarła oczy.

– I to... tak ma wyglądać?

Niewolnica nie wiedziała, o czym mówi jej pani.

– Przyprowadź tu Pierwszą Per... – zaczęła księżna i urwała, marszcząc brwi, jakby coś ją zabolało. – Nie. Przyprowadź komendanta Yokesa. Ma przyjść natychmiast, oczywiście jeśli już wrócił. Nic mu nie mów.

Odwróciła się, słysząc cichy okrzyk Hayny.

– Jak myślisz? – zapytała trochę niepewnie, a zarazem z wyraźną ironią. – Chciałabyś... chciałabyś zmieniać uczesanie i kolor włosów, ot tak? – Pstryknęła palcami uniesionej ręki. – Szuru-buru, tak jak potrafią Przyjęci?

Hayna tkwiła pośrodku komnaty, oniemiała. Stojąca za nią Enea wytrzeszczała oczy, kurczowo zaciskając dłonie na trzymanej sukni.

– Ciekawe, co jeszcze umiem. – Podniecona Ezena podniosła zwierciadło i zachłannie wpatrywała się w odbicie; po chwili oddała lustro Enei i zaczęła szybko chodzić po pokoju. – Nie wiem, jak to zrobiłam... a najgorsze, że nie wiem, czy umiem to odwrócić. Bo mniejsza o szuru-buru – dorzuciła z wyraźną troską w głosie – ale to nie jest kolor włosów dla mnie.

Miała sporo racji, niestety.

Yokes wszedł do komnaty. W dłoni trzymał kilka opieczętowanych pism.

– Przyszły listy z Rollayny, wziąłem od posłań... – zaczął i urwał.

Księżna przeczesała włosy palcami, pochwyciła przy skroniach i pociągnęła mocno w jedną, potem w drugą stronę.

– Au... Też chcesz poszarpać, komendancie? Jest okazja, żebyś wytargał panią Sey Aye za grzywę. Śmiało, podejdź i targaj.

Mężczyzna nie ruszył się z miejsca.

Księżna odebrała lustro niewolnicy i dała komendantowi.

– Potrzymaj, spróbuję teraz... – Skupiła się i przypomniała sobie rozpuszczone granatowoczarne włosy, jakie miała jeszcze przed chwilą.

Ale nic się nie wydarzyło.

– Jeszcze raz.

Lustro było bezlitosne. Ezena tupnęła nogą i poróżowiała na policzkach z wysiłku. Przymknęła oczy i znów otworzyła.

Szatynka o włosach nie sięgających ramion.

– Pięknie. Alem se narobiła, tylko patrzcie – powiedziała rozzłoszczona i skonsternowana, wysławiając się trochę niepoprawnie, co zdarzało jej się czasem, gdy emocje zbytnio brały górę. – Granatowa suknia będzie pasowała? A do czego, Hayno, powiedz mi?

– Wasza wysokość – bojaźliwie powiedziała Perła Domu – czy to... ale w jaki sposób wasza...

– Idźcie sobie – przerwała Ezena. – Nikomu ani słowa. Yokes, ty nie wychodź.

Wkrótce zostali sami.

– Pomyślałam, że Hayna ma ładne włosy i przejrzałam się w lustrze – rzeczowo powiedziała Ezena, siadając na krześle przy oknie. – No to popatrz, co się zdarzyło. Anessa... Anessa mówiła mi, że tak może być. Że uzyskam jakąś moc czy coś takiego, ale nie będę jej umiała kontrolować. No i chyba właśnie się zaczęło. Nie wiem co dalej. Co robić? To tylko włosy, zrobiłam z siebie straszydło i jeśli tak już zostanie... to już nigdy nie wyjdę z domu. Ale to tylko włosy, to jeszcze nie jest najgorsze. Bo jeśli pomyślę o kimś: „A żeby go trafił szlag"?... To co? Będzie tak jak z włosami? Gdyby chociaż zawsze tak samo, ale od przypadku do przypadku? – znów się zdenerwowała.

Komendant nie umiał odpowiedzieć.

– Ci żołnierze już przyszli, tak? – zapytała.

– Posłałem ich do miasta. Dowódczyni jest tutaj. I ktoś jeszcze...

– Jak ja się teraz pokażę... no, komukolwiek? Jak ja się pokażę? – Wyraźnie nie słuchała. – Ale może... może nikt nie zwróci uwagi? Mogłam obciąć włosy, a słyszałam kiedyś, że można jakoś zmienić kolor...

– Jasne na ciemniejsze, chyba dosyć łatwo. Ale takie czarne, jak miałaś?... Trzeba płukać codziennie w jakichś wywarach. Codziennie przez tydzień albo dwa... zresztą nie wiem. Długo. Tak słyszałem.

– No to... mmm! – jęknęła. – Uroczyste posłuchanie, czy nawet skromne powitanie... Każdy domownik, każdy niewolnik i każdy pałacowy gwardzista będzie zatrzymywał się na mój widok, a ktoś bardziej wrażliwy gotów zemdleć. Mam założyć sobie hełm na głowę? Mmm! – jęknęła żałośnie po raz drugi.

Yokes wciąż bezmyślnie trzymał lustro. Podeszła doń i spróbowała raz jeszcze. Po chwili zrobiła bezradny gest rękami.

– No, nic z tego.

– Wasza wysokość, ten mężczyzna towarzyszący gwardzistom...

– Właśnie. Kto to?

– Mędrzec-Przyjęty.

Oniemiała na chwilę. Ale w następnej chwili zdała sobie sprawę, co to znaczy.

– Moje włosy! – zawołała. – Odda mi moje włosy! Przecież to fraszka dla takiego!

Yokes milczał. Nowo odkryta umiejętność księżnej, choć objawiła się w sposób... no cóż, poniekąd zabawny... była sprawą poważną. Pani Sey Aye naprawdę mogła być groźna dla siebie albo dla innych – komendant jasno zdawał sobie z tego sprawę. Nieobliczalność była słowem, które pasowało tu najbardziej. Ale oto w południowym skrzydle pałacu rozgościł się tajemniczy mędrzec, który spadł jak z nieba, przybył nie wiadomo w jakim celu, a mógł, być może, wiele wytłumaczyć. W Sey Aye, gdzie minionej nocy niewolnice zabiły dwóch ludzi Czystej Krwi (mniejsza już o nieodległe procesy sądowe...), toczyła się gra o trochę wyższą stawkę niż kolor i długość czyichś włosów. Jednak Ezena była tylko kobietą. W nocy, w pałacowym ogrodzie, ujęła go spokojem, rozważną stanowczością i przebłyskami żołnierskiego humoru... Ale była tylko kobietą. Zdolną teraz, co najwyżej, do rozmyślań w rodzaju: „Na Szerń, jak ja wyglądam!”.

– Czy mogę to wreszcie odłożyć, księżno? – zapytał, wskazując podbródkiem lustro i zmiętoszone listy.

Bardzo szybko oprzytomniała i komendant musiał sobie powiedzieć, że ocenił ją niesprawiedliwie. Wróciła do krzesła pod oknem i usiadła.

– Głupstwo. Ofuknij mnie czasem, kiedy wygaduję byle co – powiedziała, jakby słysząc jego myśli. – Co tam włosy... Mędrzec-Przyjęty? Co ktoś taki może robić w Sey Aye? Może dowiedział się jakoś, że Rollayna... że ja... – pogubiła się trochę. – Nie wiem, nie umiem myśleć o Rollaynie jak o sobie, czy odwrotnie! – powiedziała szczerze, znów poirytowana. – Ojciec mi dali Ezena. Co w tych listach? Może coś o naszych gościach?

– Nie, bo o przyjściu żołnierzy pisaliby do komendanta Sey Aye. Nic ważnego i nic nowego – odparł, pokazując sznurki przy pieczęciach; oba były zielone, ani jeden czerwony. – Coś z przedstawicielstwa handlowego... A to chyba będzie o tych procesach jego godności Enewena.

– Pokaż.

Złamała pieczęć. Potem drugą. Wzruszyła ramionami i rzuciła listy na stół.

– Spór o pochodzenie. Już to wiem. Zaczynam lubić Enewena, jego brat ma go za kogoś wartego tyle co pani Sey Aye... Ale zdaje się, że tylko ten brat i nikt inny. Dartan! – prychnęła. – Co z tym Przyjętym? Myśl, Yokes! Tylko z tobą mogę się naradzić! A może wtajemniczyć Haynę? – zapytała z wracającą złością.

– Wasza wysokość – rzekł Yokes.

– No, co? Wtajemniczyć, mówisz?

– Wasza wysokość – pogodnie powtórzył komendant – ładnie ci w tych włosach. Chyba wolałem granatowe, ale jesteś, pani, piękną kobietą i ta odmiana wcale nie jest taka zła – troszeczkę skłamał, co prawda.

Patrzyła, zaskoczona. Komplement z ust komendanta Yokesa, choćby nawet niewyszukany, był czymś najzupełniej wyjątkowym. Po krótkiej chwili lekko drgnęły jej wargi i rozszerzyły się nozdrza.

– A jaką miałeś minę... – rzekła, wstrzymując śmiech.

Ale Yokes roześmiał się pierwszy. Chyba nigdy dotąd nie słyszała jego śmiechu.

– Otrząśnijmy się, wasza wysokość – powiedział po chwili, poważniejąc. – Nie wiem, dlaczego grombelardzki mędrzec Szerni przyjechał do Sey Aye. O żołnierzach wiem tyle samo, czyli nic, bo podsetniczka umie trzymać język za zębami. Wasza wysokość, chciałaś, jak mi się zdaje, urządzić coś w rodzaju oficjalnego posłuchania?

– Tak – przyznała.

– Formy i ceremonie to nie jest żołnierska sprawa. Spróbuję coś doradzić, ale chyba lepszej rady udzieliłaby ci Anessa.

Ezena udała, że nie słyszy.

– Porozmawiaj o tym z Perłami, zwłaszcza z Kesą. – Yokes wycofał się, czując chyba, że łatwiej może zaszkodzić niż pomóc będącej w niełasce Anessie. – Książę Lewin nie był pierwszym właścicielem Kesy, ta dziewczyna mieszkała kiedyś w Seneletcie, potem jeszcze gdzie indziej. Widziała kawał świata i wytłumaczy wszystko, o co ją zapytasz. My tutaj mamy zupełnie inne obyczaje, niż panują w Rollaynie i w ogóle w Dartanie, a już odkąd pojawiłaś się ty, pani...

– To co?

– Więcej tu Armektu niż Dartanu – rzekł krótko, ale nie z dezaprobatą. – Nawet twoje suknie, księżno, niewiele mają wspólnego z tym, co można zobaczyć w stolicy.

– Moje suknie? Dlaczego?

– Jak to dlaczego? Są modne i świetnie skrojone, ale jego wysokość zamówił dla ciebie stroje raczej armektańskie niż dartańskie, pani. Kobieta z dobrego Domu raczej nie pokaże się z odsłoniętymi piersiami. Taki strój, a nawet odważniejszy, w Armekcie przystoi choćby i cesarzowej lub cesarskiej córce. W Dartanie jednak ubiera się tak tylko Perły Domu. Żeby podkreślić ich urodę, nie pozycję.

Przekrzywiła głowę. Yokes znający się na sukniach... to była kolejna nowość. Ale komendant pocztów Sey Aye nie był leśnym dzikusem (co tak łatwo zauważył kiedyś Denett). Pochodził ze starego rycerskiego rodu, a wróciwszy z północnego Armektu, sporo jeździł po Dartanie, wypełniając rozkazy księcia Lewina. Jeśli nawet trochę „zdziczał" w wojskowych stanicach, to miał później dość czasu, by przypomnieć sobie, jak wygląda dartański wielki świat.

Wiedział nawet co nieco, jak kobiety farbują włosy.

– Nikt ci o tym nie powiedział, wasza wysokość? – Yokes był szczerze zdziwiony.

– Wyobraź sobie, że nikt. A tutaj... w ogóle nie ma dobrze urodzonych kobiet, jego wysokość był przecież samotny... Bogate suknie noszą tylko Perły...

Była naprawdę zmieszana. Próbował sobie wyobrazić, co czuje kobieta, której powiedziano nagle, iż w każdym towarzystwie uchodziłaby za dziwadło, nosząc stroje, które sama wybrała.

– Wasza wysokość, nie twierdzę, że chodzisz nieodpowiednio ubrana – wytłumaczył. – Przecież w Dartanie, a już zwłaszcza w stolicy, armektańska moda nie jest czymś nieznanym. Choćby dwór Księcia Przedstawiciela... Mówię tylko, że twoje upodobania... że twoje suknie są sukniami armektańskimi. Przynajmniej w kroju, bo poza tym są zbyt bogate, jak na gusta armektańskie. – Ezena sama była z pochodzenia Armektanką, ale o sukniach i klejnotach wiedziała akurat tyle, ile wiedzieć mogła wiejska dziewczyna; Yokes zdawał sobie z tego sprawę. – Pasują do twojego zachowania i obyczajów panujących w tym domu, ale nie będą pasować do obyczajów dartańskich.

– W tym domu panują... obyczaje armektańskie?

Westchnął mimo woli.

– Ani dartańskie, ani armektańskie. Półarmektańskie jak ty... a właściwie to są obyczaje twoje i Anessy. A wcześniej obyczaje jego wysokości, który szczerze gardził Rollayną i jej piętrowymi pałacami, arenami... Wezwij Kesę, wasza wysokość – doradził. – Jestem ostatnim człowiekiem w Sey Aye, który powinien rozmawiać z tobą o tych sprawach. Przecież to aż śmieszne. Co ja mogę wiedzieć o sukniach i posłuchaniach? Posłuchanie w obozie wojskowym nazywa się odprawą, a przemowy ceremonialne brzmią: „nie, żołnierzu"; „tak, komendancie".

– Wezwę ją – powiedziała. – Ale jeszcze nie odchodź. Może zmienię zdanie, może nie skorzystam z twojej rady... ale jednak powiedz mi, co myślisz.

– O posłuchaniu?

– Tak. Wiem, co chcę powiedzieć tej żołnierce, ale mędrca Szerni się nie spodziewałam. Jak ich przyjąć?

– Zaproś ich na wspólny spacer po parku, niech towarzyszy wam tylko jedna z Pereł. Nikt nie będzie was widział, unikniesz więc poruszenia wywołanego twoimi... nowymi włosami. To bardzo wieloznaczne powitanie, a właściwie niejednoznaczne. Z jednej strony zdawkowe, bez żadnych uroczystych przygotowań. Ale z drugiej strony nie każdego przecież jej wysokość księżna Sey Aye zaprasza na wspólny spacer. Nie wiadomo, wasza wysokość, co sądzić o takim powitaniu. Podsetniczka, a nawet Przyjęty, nie będą wiedzieli, czy okazujesz im lekceważenie, czy przeciwnie, wyjątkowe względy. No i... raczej nie zaczynaj rozmowy od barwy twoich włosów. To ostatnie mówię chyba niepotrzebnie, wybacz mi, wasza wysokość.

Popatrzyła z namysłem.

– Nie doceniałam cię, Yokes. Przepraszam. Przyślij mi tutaj Haynę i Kesę.

Skłonił się krótko, odwrócił i poszedł ku drzwiom. Ale przystanął jeszcze.

– Wasza wysokość... – powiedział z wahaniem.

– Nie o Anessie, Yokes. Nie dziś.

Przygryzł wargę, skłonił się raz jeszcze i wyszedł.

***

Od altany przy sadzawce ogrodowa alejka wiła się łagodnymi łukami, uciekała w kwiatowe tunele. Dalej były kamienne mostki, przerzucone nad strumieniem – tym samym, którego zarośnięte brzegi podchodziły, z drugiej strony domu, aż do płyt dziedzińca. Od szemrzącej wody i ozdobnych krzewów ciągnęło lekkim chłodem, ale poza plamami cienia upał mocno dawał się we znaki. Księżna, w aksamitnej ciemnobrązowej sukni z białymi dodatkami, miała na głowie złoty diadem z rubinem, częściowo skryty we włosach, i pas ze złotych ogniw, spięty na łonie klamrą w kształcie serca. Gdy szła, spod rąbka sukni widoczne były noski złotych trzewików. Przyjęty i podsetniczka towarzyszyli jej po obu stronach. Mędrzec przyoblekł się w bardzo porządny strój codzienny, godny każdego mężczyzny Czystej Krwi: miał nogawice wpuszczone w cholewki skórzanych trzewików, wyżej zaś sięgający do połowy ud, spięty pasem ciemnozielony kaftan, wyszywany na rękawach czarną nicią. Był to strój bardzo dartański. Gwardzistka odwrotnie, była ucieleśnieniem wszystkiego co armektańskie. Nałożyła kolczugę i mundur, ale to nie był ekwipunek wojenny... Tak ubrana mogłaby stawić się na pokojach imperatora: świetna kolcza plecionka lśniła jak czyste srebro, wojskowa tunika zaś wykonana została z jedwabiu. Pas, czarna spódnica i wysokie skórzane buty musiały kosztować połowę rocznego żołdu zwykłej podsetniczki Gwardii Armektańskiej. Tak przynajmniej szacowała Hayna, idąca z tyłu w odległości kilku kroków. Niewolnica, w białej domowej sukni, podobnej do tej, jaką często nosiła Anessa, wolała jednak srebrne ozdoby. Bawiła się zerwaną gdzieś białą różą.

– Daj mi to – powiedziała Ezena, wciąż idąca spokojnym spacerowym krokiem.

Nie odwróciła głowy, uniosła tylko rękę. Perła Domu dogoniła ją i podała list, który przed chwilą odczytała na głos. Księżna rozwinęła zwój, popatrzyła na pieczęć i rzuciła okiem na treść.

– Twój komendant, pani – powiedziała po chwili do gwardzistki – nie szczędzi pochwał moim leśnym strażnikom. Ale nie wiem, co mogę odpowiedzieć.

– Liczę, wasza wysokość, na korzystną wymianę doświadczeń. Walki leśne...

– Otóż to, walki leśne – leniwie przerwała Ezena. – Sposoby prowadzenia walki w lesie są tajemnicą Sey Aye. Sądzisz, pani, że dopuszczę do tej tajemnicy akurat Gwardię Armektańską?

– Nie rozumiem, wasza wysokość?

– Wasza godność, nie wiem, po co naprawdę przybyłaś do Sey Aye. Ale wiem, że powiedziano ci dokładnie, kim jestem, co tutaj robię i dlaczego to takie haniebne – księżna nie kryła rozbawienia zaprawionego sarkazmem. – Wiesz więc doskonale, że jutro lub pojutrze może tu przybyć specjalny posłaniec sądowy z nakazem, bym stawiła się w Rollaynie na rozprawie.

– Nie interesuje mnie to, wasza wysokość. Jestem podsetniczką Gwardii Armektańskiej i procesy nie należą do mnie.

– Ale należy do ciebie doprowadzenie skazanej, gdy już zapadnie wyrok.

– Także nie – zaprzeczyła Agatra. – To zadanie Legii Dartańskiej.

– To zadanie legii imperialnych – sucho sprostowała Ezena. – Cesarz pośle cię tam, wasza godność, gdzie tylko mu się spodoba. Dziś nosisz niebieską tunikę armektańską, jutro zaś nałożysz podobną, lecz czerwoną, dartańską. To nie zależy od ciebie, lecz od twoich przełożonych. Czy się mylę?

Podsetniczka nie odpowiedziała.

– Nie wiem jeszcze, czy zechcę stawić się przed sądem, a jeśli nawet tak zrobię, to nie wiem, czy uznam wyrok. Jeśli zaś nie uznam, to podsetniczka w czerwonej tunice weźmie swoich wyszkolonych przez moją straż leśną łuczników i przyjedzie do Sey Aye z zamiarem wsadzenia mnie do klatki. Czy wyrażam się jasno, wasza godność? Mogę jeszcze jaśniej: otóż całkiem możliwe, że już wkrótce zbuntuję się przeciw imperialnym sądom, a tym samym złamię prawo Wiecznego Cesarstwa. Teraz domagam się jasnej odpowiedzi: czy podsetniczka wojsk imperialnych stanie wówczas przy moim ramieniu, czy raczej naprzeciw mnie?

Agatra milczała.

– Odpowiedz mi, wasza godność – stanowczo zażądała Ezena – bo inaczej uznam rozmowę za skończoną. Pomożesz mi w buncie przeciw wyrokom sądów imperialnych, czy raczej przeszkodzisz? No, słucham.

Gwardzistka powściągnęła gniew, lecz nie zdołała ukryć rumieńców na policzkach. Była przygotowana na wiele możliwości, lecz nie na taką, że podczas pierwszej rozmowy pani Puszczy Bukowej powie wprost: zamierzam się zbuntować, co ty na to?

– Przeszkodzę.

– A więc mamy sprawę załatwioną. – Ezena oddała pismo Agatrze. – Odwieziesz to, pani, swojemu komendantowi i powiesz, że nie zgodziłam się na żadne wspólne szkolenia.

– A co mam powiedzieć o powodach?

– To co usłyszałaś.

– Czy zdajesz sobie sprawę, wasza wysokość...

– Zdaję sobie sprawę, gwardzistko. Nikt mi na razie niczego nie zarzuci, mogę opowiadać o swoich zamiarach, ile tylko dusza zapragnie. Nie nawołuję nikogo do buntu, nie czynię żadnych przygotowań, a plotę, co mi ślina na język przyniesie. Potrzebne jest faktyczne nieposłuszeństwo i faktyczny bunt, żeby wsadzić mnie do tej klatki. Więc jeszcze z pół roku, przynajmniej. Proces, odwołanie i tak dalej. A może uznam ten wyrok?

– Jednak już dzisiaj odmawiasz, pani, pomocy cesarskim żołnierzom. Armektańskim żołnierzom.

– Odmawiam. Wynika z tego, że jestem nieuprzejma albo że nie lubię armektańskich żołnierzy. To jeszcze nie przestępstwo.

– Najgodniejszy Imperator poczuje się dotknięty.

– Gdzie jest list od Najgodniejszego Imperatora, pani?

– Naczelny komendant Legii Armektańskiej pisze w imieniu cesarza.

– Gdzie to jest napisane? Pokaż mi, wasza godność, ten fragment. Że na prośbę cesarza... No, gdzie jest?

Gwardzistka poczerwieniała jeszcze bardziej.

– O, nie ma? No to, w takim razie, myślę, że dotknięty poczuje się tylko komendant. Co mi tutaj opowiadasz, wasza godność? Że sam cesarz zajmuje się takimi sprawami, jak wysłanie dokądś trzydziestu łuczników na szkolenia? Idę o każdy zakład, że cesarz nawet o tym nie wie – kpiła w żywe oczy Ezena.

– Mylisz się, wasza wysokość, uważając, że wobec podsetniczki Gwardii Armektańskiej można bezkarnie opowiadać o buncie, za całe wyjaśnienie dodając: „Och, tak sobie tylko plotę...".

Księżna straciła cierpliwość.

– Podsetniczka Gwardii Armektańskiej odpocznie teraz w swojej komnacie, bo posłuchanie skończone. Możesz zostać w Sey Aye do jutra, wasza godność. To wszystko, co chciałam ci powiedzieć.

– Wyrzucasz mnie stąd, wasza wysokość? – Agatra nie mogła uwierzyć własnym uszom.

– Wyrzucam – odrzekła księżna, po czym zwróciła się do milczącego Przyjętego: – Wasza godność, czy możesz nie słuchać? Tylko przez chwilę, bardzo proszę.

Gotah skłonił się lekko i odszedł.

– A więc w cztery oczy – powiedziała chłodno Ezena, przystając i patrząc na gwardzistkę. – Gdybyś... zupełnie przypadkowo, ma się rozumieć... spotkała się z kimś, kto zapyta o zamiary księżnej Sey Aye, to powiedz tak: jej wysokość księżna Ezena zgodnie z prawem weszła w posiadanie majątku po swym mężu i nie przyjmie do wiadomości niesprawiedliwego wyroku. Księżna może być, tak jak dotąd, lojalną poddaną i sumienną płatniczką podatków, ale może też rozpętać straszną w skutkach wojnę. Powiedz jeszcze, że księżna policzyła, iż o wiele taniej i rozsądniej będzie zadbać o sprawiedliwy proces niż wystawić armię do podboju Sey Aye.

– Wasza wysokość, nie zdajesz sobie sprawy... To są groźby – powiedziała Agatra. – I szantaż.

– No, oczywiście, że tak. To są groźby i szantaż. Ale Wieczne Cesarstwo nie musi wiedzieć o żadnym szantażu. Na razie tylko my dwie o tym wiemy. A o wojnie domowej całe cesarstwo dowie się na pewno.

– Wasza wysokość – zapytała cicho Agatra, zbliżając się o pół kroku – czy jesteś... przy zdrowych zmysłach?

– To niedobre pytanie. Podpowiem ci inne – odparła równie cicho Ezena. – Zapytaj: czy jesteś niewolnicą? A ja odpowiem: tak, jestem. Niewolnicą, do której należy największy majątek świata i której chcą go odebrać. Bo w Dartanie nie wypada, żeby niewolnica miała coś takiego. Nie ma innych powodów, tylko ten. Gdyby na moim miejscu była jakakolwiek kobieta Czystej Krwi, to nie byłoby żadnego procesu.

Agatra milczała przez chwilę. Potem lekko pokiwała głową.

– Chyba cię rozumiem. W Armekcie ten majątek byłby twój bez dwóch zdań.

Księżna tak samo pokiwała głową.

Stały jeszcze przez chwilę, patrząc sobie w oczy.

– A jednak, wasza wysokość – powiedziała na koniec Agatra, odstępując o krok – nigdy nie zapomnę, jak potraktowałaś mnie i moich żołnierzy. Wieczne Cesarstwo jest jedno, a ja stoję na straży pokoju i porządku w jego granicach. Nikt nie może, nawet w słusznej swojej sprawie, burzyć tego porządku. Jeśli zechcesz go zburzyć, to na pewno spotkamy się jeszcze. Będę o to usilnie zabiegać.

Złożyła wojskowy ukłon, odwróciła się i odeszła.

Księżna stała w miejscu, zamyślona.

Wreszcie uniosła głowę i obejrzała się na Przyjętego.

– Już wracam do ciebie, panie – powiedziała, podchodząc. – Źle zrobiłam, zaczynając tę rozmowę przy tobie. Ale może to są sprawy, które cię interesują?

Było to pytanie o przyczyny, dla których mędrzec-Przyjęty pojawił się w Sey Aye. Gotah łatwo zrozumiał, co jej wysokość ma na myśli.

– Taka rozmowa musi być zajmująca dla każdego – przyznał bez ogródek. – Ale oczywiście nie przyjechałem po to, by ją słyszeć. Obchodzi mnie Szerń, wasza wysokość. A twój las tylko dlatego, że leży pod jej Pasmami.

– Co wspólnego mają Pasma z Sey Aye? – zapytała, ostrożnie ważąc słowa.

Gotah uśmiechnął się, dziwacznie krzywiąc swą kaleką twarz.

– Myślę, pani, że wiesz. Jeśli nawet nie wiedziałaś dotąd, to dzisiaj dowiedziałaś się na pewno. Przecież coś zdarzyło się dzisiaj?...

Ezena poczuła się cokolwiek niepewnie.

– Wasza godność... wiesz o czymś szczególnym? Czymś, co wydarzyło się dzisiaj?

Wciąż uśmiechał się lekko.

– Mniej więcej w południe. Zaraz po tym, wasza wysokość, jak przekroczyłem próg twojego domu.

Ezena zwróciła się ku Perle.

– Hayno, nie będziesz mi już potrzebna.

– Wasza wysokość – niewolnica chciała przypomnieć księżnej, że w ogrodzie nie ma nikogo; władczyni Sey Aye nie powinna zostać bez żadnej asysty, sama z gościem, o którym nikt niczego nie umiał powiedzieć.

– Hayno, nie będziesz mi już potrzebna – tym samym tonem co poprzednio powiedziała Ezena. – A jeżeli zauważę, że zamiast ciebie za żywopłotami kręcą się jakieś przyboczne – dodała z właściwą sobie przenikliwością – to odbędziemy bardzo poważną rozmowę. Doradzisz mi, czy Kesa podoła obowiązkom Pierwszej Perły Domu.

Zmieszana niewolnica skłoniła się i odeszła.

– Jest tu wygodna altana, a w niej cień. Czy raczej wolisz spacerować, wasza godność?

– W tej spiekocie? Nie, pani.

Pokazała drogę. Ruszyli niespiesznie.

– Widziałeś, panie, w życiu sto albo tysiąc niewolnic – zażartowała słabo – ale ja pierwszy raz widzę czarodzieja.

– Nie jestem czarodziejem, wasza wysokość.

Uśmiechnęła się lekko. Przyjęty rzeczywiście widywał niewolnice, ale jeszcze częściej widywał takie uśmiechy. W Szererze, a już szczególnie w Dartanie, Przyjętych uważano za tajemniczych magów. Przekonanie kogokolwiek, że obcuje tylko z uczonym, bywało ciężką pracą – nawet mądry namiestnik Wadelar nie bardzo chciał w to uwierzyć. Gotah zastanawiał się, kim jest ta niezwykła kobieta. Czy rozumie, co przydarzyło jej się dzisiaj, czy wie o Szerni choć trochę więcej niż wszyscy. Bo o Przyjętych nie wiedziała nic.

– Wasza wysokość, badając Szerń, dowiedziałem się czegoś o tobie. Nie chcę cię przestraszyć... ale może tylko rozbawię, gdy powiem, że twoja osoba jest bardzo mocno związana z tym, co badam. Czy masz tego świadomość?

Nie odpowiedziała.

– Przyjechałem tu za wiedzą samej cesarzowej – dorzucił.

Skierowała nań zdumione spojrzenie.

– Wszystko zaraz obszernie wytłumaczę, jeśli oczywiście udzielisz mi, pani, dość czasu. Moja towarzyszka nie dostała go zbyt wiele.

Ezena uśmiechnęła się mimo woli, słysząc lekki sarkazm w głosie Przyjętego. Ale... była to dezaprobata czy uznanie?

– To dezaprobata czy uznanie? – zapytała.

– Trochę uznania, ale jeszcze więcej wątpliwości... Chyba jednak słyszałem zbyt wiele – ocenił.

– Nie szkodzi.

W altanie stały marmurowe ławki, wyłożone miękkimi poduszkami. Na stole, także marmurowym, ustawiono wielką czarę z owocami. Księżna wybrała okazałą gruszkę i przez chwilę myślała tylko o tej gruszce: o smaku gruszki, gryzieniu gruszki i doszczętnym zjedzeniu gruszki.

Przyjęty uśmiechnął się w duchu.

– Nie znasz mnie, wasza wysokość, więc wcale nie musisz mi ufać. Chcę jednak powiedzieć, że nie przyjechałem tu na przeszpiegi.

Skorzystał z udzielonego gestem księżnej pozwolenia i usiadł.

– Jej cesarska wysokość była bardzo zaintrygowana moim listem – ciągnął – i pytała, czy nie zechciałbym jej wyjaśnić, co właściwie mają Pasma do Sey Aye...

Po czym spokojnie i dokładnie opowiedział księżnej, jak miały się sprawy; była to opowieść niezmiernie podobna do tej, którą jakiś czas temu usłyszał namiestnik Wadelar. Lecz pani Sey Aye, chociaż mniej pytała – to zarazem sporo mniej wiedziała.

– Twój zatarg z Domami Dartanu, księżno – kończył Przyjęty – albo nawet zatarg z całym Wiecznym Cesarstwem... jeśli do tego dojdzie... to sprawa bardzo zajmująca dla historyka, który własnymi oczami może ujrzeć, jak tworzy się historia. Ale dla istoty przyjętej przez Pasma wszystkie te zdarzenia są zupełnie błahe... Nie, źle powiedziałem. – Uniósł palec na wysokość ucha i zamyślił się. – Nie są błahe. Ale udział w nich, czynny udział, nie jest moim zadaniem. Nie jestem żołnierzem imperium ani żadnym urzędnikiem, ani nawet poddanym cesarza, choć byłby pewnie nierad, gdyby to usłyszał... Nie jestem też jego lub twoim sojusznikiem. Ani wrogiem. Co najwyżej obserwatorem i może jeszcze... – skrzywił się zabawnie, szukając dobrego słowa. – Jeszcze chodzącą księgą. Jeśli zechcesz, znajdziesz w niej wyjaśnienia, choć na pewno nie wszystkie. Znajdzie je każdy, kto zechce szukać, bo takie jest między innymi zadanie owej księgi. Jak już powiedziałem, Szerń nie działa świadomie, ale wszystko, co się dzieje za jej sprawą, wynika z pewnych... konieczności, z praw i reguł, które zapisane są w jej naturze. Nie wyobrażam sobie, bym komukolwiek mógł odmówić wyjaśnień dotyczących tych praw i reguł. Mówię więc, wasza wysokość: pytaj, o co zechcesz, a ja odpowiem najlepiej, jak potrafię. Ale jeśli jutro wyjadę z Sey Aye, a o to samo zapyta cesarzowa, lub nawet ta upokorzona gwardzistka, to nie znajdę żadnych powodów do trzymania języka za zębami. Mówiąc szczerze, wasza wysokość, nie sądzę, by twoje pytania dotyczyły fundamentalnych dla Szerni i świata spraw. Ale z drugiej strony, po rozmowie, której byłem dziś świadkiem, naprawdę nie wiem, czy istnieją jakiekolwiek sprawy związane z twoją osobą, które władcy Wiecznego Cesarstwa mogliby uznać za nieważne.

Zaległa cisza.

Gdyby myśli miały jakąś wagę, to marmurowy stół, na którym księżna trzymała łokcie, zarwałby się niechybnie pod ciężarem wspartej na dłoniach głowy.

Cisza trwała i trwała.

– Może... – rzekła wreszcie i odkaszlnęła. – Może myślę zbyt wolno. Ale wobec ciebie, wasza godność, chyba każdy myśli zbyt wolno. Zrozumiałam, że dajesz mi wybór: wszystko albo nic. Albo będę czytać tę chodzącą księgę, jednocześnie zapisując w niej nowe stronice, ale wówczas przeczytają to wszyscy... albo zaniecham lektury, niczego się nie dowiem, lecz inni także nie.

Gotah rozłożył ręce.

– Mniej więcej tak to wygląda. Mniej więcej, bo to nie jest żaden targ, wasza wysokość. Bez żadnych warunków odpowiem na wszystkie twoje pytania. Ale każde pytanie zawiera jakąś treść, choćby zdradza obszar zainteresowań. Jeśli nawet dopiszesz do tej księgi... jakże nośne porównanie, tylko popatrz... jeśli nawet zapiszesz w niej same swoje pytania i zostawisz zakładki w miejscach, gdzie szukałaś odpowiedzi... – Znów rozłożył ręce. – Wszyscy znajdą te pytania i zakładki. Usunąć można je tylko w jeden sposób: niszcząc księgę.

– I nie obawiasz się tego, wasza godność? Wprawdzie dysponujesz wielką siłą...

– Dysponuję siłą mądrego mężczyzny o dosyć łykowatej posturze – przerwał. – Cała reszta to bajki, a im szybciej to zrozumiesz, tym lepiej. Rozmowy... jeśli do nich dojdzie... rozmowy o tobie, wasza wysokość, zaczniemy od rozmów o mnie. Jestem zwykłym człowiekiem, niezwykłe jest tylko to, czemu się poświęciłem.

Pokręciła głową z lekkim niedowierzaniem.

– Zwykły człowiek, który mówi mi, że wie, co się dzisiaj zdarzyło, choć to tajemnica dla wszystkich...

– Nie wiem, co się zdarzyło. Usłyszałem coś dziwnego, tylko tyle.

– Usłyszałeś?... Jak mam to rozumieć?

– Właśnie tak. Obcując z Szernią na co dzień, mam niezmiernie wyczulone ucho, wasza wysokość. To oczywiście tylko przykład, uproszczenie, lecz oddaje istotę rzeczy. Gdy, nieomal w zasięgu mojej ręki, wydarza się coś, co jest związane z siłami Szerni, niekiedy potrafię to poczuć. Usłyszeć, jeśli wolisz. Ale potrafi to prawie każdy, kto wytrwale uczy się słuchać. A niektórzy mają wrodzone zdolności i słyszą co nieco nawet bez nauki, choć rzadko wiedzą, co słyszą.

Była zmęczona.

– To tym bardziej. Nie mając żadnej siły, jak zdołasz się obronić? Wrócę do swojego pytania: nie obawiasz się, wasza godność, że dowiedziawszy się wszystkiego, zachcę zamknąć ci usta na zawsze?

– Wasza wysokość, czy masz podstawy sądzić, że będą to sprawy aż tak ważne?

– Nie wiem. Zupełnie nie wiem. Odpowiedz na moje pytanie, wasza godność.

– Czy nie boję się, że rozkażesz mnie utopić? Koniec dobry jak każdy inny. Może trochę przedwczesny – skwitował.

– Nie boisz się śmierci?

– Chyba nie bardziej niż wszyscy.

Pokręciła głową, dotykając skroni.

– Nic już nie wiem – powiedziała z westchnieniem. – To wszystko na dzisiaj, wasza godność. Muszę zostać sama, chcę... poukładać sobie to wszystko, co mi powiedziałeś. Nic już nie wiem. Rano albo później... powiem ci, co postanowiłam.

Przetarła oczy dłońmi.

– Nic już nie wiem...

16

Przepowiednie. Prawa Całości. Księgi Całości, Smugi i Pasma Szerni. Równowaga, odbicie Pasm, Pęknięcia Szerni. Sprawy ważne dla Pasm i nieistotne dla świata. Geerkoto i... co? Dor-Orego. Świadome emanacje nieświadomej potęgi. Reguły zapisane w strukturze. Ezena miała wrażenie, że za moment pęknie jej głowa i wszystko to wyleje się jak smoła, a w kałuży będą kamienie, patyki i nie wiadomo co jeszcze... Z jakiegoś powodu tak właśnie jawiła jej się nabyta wiedza – jak smoła oblepiająca najróżniejsze przedmioty. Próbując wydobyć któryś z tych przedmiotów, grzęzła i nie mogła doń dotrzeć, a gdy już dotarła, to nie umiała oczyścić; wszystko było czarne i lepkie, ciągnęły się za tym wstążki i nitki gęstej mazi.

Od myślenia bolały ją nawet oczy.

Pierwsza Perła i Yokes czekali w jednym z dziennych pokoi. Machnęła tylko ręką i poszła do sypialni. Udali się tam także, korzystając z wyraźnego przyzwolenia, którego udzieliła minionej nocy.

– Wasza wysokość, muszę wiedzieć, co postanowiłaś – rzekł komendant. – Co z tymi Armektańczykami?

Położyła się na łóżku, zakrywając oczy dłonią. Po chwili, wiedząc, że istotnie musi to uczynić, przedstawiła przebieg rozmowy z gwardzistką, ale tak sucho i zwięźle, że Yokes złapał się za głowę.

– Wasza wysokość chcesz powiedzieć, że wydałaś właśnie wojnę... całemu Wiecznemu Cesarstwu? – zapytał, oszołomiony.

Wciąż z dłonią na oczach zebrała się w sobie i wytłumaczyła:

– Nie, komendancie. Dałam tylko jasno do zrozumienia, że wóz albo przewóz. Dla świętego spokoju cesarstwo nie wtrąca się w orzeczenia dartańskich sądów. Ale tylko dla świętego spokoju. A ja powiedziałam jasno, że tym razem właśnie świętego spokoju nie będzie. Dotąd nikt właściwie nie wiedział, co mi chodzi po głowie, ugnę się czy nie ugnę. Teraz wszystko jest jasne. Urzędnicy imperium muszą wybrać: niezadowolenie rozkapryszonych magnatów dartańskich albo wojna z Sey Aye. Cokolwiek myślisz, wobec tak postawionej sprawy wybór jest właściwie tylko jeden. Cesarstwo łatwo znajdzie sto sposobów, by zachować w tajemnicy moją hardość, i nikt nie straci twarzy. Co najwyżej parę dartańskich Domów dowie się, że prawo jest jedno dla całego imperium. Tylko tyle.

Zaskoczony Yokes pozbierał myśli. I w przebłysku krótkim jak mgnienie oka zdał sobie sprawę, że ta wiejska dziewczyna, była niewolnica... już nią nie jest. Może nie była jeszcze mityczną królową Rollayną, ale z całą pewnością była K.B.I.Ezeną, prawowitą księżną Sey Aye. Od kiedy? Od jak dawna? Czy od chwili, gdy patrząc przez okno, rozmawiała o wyrzuconym z Sey Aye Denetcie? Czy już wtedy wiedziała, co robi? A może jeszcze wcześniej? Oto właśnie w kilku zdaniach dowiodła, że jej rozumienie politycznych spraw imperium dawno już przekroczyło zdolności rycerza M.B.Yokesa. Musiał się zgodzić z oczywistą prawdą, którą mu podała jak na dłoni. Książę Przedstawiciel

Cesarza w Rollaynie nie miał żadnego wyboru. Gdyby z powodu naginania prawa doszło w Dartanie do rebelii, imperator posłałby mu dymisję, wystrzeliwując ją dla pośpiechu z ustawionej na murach bombardy.

Możliwość, że przymilne pieski w Rollaynie zerwą się do buntu, była żadna. Co innego dzika wilczyca w Dobrym Znaku. Prosty wybór. Tak jak powiedziała.

– Co rozkażesz, wasza wysokość? – zapytał, czując, jak mu rośnie serce.

– Jutro wieczorem ma ich tutaj nie być.

– Tak, wasza wysokość.

Yokes zniknął, unosząc w piersi kiełkującą miłość poddanego do mądrej i dumnej pani, której służył.

– Chyba mam gorączkę – powiedziała Ezena, dotykając czoła.

Perła podeszła do łoża i przyłożyła rękę do jej policzka.

– Zimny okład, wasza wysokość?

– Tak, ale za chwilę. Rozbierz mnie albo przyślij Eneę. Albo tę nową, Ayanę. Jest miła.

Hayna namęczyła się, ściągając z księżnej suknię; pani Sey Aye stanęła wprawdzie obok łoża, lecz poza tym nie przejawiała żadnej gotowości do współpracy. Co chwila przykładała dłoń do czoła bądź dotykała skroni.

– Śpię nago, naucz się wreszcie – rzuciła zniecierpliwiona na widok nocnej koszuli. – Czy ktoś zdrowy na umyśle ubiera się latem do spania? Mam się pocić w te przeklęte upały? Idź już! Jedna wrzeszczy na mnie, że się pocę, druga wtrynia mi jakieś nie wiem co! – zrzędziła, nie pamiętając, iż strasznie boli ją głowa.

Hayna oberwała zupełnie bez powodu: nigdy nie kładła księżnej do łóżka ani nie ubierała rano, więc nie miała pojęcia, jakie są jej nocne zwyczaje. Choć skądinąd, jako Pierwsza Perła Domu, powinna wiedzieć o wszystkim.

– Tak, wasza wysokość – powiedziała. – Czy okłady na głowę...

– Nie, już nie chcę.

Perła zabrała suknię, klejnoty i oddaliła się tak szybko, jak mogła.

Ezena z ulgą opadła na łóżko.

W ciągu jednej doby wydarzyło się wszystko. Zginął K.B.I.Denett. Anessa... jedyna przyjaciółka okazała się... Już nie było Anessy. Przyjechali gwardziści. I mędrzec Szerni. Prawa Całości, Przepowiednie, znaczenia, równowaga. Rozgniewana gwardzistka z grotami strzał gotowymi do wystrzelenia z czarnych oczu – ktoś, kogo trzeba się bać. „Tak, to jest groźba i szantaż". Pasma i Smugi Szerni. „Ale każde pytanie zawiera jakąś treść, zostawisz te pytania i zakładki w miejscach, gdzie będziesz szukała odpowiedzi". Rozbrojeni żołnierze Denetta w gospodzie. „Coś się skończyło, Anesso, nie czujesz? Właśnie biegną gońcy...". Pęknięcie Szerni. „Nie boisz się śmierci, mędrcze?". „Czy uważasz, wasza wysokość, że dowiesz się czegoś aż tak ważnego?"...

Wszystko tonęło w smole.

Świat wirował.

***

Armektańska gwardzistka rozmawiała z człowiekiem o pospolitym wyglądzie. Człowiek ten, trzymający w dłoni jakiś rulon, wyglądał na przerażonego, lecz zarazem dokładał wszelkich starań, by przypodobać się ponurej jak czarna chmura podsetniczce imperium. Siedzieli w wielkiej izbie, przy stole. Otwierali usta, lecz z miejsca, gdzie stała Ezena, niczego nie było słychać. Mężczyzna coś tłumaczył, bojaźliwie i ostrożnie, jakby pragnął wyperswadować niemożliwą rzecz osobie, od której bez reszty zależał, potem krzyczał ze strachem. Przestał i skulił się za stołem. Rozwścieczona Armektanka zerwała się z miejsca i trzasnęła go w łeb rękawicą. Poprawiła. Teraz ona krzyczała, pochylona. Nagle obejrzała się przez ramię, spoglądając wprost w oczy Ezeny. Zamilkła. Rozejrzała się jeszcze dokoła, jakby sprawdzając, czy nikogo nie ma, a nawet podeszła do okna, za którym szarzał wieczór... może świt? Potem, znów pochylona, z naciskiem tłumaczyła coś zbitemu nieszczęśnikowi. Mężczyzna słuchał, przełykając ślinę.

***

Ezena usiadła na łóżku.

Spała dosyć długo. Wciąż było bardzo duszno, ale za oknami gościła ciemna noc. Także sypialnia tonęła w ciemności; nikt nie zapalił świec.

Księżna nie bała się mroku. Nigdy dotąd.

Teraz nagle poczuła prawdziwy strach. Wydało jej się, że z kąta komnaty spoglądają ku niej martwe oczy zamordowanego chłopca, który nie przyjechał po to, by wyrządzić jej krzywdę. Wszystko jedno, czy chodziło mu tylko o złoto... o bogactwo i książęcy tytuł... Usłyszawszy odmowę, zżymałby się i gniewał, nie pojmując, jak do tego doszło. Ale nie wyrządziłby jej żadnej krzywdy. Nawet gdyby mógł.

Klasnęła w dłonie. Potem jeszcze raz.

– Enea! Albo Ayana!

Obudzona niewolnica pojawiła się w drzwiach sypialni; Ezena widziała tylko zarys kobiecej sylwetki.

– Enea? – zapytała.

– Hayna, wasza wysokość.

– Hayna? A ty co tutaj robisz?

– Czuwam... Wasza wysokość źle się dzisiaj czuła – powiedziała niewolnica. – Odesłałam Eneę.

Zamiast wdzięczności dla wiernej Perły Ezena poczuła gorzką złość. Miała żal do Hayny – tylko o to, że nie była Anessą.

– Światło.

Perła zniknęła za drzwiami i wróciła po chwili, niosąc świecę. Przeniosła ogień na kilka innych, tkwiących w kandelabrze przy drzwiach.

– Wszystkie. Zapal wszystkie.

Trochę trwało, nim Hayna spełniła polecenie.

– Możesz odejść – powiedziała Ezena, odwracając się na drugi bok i poprawiając prześcieradło, którym była okryta.

Hayna oddaliła się cicho.

Ezena leżała z otwartymi oczami.

Nocne zmory rozpłynęły się w blasku świec. Sen zrobił swoje: gęsta smoła była już tylko brudną cieczą, w której pływały jakieś szczątki. Księżna wyławiała je kolejno, łatwo rozpoznając kształty... Wielu rzeczy wciąż nie rozumiała, ale miała przynajmniej świadomość, czego konkretnie nie rozumie. Rodziły się kolejne pytania, które należało komuś zadać. Wpisać do księgi, tak. Problem, z którym borykała się za dnia, wydał jej się naraz niepoważny. Właściwie nieistniejący. Było najzupełniej oczywiste, że nie wolno jej zmarnować jedynej okazji dowiedzenia się czegoś o sobie.

O swym życiu, przeznaczeniu... a może i o śmierci. Odpowiedź na pytanie Przyjętego brzmiała: tak. To były ważne sprawy, najważniejsze. Rollayna już dwa razy próbowała wrócić. Jak dotąd bez powodzenia. Obłęd? Oczywiście, to było możliwe... Ezena widziała wyraźnie, że może oszaleć, jak tamta, o której pisano w kronikach. Czuła, że oszaleje, całymi miesiącami zmagając się z niewiedzą, z dziesiątkami, jeśli nie setkami pytań, z niepewnością. Jak długo można żyć, nie ufając sobie – o ile można być sobą z obcą istotą w duszy, z istotą zdolną do... nie wiadomo do czego. Może do wszystkiego, zawsze albo niekiedy. Czy coś takiego Przyjęty miał na myśli, mówiąc, że przeniknięcia Szerni nie zmieniają świata? W takim razie... mylił się lub kłamał.

Ezena czuła, że nie zaśnie. Wstała, nie wiadomo dlaczego otulając się prześcieradłem, choć było gorąco jak w piecu; na czole miała kropelki potu. Wzięła jabłko ze stołu, ale nie czuła smaku. Odłożyła nadgryziony owoc. Chodząc po komnacie, przydepnęła prześcieradło i niewiele brakowało, a znalazłaby się na posadzce. Cisnęła precz niedorzeczną szmatę, ale przyszła jej do głowy pewna myśl... Położyła się poza krawędzią wzorzystego kobierca, napawając się rozkosznym marmurowym chłodem. Po jakimś czasie przetoczyła się na brzuch i znów leżała, czując, jak stygnie pot na nagim ciele. Wstała wreszcie i wiedziona nawykiem podeszła do lustra. Przestraszyła się, ujrzawszy krótkie kasztanowe włosy. Zapomniała... Zupełnie zapomniała.

Uniosła ręce i zebrała włosy z tyłu głowy, a raczej: próbowała je zebrać. Ledwie czuła, że trzyma coś w garści. Popatrzyła w dół i bezradnie skubnęła palcami czarne kędziorki na łonie.

– A pod pachami? – zapytała smutno. – Blondynka?

Kasztanowe były jedynie na głowie, poza tym wszędzie czarne. Dartan wygrał: pozostało tylko użyć wosku. Ezenie zachciało się płakać. Ten śmieszny bunt przeciw dartańskim wymogom był dla niej naprawdę ważny. Prawie zapomniała, jak wygląda Armekt, zresztą zawsze znała tylko swoją wieś... Z jakichś powodów bardzo chciała robić coś po armektańsku. Właśnie w Dartanie, który miał dla niej tylko pogardę i niesprawiedliwość. A teraz odbierał nawet taką błahostkę, jak niechęć do użycia wosku. Miała wyprawiać jakieś fanaberie, bo... tak wypadało.

Minionej nocy księżna zapłakała przed lustrem, przeżywając utratę przyjaciółki. Teraz oddychała głęboko, bo powiedziała sobie, że nigdy więcej nie będzie się mazgaić. Lecz przeczuwała już, że nic z tego. Chciało jej się płakać... najbardziej dlatego, że nie mogła się powstrzymać od płaczu. Walczyła dzielnie, ale wreszcie wszystkie wzruszenia minionego dnia znalazły ujście w rozpaczy młodej kobiety, która odkryła w swej sypialni, że jest istnym cudakiem... a do tego, niestety, mazgajem.

Rozpłakała się.

– Anesso... gdzie jesteś?

Ale Anessy nie było.

Wymęczona dziesiątkami zdarzeń i burzą rozterek księżna usiadła na podwiniętych nogach i płakała tak gorzko, jakby umarł bliski jej człowiek. Lecz, poniekąd, tak właśnie było. Straciła Anessę na zawsze... a do tego miała kasztanowe włosy i płakała, chociaż miała nigdy nie płakać. Nikt na świecie nie był bardziej nieszczęśliwy.

Czuwająca pod drzwiami Hayna najpierw nie wiedziała, co słyszy, a potem poczuła, jak ściska jej się serce. Kiedyś... najpierw nie umiała uznać uzurpatorki, ale bardzo szybko zaczęła jej współczuć. Później okazało się, że Anessa i Yokes, dwie najważniejsze osoby w Sey Aye, pogodziły się z tytułem i znaczeniem Ezeny. To nie mogło pozostać bez wpływu. Nastroje w domu odmieniały się szybko; nawet nieliczni wolni służący – a cóż dopiero niewolnicy – potrafili wyczuwać pewne rzeczy. Było jasne, że coś potwierdziło pozycję pani Sey Aye, coś tak istotnego, że kapryśna Pierwsza Perła Domu zaczęła darzyć księżnę szczerą przyjaźnią, a surowy komendant pocztów wyraźnym szacunkiem. Perła mogła udawać, ale Yokes w żadnym wypadku. Ludzie Domu odetchnęli z ulgą, bo pomyłka została wyjaśniona: nie było żadnej pomyłki! Książę Lewin wiedział więc, co czyni; po kątach poszeptywano najbardziej nieprawdopodobne historie. Najczęściej przebąkiwano, że piękna niewolnica jest nieślubną córką jego wysokości, rozpoznaną dopiero po latach; ktoś dopatrzył się nawet podobieństwa twarzy... Lecz widocznie brakło mocniejszych dowodów, a prawo imperialne nie pozwalało adoptować wyzwoleńców, książę uciekł się więc do wybiegu, jakim było udawane, nieskonsumowane małżeństwo z własną córką... Hayna nie wierzyła w takie opowieści. Ale cieszyła się, że może szczerze służyć Ezenie, która była naprawdę dobrą panią.

Teraz pani płakała.

Tego dnia zdarzyło się coś, czego Perła nie mogła zrozumieć. Zajście z włosami księżnej było dla Hayny naprawdę przerażające. Ani Yokes... ani sama księżna... nikt tego nie rozumiał, wszyscy byli zagubieni. Niewolnica czuła, że stało się coś niedobrego, że te włosy to był chyba pierwszy atak jakiejś okropnej choroby. Potem, w ogrodzie, mędrzec Szerni wspomniał o tym zdarzeniu; było więc związane z Szernią. Hayna bała się Szerni i nie lubiła o niej myśleć, bo było coś strasznego w martwej i zimnej, zawieszonej nad światem potędze, od której wszystko zależało. Ta potęga dotknęła teraz Ezeny, było to jak... powiew z otwartej mogiły. Pierwsza Perła martwiła się nieustannie, lecz zarazem bała się przy księżnej odezwać choć słowem na ten temat.

Teraz księżna obudziła się w środku nocy i płakała – samotna w swojej sypialni.

Hayna rozpłakała się także. Chciała wejść do komnaty i pocieszyć księżną, ale bała się pojawić bez wezwania. Sporo młodsza od Anessy, nie potrafiła w żaden sposób wyobrazić sobie, że mogłaby być przyjaciółką księżnej, tak jak tamta. Zresztą... nigdy dotąd nie było okazji do takiego zbliżenia. Ostatnia z Pereł Domu była zupełnie nikim, kosztownym drobiazgiem, bez żadnej władzy i znaczenia. Kesa rządziła domem przynajmniej przez kilkanaście albo nawet kilkadziesiąt dni w roku, gdy Pierwsza Perła domu próżniaczyła się w błękitnym namiocie nad jeziorem, udawała się w towarzystwie jego wysokości na polowanie lub za jego zgodą jechała do obozu wojskowego z Yokesem, by spędzić tam kilka miłych dni, podziwiana przez tysiąc żołnierzy... Druga Perła wyręczała także niewolnice niskiej rangi w takich sprawach, jak budzenie księżnej lub pomoc w położeniu się do łóżka. To dawało choćby okazję do rozmowy. Hayna nigdy takich okazji nie miała. To, co potrafiła najlepiej, nikomu tu nie było potrzebne. Mianowana nagle Pierwszą Perłą czuła się winna wobec poprzedniczki, zdążyła już także posmakować zawiści niesprawiedliwie pominiętej Kesy.

Starała się ze wszystkich sił wypełniać obowiązki, ale czuła, że te starania to w oczach jednych tanie lizusostwo, a w pojęciu innych nieuzasadnione zadzieranie nosa. W ciągu jednej doby zrozumiała, co to znaczy być uzurpatorką...

Teraz płakała z Ezeną. Była podwójnie nieszczęśliwa.

Usłyszała, jak księżna mówi coś do siebie i znów płacze. Serce biednej dwudziestolatki, którego nie zdołano zmienić w kamień w bezdusznej niewolniczej hodowli, ścisnęło się jeszcze boleśniej. Hayna weszła do sypialni i zobaczyła siedzącą na podłodze Ezenę, rozmazującą łzy na policzkach. Szlochając jak dziecko, Pierwsza Perła rzuciła się księżnej na szyję.

Wyglądały jak siostry – dwie kobiety o identycznych włosach. Ezena objęła szyję Perły ramieniem i płakała z czołem opartym o jej czoło. Hayna nie mogła wykrztusić nawet słowa.

Były same przeciw całemu straszliwemu światu.

17

Księżna Sey Aye doskonale wiedziała – a zresztą wręcz widziała – że armektańska gwardzistka z najwyższym trudem przełknęła upokorzenie. Byłaby jednak zdumiona i naprawdę zaniepokojona, dowiedziawszy się, iż zyskała nie przeciwniczkę, a śmiertelnego wroga. Agatra w ogóle nie potrafiła oddzielić swojej służby od życia prywatnego; była żołnierką niemal od zawsze, od zawsze służyła cesarstwu i wszystko cesarstwu zawdzięczała: żołd, dom, obycie, pozycję, wykształcenie, którym każdy oficer musiał się wykazać, a na koniec nawet męża, może i nudnego, lecz nie będącego brudnym chłopem, za którego wydałaby się prosta wieśniaczka – gdyby nie jej wojskowa tunika. Upokorzenie, którego doznała, choć dotyczyło tylko tej tuniki, w oczach podsetniczki rozciągało się na samą osobę, na Agatrę. Księżna zyskała wroga, jakiego nie miała w Rollaynie, a nawet zwłaszcza w Rollaynie; przecież (odwrotnie, niż Agatra) nikt tam nie czuł osobistej urazy do dziewczyny o granatowych włosach, odmawiano tylko praw niewolnicy, jakiejkolwiek niewolnicy, nie konkretnej. Agatra – nadsetniczka legii i setniczka gwardii, a więc ktoś, kto w samej stolicy imperium nie musiał korzyć się przed nikim – nie umiała dokonać takiego rozdziału. Kto lekceważył cesarstwo, lekceważył ją samą; kto buntował się przeciw sądom, buntował się przeciw Agatrze; kto mówił: „pobiję wojska imperium", powiadał tym samym: „dam ci w pysk, kobieto". Tak to pojmowała i czuła. Tylko tak.

Wróciwszy do komnaty, którą jej udostępniono, podsetniczka miotała się od ściany do ściany. Zdjęła wreszcie mundurową tunikę i poszła do swoich gwardzistek. Dziewczyny poderwały się na widok dowódczyni.

– Weza, zdejmuj mundur – powiedziała Agatra.

Łuczniczka rzadko widywała przełożoną w takim stanie – ale widywała. Szybko pozbyła się tuniki i stanęła wyczekująco. Domyślała się, o co chodzi.

– Udzielam ci urlopu, a ja sama jestem już po służbie – powiedziała Agatra. – Przyłóż mi.

W wojskowych garnizonach żołnierze wszczynali czasem bójki; nie było to w końcu nic nadzwyczajnego. Ale nikt nie mógł bezkarnie uderzyć oficera – i tak samo oficer nie mógł bić żołnierza. Armektańczycy, niezwykle surowi w sprawach związanych z wojskiem i wojną, piętnowali takie rzeczy. Oficer bijący podkomendnego mógł być prawie pewien, że przestaną z nim rozmawiać wszyscy towarzysze.

Weza trzasnęła dowódczynię w policzek i otrzymała identyczną odpowiedź. Nie chciały zrobić sobie krzywdy, ale to nie były pieszczotliwe plaśnięcia. Po pięciu czy sześciu uderzeniach Agatra miała lekko rozciętą wargę, a Wezie stanęły w oczach łzy.

– Chyba wracamy na służbę – powiedziała wreszcie Agatra; wydyszała się i trochę uspokoiła. – Zgoda?

Czasem żołnierz oberwał za mocno i mógł się czuć pokrzywdzony. Dowódca, odłożywszy na bok swe insygnia, powinien przestrzegać reguł rozpoczętej gry.

– Dobrze – powiedziała gwardzistka, ocierając palcami łzy.

Policzki miały czerwone jak róże w ogrodzie księżnej. Weza ubrała się w tunikę.

– Skończył ci się urlop – powiedziała Agatra. – Przyjdź do mnie za chwilę. A ty zostań tutaj – zwróciła się do drugiej gwardzistki. – Gdy wróci Przyjęty, może będzie potrzebował pomocy, albo tylko eskorty, jeśli gdzieś się wybierze. Bądź uprzejma, zaproponuj mu swoje towarzystwo, ale nie nalegaj. To jego sprawa, co robi i z kim chodzi.

– Tak, pani.

Podsetniczka wróciła do swojej komnaty. Usiadła i co jakiś czas przykładała dłonie do twarzy. Rumieńce powoli ustępowały. Gdy Weza stanęła w drzwiach, obie wyglądały prawie normalnie.

– Pójdziesz do stajni. Przyprowadzisz mojego konia i każesz osiodłać wierzchowca dla siebie. Czekaj na mnie przed domem, aż przyjdę.

Było to zgodne z oświadczeniem Yokesa. Komendant wyraźnie zaznaczył, że Przyjęty i dowódczyni gwardzistów, sami lub w towarzystwie, bez pytania kogokolwiek o zgodę, mają prawo poruszać się po całym Dobrym Znaku, wyjąwszy miejsca strzeżone przez prywatnych żołnierzy, gdzie potrzebne było specjalne pozwolenie.

– Tak, pani.

Agatra siedziała jeszcze trochę, potem przebrała się w zwykłe odzienie podróżne, ale pod skórzany kaftan włożyła lekką kolczugę, cieńszą i słabszą od wojskowej, za to mniej widoczną. Przypasała miecz i zabrała niewielką sakwę. Wkrótce była na dziedzińcu. Dosiadła wierzchowca. Weza wskoczyła na grzbiet drugiego.

Nawet w zwykłych klinach lekkiej piechoty dowódcy dbali o to, by żołnierze jako tako umieli trzymać się w siodłach, ale w oddziałach gwardii wręcz uczono sztuki jazdy wierzchem. Wobec tego, co potrafili konni łucznicy legii, umiejętności Wezy były oczywiście żadne, lecz zarazem nikt nie mógł zaprzeczyć, że dziewczyna zupełnie przyzwoicie sobie radzi.

Ruszyły. Agatra poprowadziła drogą, którą niedawno przybyła do Sey Aye. Ominąwszy stary zameczek, znalazły się na drodze. Pokłusowały do rozstajów. Tam skręciły w stronę miasta.

Było tak, jak powiedział Yokes: małe miasteczko nie wyróżniało się niczym szczególnym. Takie same drewniane, ale równie często murowane domy, można było znaleźć chociażby w Akali, a tym bardziej w każdym mieście dartańskim. Droga przemieniła się w utwardzoną drewnianymi okrąglakami ulicę, bardzo przyzwoicie utrzymaną. Ulica wiodła do rynku. Agatra zdziwiła się trochę, ujrzawszy herolda w barwach Domu K.B.I. Stojący na podwyższeniu obwoływacz, otoczony wianuszkiem przechodniów, donośnym głosem powiadamiał o najnowszych zdarzeniach w Sey Aye. Był to obyczaj armektański. W Dartanie nikogo nie obchodziło, o czym wiedzą, lub czego nie wiedzą, mieszczanie. Podsetniczka zatrzymała wierzchowca i przez chwilę słuchała melodyjnej dartańskiej mowy. Herold mówił o sprawach na pewno istotnych dla słuchaczy, ale dla niej zupełnie obojętnych. Nie odnaleziono jeszcze jakichś grzybiarzy, którzy przypuszczalnie zabłądzili w lesie i być może zeszli na bagna... Szukano naganiaczy do polowań, każdy chętny mógł liczyć na darmową strawę w trakcie łowów i opiekę księżnej w razie nieszczęśliwego wypadku...

Ugaszono mały pożar w jednej z wiosek; nikt nie zginął, księżna zwolniła pogorzelców z daniny... Nawet ciekawostki! Ktoś złowił wielkiego pstrąga.

Herold powiedział swoje i odszedł. Agatra ruszyła dalej. Była ciekawa, czy wcześniej obwołano wieść o przyjeździe armektańskich gwardzistów. Na pewno. Łucznicy dostali przecież kwatery w mieście. Trudno było utrzymać w tajemnicy ich tożsamość... po co zresztą? Ucierpiałaby najwyżej wiarygodność heroldów, a tym samym księżnej. A przecież robiono tu wszystko, by poddani kochali swoją panią. Jej wysokość zwalniała pogorzelców ze świadczeń, co obwoływano wszem wobec... Agatra mocno wątpiła, czy jej wysokość Ezena w ogóle wiedziała o pożarze. Inna sprawa, że decyzje intendenta, poborcy danin, czy jakiegokolwiek urzędnika Sey Aye, wydawane były w końcu w jej imieniu.

Niebiesko-szara tunika Wezy zwracała uwagę, ale nie nadmierną. Odwrotnie niż w Akali, a zresztą gdziekolwiek w Szererze, nikt tutaj nie wiedział, jakie są mundury Gwardii Armektańskiej. Miejscowi żołnierze nosili dość rozmaite barwy; przyłapani w lesie kusznicy mieli granatowo-zielone narzuty, ale już spódnice zarówno czarne, jak i brunatne, szare, zielone... Poza tym w Sey Aye często gościli kupcy, mający czasem paru zbrojnych pachołków do ochrony. Tylko czasem ktoś popatrzył uważniej na Wezę; może był to człowiek, który właśnie posłyszał od herolda, że przybyli cesarscy żołnierze? Zakwaterowani w mieście gwardziści, jeśli nawet mogli za zgodą dziesiętniczki iść do gospody na piwo, to bez broni i bez mundurów; Agatra ukręciłaby łeb podkomendnej, dowiedziawszy się, że gwardzista w pełnym rynsztunku włóczy się po knajpach i obmacuje dziwki.

Wypatrzywszy barwny szyld gospody w odchodzącej od rynku ulicy, podsetniczka pojechała w tamtą stronę. Nowa niespodzianka: natychmiast pojawili się posługacze i zajęli końmi przybyłych, wnętrze gospody zaś odbiegało od oczekiwań. W Dartanie podróże traktowano jako zło konieczne; nikt nie wybierał się w drogę, jeżeli nie musiał. Z tego zapewne powodu zajazdy w Złotej Prowincji cieszyły się sławą najgorszych w całym Szererze. Nawet rycerz jadący dokądś ze swym pocztem rzadko mógł liczyć na coś więcej niż nocleg na sianie w wielkiej izbie. Ale tutaj, w Sey Aye to była oberża prowadzona na armektańską modłę. Podsetniczka nie bardzo wiedziała co sądzić o tym wszystkim. Mało prawdopodobne, by Armektanka Ezena zdążyła w parę miesięcy zaprowadzić takie porządki. Musiał stać za tym wszystkim zmarły książę. Ciekawe. Myślała, że ten zapomniany dziwak i odludek żył tu, oddychając starymi dartańskimi legendami; odcięty od Szereru, bodaj czy wiedział w ogóle, że ktoś zbudował żaglowy okręt bez wioseł, trochę lepszy od dartańskiej galery...? Było akurat odwrotnie. Spostrzegawcza dowódczyni łuczników widziała coraz wyraźniej, że na tej niezwykłej polanie zebrano wszystko co najlepsze w Szererze. Stary książę był kimś zupełnie wyjątkowym. Potrafił odrzucić uprzedzenia, wybierać to co najwartościowsze, nawet jeśli pochodziło z Armektu. Agatra zaczęła się poważnie zastanawiać, czy sławetne ciężkie chorągwie Yokesa, o których krążyło więcej plotek niż sprawdzonych wieści, to na pewno niekarne gromady obwieszonych bronią zubożałych rycerzy i byle jakich najemników. Świtała jej w głowie myśl, że książę Lewin, mając do pomocy takiego Yokesa, mógł zorganizować swoje poczty na wzór imperialnych legii. Jeśli tak... to w Rollaynie powinni zacząć się bać.

Uprzejmy oberżysta nie gościł pod swym dachem armektańskich gwardzistów (i wielce nad tym bolał), ale wiedział, gdzie trzeba ich szukać. W mieście, a zwłaszcza w oberżach, wieści rozchodziły się szybko. Agatra wyprawiła Wezę do miejsca, które jej opisano; były to jakieś puste zimowe kwatery flisaków.

– Sprawdzisz, czy wszystko jest jak trzeba. Zapytasz dziesiętniczkę, czy ma jakieś życzenia lub pytania. Potem wrócisz tutaj i będziesz czekała, aż przyjdę.

– A jeśli nie przyjdziesz, pani, to gdzie mamy cię szukać?

– Dowiesz się, gdzie jest cmentarz albo gdzie w Sey Aye trzymają zbrodniarzy.

Ponury żart nie przypadł łuczniczce do gustu.

– Jesteśmy w samym środku Wiecznego Cesarstwa – ucięła zniecierpliwiona Agatra. – Czego mam się obawiać? Że ktoś mnie napadnie w zaułku?

Weza odeszła.

– Oberżysto, mam kłopoty z siodłem – powiedziała podsetniczka, podnosząc trochę głos, bo rozochoceni piwem chłopi zaczęli ryczeć w kącie piosenkę. – Gdzie znajdę dobrego siodlarza? Podano mi jakieś imię, ale nie zapamiętałam... Merf... Merfan?

– Merefin! Oo, dobry, dobry rzemieślnik, wasza godność!

– Jak pięknie. Gdzie go znajdę? – Podała drobną monetę.

Oberżysta poprowadził do drzwi i wyszedł za próg.

– O, wasza godność widzi... onże dach z kogutkiem na śpikulcu...

– Mhm, widzę.

– Trzeba ulicą, przy której stoi wieża z onym kogutkiem... bo to jest strażnica książęcych, wasza godność rozumie. To wasza godność pójdzie ulicą do samego końca. I wtedy znowu w ulicę, po prawo.

– Skręcić w prawo?

– O, o, o. A to już ulica, przy której dość zapukać do drzwi jakiegoś domu. Każdy tam palcem pokaże dom siodlarza Merefina. Albo wasza godność sama znajdzie, bo szyld ogromniasty jak... a, jak mój! – Ucieszył się, wskazując do góry. – Wasza godność pojedzie tam teraz?

Potwierdziła.

– Hej tam, konia, jej godność już jedzie! – wrzasnął oberżysta w głąb gospody.

Pachołek na łeb na szyję kopnął się po wierzchowca. Wkrótce znalazła się w siodle i pojechała w stronę wskazanej wieży. Pokręciła jeszcze głową, słuchając milknących za plecami przyśpiewek. Była w kraju, gdzie chłopi mieli dość zbędnych miedziaków i czasu, by popijać piwo w gospodzie... I ochotę, by śpiewać piosenki. Była w kraju nie z tego świata.

Bez trudu przemierzyła krótką drogę opisaną przez gospodarza; miasto było naprawdę niewielkie. O dom siodlarza pytać nie musiała, bo szyld rzeczywiście aż nadto rzucał się w oczy.

Minęła dom z szyldem i pojechała dalej. Pierwsze drzwi, drugie... Trzy kołatki były na czwartych. Rozejrzała się i zawróciła. Przywiązała konia przed domem siodlarza. Wkrótce rozmawiała z rzemieślnikiem o naderwanym popręgu. Zaświeciwszy srebrem, sprawiła, że popręg miał być gotowy przed zmierzchem. Czeladnik zajął się koniem. Zamieniła jeszcze kilka słów z gadułą Merefinem, zostawiła zaliczkę i poszła.

Drzwi z trzema kołatkami nie uciekły. Zastukała raz i drugi. Otworzono.

– Ułożyłam się z siodlarzem Merefinem – powiedziała. – Ale nie wiem, czy to człowiek godny zaufania?

Mężczyzna w drzwiach przełknął ślinę.

– Dlaczego... dlaczego wasza godność pyta mnie o to? Kim jesteś, pani?

Przekrzywiła głowę i czekała. Mężczyzna jeszcze raz przełknął ślinę.

– To sąsiad... Bardzo uczciwy – powiedział.

Wepchnęła go do środka.

– Co za głąb – powiedziała. – Trzeba było jeszcze dłużej trzymać mnie na ulicy. Gdzie możemy porozmawiać? Co to w ogóle za dom?

– Mój własny, wasza godność. Jestem kamienicznikiem.

– A najemcy?

– Korzystają tylko z drugich drzwi.

– „Czy Merefin to uczciwy rzemieślnik?". A ten nic. No? Będziemy tu sterczeć?

Poprowadził. Rozejrzała się po dużej izbie i rzuciła na stół rękawice.

– Śmieszy mnie to wszystko – powiedziała. – Nacinanie własnego popręgu, liczenie kołatek i targanie rękawic w tym upale... Jak się nazywasz?

Mężczyzna wymienił imię – tak dartańskie, że aż prychnęła.

– Leyoe... Loye... no nie, śpiewać nie będę. Posłuchaj, Kołatko, chcę wiedzieć, co się tu dzieje. Jestem tu od rana, dopiero nadciąga wieczór, a ja już zobaczyłam więcej, niż Trybunał dowiedział się od ciebie przez ostatnie dwa lata. Tłumacz się. Dlaczego w Seneletcie nikt nic nie wie? Przecież to nie jest żaden majątek. To udzielne królestwo, bogatsze niż pół Szereru!

Mężczyzna trochę doszedł do siebie, nie był już tak przerażony, jak na progu.

– Wasza godność, przekazuję wiadomości, kiedy tylko mogę. Ale szacowaniem dochodów Sey Aye zajmują się imperialni urzędnicy, poborcy podatkowi. Jest ich tutaj aż trzech i Kirlan na pewno wie, ile warte są dobra księżnej.

– Nie chodzi mi tylko o wartość. Jest tu biblioteka?

– Jest. Przy rynku.

– Biblioteka! – krzyknęła. – No, wiedziałam! Biblioteka w Dartanie! Gospoda armektańska, herold armektański, w lesie kusznicy wyraźnie podzieleni na dziesiątki... to jest klin piechoty, nie jakaś banda pocztowych! Czyli wojsko też urządzone na sposób armektański! Dlaczego nikt o tym nie wie?!

Mężczyzna zaczerpnął tchu.

– Kiedy... chyba tylko ty o tym nie wiesz, pani... Donosiłem o tym wszystkim już dawno. Pytano mnie, jaki jest stosunek księcia K.B.I.Lewina do Wiecznego Cesarstwa. Pisałem, że bardzo przychylny, że jego wysokość czerpie z armektańskich tradycji, podawałem za przykład właśnie bibliotekę... A o wojsku prawie nic nie wiadomo, jest kilka chorągwi jazdy, ale tutaj, na polanie, tylko jedna, dwie... Wszyscy żołnierze mieszkają i ćwiczą w lesie, w strzeżonych obozach wojskowych. Bardzo pilnie strzeżonych.

– Ktoś policzył te chorągwie?

– Pięć... może sześć albo siedem...

– ...może osiem albo dziesięć, albo... ile? Nikt nie policzył chorągwi?

– Każda ma nazwę. Jest Szara i Czarna, i chyba Pierwszego Śniegu, właśnie tak, na pewno Pierwszego Śniegu... Ale niczym się nie różnią, nikt nie wie, czy do pałacowych koszar przychodzą w kółko te same trzy czy cztery chorągwie, czy może jest więcej. Tak, wasza godność, może być i dziesięć.

Agatra patrzyła z niedowierzaniem.

– Wszystkie prywatne poczty wpisywane są do rejestrów legii – powiedziała. – Książę Lewin też musiał zgłosić stan i uzbrojenie swoich pocztów. Zgłosił pięć chorągwi po stu ludzi. Nie potrafiłeś sprawdzić, Kołatko, czy rzeczywiście jest właśnie tyle?

– Nie, wasza godność. W jaki sposób? Ktoś wysłany specjalnie przez komendanta Legii Dartańskiej, dla dokonania kontroli, mógłby wejść do obozu wojskowego... ale jestem pewien, że i on nie dowiedziałby się, ilu naprawdę żołnierzy ma Sey Aye.

Patrzyła wyczekująco.

– Tu są lasy... Dzikie bory, wasza godność – wyjaśnił. – Nawet gdyby wysłannik rzeczywiście przybył, to zobaczyłby... taki obóz i tylu żołnierzy, ilu by mu pokazano. Gdzieś w Dartanie, gdzie wszyscy wszystko wiedzą, są jacyś sąsiedzi, można chyba sprawdzić takie rzeczy. Na pewno można. Ale tutaj? Nawet jazda... a już straż leśna? Nikt chyba, poza komendantem Yokesem, nie wie, ilu jest tych leśników. Nikt nigdy nie widział więcej, jak dwudziestu na raz.

– Ja widziałam trzydziestu. Mieszkają tu rodziny żołnierzy. A sami żołnierze nie chodzą po karczmach? Nigdy nie mają wolnego? Wśród paru setek ludzi zawsze znajdzie się ktoś, kto nie umie trzymać języka za zębami.

– Pewnie, że tak, wasza godność. Ale ktoś tu dobrze o tym wie. Celowo rozpuszczane są różne pogłoski, chyba nawet przez odpowiednio poinstruowanych żołnierzy. Sam słyszałem, że chorągwie księżnej liczą po trzystu konnych. A kto inny mi mówił, że to półsetki, jak w Armekcie.

– Nie udało się pozyskać nikogo z pałacu?

Mężczyzna zaczął się śmiać, nerwowo wyłamując palce.

– Wasza godność... nie wiesz, co to za kraj! Z pałacu? Tutaj wszyscy kochali jego wysokość jak ojca! A teraz tak samo kochają księżnę Ezenę. Co tam pałac... Zaproponuj, pani, w jakiejś wiosce, że dasz sztukę srebra, żeby ktoś powiedział, w jakiej sukni jej wysokość była na przejażdżce. Chłopisko zacuka się, a jak sobie wszystko poukłada we łbie, to wyleci z chałupy, skrzyknie swoich i pogonią cię cepami, wasza godność. A jeszcze zaraz ktoś pobiegnie skłonić się do kolan Perle Domu i pokaże brudnym paluchem, kto pytał o jej wysokość. Kiedyś złapali takiego, co za dużo pytał. Co się działo, wasza godność, na rynku! Cztery konie ciągnęły w cztery strony świata, a i tak najpierw urwały się ręce. Potem przez tydzień obwoływacz jeździł po wszystkich wioskach i ostrzegał przed takimi, co chcą za dużo wiedzieć.

– Doszło tu do takiego bezprawia?

– Bezprawia, wasza godność?

– Rozerwano człowieka końmi, jak słyszę.

– To prywatne dobra, wasza godność. I prywatne prawa. Imperialne są sumiennie przestrzegane. Każdy może zaciągać się do legii, obwieszczenia o poborze są zawsze odczytywane. Nikt nie rozdziela siłą chłopskich rodzin, a małżeńskie listy spisuje się nawet ciemnocie, czego nikt chyba w całym Dartanie nie przestrzega... Każdy ma prawo sprzedać się w niewolę. I każdy wolny człowiek może skarżyć się przed Trybunałem.

– Dlaczego ten się nie skarżył?

– Skarżył się. Skargę oddalono. Trybunał Imperialny nie przyzna się do szpiega w prywatnych dobrach, wasza godność. Trybunał tylko płaci. Wyszło, że poddany księcia szpiegował swego pana, mając jakiś niecny cel na widoku. I książę go osądził. Według wszystkich na tej polanie osądził bardzo łagodnie. Bo nie męczył przez cztery dni.

– To było za czasów księcia – powiedziała po długiej chwili. – A teraz?

– Jej wysokość? Nie od razu ją tu kochano. Nikt nie wiedział, czy będzie taka dobra jak książę, dopiero potem okazało się, że może nawet lepsza. Dała dzieciakom przywilej zbierania poziomek, malin... Ile tylko zjedzą, byle nie na handel. No, ale najpierw wszystkim wydawało się dziwne, że niewolnica... Nikt nie chciał takiej pani-nie-pani. Potem poszły w świat różne bajdy, ale takie, że teraz wszyscy patrzą na jej wysokość jak na księżniczkę, co wróciła z wygnania. A już odkąd przyjechał jego godność Denett, żeby prosić jej wysokość o rękę... Przecież by nie prosił niewolnicy.

– Denett? Kto to? – przerwała.

Gospodarz opowiedział, co wiedział.

– Nic o tym nie słyszałam – powiedziała z głębokim namysłem. – No, ale niby dlaczego miałabym coś słyszeć, i od kogo... Przyjechał, mówisz, z małżeńską propozycją?

– Tak powiadali. Żołnierze z pocztu jego godności niby nic nie wiedzą, ale wiesz, pani... Łażą po całym Sey Aye, a najbardziej po gospodach, wiadomo.

Któryś coś kiedyś słyszał, jeszcze w Dartanie. Inny słyszał w drodze tutaj, przy obozowym ognisku. A jego godność Denett mieszka w pałacu, poluje, nawet coś zarządzi tu i tam... Wszystkim się podoba, że jej wysokość nie ogłosiła zaręczyn, tylko ciągle się zastanawia. Nie jest, widać, prędka do tego, wciąż żałuje starego księcia, chociaż była z nim bardzo krótko.

– Dziwne takie oświadczyny... Żadnych posłańców, konkurów? A może byli posłańcy, kto to wie? – myślała na głos. – Ale... ktoś taki jak K.B.I.Denett chciałby się ożenić z niewolnicą? Której zaraz wszystko odbiorą?

Jeszcze bardziej zmarszczyła brwi.

– No... a może nie? – Zamyśliła się bardzo głęboko.

Dartańczyk siedział cicho. Nie przeszkadzał.

– Dobrze – powiedziała. – To wszystko teraz nieważne. Kogo Trybunał ma tutaj? Oprócz ciebie.

– Nikogo, wasza godność. Jest dwóch urzędników, gończy i śledczy. Śledczy ma prawo ferować wyroki z nadania Najwyższego Sędziego. Książę Lewin sam prosił o przysłanie do Sey Aye kogoś, kto rozpatrywałby uchybienia wobec prawa imperialnego. Bardzo często bywają tu kupcy, a i różni najemnicy szukający zajęcia... To nie są poddani Sey Aye i odkąd w gospodzie ktoś zatłukł biednego handlarzynę... Książę uznał, że Rollayna jest za daleko, by odsyłać tam każdego rzezimieszka.

– Ale tajni urzędnicy?...

– Tylko ja.

Pokiwała głową.

– Czyli nikt – oceniła spokojnie. – Wiesz tyle, ile usłyszysz w gospodzie.

– Niestety tak, wasza godność. Umiem zbierać różne drobne wieści i łączyć je w jedną całość, ale rzadko ośmielam się pytać, a już szpiegować czy śledzić... – Zamachał rękami, jakby chciał odpędzić straszną zmorę. – Może miesiąc. Po miesiącu byłoby po mnie.

Odetchnęła głęboko raz i drugi.

– No to posłuchaj mnie uważnie: już jest po tobie. Bierzesz masę srebra, ale nie robisz nic. Nie wierzę nawet w jedno twoje słowo. Wiadomości, owszem, mogą być prawdziwe. Ale cała reszta, te opowieści o tym, jak niemożliwą rzeczą jest dowiedzenie się czegokolwiek... – Zakręciła palcami przed twarzą i dmuchnęła, jakby posyłając w powietrze kłębek pierza. – Koniec twoich kłopotów. Jutro wyjeżdżam. Zanim wyjadę, osobiście poderżnę ci gardło. Jest druga możliwość: pojutrze rozerwą cię końmi. Ale jest i trzecia: zostanę tu dłużej, a kiedy będę odjeżdżać, ty zabierzesz się ze mną, przebrany za mulnika. Bo tuniki gwardzisty nie nałożysz, na to nie licz.

Mężczyzna był blady jak trup.

– Wasza... wasza godność...

– Wyjaśnię. Gardło poderżnę bez żadnych warunków. Rozerwą cię końmi, jeśli złapią po dokonaniu zamachu na Ezenę. Wyjedziesz ze mną, jeśli nie dasz się złapać. Cała sprawa.

Dartańczyk gotów był zemdleć; ta straszna kobieta na pewno nie żartowała. Dysząc z przerażenia, wytrzeszczał nieprzytomne oczy.

– Wasza godność... Nie masz prawa wydać mi takiego rozkazu!

Sięgnęła do sakwy i rzuciła mu zwitek pergaminu.

– Mam prawo, bo nie jestem jakąś wywiadowczynią Trybunału. Jestem specjalną wysłanniczką Najwyższego Sędziego w Seneletcie, z uprawnieniami namiestniczki. Rozmawiasz z Niejawną Namiestniczką

Najwyższego Sędziego Trybunału w Sey Aye. Dopóki tu jestem, mogę zarządzić cokolwiek. Wystarczy, że się ujawnię, a mogę osądzić i skazać samą księżnę, jeśli da mi do tego jakikolwiek powód. – Nie powiedziała, że Ezena parsknęłaby na to śmiechem i kopniakami przepędziła ją z Sey Aye, razem z klinem gwardzistów.

Mężczyzna dygoczącymi dłońmi rozwinął pismo i czytał. Pieczęcie były aż trzy.

– Jej cesarska wysokość... – wykrztusił.

– Jej cesarska wysokość prosi tylko, by okazać mi życzliwość, dla ciebie ważniejsze są tamte dwie pieczęcie. Nie bój się, to tylko nominacja, nic z niej nie wynika poza moimi uprawnieniami – dobijała go bez cienia litości.

– Wasza dostojność... ale żądasz rzeczy niemożliwej! Wasza dostojność... zechciej mnie zrozumieć, bardzo proszę... Błagam, wasza dostojność! Nie mam dostępu do księżnej, w jaki sposób miałbym...

– To mnie nie obchodzi. Masz czas do jutra. Znajdź kogoś lub zrób to sam.

– Nie! – histerycznie wrzasnął gospodarz. – Zabij mnie, pani, dobrze! Co tylko chcesz! Możesz zabić!

Agatra poczuła, że ogarnia ją dzika furia. Księżna niewolnica wytarła nią noski swoich złotych trzewików... Teraz ten tu... marny szpicel, nic nie wart, mówił: nie! Miała chęć dobyć miecza, ale podniosła się tylko i zgrzytnąwszy zębami, trzasnęła durnia przez łeb porwaną ze stołu rękawicą. Poprawiła.

– Nie? – szepnęła. – A ja ci mówię, że tak! – ryknęła, aż zatrzęsły się ściany budynku. – Zrobisz, co powiedziałam, albo...

Zamilkła i szybko obejrzała się przez ramię... bo na chwilę zamarło w niej serce. Gotowa była przysiąc, że w kącie izby ktoś stoi... Ale nie. Przez okno zaglądał zmierzch i w izbie zrobiło się ciemno... to dlatego. Była sama z roztrzęsionym wywiadowcą.

Uświadomiła sobie, że poniosły ją nerwy. Rozejrzała się po izbie, podeszła do okna i wyjrzała, czy nikogo nie zwabiły wrzaski z wnętrza domu. Wróciła do nieszczęśnika.

– Zrobisz, co powiedziałam – rozkazała z naciskiem. – Ezena ma jutro umrzeć. Oddaj mi to. – Wyrwała z osłabłej dłoni pergamin. – Sakwę zostawiam na stole, jest w niej dosyć złota, żebyś mógł opłacić choćby i dziesięciu straceńców, gotowych nawet siłą wedrzeć się do pałacu. Tam prawie nie ma żołnierzy, dwóch wartuje przed wejściem, gwardia pałacowa podpiera ściany tu i tam. Malowani wojacy z halabardami. Koszary są dobudowane do północnego skrzydła, nikt stamtąd nie zdąży przybiec.

– Przemocą... Do pałacu? – jęknął nieszczęsny Dartańczyk. – Tu nie ma ludzi, którzy podjęliby się takiej... takiej szarży! Za żadną ilość złota! To nie miasto w Dartanie czy Armekcie, wasza god... wasza dostojność! Skąd wezmę płatnych morderców? Jeszcze takich, z których może jeden będzie miał szansę wynieść głowę po wykonaniu zadania, a i to tylko na chwilę? Straceńców, dobrze powiedziałaś! Albo pomyleńców!

– Nic mnie to nie obchodzi. Więc wymyśl coś innego. Zostawię kogoś, kto będzie pilnował, żebyś mi nie uciekł. Zrobisz swoje, może przeżyjesz. Nie zrobisz, zarżnę jak psa. Masz czas do jutra, do wieczora. Pamiętaj.

Ukryła pergamin w zanadrzu, zabrała rękawice i sama poszła do wyjścia. Drzwi z trzema kołatkami huknęły. Głucho jak wieko trumny.

18

Powiedzieć o Kesie, że jest chuda i stara, mógł tylko K.B.I.Denett, albo ktoś o równie wybrednym guście. Trzydziestodwuletnia blondynka była bez wątpliwości najurodziwszą Perłą Sey Aye – lecz, niestety, dotyczyło to tylko twarzy. Znakomita niegdyś figura została zniszczona przez ciążę i poród; próbując odzyskać dawną wagę, Kesa osiągnęła aż zbyt wiele: stała się wiotka i szczupła – i tak już, niestety, zostało. Niewolnica o władczej i dumnej urodzie, bardzo proporcjonalnie zbudowana, wciąż mogła uchodzić za niezwykłą piękność, ale już nie w gronie innych Pereł... Tym bardziej że miała ukryte wady urody, i to wady naprawdę poważne: ciąża wycisnęła okropne piętno na jej brzuchu, pośladkach i udach. Książę Lewin przejął kiedyś Kesę za długi, wraz z zaniedbaną stadniną koni i jakąś biedną wioską leżącą na końcu świata. Poprzedni właściciel, hulaka i utracjusz, nie dbał o nic – czego Kesa była bardzo smutnym dowodem. W szanującym się domu było zupełnie nie do pomyślenia, by taki klejnot chodził z wydętym brzuchem; liczne sposoby na spędzanie płodu pozwalały uniknąć najgorszego. Ale Kesa ciążę donosiła, dziecko natychmiast sprzedano do hodowli – właściciel zaś, zrujnowany tak czy owak, wkrótce niemal cały majątek musiał oddać licznym wierzycielom.

Wchodząc do sypialni Ezeny, Perła spostrzegła najpierw, że płoną wszystkie świece, i przystanęła zaskoczona. Zaraz potem zobaczyła na łożu księżną, okrytą prześcieradłem, śpiącą jak dziecko, z podciągniętymi do piersi kolanami, przy łożu zaś Haynę. Pierwsza Perła, oddychając przez lekko uchylone usta, spała z głową i jednym ramieniem na posłaniu.

Kesa zmarszczyła piękne brwi, na krótką chwilę tracąc panowanie nad twarzą: w grymasie wygiętych ust pojawiła się niechęć, odrobina zazdrości i dużo, dużo smutku. W Sey Aye było jej dobrze jak nigdy i nigdzie wcześniej – ale jednak, Perła wiedziała już, że wszystko co w życiu najlepsze przypadło w udziale innym.

Nie otrzymała rozkazu, by budzić jej wysokość o określonej porze. Chciała wprawdzie zadać kilka pytań... ale mogły poczekać, zresztą miała prawo zdecydować sama. Myślała przez krótką chwilę, po czym bezszelestnie okrążyła komnatę, gasząc świece. Raz jeszcze popatrzyła na łoże, najdłużej przyglądając się brązowym włosom księżnej, bo wcześniej widziała ją tylko przez chwilę. Z namysłem pokręciła głową i wyszła tak cicho, jak się pojawiła.

Przyjęty życzył sobie, by obudzić go późnym rankiem. Kesa zleciła to zadanie młodemu niewolnikowi, ale potem odwołała rozkaz. Ktoś taki, jak mędrzec-Przyjęty, zasługiwał na specjalne względy. Poszła sama.

– Wasza godność – powiedziała łagodnie po grombelardzku, rozsuwając kotary w oknie – świeci słońce, a zarazem pada przepiękny letni deszcz. Proszę spojrzeć, bo nie potrwa to długo.

Obudzony mężczyzna uniósł się na łokciu, odchrząknął i przetarł oczy.

– Jestem Perłą Domu, mam na imię Kesa. Przebacz mi, wasza godność, ale nie powiedziałeś, by budził cię mężczyzna. Przyszłam... z ciekawości.

Gotah nie był śpiochem, potrafił oprzytomnieć w kilka chwil.

– Najprzyjemniejsza pobudka, jaką miałem... ech, kiedykolwiek – powiedział. – A już w trakcie podróży tutaj... Nie uwierzysz, pani, co wyprawiają żołnierze, kiedy pora wstawać.

Perła w domu swego właściciela, lub występująca gdzieś w jego imieniu, mogła być tytułowana jak kobieta Czystej Krwi. Ale równie dobrze można było zwracać się: Perło. Gotah wybrał pierwszą możliwość i sprawił niewolnicy przyjemność.

– Odgadłaś, pani, że jestem Grombelardczykiem. Usiądź, proszę, i porozmawiaj ze mną, jeśli nie wzywają cię żadne obowiązki.

– Nie wzywają.

– Rzeczywiście jestem Grombelardczykiem. Ale nie wszyscy Przyjęci urodzili się w Grombelardzie – powiedział z uśmiechem.

– Myślałam, że wszyscy – odparła szczerze. – Wybacz mi, wasza godność, słabą znajomość języka. Bardzo wiele zapomniałam. Minęły lata, odkąd... od kiedy... – zająknęła się i zaśmiała. – No widzisz, panie. Sam widzisz.

– Chciałbym, żeby w Grombelardzie choć co dziesiąty mieszkaniec tego kraju mówił tak jak ty, pani – skwitował Gotah i była to szczera prawda. – Widywałem już Perły, ale nie uwierzysz, nigdy nie rozmawiałem z żadną z was. Wiem z grubsza, skąd pochodzą tak niezwykłe klejnoty, ale więcej w tym chyba moich wyobrażeń niż wartościowej wiedzy. Nie sądziłem, że aż tak starannie uczą was języków. Jeśli, jak mówisz, rozmawiasz po grombelardzku po raz pierwszy od wielu lat...

Potwierdziła.

– Ale to zależy od hodowli, wasza godność – wyjaśniła. – Wszędzie chcieliby nauczyć wszystkiego, ale nigdzie tego nie potrafią, więc każda hodowla inaczej kształci i szkoli niewolnice. W niektórych hodowlach w Armekcie oferuje się raczej piękne przyboczne gwardzistki – nie zdołała ukryć nutki wyższości w głosie. – Otrzymują staranne wykształcenie, ale przede wszystkim potrafią zabijać niemal równie sprawnie, jak niewolnice przeznaczone wyłącznie do tego. Uzyskują certyfikaty Pereł, ale jednak kosztują sporo mniej niż Perły dartańskie.

– Ty nie jesteś, pani, kimś takim.

– Nie. W tym domu tylko Hayna.

– Ta śliczna dziewczyna o kasztanowych włosach?

– Ta śliczna dziewczyna, wasza godność, uzyskała swój certyfikat dwa lata wcześniej niż inne. Książę Lewin nie kupował byle czego.

– Właśnie widzę.

Chciał sprawić Perle przyjemność, a sprawił przykrość... Nie dała tego jednak poznać po sobie, doceniając intencje mężczyzny.

– Nie jestem więcej warta od Hayny, wasza godność. Języki, prawo imperialne i prawa lokalne, historia i polityka... Ale już na przykład o taktyce i strategii wszystko zapomniałam, a nigdy nie wiedziałam zbyt wiele. Hayna ma to w małym palcu, mogłaby zastąpić komendanta Yokesa. Oczywiście, gdyby nie brak doświadczenia.

– Żołnierka.

– No nie, wasza godność, nie tylko. Finanse, matematyka... zresztą języki także. To jednak jest Perła, wasza godność – delikatnie przypomniała, o czym mowa. – Nie znalazła certyfikatu na gościńcu.

Rozmowa o Haynie nasunęła Gotahowi pytanie, które dawno pragnął zadać, lecz nie wiedział jak ani komu.

– Uderzyło mnie wczoraj, że księżna i Pierwsza Perła mają zupełnie takie same włosy. Długość, kolor... i układające się tak samo, aż do najdrobniejszych szczegółów. Obie wyglądają bardzo pięknie, ale czy to jakaś miejscowa tradycja? Czy Pierwsza Perła powinna upodobnić się do swojej pani? Nie śmiałem wczoraj zapytać, a zarazem boję się, że nie rozumiejąc czegoś, mogę palnąć głupstwo – wytłumaczył.

Nawet nie zmrużyła oczu.

– Trudno to nazwać tradycją.

Błyskotliwa niewolnica umiała przecież pojąć sens pytań. Gotah czekał, ale to była cała odpowiedź. Oboje zaczęli uśmiechać się oczami, mimo woli porozumiewawczo, choć każde próbowało przerwać tę zmowę spojrzeń. Popatrzyła na sufit, on na ścianę. On już wiedział, że Perle nie wolno o czymś mówić. Ona rozumiała, że Przyjęty dowiedział się o tym. Bo też była to taka śmieszna tajemnica, której istnienie musiało wyjść na jaw przy pierwszym niewinnym pytaniu...

Rozbawieni, przez chwilę nic nie mówili. Potem Perła uśmiechnęła się znowu. Do gościa, nie do sufitu.

– Jakie są twoje poranne obyczaje, wasza godność? – zapytała. – Podać coś do picia? Do jedzenia? Śniadania jemy tu późno. Anessa... poprzednia Pierwsza Perła nie była rannym ptaszkiem. W domu wciąż panują jej porządki. Niektóre.

Przyjęty, jak każdy uczony, był człowiekiem niezmiernie dociekliwym. Najchętniej zapytałby jeszcze o Haynę, o Anessę, która już nie była Pierwszą Perłą Domu (chyba od niedawna?), a najbardziej o samą Kesę. Powstrzymał się jednak.

– Nie mam żadnych porannych obyczajów. Ale... deszcz już przestał padać... Czy jest tu gdzieś blisko miejsce, jeziorko albo strumień, gdzie mógłbym się wykąpać? Od wielu dni marzy mi się bajoro! – powiedział z utęsknieniem. – Te upały!

Perła Domu roześmiała się serdecznie.

– Do jeziora jest dość daleko, ale przy młynie można się wypluskać, chociaż trudno popływać, bo woda sięga najwyżej do kolan. Z drugiej strony młyna, przed kołem, utonęło już kilku ludzi, więc odradzam kąpiel w tamtym miejscu. Odbędziesz, wasza godność, dość długi poranny spacer. Przyślę kogoś ze wszystkim, co potrzebne. Niewolnicę czy niewolnika? – zapytała.

– Niewolnika – poprosił Przyjęty, poniewczasie z lekkim zawstydzeniem podciągając wyżej prześcieradło i bez mała rumieniąc się pod spojrzeniem pięknej kobiety, która, powstrzymując śmiech, coraz wyżej unosiła dumne brwi.

– Gdybym tylko mogła, wasza godność... zakochałabym się w tobie bez pamięci, od pierwszego wejrzenia – powiedziała, wstając. – Przebacz mi to zuchwalstwo. Nie wiesz... nie potrafisz wyobrazić sobie, panie, jak wiele ta rozmowa dla mnie znaczyła. Ostatni raz rozmawiałam tak z księciem...

Bojąc się, że powie o dwa słowa za dużo, szybko wyszła z komnaty, nim zaskoczony Przyjęty zdążył się odezwać.

***

Agatra niewiele spała tej nocy. Obudziła się o brzasku i wyszykowała z iście żołnierską sprawnością. W tym samym mniej więcej czasie, gdy Perła Domu szła budzić Przyjętego, podsetniczka wracała już z dość długiego rekonesansu. Była na rozstajach przy młynie, poszła kawałek w stronę przydrożnej gospody i ze szczytu niewielkiego garbu przypatrzyła się odległym zabudowaniom. Kiedyś, niezwykła bystrość jej oczu była wśród łuczników aż legendarna – i nic się tu nie zmieniło... Zawróciła. Jeszcze w nocy dowiedziała się w mieście trochę o tym i owym – najwięcej w oberży z wielkim szyldem.

Nigdy w życiu nie czuła się tak bezradna i zdezorientowana.

Służyła Wiecznemu Cesarstwu. Wydawało jej się, że rozumie, na czym polega jego siła. Ale, od lat przebywając w Kirlanie, widziała wszystko wyolbrzymione, nieprawdziwe. W stolicy podejmowano decyzje, rozsyłano zalecenia i rozkazy, a cesarscy posłańcy rozwozili je na cztery strony świata. Agatra oswoiła się z myślą, że całe imperium można kontrolować z cesarskiego pałacu, pociągając za właściwe sznurki. Gdy wynikła sprawa Puszczy Bukowej – mała, śmieszna sprawa nieposłusznej niewolnicy w jakimś dalekim majątku – wydawało jej się, że oto właśnie Kirlan pociąga za sznurek. I to pociąga aż nazbyt mocno: posyła specjalną wysłanniczkę wyposażoną w nadzwyczajne uprawnienia, na czele żołnierzy, których wojskowe znaczenie na tle całego cesarstwa było żadne, ale polityczna wymowa – druzgocząca. Łucznicy, Gwardia

Armektańska. Symbol wojsk imperialnych, znak woli cesarza.

W trakcie długiej podróży dowiedziała się niejednego. Coś dziwnego działo się ze sznurkami: napięte w stolicy, trzymane tam pewną ręką, z każdą milą wiotczały, strzępiły się, rwały... W Armekcie wszystko jeszcze działało jako tako. Właściwie zupełnie dobrze. Ale już Potrójne Pogranicze po prostu Agatrę przeraziło. Tereza nie współpracowała z Wadelarem, sznurki ledwo ledwo napinały się tu i ówdzie, armektańskich gwardzistów traktowano jak uciążliwych gości... Gości! Armektańscy żołnierze byli gośćmi w podbitym przez siebie kraju! W końcu zbesztano ich i postawiono do kąta. Zrobiła to... Armektanka. A wreszcie, jeszcze parę mil dalej, gwardziści imperium stali się gośćmi wręcz nieproszonymi. I natychmiast dano im to odczuć.

Bunt, rebelia – dobrze. Agatra wiedziała, że takie rzeczy mogą się zdarzać. Ale na razie nie było żadnego buntu. Nie było buntu, a mimo to w Dobrym Znaku, gdzie siedzieli cesarscy urzędnicy, poborcy ściągali podatki, a kupcy handlowali jak wszędzie, rzeczą niemożliwą było sprawdzić, jak liczne są poczty prywatne. Nie dało się sprawdzić czegokolwiek już od lat, a być może od zawsze. Nikt! Sam cesarz nic nie mógł poradzić! Specjalna wysłanniczka Kirlanu, nawet gdyby zdradziła swój stopień i wyjawiła, że jest wysoką urzędniczką Trybunału, nie uzyskałaby żadnych wiadomości; mogła być najwyżej okłamywana w żywe oczy. Mogła puszyć się zakresem swojej władzy przed marnym szpiclem, ale tylko przed nim. Rządząca w Sey Aye utytułowana niewolnica naprawdę gotowa była chichotać na widok dokumentu potwierdzonego pieczęcią cesarzowej i sędziów Trybunału z dwóch prowincji. Wcześniej tak samo mógł chichotać książę Lewin – nie chichotał tylko dlatego, że wolał stroić poważne miny, rozrywając końmi tajnego urzędnika cesarstwa. W majestacie prawa, pod oknami urzędników Trybunału Imperialnego i za ich bezradnym przyzwoleniem. Co jeszcze można było zrobić w Sey Aye? Bezkarnie wyciąć klin gwardzistów? Bo nie zgodzić się na ich pobyt można było, jak najbardziej i bez żadnych przykrych konsekwencji. Gdzie były sznurki łączące tę polanę z Kirlanem? Czy podobnie wyglądała cała reszta imperium?

Agatra wściekła się po wojskowemu – i zawzięła z chłopskim uporem, tym samym uporem, który sierotę z biednej wioski doprowadził do komnat cesarzowej. Dopóki istniał choć cień szansy na zaprowadzenie porządku w Sey Aye, nie zamierzała rezygnować. Namiestnik Wadelar, gdyby mógł usłyszeć o wszystkim, co przedsięwzięła w Sey Aye, złapałby się za głowę, lecz zarazem miałby powód do satysfakcji, mogąc powtarzać sobie: wiedziałem! przewidywałem! Tajna wysłanniczka Trybunału, nie znająca się na ludziach, skłonna traktować każdego jak łucznika, który musi wypełnić rozkaz, popełniała na razie same głupstwa. Przez całe życie służąc w wojsku, a od wielu lat dowodząc doborowymi żołnierzami, w ogóle nie rozumiała, co znaczy słowo „nie". Cieszyła się pełnym zaufaniem i poparciem Kirlanu, lecz cesarzowej, zwykle tak przenikliwej i rozważnej, brakło tym razem dystansu: jej faworytka mogła pewnie postraszyć krnąbrną niewolnicę i sprawdzić, jak mają się sprawy w Sey Aye, lecz przenigdy nie powinna otrzymać tak szerokich pełnomocnictw i uprawnień. Dziesięć podobnych do

Agatry gwardzistek, rozesłanych po krainach Szereru, w pół roku rozwaliłoby cały Trybunał.

Agatra wróciła do pałacu, zatrzymała jakiegoś służącego i zażądała rozmowy z Perłą Domu. Wkrótce Kesa stawiła się w jej komnacie.

– Wasza godność?

– Mam sprawę do jej wysokości. Kiedy będzie mogła mnie przyjąć?

– Chyba nieprędko. Jej wysokość śpi. Jaka to sprawa, wasza godność?

– Zbyt poważna dla niewolnicy.

– Na pewno nie, wasza godność. Proszę mnie nie lekceważyć. – Kesa uśmiechnęła się lekko. – Zastępuję zarówno moją panią, jak też Pierwszą Perłę Domu. Nie istnieją teraz żadne sprawy, których nie mogłabym załatwić. Nic mi o takich sprawach nie wiadomo.

Pewność siebie tej niewolnicy o rysach i spojrzeniu królowej poirytowała Agatrę.

– Doprawdy? Może więc podejmiesz decyzję, czy wolno mi tu zostać jeszcze przez trzy dni?

– Tylko do wieczora. Chyba że jej wysokość postanowi inaczej.

– Ale nie postanowi, jeśli się nie obudzi i nie porozmawia ze mną. To właśnie próbuję ci powiedzieć.

– Jeśli jej wysokość nie obudzi się do wieczora, podejmę decyzję w jej imieniu. Ciągle nie wiem, dlaczego miałabym ją budzić teraz? Proszę dostarczyć mi powód, wasza godność. – Perła Domu uśmiechnęła się znowu, uprzejmie, ale zdawkowo.

No, naprawdę: królowa wobec petentki... Agatra miała dość.

– Czy snu twojej pani nie śmie zakłócić żadna sprawa i żadna osoba?

– Ciągle nie widzę żadnej sprawy, wasza godność.

– A osoba? Widzisz osobę? – zapytała gwardzistka, z tak złowróżbną słodyczą, że każdy z jej żołnierzy natychmiast wziąłby nogi za pas.

Kesa nie była żołnierzem.

– Widzę gościa, który próbuje zaprowadzić swoje porządki w domu gospodarza.

Agatra była gotowa poderwać się z krzesła. Ale już wiedziała, że się nie przebije przez ten mur. Odetchnęła głęboko raz i drugi, po czym złożyła broń.

– Chciałam zapytać o innych gości Sey Aye. Usłyszałam wczoraj w mieście, że są tacy.

– Niestety, już nie, wasza godność.

– Co to znaczy?

– Jego godność K.B.I.Denett, bo o niego pytasz, pani, jak sądzę, nie jest już gościem księżnej. Został wczoraj zasztyletowany.

– Co zrobił?! – Agatra sądziła, że się przesłyszała.

– Jego godność Denett nie żyje. Padł ofiarą zamachu, wasza godność.

Podsetniczka powoli wstała z miejsca, czując, jak mocno uderza jej serce.

– Dlaczego nikt o tym nie wie?

– Jak to nikt? A kto powinien wiedzieć, wasza godność?

– No, chyba urzędnicy Trybunału.

– Zostali powiadomieni.

– Kiedy?! – krzyknęła Agatra.

– Natychmiast po zamachu. Już wczoraj. Może powinnaś pojechać do miasta, pani, i rozmówić się z nimi. Uzyskasz wszystkie potrzebne wiadomości, a przynajmniej te, które zechcą ci przekazać. To już nie do mnie należy.

Agatra czuła, że jeśli rozmowa potrwa jeszcze parę chwil, to dojdzie do rękoczynów. Perła Domu była jak szklana góra. Brakowało jakiegokolwiek punktu zaczepienia, można było się tylko ześlizgiwać. Coraz niżej i niżej.

– Wygląda jednak na to, że podsetniczka wojsk imperialnych ma prawo obudzić jej wysokość w takiej sprawie.

– W jakiej sprawie? W tej sprawie? Nie, pani. Jej książęca wysokość nie zajmuje się takimi sprawami.

– Nie zajmuje się zabójstwem pod jej dachem?

Perła westchnęła, po raz pierwszy dając do zrozumienia, że i ona jest zmęczona tą rozmową.

– Jest panią tego domu – rzekła sucho. – Wasza godność myślisz, że kim? Gończą Trybunału? Od tropienia zbrodniarzy są chyba cesarscy urzędnicy, od ścigania zaś Legia Dartańska, bo znajdujemy się w Dartanie, wasza godność. Nie, pani, teraz ja mówię... Księżna nie tropi zbrodniarzy ani ich nie ściga. W jej imieniu odpowiedziałam na wszystkie pytania, jakie dotąd zadali urzędnicy Trybunału i jeśli to nie wystarczy, gotowa jestem odpowiadać dalej. Księżna nie musi robić tego sama, bo kupiła sobie niewolnice, żeby ją wyręczały. Nie jest podsądną i nie musi przed nikim stawiać się osobiście. Teraz proszę mówić, wasza godność.

Agatra była gotowa raczej zemdleć z gniewu i upokorzenia. Perła odczekała długą chwilę.

– A zatem, czy to wszystko, wasza godność? Mój czas nie należy do mnie, jest właśnie czasem mojej pani i nie mogę go beztrosko marnować. Proszę pytać dalej albo pozwolić mi odejść.

***

Yokes wstał niewiele później niż Agatra. I od samego rana miał pełne ręce roboty.

Obudził go żołnierz ze strażnicy miejskiej. W Sey Aye, oprócz regularnego wojska, straży leśnej i gwardii pałacowej, była jeszcze straż miejska; żołnierze tej samej formacji patrolowali także drogi i wioski. Ściśle biorąc, nie byli to żołnierze w pełnym rozumieniu tego słowa, a tylko trzy tuziny pachołków z okutymi żelazem pałkami. Taki właśnie wojak, zdyszany i przejęty doniosłością powierzonej mu misji, stawił się w pałacowej „kwaterze" komendanta, doprowadzony przez służbę. Komendant kazał go wpuścić, nie robiąc żadnych ceregieli – w sprawach związanych z wypełnianiem swych obowiązków w ogóle nie znał się na żartach i nie dbał o wygody. Podniecony miejski pachołek, pierwszy raz z bliska oglądający naczelnego dowódcę, prawdziwego rycerza, dodatkowo przytłoczony rozmiarami i bogactwem domu księżnej, wyciągnął rękę, podając jakieś pismo.

– Co to?

Żołnierz opowiedział. Otóż, niedługo po północy do strażnicy miejskiej zaczął się dobijać jakiś człowiek. Wpuszczony do środka plątał się, próbując wytłumaczyć, że jest najemcą izby u pewnego kamienicznika. Tajemniczy kamienicznik nie mógł wyjść z domu, z jakichś przyczyn, a tym samym osobiście stawić się w strażnicy. Lecz przysyłał dwa pisma, z których jedno przeznaczone było dla dowódcy wartowni.

– I co w tym piśmie? – zapytał Yokes, wyłażąc ze swego barłogu i szukając odzienia, bo czuł, że posłaniec nie przybiegł bez powodu.

– Tylko to, wasza godność, żeby koniecznie i co szybciej zanieść drugie pismo do jego godności komendanta Yokesa, a jak się nie da, to dać komuś ważnemu w pałacu. Bo to ogromnie ważna sprawa, a tyczy się jej książęcej wysokości. Tak tam stało. Szóstkowy najpierw nie śmiał posyłać do domu jej wysokości w środku nocy, ale się namyślił i powiedział: idź, co będzie, to będzie, ale trudno.

Yokes, jeszcze bez butów, ale już odziany jako tako, usiadł na posłaniu, po raz drugi wziął do ręki odłożony na stronę list, rozwinął go i zaczął czytać. Obserwujący tę niezwykle trudną czynność strażnik nabrzmiewał z wolna na twarzy, starając się pomóc dowódcy. Komendant coraz mocniej marszczył brwi, wreszcie uniósł na chwilę spojrzenie i z namysłem popatrzył na żołnierza.

– Oddychaj, bo umrzesz – powiedział. – Idź i pytaj o kuchnię. Jeżeli nikogo nie spotkasz w korytarzach, to pytaj wartę przy drzwiach. Najedz się, ile dusza zapragnie, i zanieś coś swoim kolegom. Szóstkowemu powiedz, że dobrze zrobił, nie czekając do rana. Ucz się. Twój szóstkowy umie podejmować decyzje.

Żołnierz odszedł uszczęśliwiony.

Yokes czytał dalej. Potem znowu zaczął od początku.

– No, jeżeli to prawda... – rzekł wreszcie sam do siebie.

Znalazł buty, wzuł je i wyszedł, nie wypuszczając pisma z dłoni. Drugą ręką dopinał pas z mieczem – z tą samą obojętną rutynową sprawnością, jak czyniła to tysięczniczka Tereza. Sprawnością jeźdźca, który najpierw rozluźniał pas, by podczas marszu wygodnie zdrzemnąć się w siodle, a potem tak samo, wciąż trzymając wodze w dłoni, budził się i wolną ręką oporządzał ekwipunek.

Ohegened, dowódca gwardii pałacowej, miał swoją komnatkę tam, gdzie mieszkali wszyscy wyżsi dworzanie księżnej: w północnym skrzydle, blisko dobudowanego gmachu pałacowych koszar.

– Wstawaj – powiedział Yokes, bezceremonialnie potrząsając podkomendnego za ramię. – Masz, ugryź, oprzytomniej. – Podał jabłko zabrane wcześniej z kosza niesionego przez napotkaną dziewczynę; od dwóch dni, na polecenie Hayny, codziennie rano niewolnica roznosiła owoce do wszystkich komnat domu, w których bywała lub mogła bywać jej wysokość.

– Co to? A tfu, dałbyś kurczaka... Ja co jestem, ona? Księżna, żebym to żarł? Co ja jestem?... – mruczał półprzytomny gwardzista, przecierając oczy.

– Jesteś obudzony o świcie. Żryj albo pij cokolwiek, bylebyś rozumiał, co mówię. – Wobec starego legionisty, który nogi schodził w grombelardzkich górach, Yokes zachowywał się zupełnie inaczej niż wobec księżnej, czy nawet Pereł Domu. – Dostałem list od szpicla Trybunału, który dzisiaj chce dokonać zamachu na Ezenę. Czy jest coś, co dotyczy cię bardziej, gwardzisto jej wysokości?

Gwardzista jej wysokości patrzył z otwartą gębą.

Yokes usiadł w nogach łóżka i podał pismo. Ohegened czytał, trąc na zmianę to jedno, to drugie zapuchnięte oko.

Skończył czytać. Oddał list. I myślał.

– Wszystkie kurwy Dartanu – powiedział na koniec – przybywajcie.

Yokes kiwnął głową, widząc, że Grombelardczyk rzeczywiście oprzytomniał.

– Ale jaka w tym może być zasadzka czy intryga? – zastanawiał się Ohegened, bez pytania wiedząc, jakie wątpliwości nurtują jego przyjaciela i przełożonego. – Szpicel pisze, że jest szpiclem. To raz. Usprawiedliwia się, wyjaśnia, tłumaczy, jest szpiclem, ale nie mordercą... no, dalej wiadomo bez czytania, poczciwy to jest człowiek i robaka zdejmie ze ścieżki, żeby nie nadepnąć. Tego nie liczę. Pisze, że wysłanniczka Kirlanu każe mu zabić księżną albo poderżnie mu gardło. To dwa. Pisze, że musi spróbować, bo inaczej będzie po nim. Trzy. Prosi, żeby go złapać z wielkim hukiem, tak żeby Trybunał wiedział, że próbował wypełnić rozkaz. Cztery. I pięć: prosi, żeby go zesłać na galery lub gdziekolwiek, jeśli można, to za siódmą górę, byle tylko dalej od Sey Aye, a jak nie, to zamknąć w piwnicy, spuścić klapę i postawić na niej dziesięciu więziennych dozorców. – Ohegened przesadzał, wydziwiając nad treścią listu, ale nie była to wielka przesada. – To pismo na milę czuć moczem. Jaka w tym może być zasadzka? – powtórzył.

– Nie wiem – powiedział Yokes. – Dlaczego nie schronił się pod opiekę śledczego w mieście? Niemożliwe, żeby ci dwaj urzędnicy wiedzieli o tym zamachu, szpicel musiał odebrać rozkaz... nie wiem, z samej Seneletty.

– Schroniłbyś się pod opiekę tych dwóch schorowanych dziadków?

– Jeden jest w naszym wieku...

– Kpiny sobie robisz?

– Nie, nie schroniłbym się – przyznał Yokes. – Trochę ogłuszył mnie ten list.

– Mamy tu wszystko: porę dnia i miejsce, gdzie będzie czekał z kuszą... jeśli mu pozwolimy, bo sam się tam nie dostanie. Pisze, że zapłaci za okno, które potłucze bełtem... – wciąż siedzący w łóżku Ohegened zaczął się śmiać, patrząc w list – i prosi... uff... i prosi, żeby tam, czyli w pokoju księżnej, nikogo nie było, bo mógłby... uff... bo mógłby przypadkiem kogoś zranić. Wiem, Yokesie, że sprawa jest poważna – wytłumaczył się – ale ja nie mogę tego z całą powagą... Zaraz mi przejdzie. Uff. Prosi dalej, żeby wypadli na niego żołnierze, pobili go okropnie, żeby zawlekli do pałacu, żeby wysłanniczka widziała... – urwał nagle i rzeczywiście spoważniał. – Zaraz... Wysłanniczka? – zapytał.

– No właśnie, też o tym myślę. Aż mi się wierzyć nie chce. Oficerka gwardii... sługuską Trybunału?

– Ale to pasuje – powiedział Ohegened. – Przyjechała wczoraj. Wybrała się do miasta?

– Wybrała.

– Wiesz na pewno?

– Na pewno.

– Nie bądźmy naiwni – powiedział Ohegened. – Myślałeś, że Trybunał nikogo nie ma w legiach?

– Jasne, że ma. Ale wiedzieć a spotkać... Podsetniczka gwardii, żołnierka, że aż serce się śmieje – z żalem powiedział Yokes. – Pogoniła w lesie moich kuszników... Ja już mam takich przyjaciół, Ohegen. A teraz było mi i smutno, i radośnie, że może będę miał takich wrogów. Nie alerskie ścierwo, tylko oficerów i żołnierzy, z którymi walczyć to honor i zaszczyt. Podałem jej rękę wczoraj, a ona nasyła skrytobójców? Musisz sam poradzić sobie z tym wszystkim, ja porozmawiam z Ezeną i chowam się w mysią dziurę – rzekł, wstając. – Anessa powiedziała mi kiedyś, że wcale nie potrafię udawać. I taka jest prawda, Ohegened. Jeśli przypadkiem wpadnę na tę żmiję w korytarzu, to zupełnie nie wiem, co jej powiem lub zrobię.

Przez pościel poklepał gwardzistę po kolanie, wyszedł z komnatki, ale zaraz wrócił i jeszcze na chwilę uchylił drzwi.

– Zapomniałem... Księżna zmieniła kolor włosów. Nie dziw się.

– Co?

– Nie dziw się – powtórzył Yokes i pomaszerował głównym korytarzem. Zawrócił i poszedł korytarzem bocznym. Nie wiedział, że Agatra już nie śpi, ale liczył się i z taką możliwością. Nie skłamał ani słowem: naprawdę bał się, że ją spotka.

Latem, kiedy bardzo szybko robiło się widno, służba wstawała dość wcześnie. Spieszący dokądś niewolnicy, tradycyjnie poubierani na biało, pozdrawiali komendanta Sey Aye. Nie odpowiadał nawet spojrzeniami, ponury jak noc burzowa. Ale przystanął na widok mężczyzny z naręczem kąpielowych prześcieradeł, bo zaświtał mu w głowie straszny domysł... Ezena wciąż lubiła płatać różne figle.

– Kto i gdzie idzie się kąpać o tej porze?

– Gość księżnej, wasza godność. Z rozkazu Perły mam mu towarzyszyć.

Mężczyzna miał szatę z czerwonymi dodatkami. Wolny służący. Niewielu takich było w domu. Książę wynagradzał w ten sposób – biorąc do siebie na służbę – tylko nielicznych mieszkańców Sey Aye, którzy oddali mu jakieś usługi. Ten tutaj mógł być bratem pałacowego gwardzisty; Yokesowi coś się kojarzyło.

– Mężczyzna? Ten gość to mężczyzna? Idzie sam?

– Tak, wasza godność.

Brwi Yokesa powędrowały do góry. Wolny służący, posyłany zwykle do ważniejszych zadań... miał wycierać golasa przy strumieniu? Która z Pereł wymyśliła, żeby okazywać Przyjętemu aż tak wyjątkowe względy? Nawet księżną kąpały niewolnice.

– Dobrze, idź – powiedział.

Bez Anessy ten dom stawał na głowie... Yokes zapomniał o służącym i spochmurniał jeszcze bardziej. Bał się zapytać... wstydził się zapytać Ohegeneda, co z Anessą. Przyniósł list o zamachu, a miał pytać o swoją... nałożnicę? Nie umiał o to zapytać, chociaż bardzo chciał wiedzieć. Co właściwie zaszło? Dlaczego Ezena postanowiła ukarać Pierwszą Perłę? I to tak surowo! Co naprawdę zrobiła Anessa? Dziki atak źle wyszkolonej przybocznej był godny ubolewania (już pozbył się wszystkich strażniczek z tej hodowli), ale Perła Domu nie była bardziej winna niż on sam. Niewolnice do obrony podlegały komendantowi Sey Aye.

Skręcił raz i drugi, wreszcie minął gwardzistów pilnujących dostępu do prywatnych pokoi księżnej. Podążył wprost do sypialni i wszedł, nie posyłając nikogo z zapowiedzią. Wciąż miał prawo nachodzić jej wysokość o dowolnej porze, w każdym miejscu. Nie cofnęła tego przywileju.

Widok dwóch głęboko śpiących kobiet... dziewczyn... wygładził nieco twarz komendanta. Miał tyle lat co one razem wzięte. Przez chwilę słuchał głębokich oddechów.

Podszedł cicho i dotknął ramienia Hayny – zadowolony, że nie musi potrząsać za ramię samej księżnej. Wolał, żeby obudziła ją Perła.

Lecz Perła, z przedramieniem na łożu, a głową na przedramieniu, spała tak twardo, że aż się uśmiechnął. Potrząsnął mocniej, a potem jeszcze raz; Ohegened po takim szarpaniu spadłby z łóżka...

Hayna też spadła. Przedramię i głowa zsunęły się wzdłuż krawędzi... Pierwsza Perła bezwładnie legła na podłodze, oddychając równo i miarowo.

Yokesowi zjeżyły się włosy. Spojrzał na Ezenę, znów na Haynę i wyciągnął rękę, dotykając księżnej.

– Wasza wysokość?

Potrząsnął.

– Wasza wysokość... Wasza wysokość!

Uśmiechała się lekko przez sen.

Yokes wypadł z komnaty, omal nie wyrywając dwuskrzydłowych drzwi.

19

– Nie ma takich trucizn – powiedziała Kesa.

Yokes krążył wokół łoża księżnej, jakby pilnował śpiących kobiet. Przed chwilą podniósł Haynę z podłogi i ułożył w nogach posłania.

– A jak to wyjaśnisz? – zapytał. – Dostały coś na sen, dużo więcej niż trzeba.

– Od kogo mogły to dostać? A poza tym nawet najsilniejsze zioła nasenne nie wywrą takiego skutku. Każda z nich musiałaby wypić dzban naparu.

– Słyszałem, że... chowano czasem ludzi. Grzebano żywcem, bo wyglądali jak umarli.

– Uspokój się. One przecież tak nie wyglądają.

– Nie można spać tak mocno!

– Widzisz, że można, komendancie.

– Jak to wyjaśnisz? – Yokes już zapomniał, że przed chwilą pytał o to samo. Nie panował nad sobą, a tym bardziej nad sytuacją. To nie była robota dla żołnierza. Jego wiedza i umiejętności były tu bezużyteczne.

Kesa rozumiała, co czuje komendant.

– Najlepiej idź stąd, wasza godność – powiedziała. – Do niczego nie jesteś mi potrzebny.

– Iść? A dokąd, Keso? I co mam robić? Powiedz.

Poruszenie na łóżku przykuło ich uwagę – ale księżna zmieniła tylko pozycję. Spała dalej, z odrzuconym za głowę ramieniem.

– Nie wiesz, co masz robić? Myślałam, że szykuje się zamach. – Spokojnym krokiem podeszła do okna i popatrzyła na ogród. – Co cię tak przeraziło, komendancie? Wiesz chyba więcej ode mnie na temat tego, co się dzieje w tym domu. Przecież to ja powinnam się bać i gubić w domysłach.

Yokes potrzebował paru chwil, żeby pojąć, co Perła ma na myśli.

– A ty co o tym wiesz? O tym, co się dzieje w tym domu?

– Nic nie wiem, komendancie. Nasz książę poślubił niewolnicę, ty i Anessa z dnia na dzień zaczęliście jej wiernie służyć... Wczoraj księżna w jednej chwili zmieniła kolor, a nawet gęstość włosów, czego nie potrafi nikt na świecie, a teraz śpi, również jak nikt inny na świecie. Towarzyszy jej w tym śnie przyboczna Perła, kupiona chyba specjalnie dla niej. A do Sey Aye przyjechał mędrzec-Przyjęty. Czy przyjechał polować, wasza godność? – Perła pochyliła się bardziej ku szybie, pragnąc chyba dojrzeć kraniec żywopłotu. – Tak jak tłumy mędrców Szerni, które były tu przed nim?

Odwróciła się i wyczekująco patrzyła na komendanta.

– Ja... co ty w ogóle wygadujesz, Keso?...

– O, intrygant. Idź wreszcie i zajmij się swoimi sprawami, wasza godność – ponagliła, chyba troszkę zniecierpliwiona. – Co do tego zamachu, zostawiam ci wolną rękę; wiesz najlepiej, co trzeba przedsięwziąć, a ja się na tym nie znam. Gdy już złapiesz tego nieszczęśnika, przyprowadź go do mnie, komendancie, wtedy pomyślimy, co z nim zrobić. A Przyjętego już powiadomiłam, on bez trudu wyjaśni, co to wszystko znaczy. – Popatrzyła na łoże i lekko wzruszyła ramionami. – Mam nadzieję, że tyle samo, co zmiana koloru włosów.

Yokes trochę doszedł do siebie. Spokój niewolnicy wywarł zbawienny skutek.

– Nic ci nie powiem, Keso, bo nie mogę.

– Tak myślałam. Wasza godność, idziesz czy nie idziesz? Bo chcę ją w coś ubrać, zanim się pojawi Przyjęty. Jest zupełnie naga pod tym prześcieradłem, a trudno powiedzieć, że śpi snem kamiennym.

Pokręciła głową, bo Ezena właśnie poruszyła się znowu, przetaczając na drugi bok. Komendant mimo woli zerknął na łoże, gdzie spod prześcieradła wyzierały plecy i gładkie ramię księżnej, z drugiej zaś strony nogi – jedna zgięta w kolanie, kusząco podciągnięta. Pod spojrzeniem Perły zawstydził się nieco; podglądanie księżnej nie licowało z godnością komendanta pocztów Sey Aye.

– No, już idę, nie krzycz.

Nie krzyczała. Poszedł.

Przyjęty pojawił się niedługo potem. Gdyby Yokes zamarudził jeszcze parę chwil, Kesa nie zdążyłaby ubrać Ezeny. Wiotka Perła nie była siłaczką, natomiast jej wysokość, co tu dużo mówić, rozporządzała naprawdę zdrowym okazem kobiecego ciała. Namęczywszy się solidnie, Perła dopięła swego. Zarumieniona i trochę zdyszana, poprawiła włosy przed lustrem. Zdążyła w samą porę, by wyjść na spotkanie zapowiedzianego przez Sevę Gotaha.

– Proszę dalej, wasza godność – powiedziała. – Jestem wdzięczna, że wyrzekłeś się kąpieli.

– Żaden mężczyzna nie usłyszał jeszcze tego od kobiety czekającej w drzwiach sypialni – skonstatował Gotah.

Niewolnica zakryła usta palcami smukłej dłoni, hamując wesołość. Śmiała się tylko oczami.

– Nie potrafię rozmawiać z tobą, wasza godność – powiedziała po chwili. – Stale mówię nie to, co powinnam. I ciągle chce mi się śmiać.

– Lubię, kiedy się śmiejesz, pani.

– Ale teraz nie mogę, nawet mi nie wypada. Księżna zachorowała, bo nie wiem, jak określić to inaczej... – W kilku słowach przedstawiła sytuację.

Gotah słuchał uważnie. Podszedł do łoża i patrzył na śpiące kobiety.

– Pytałeś o włosy księżnej, wasza godność – dodała na koniec Perła. – Teraz chyba muszę to powiedzieć... Miała długie, granatowoczarne. Jeszcze wczoraj.

– O, naprawdę? – zdziwił się Gotah. – Jak to się stało?

– Właściwie nie wiem.

Popatrzył pytająco.

– Naprawdę nie wiem, wasza godność. Jestem tu prawie nikim. Tego ranka wszędzie mnie pełno, ale tylko dlatego, że w domu są goście, a księżna i Pierwsza Perła śpią. Na co dzień pomagam księżnej rozbierać się do snu, i to jest najważniejszy z moich obowiązków. A może raczej... największy przywilej.

Odcień starannie skrywanej goryczy umknąłby prawie każdemu. Ale Gotah potrafił słuchać. Skinął głową i znów spojrzał na śpiące kobiety.

– Według moich wyobrażeń o tym, co się dzieje, jej wysokości mogą przytrafiać się różne niezwykłe rzeczy. Czy dużo wiesz o Pasmach Szerni, pani?

– Tylko tyle co wszyscy.

– No, akurat – mruknął. – Znam cię, pani, naprawdę krótko, ale nie dostrzegłem ani jednej cechy, która byłaby na miarę przeciętności.

Poróżowiała na policzkach.

– Czy potrafisz je obudzić, wasza godność?

– Nie bardzo mogę, pani. Nawet gdybym chciał.

– Nie możesz i nie chcesz, wasza godność?

– Nie mogę dlatego, pani, że nie wiem, co się dzieje, i mógłbym narobić wiele złego. A nie chcę, bo byłoby po mnie.

– Nie rozumiem?

– Ale zaraz zrozumiesz, i to łatwiej niż ktokolwiek inny. Jesteś Perłą, pani, i możesz w tym domu zastępować księżną, czy się mylę? Ale nie możesz zmieniać jej wyraźnych rozkazów, bo przestaniesz być Perłą i koniec. Otóż, pani, ja też jestem Perłą, chociaż może na to nie wyglądam. Symbolicznie jestem samą Szernią, ale nie mogę wtrącać się do tego, co dzieje się za jej sprawą, bo przestanę być jej symbolem. Jako człowiek mogę zrobić cokolwiek, jako Przyjęty nic, bo z Gotaha-Przyjętego przedzierzgnę się w Gotaha-Przepędzonego, albo nawet Gotaha-Mocno-Kopniętego. Mogę najwyżej rozumieć i tłumaczyć. Ale teraz nie rozumiem, więc nie wytłumaczę.

Przyglądała mu się uważnie.

– Rzeczywiście łatwo zrozumiałam – napomniała go tak delikatnie, jak to tylko możliwe.

Zakłopotał się.

– Przebacz mi, pani. Poruszony czymś, zawsze mówię zbyt dużo i czasem zapominam, do kogo. Przerwij mi czasem... Keso.

Leciutko drgnęły jej nozdrza. Znów gotowa była się uśmiechać.

– Rozumiem, że nie wiemy, wasza godność, jak długo to może potrwać? – zapytała, wskazując łoże.

– Niczego nie wiemy, pani. Przyjechałem tu, żeby zobaczyć Pęknięcie Szerni, to taki dotyk Pasm przenikających czasem do świata.

Wyciągniętym palcem słabo puknął oparcie krzesła stojącego przed zwierciadłem.

– A wiesz, pani, jaki dotyk tutaj mamy?

Zacisnął pięść i zastanawiał się przez chwilę.

– Szkoda ręki – powiedziała. – Już wiem.

– W tym pokoju jest więcej Szerni, niż leży na ziemi w Romogo-Koor, tam gdzie mieszkam. To już nawet nie jest cień Pasm, to są chyba same Pasma... Gotów jestem uwierzyć w cokolwiek. W całej historii świata tylko dwa razy wydarzyło się coś podobnego. Rongolo Rongoloa Kraf stworzony został z odprysków wszystkich Pasm, to żywa i myśląca istota wyłoniona z martwej i bezmyślnej potęgi.

– Kraf powołał do istnienia rozum w Szererze – powiedziała Perła.

– Tak właśnie. Potem raz jeszcze wydarzyło się coś podobnego, ale wydarzyło chyba wbrew regułom rządzącym Szernią. Coś... źle zadziałało i pojawiły się trzy kobiety, których być w Szererze nie powinno. Jedna z nich, podobno, do dzisiaj śpi gdzieś w tej puszczy, razem ze swoim wojskiem. – Gotah wskazał podbródkiem okno.

– To chyba legenda, wasza godność?

– Oczywiście, pani, że legenda. Ten odwieczny sen to czysta bajka, a cała historia Trzech Sióstr to przede wszystkim legenda. Problem w tym, że do Księgi Całości wpisano dość wierne matematyczne modele Rongoloa Krafa, natomiast wobec tej „legendy" matematycy Szerni są bezradni. Jak dotąd, nikt nie potrafił naukowo opisać tego Pęknięcia, chociaż doszło do niego bez dwóch zdań.

***

Cmentarz książąt K.B.I. położony był na łagodnym wzniesieniu, już poza skrajem polany. Otoczone białym murem grobowce tworzyły drugie miasto Sey Aye. Wysypana żwirem aleja wiodła najpierw do bramy, po czym rozpływała się – w lesie... Bo cmentarne miasto porastał prawdziwy las. Władcy Puszczy Bukowej chcieli odpoczywać w jedności z knieją, która dała im potęgę i wielkość. Nigdy nie wycięto w tym miejscu ani jednego drzewa, a nawet nie usunięto martwych, powalonych. Stuletnie, bywało, a nawet starsze pnie rozsadzały kamienie nagrobne, przebijały sklepienia krypt. Wykuwano nowe napisy, na resztkach ścian mocowano nowe tablice, starannie zbierano i przekładano do kamiennych urn szczątki ludzkie, wypchnięte przez korzenie z sarkofagów, ale nigdy nie walczono tu z puszczą.

Ezena tylko raz była na cmentarzu – wtedy gdy chowano księcia Lewina. Wiele razy myślała o samotnej wyprawie do grobu dobrego pana, który oddał jej całą swoją wielkość, nie żądając w zamian niczego. Ale czuła, że stawiłaby się właśnie z niczym. A chciała przyjść i powiedzieć nie tylko: „Dziękuję, panie". Najbardziej chciała powiedzieć: „Ja już wiem".

Nigdy nie myślała o nim jak o mężu. A powinna, już choćby ze względu na dartańskie sądy. Powinna tam mówić nie „mój pan", lecz „mój małżonek książę K.B.I.".

Życzyłby sobie tego.

Stojący w pobliżu dom cmentarnego dozorcy świecił pustką. Drzwi były uchylone. Nikt nie wyszedł sprawdzić, kim są przybyłe.

– Zostań, Hayno – powiedziała przed żelazną bramą. – Muszę iść tam sama.

– Chcę wszędzie iść z waszą wysokością.

– Dobrze. Ale nie tam.

Grobowce, wiele grobowców... Niektóre były olbrzymie, inne mniejsze. Doszczętnie zrujnowane przez drzewa budowle sąsiadowały z innymi, nienaruszonymi. Minęła grobowiec, z którego pozostały tylko dwa fragmenty murów i niewielki kawałek sklepienia. Ciężki sarkofag przesunięto w róg, pod sklepienie. Wrósł w nawianą ziemię; pokrywa była ledwie widoczna spod czapy suchych liści.

Tak tu miało być.

Brakło miejsca, by przyczepić nową płytę w miejsce starej, pękniętej. Oparto ją o sarkofag. Przeczytała inskrypcję i poszła dalej.

Ostrołukowe wejście wiodło do innego grobowca. Mroczne wnętrze wabiło ciszą i spokojem. Lecz nie grozą... Na tym odludziu, pośród grobów, groza nie chciała zamieszkać.

I znów sarkofagi w otwartej z przodu krypcie. Zburzona ściana tworzyła kamienny wał. Prapradziad księcia Lewina... jego żona... i dziecko. Malutkie kamienne pudełko kryjące drobniejsze od kamyków kości noworodka. Sarkofagi zetknięto bokami, stały razem.

Na szerokiej kamiennej tablicy dojrzała coś, czego na innych tablicach nie było. Na samym dole, pośrodku, wykuto jedno słowo. Pochyliła się, zdrapała trochę mchu i przeczytała:

VANADEY

Cofnęła się powoli.

Vanadey. Rycerz królowej.

Z bijącym mocno sercem cofała się aż do drzewa, dotknęła go plecami. Dalej, w głębi cmentarza, majaczyły najstarsze grobowce. Poszła tam, ale szła coraz wolniej i wolniej... Zawróciła i pobiegła do grobu jego wysokości księcia K.B.I.Lewina.

Pod wykutym w kamieniu epitafium wyryto mniejszymi literami słowo, którego podczas pogrzebu nawet nie zauważyła. Najważniejsze słowo.

vanadey

Ze ściśniętym gardłem znów podążyła w głąb cmentarza, szukała wszędzie, szybko, gorączkowo, to znów metodycznie, powoli. Jeszcze raz pobiegła do najstarszych grobów – i tam znalazła najpierw. A potem w jeszcze jednym miejscu, na ścianie niewielkiego, prawie nienaruszonego grobowca. I to wszystko. Więcej napisów nie było.

Pięciu rycerzy królowej. Dwaj pierwsi służyli Rollaynie.

Na wtopionym w knieję cmentarzu spoczywał ród wojowników, którzy przez wieki żyli i umierali w gotowości do służby u boku swej królowej. Spał snem wiecznym władca Sey Aye, który z dumą kazał wykuć na swym grobie, że był rycerzem dziewczyny tylko z rysów twarzy podobnej do Rollayny. Spoczywał drugi – rycerz oszalałej nieszczęśnicy. Był i trzeci: ostatni z prostej linii rodu... Vanadey. Rycerz niewolnicy, o której nic jeszcze nie wiedział.

Wróciła do tego grobu. Bardzo długo stała, aż napis stał się nieczytelny, rozmazany przez wzbierające w oczach łzy. Ale miała już nigdy nie płakać i wiedziała, że dotrzyma słowa. Odrzuciła głowę do tyłu, oddychając przez otwarte usta, spoglądając na korony drzew, aż łzy wyschły. Potem pokłoniła się przed kamienną tablicą i przez długą chwilę stała pochylona.

– Już wiem. I przysięgam, że oddam ci Dartan, rycerzu. Oddam go wam wszystkim. Nie wiem jeszcze, kim jestem, ale wiem już, kim być muszę. I chcę.

Dotknęła napisu na dole tablicy, muśnięciem palca strącając podwójną sosnową igłę, która zaczepiła się w krawędziach liter. Przez chwilę zasłaniała dłonią część napisu, tak że dało się przeczytać tylko: *vana*...

– Odpoczywaj, panie. Ja już wiem.

Poszła do bramy i skinęła na najdroższą przyboczną niewolnicę Szereru, Czarną Perłę kupioną tylko po to, by wszędzie i zawsze strzegła swojej pani.

Przyszłej królowej Dartanu.

***

Księżna znowu zaczęła się wiercić. Spała teraz na brzuchu. Wyprostowała nogę, opierając palce stopy na policzku Hayny. Niewolnica poruszyła głową, a po chwili otworzyła mętne oczy i zamknęła je znowu.

Mędrzec-Przyjęty i Kesa niegłośno rozmawiali przy oknie. Hayna z wielką przyjemnością przeciągnęła się u stóp księżnej. Przyjęty urwał w pół słowa i zmarszczył brwi, jakby nasłuchiwał. Odwrócił się, ale Kesa wcześniej spojrzała na łoże.

– To nie potrwa kilkaset lat, wasza godność...

Hayna oglądała się na nich, trochę nieprzytomnie.

– Już pół dnia przekonuję cię, pani, że na pewno nie. A oto i dowód... Widzisz więc, że nie trzeba będzie wynosić jej wysokości z sypialni.

Hayna, zupełnie już rozbudzona, zdziwiona i przestraszona, najpierw usiadła pospiesznie, a potem wyskoczyła z łóżka, w którym wylegiwała się ze swoją panią. Ogarnęła spojrzeniem wymiętą suknię i podniosła leżący przy łożu zerwany srebrny łańcuszek. Odruchowo próbowała zapiąć go na sukni. Rozejrzała się dokoła.

– Zaspałam – powiedziała, próbując zrozumieć, co Kesa i Przyjęty robią w sypialni Ezeny.

– Zdaje się, że ja też – wymruczała w poduszkę księżna, nie otwierając oczu. – Miałam bardzo niezwykły sen.

20

Ryczącego wniebogłosy, srodze poturbowanego zamachowca, dwaj pałacowi gwardziści wlekli w stronę domu. Ogród pełen był halabardników księżnej, przetrząsających każdy żywopłot i każdą kępę zarośli. Znaleziono tylko kuszę, którą porzucił umykający strzelec, jednak poszukiwań nie przerwano. Podejrzewano, że nędznik miał wspólników.

Agatrę zwabił do okna brzęk rozbitej szyby – dość odległy, ale jednak nader wyraźny w zwykłej ciszy domu księżnej Sey Aye. Próbowała dojrzeć, co dzieje się w parku, lecz ozdobne zarośla zasłaniały widok; zresztą z południowego skrzydła, w którym mieściły się komnaty gościnne, było dosyć daleko do środkowej części budowli. Podsetniczka zobaczyła tylko jakichś ludzi, najpierw dwóch, pędzących żwirową alejką. Potem pojawiło się ich więcej. Rozpoznała wreszcie barwy straży pałacowej Sey Aye. W ogrodzie trwał chaotyczny pościg. Tknięta niedobrym przeczuciem, gwardzistka przypasała miecz, wyszła na korytarz i huknęła pięścią w drzwi sąsiedniej komnaty.

– Kerita, Weza, do mnie!

Po chwili szybko szły korytarzem. Skręciły w stronę wyjścia do parku, i niemal zderzyły się z biegnącym dokądś oficerem. Dowódca halabardników, w asyście kilku żołnierzy, zatrzymał się i wydał okrzyk na widok mundurowych tunik gwardii.

– Właśnie chciałem posłać po ciebie, wasza godność! Przyda się każdy żołnierz. Czy twoje łuczniczki mogą wzmocnić wartę przed drzwiami? Komendant Yokes zaraz przyśle więcej ludzi!

Agatra bez namysłu pokazała gwardzistkom, że mają pobiec do drzwi wejściowych. Oficer straży pałacowej ruszył dalej, nawet nie dziękując. Poprzedzający go dwaj halabardnicy bezceremonialnie odpychali przestraszonych niewolników, którzy wylegli zewsząd. Podsetniczka nie miała pojęcia, że w domu jest aż tak liczna służba. Prawie biegnąc, dotrzymała kroku gwardziście.

– Czy zdarzyło się coś złego?

– Zamach! – krótko powiedział oficer. – Strzelano do jej wysokości!

Przeczucia Agatry znalazły potwierdzenie.

– Z jakim skutkiem? – zapytała nerwowo.

– Nic nie wiem! – krzyknął gwardzista, wyraźnie nie panując nad sobą. – Właśnie idę do księżnej, strzelano przez okno jej sypialni! Posłałem tam kilku żołnierzy, a sam biegałem po parku... Nic nie wiem, nie wiem – powtarzał gorączkowo.

– A zamachowiec?

– Złapany. Niestety, tylko jeden, a na pewno miał pomocników.

Podsetniczka wzięła kilka głębokich oddechów.

Nie pytając o pozwolenie, towarzyszyła komendantowi do prywatnych pokoi księżnej. Było tam pełno ludzi, którzy biegli dokądś, wracali. Wszystkie drzwi pootwierano na oścież.

W sypialni, wokół pustego łoża, kręcili się dwaj żołnierze; dwaj następni czuwali przy rozbitym oknie.

– Co z jej wysokością?

– Nie ma jej tutaj – nieprzytomnie odparł halabardnik.

– Żyje czy nie?! – wrzasnął rozgniewany komendant gwardzistów. – Widzę, że jej nie ma!

Agatra pomyślała, że żołnierz na tak odpowiedzialnym stanowisku powinien jednak lepiej panować nad sobą. Ale dla tego tutaj księżna była niczym cesarzowa dla niej... Podsetniczka zatrzęsła się na samą myśl. Krzyczałaby pewnie tak samo.

– Żyje, wasza godność... Wyprowadzona, bezpieczna.

Oficer skinął na swoich dwóch żołnierzy i zawrócił na pięcie. Do Agatry dotarła oczywista prawda: zamach spełzł na niczym. Prawdę mówiąc... była na to przygotowana. Ale dureń dał się pochwycić. Nie zabili go.

Kto? Kto to mógł być? Kogo wynalazł kamienicznik Kołatka?

– Wasza godność! Komendancie!

Młoda niewolnica w krótkiej białej sukience na pewno służyła przy kimś, przy osobie; spostrzegawcza Agatra poznała już trochę reguły rządzące Dartanem, a zwłaszcza domem księżnej Sey Aye – służba do prac domowych nosiła długie szaty. Dziewczyna zbliżyła się szybko.

– Seva! Gdzie księżna? – niecierpliwie zapytał oficer.

– Właśnie mnie posłała. Poprowadzę.

Ruszyli przez dzienne pokoje jej wysokości. Przy trzecich drzwiach czuwała Pierwsza Perła Domu z wojskowym pasem zapiętym wprost na delikatnej domowej sukni. Płazem trzymanego w ręku miecza lekko uderzała w otwartą lewą dłoń, uważnie oglądając kręcących się wszędzie żołnierzy, niewolników i dworzan. Wyglądało to dość niezwykle... lecz Agatra wiedziała swoje. W Kirlanie też trzymano Perły. Nawet na dworze cesarza.

Oficer i dwaj gwardziści zniknęli za drzwiami; Agatra przejść nie zdążyła.

– Wasza godność – rzekła niewolnica, bezceremonialnie zastępując drogę.

– Jestem podsetniczką gwardii imperialnej – niecierpliwie powiedziała Agatra. – Wiem, że to sprawa legionistów dartańskich, ale trzeba ich tu najpierw sprowadzić. Nie jestem na urlopie i mam obowiązek działać, gdy dochodzi do bezprawia. Gdziekolwiek w Wiecznym Cesarstwie, czyli wszędzie. Z drogi.

Perła ustąpiła. Agatra wkroczyła do komnaty.

W kącie pokoju, z suknią w rękach, cierpliwie czekała młoda niewolnica, ponadto pod ścianami ustawili się czterej gwardziści. Ezena spacerowała tam i z powrotem, spokojnie gryząc jabłko i słuchając przejętego komendanta straży. Miała na sobie taką samą szatę jak Seva – widocznie, gdy zerwała się ze snu, inna niewolnica rozebrała się najszybciej jak mogła i podała pani własną sukienkę, bardzo łatwą do nałożenia. Ale księżna nie spieszyła się z przebraniem. Najwyraźniej kusa szatka prostej niewolnicy nie była dla niej ubiorem jakkolwiek krępującym. W zamian jednak zdążyła zadbać o włosy – ujęte były w bardzo gęstą złotą siatkę, migoczącą przy każdym poruszeniu głowy.

Agatra wkroczyła w środek rozmowy.

– W jaki sposób mógł mnie trafić? W łóżku? – kpiąco pytała Ezena.

– Mógł, wasza wysokość. Zakradł się do samych okien.

– W jaki sposób, Ohegened? Ogród jest strzeżony, czy tak? Jak ktoś z kuszą mógł się tam przedostać?

– Nie wiem, wasza wysokość. Ale kuszę znaleziono w odległości najwyżej trzydziestu kroków od twojego okna. Wyrzucił ją lub zgubił, uciekając.

– Mogłam zginąć? – Ezena niedowierzała.

– Tak, wasza wysokość. Niestety.

Oniemiała księżna bezwiednie oddała mu nadgryziony owoc, podeszła do stołu i powoli, z namysłem marszcząc szerokie brwi, wybrała z półmiska drugi, taki sam. Pytająco popatrzyła na Agatrę.

– Słyszysz, pani, co się tutaj dzieje? Może lepiej by było, gdyby łucznicy gwardii, zamiast łazić po całym imperium, wzięli się za łapanie morderców?

Agatra przygryzła wargę.

– Wasza wysokość... – zaczęła.

– Nie, nie – przerwała Ezena. – Nie wiesz jeszcze, pani, że to nie pierwsze takie zajście w Sey Aye. Dwa dni temu dokonano zamachu na mojego gościa. I ten zamach powiódł się, niestety. Dzisiaj okazuje się, że przeżyłam tylko przez przypadek. Nie pomogły nawet wzmocnione straże, przydały się tylko do tego, żeby gonić i łapać skrytobójcę. Na szczęście został złapany, ale słyszę, że tylko jeden. A jeśli było ich więcej? Może ktoś właśnie mierzy do mnie przez to okno? – pytała gniewnie Ezena. – Może powinnyśmy porozmawiać o tym, wasza godność? Bo zdaje się, że wczoraj zbyt pospiesznie zakończyłam rozmowę!

– A o czym chcesz rozmawiać, wasza wysokość? – Agatrze błysnęło w głowie, że kolejnej porcji upokorzeń nie przyjmie już od nikogo, nawet od pani domu. –

O czym chcesz rozmawiać? Wyrzucasz mnie z Sey Aye, a zarazem żądasz, bym pilnowała porządku? Burzysz się przeciw prawom imperialnym, ale krzyczysz, że są łamane?

Zaległa krótka cisza.

– O, nie... – powiedziała Ezena. – Nikt nie będzie tak do mnie mówił. Nie w moim domu. Wyjdziesz sama z tego pokoju, wasza godność, czy mają cię wyprowadzić?

– Każ mnie wyprowadzić, wasza wysokość – odparła z nieoczekiwanym spokojem gwardzistka. – Ale będę się broniła. Jako oficer imperium jestem nietykalna dla każdego. Można mi zarzucić nieznajomość dobrych obyczajów, ale nikt nie śmie mnie tknąć.

Ezena szeroko otworzyła swe różnobarwne oczy i Agatra zadała sobie pytanie, czy nie przeszarżowała.

– Czego nie śmie?... No dobrze, to stój sobie tutaj, wasza godność – powiedziała księżna, ruszając ku drzwiom. – Mam bardzo dużo pokoi, a rozkosz nieoglądania twojej twarzy cenię sobie wyżej niż dumę. Wygoniłaś mnie z mojej własnej komnaty. W twojej wojskowej karierze to chyba znaczący sukces. – Przystanęła. – Ale pewnie zaraz pójdziesz za mną? Będę uciekała, ty zaś będziesz się włamywać do kolejnych pokoi, niech zgadnę? Rozumiem, że powinnam zastawić drzwi krzesłem? – Znów ruszyła przed siebie. – Chodź ze mną, Ohegened, a to zwierzę niech tutaj stoi. Przesłuchałeś już jeńca? – zapytała, jeszcze raz przystając i odwracając się w drzwiach. – No to na co czekasz? Chcę natychmiast wiedzieć, kto to jest!

Agatra zrozumiała, że żarty się skończyły. Nie wiedziała nawet, kogo złapali. Było prawie niemożliwe, żeby dzielny Kołatka sam wyprawił się z kuszą. Na pewno znalazł jakichś durniów. A jeżeli nie?... Nie bardzo wiedziała co robić. Pokazywać się złapanemu? W każdym razie powinna być w sercu wydarzeń. Dowiedzieć się, ile można.

– Wasza wysokość – powiedziała do pleców Ezeny – proszę mi przebaczyć mój wybuch... Jestem upokorzona tym, co się stało pod bokiem nie tylko twojej straży, ale i żołnierzy Gwardii Armektańskiej.

Księżna stała przez chwilę bez ruchu, a potem odwróciła się zdziwiona.

– Jestem w prywatnych dobrach – dorzuciła Agatra – i zbyt często o tym zapominam. Wasza wysokość, proszę mi przebaczyć. Chcę pomóc... i muszę pomóc. To mój obowiązek.

Ezena skrzywiła się lekko.

– Przyjmuję wytłumaczenie. Ale na razie niczego nie przebaczam. Niemniej, skoro tak stawiasz sprawę, możesz mi towarzyszyć, wasza godność.

Nie czekając dłużej, wyszła z komnaty. Ohegened natychmiast posłał przodem dwóch halabardników dla oczyszczenia drogi. Pierwsza Perła przepuściła księżnę i komendanta, lecz zatrzymała Agatrę.

– Nie, pani – powiedziała. – My pójdziemy dziesięć kroków z tyłu. Zdaje się, że postanowiłaś przed chwilą być żołnierką na służbie, nie gościem?

Podsetniczka mogła tylko skinąć głową.

Idąca przez pokoje Ezena upewniła się krótkim spojrzeniem, że Agatra niczego nie usłyszy.

– Ohegened, jesteś wspaniały – powiedziała niegłośno do idącego obok gwardzisty. – Gotowa byłam uwierzyć, że naprawdę ktoś do mnie strzelał.

Komendant straży pałacowej, ujawniwszy tak nieoczekiwane zdolności, bawił się znakomicie. Przepuścił jej wysokość, zatrzymując się przy następnych drzwiach, i także zerknął na Agatrę, na pozór mimochodem. Zaraz dogonił Ezenę.

– Staram się, wasza wysokość.

– Wystarałeś się o konia, którego sam sobie wybierzesz z moich stajni. Jeśli Kesa wywiąże się tak samo...

Jasnowłosa Perła już szła im na spotkanie.

– Keso, gdzie jest jeniec? – głośno zapytała Ezena.

– Zamknięty, wasza wysokość. Ale nie powinniśmy tam iść.

– O, a to dlaczego?

Dołączyły Hayna i Agatra.

– Ten człowiek musi zeznawać – powiedziała Kesa. – Posłałam już do miasta, wkrótce przybędą urzędnicy Trybunału. Myślę, wasza wysokość, że powinni go przesłuchać właśnie oni.

– Nie jest poddanym Sey Aye?

– Jest, wasza wysokość. Ale będzie lepiej, jeśli zbrodniarzem zajmą się ludzie do tego powołani. Nieostrożne badanie może przynieść więcej szkody niż pożytku.

Nieoczekiwanie w sukurs księżnej przyszła armektańska podsetniczka.

– Jej wysokość ma prawo pytać tego człowieka. Gotowa jestem wyegzekwować poszanowanie tego prawa. Nawet przez urzędników Trybunału Imperialnego.

Ezena spojrzała na Kesę i wykonała dłonią gest oznaczający: słyszałaś?

– Tak, wasza wysokość – powiedziała niewolnica. – Nie twierdzę, że nie masz prawa pytać. Doradzam tylko skorzystanie z uprzejmości i pomocy urzędników imperium. Potrafią rozmawiać z ludźmi takiego pokroju. Ten pochwycony nikczemnik, jeśli jest dość sprytny, może dowiedzieć się od nas więcej, niż my od niego. To ułatwi mu później obronę i ukrycie współsprawców zamachu, a może i rozkazodawców, jeśli byli takowi. A wolno podejrzewać, że byli.

Ezena pytająco popatrzyła na Agatrę.

– Wygląda na to, wasza godność, że moja Perła może mieć słuszność. Nie znamy się na badaniu zamachowców. Sądzę, że i ty, choć na pewno ścigałaś przestępców, oddawałaś ich następnie w ręce urzędników?

Agatra nie lubiła Sey Aye, nie cierpiała Ezeny – ale Kesy wprost nienawidziła.

– To prawda, wasza wysokość, niestety – przyznała, z trudem panując nad głosem. – Alerów na Północnej Granicy przesłuchiwać nie można, to są tylko głupie zwierzęta. A w miejskim garnizonie... moi żołnierze chwytali rzezimieszków. Potem, tak jak powiedziałaś, zajmował się nimi Trybunał.

Ezena wzruszyła ramionami.

– A zatem najlepiej uzbrójmy się w cierpliwość. Do miasta nie jest daleko, a gończy Trybunału potrafi jeździć konno. Myślę, że śledczy także, choć to już człowiek niemłody. Liczę, że obaj wkrótce tu będą. Dziękuję, wasza godność – rzekła oficjalnie – że zechciałaś ofiarować mi swą pomoc.

– To mój obowiązek. Wyjadę na spotkanie urzędników Trybunału, a jeśli jeszcze nie wyruszyli, ponaglę ich. Im szybciej się tu stawią, tym lepiej.

– Doceniam twoje starania, wasza godność, ale to niepotrzebne. Dość już mam zamieszania w mych dobrach. Mój posłaniec zupełnie wystarczy.

– Ograniczasz mi swobodę poruszania się, wasza wysokość?

Ezena zniecierpliwiła się nie na żarty.

– Ograniczam, tak. Nie chcę twojej pomocy, wasza godność, dość mam twojego wścibstwa i dość kłopotów nawet bez ciebie. Nie życzę sobie żadnych galopad po drogach, moi żołnierze szukają wspólników złapanego łotra i nie będziesz plątać mi się po Sey Aye. Siedź w swojej komnacie, aż przyślę kogoś, kto ci powie, że możesz już zabrać swoich ludzi i wyprowadzić się z mojego lasu. Potem pójdziesz ze skargą na mnie do kogokolwiek, to już mnie nie obchodzi.

Pomimo nowej fali gniewu Agatra uświadomiła sobie, że księżna naprawdę przestała żartować. W armektańskiej wojowniczce odezwało się coś w rodzaju niechętnego uznania: ta dwa razy od niej młodsza, cycata wdówka o różnobarwnych oczach, była odważna i twarda jak żelazo. Gotowa była dowieść, że nie musi przed nikim uciekać z komnaty do komnaty, a nietykalność oficera gwardii to mit.

Agatrze zachciało się nagle śmiać z samej siebie. Z wyobrażeń, że nastraszy kogoś takiego samym swoim przybyciem do Sey Aye. Strasząc dalej, mogła znaleźć się na czele swych łuczników z nosem rozbitym przez pachołków jej wysokości Ezeny.

Nawet skinieniem nie odpowiedziawszy na wojskowy ukłon podsetniczki, księżna w towarzystwie komendanta i asyście dwóch Pereł Domu zawróciła do swoich pokoi. Podsetniczka poszła korytarzem, przez rzednący tłumek niewolników domu.

– Ohegened. Wydaj rozkazy, żeby nigdzie jej nie wypuszczano. Zatrzymać nawet siłą. A urzędników Trybunału wprowadzić tak, żeby o nich nie wiedziała.

– Tak, wasza wysokość.

***

– Jeszcze z nim porozmawiam – powiedziała Kesa. – Ale to nie jest głupiec, wasza wysokość, chociaż na pewno tchórz. Bardzo szybko zrozumiał, od czego zależy jego życie.

– Ale nie przyzna się przecież do zabójstwa Denetta? Denett nie był moim poddanym i nasz zamachowiec... – Ezena pokręciła głową i rozłożyła ręce. – Pomyślałaś już o tym? Bo ja jeszcze nie miałam kiedy, dopiero co wstałam z łóżka!

– Nie przyzna się, ale wskaże swoich tajemniczych zleceniodawców w Rollaynie. Wolno będzie domniemywać, że ci sami tajemniczy zleceniodawcy zapłacili komuś innemu za zamordowanie jego godności Denetta, nie chcąc dopuścić do małżeństwa, które mogłoby przecież wpłynąć na wyroki dartańskich sądów. Urzędnicy chwycą się tego, bo wybiega naprzeciw ich najskrytszym życzeniom. Będą mogli przekazać dochodzenie Trybunałowi w Rollaynie.

– Uważasz za możliwe – zapytał Ohegened – że nasi urzędnicy nie znają siedzącego w Sey Aye szpiega Trybunału?

– Nie mam żadnych powodów, żeby mu nie wierzyć. Trybunał tak właśnie działa, nikt tam nie wie więcej, niż wiedzieć musi. Szpieg zawsze może się ujawnić, jeśli jest to potrzebne. Ale lepiej, żeby siedział cicho i donosił także na jawnych urzędników. Warto, by wystawiał czasem ocenę, czy nie są nieudolni albo gnuśni – wytłumaczyła Kesa. – A zresztą, nawet jeśli go rozpoznają, to nie dadzą tego poznać po sobie. Przecież nie krzykną „wasza wysokość, to nasz człowiek!".

Ohegened chodził po komnacie, wciąż zadowolony ze swych nowoodkrytych zdolności. I obiecanego przez jej wysokość konia – bo w stadninach Sey Aye trzymano wierzchowce, na które nie stać było komendanta straży pałacowej.

– Ale będą chcieli nam go odebrać, żeby prawda nigdy nie mogła wyjść na jaw. Lub wproszą się na egzekucję. Jak im wytłumaczymy, że niedoszły zabójca księżnej, jej poddany, wymigał się od kary?

Niewolnica leciutko uniosła brwi.

– O, intrygant... – powiedziała, tak samo jak wcześniej do Yokesa, w sypialni. – Przede wszystkim, kto powiedział, że się wymiga? Zawsze można go powiesić lub ściąć. To i tak nagroda, bo powinien być ćwiartowany.

Komendant zrozumiał, że udawać wstrząśniętego zamachem to jedno, a pospinać wszystkie kółeczka tej kolczugi intryg i podstępów – sprawa druga.

– Ale go nie powiesimy, bo jeszcze może się przydać – zauważyła Ezena.

– Sam się powiesi, wasza wysokość. Już tej nocy, ze strachu przed karą. A wtedy niewolnicy Sey Aye pogrzebią go gdzieś jak psa. Tak jak chowa się skrytobójców. Doniesiemy urzędnikom o tym smutnym zdarzeniu.

– Masz pomysł, gdzie można go ukryć?

– Myślę, że komendant Yokes weźmie go do obozu i wsadzi w jakąś zbroję.

– Chcesz, Keso, w obozie wojskowym trzymać szpicla Trybunału? – Ohegened zapomniał już o pierwszej nauczce.

– Komendancie – powiedziała łagodnie księżna – ten człowiek zdradził Trybunał i cesarza. Wojskowy obóz Sey Aye to może jedyne miejsce, gdzie będzie jako tako bezpieczny, lecz tylko pod warunkiem, że

Trybunał nie dowie się o tym... Idź już wybrać swojego konia.

Grombelardczyk zaczerwienił się, bąknął coś, skłonił się i wyszedł.

W drzwiach minął się z Yokesem. Komendant Sey Aye był ponury jak śmierć. Donosy, krętactwa i łgarstwa wypełniały pałac po sam dach. Ani umiał, ani chciał w tym uczestniczyć.

– Sprostałeś zadaniu? – zapytał podkomendnego.

– Sprostałem, wasza godność – służbiście odpowiedział Ohegened.

– No to idź.

Ohegened poszedł. Yokes, skłoniwszy się księżnej, czekał na rozkazy.

– Dobrze, że już jesteś. Wkrótce zjawią się urzędnicy Trybunału – powiedziała. – Wczoraj Kesa nie miała z nimi kłopotów, bo sami nie wiedzieli, co właściwie powinni zrobić. Nie codziennie ktoś morduje pod ich bokiem dartańskiego magnata. Ale dzisiaj już na pewno doszli do siebie i będą bardziej dociekliwi. Poczet Denetta masz pod strażą, czy tak?

– Tak, wasza wysokość.

– Dzisiaj trzeba będzie uwolnić tych ludzi. Czy podejrzewają, co się stało?

– Wątpię, wasza wysokość.

– Powiem prawdę – oznajmiła Ezena. – Powiem, że wydałam rozkaz rozbrojenia tych żołnierzy, obawiając się, że na własną rękę zechcą szukać winnych zbrodni i ich ukarać. A w Sey Aye to ty szukasz sprawców, ja zaś decyduję o karze. Ja lub Trybunał Imperialny, nikt inny.

– Nie będę musiał kłamać, wasza wysokość?

– Nikt nie musi. – Księżna rozłożyła ręce i spojrzała na Kesę, jakby biorąc ją za świadka swoich słów. –

Komendancie, jedyne, co chcę ukryć, to ten list, który otrzymałeś dzisiaj rano. Ale i ty chyba nie chcesz, żeby ścięto człowieka, który, zmuszony do zamachu na mnie, wolał oddać się w twoje ręce? Proszę tylko, żebyś milczał o tym liście. Nikt cię zresztą o to nie zapyta. A gdyby jednak zapytał – dodała, wiedząc, że to niemożliwe, bo kamienicznik musiałby się przyznać do zdrady – wtedy powiesz prawdę.

Komendantowi spadł kamień z serca.

– Czy rzeczywiście nic nie mamy do ukrycia, wasza wysokość? Przecież ten list to cenny dowód. Nie muszę kłamać?

„Nie umiesz" – pomyślała Ezena.

„Ty, komendancie?" – pomyślała Kesa.

– Ani jednym słowem – powiedziała księżna.

– A śmierć jego godności Denetta?

No cóż, z tym było gorzej.

– Odmówisz odpowiedzi.

– Odmówię, wasza wysokość?

– Tak, komendancie. Gdyby pytano, powiesz, że nie wolno ci obciążać pani, której przysięgałeś lojalność. I odmówisz jakichkolwiek wyjaśnień.

– Ależ w ten sposób właśnie obciążę cię, wasza wysokość – Yokes nie był intrygantem, ale głupcem też nie.

– Wybronię się – powiedziała. – Nikt nie będzie wiedział, co masz na myśli. Nie skłamiesz, a zarazem dochowasz przysięgi wierności.

Yokes znowu spochmurniał.

– Jeśli to konieczne... będę kłamał, wasza wysokość – powiedział z ciężkim sercem. – Kłamałem już w życiu. Choćby przed jego godnością Denettem, gdy pytał o wojska Sey Aye.

– To co innego. To kłamstwo innego rodzaju, kłamstwo wojskowe, a więc raczej fortel niż kłamstwo. – Ezena umiała dostrzec różnicę i wiedziała, że tak samo postrzega to komendant. – Nie będziesz kłamał w mojej służbie, Yokesie.

– Wasza wysokość – milcząca dotąd Kesa poprosiła o głos.

Ezena przyzwoliła skąpym gestem.

– Księżna odpowiada za wszystko, co dzieje się w Sey Aye. Miałbyś prawo, a nawet musiałbyś odmówić zeznań, komendancie, nawet gdyby jego godność Denetta zagryzły wściekłe psy. Nie do ciebie należy ocena, co może zaszkodzić księżnej. Zawsze i każdemu możesz powiedzieć prosto w oczy, że nie wolno ci mówić nic o niczym, bo nie wiesz, czy to nie zaszkodzi twojej pani. Powołasz się na to, a kłamać będę ja.

– Natomiast ty nie będziesz kłamał w mojej służbie – powtórzyła księżna Ezena. – Mogłeś mieć mnie za uzurpatorkę, ale ja zawsze miałam cię za rycerza. Nie splamisz się w mojej służbie. Powiedziałam, że się wybronię, i tak będzie.

Yokes poczuł, że znalazł swoje miejsce na świecie. Służył komuś, kto gotów był zaryzykować wszystko, cały majątek i przyszłość, byle nie splamić honoru swego poddanego.

Ugiął na chwilę kolano.

– Jesteś wspaniałą panią, księżno Sey Aye – powiedział. – Mógłbym dla ciebie kłamać, ponieważ tego nie żądasz. Nigdy nie zdołam spłacić długu, jaki zaciągnąłem, podając kiedyś w wątpliwość twoje prawa.

Gdy wyszedł, przez chwilę nic nie mówiły.

– Rozmowa z urzędnikami Trybunału to fraszka.

Perła potwierdziła skinieniem.

21

Urzędnicy zjawili się bardzo szybko. Śledczy, człowiek już posunięty w latach, wyraźnie odczuł skutki pospiesznej jazdy do pałacu, jednak nie zgodził się na żadną zwłokę i odmówił nawet przyjęcia pucharka wina. Dał wyraz swemu oburzeniu, okazał księżnej współczucie i wyjawił ulgę, że nie doszło do najgorszego. Zleciwszy gończemu zbadanie miejsca zamachu, sam niezwłocznie udał się do pokoju, w którym trzymano jeńca. Księżna, przebrana już we własną suknię (bardzo podobną do tej, w której dnia poprzedniego spacerowała po parku z przybyłymi do Sey Aye gośćmi), nie życzyła sobie być obecna przy przesłuchaniu. Zastąpiła ją Kesa; Perła Domu miała prawo w imieniu swojej pani asystować przy wydobywaniu z jeńca zeznań, potem zaś odwrotnie: księżna mogła – ale i musiała – własnym autorytetem poświadczyć każde słowo niewolnicy odnoszące się do tego, czego była świadkiem. Nikt nie miał prawa dociekać, jak głębokim zaufaniem pani obdarza swoje sługi. Nie musiała się nimi wyręczać, ale gdy to czyniła, widocznie wiedziała, co robi.

Jej wysokość przebywała w swojej ulubionej komnacie, długiej ale wąskiej, z czterema dużymi oknami wychodzącymi na park. Dwa pokoje dalej mieściła się jej sypialnia. Księżna, pilnowana przez nadal uzbrojoną Pierwszą Perłę Domu, z zaciekawieniem patrzyła przez okno na gończego urzędnika Trybunału, który szukał czegoś między żywopłotami, wypytywał dowódcę gwardii pałacowej, kiwał, to znów potrząsał, łysiejącą głową.

– Powiedz mi, Hayno, co takiego można tam znaleźć?

– Odpowiedzi, wasza wysokość. Ślady, które przeoczyli inni.

– Naprawdę tak uważasz?

– Znam sposoby Trybunału.

– I co o nich myślisz?

Perła zmarszczyła brwi, lekko wydęła usta, a potem pokiwała głową. Nie wiadomo, co to miało oznaczać.

– Hm? – ponagliła Ezena.

– Ten urzędnik, wasza wysokość, na pewno niczego nie znajdzie.

– Źle szuka?

– Nie umie szukać. Chce tylko pokazać, jaki jest gorliwy.

– Skąd wiesz, że nie umie szukać?

Perła była dziwnie małomówna; księżna musiała z niej wyciągać każde słowo.

– Stąd, wasza wysokość – wyjaśniła niechętnie – że ten człowiek w ogóle nic nie potrafi. Wiele lat temu książę Lewin poprosił o przysłanie do Sey Aye urzędnika Trybunału, który rozpatrywałby sprawy nie dotyczące jego poddanych. Potraktowano to jako szczególny wyraz lojalności wobec Kirlanu. Prośbę spełniono, kierując do najspokojniejszego miejsca na świecie dwóch gapowatych urzędników, niezdolnych do działania gdziekolwiek indziej. Aż dwóch, przez szacunek dla księcia. Ci ludzie przez wszystkie spędzone tu lata mieli do czynienia z jednym nieumyślnym zabójstwem oraz zbrodniami takimi, jak bójki kupieckich pachołków i zdemolowanie oberży przez pijanych najemników, których książę nie przyjął do swych pocztów.

Księżna znów popatrzyła przez okno.

– Ale teraz, kiedy Puszczą rządzi niepokorna niewolnica, przydałby się tu chyba ktoś bardziej rozgarnięty?

– Pewnie tak. Kesa wyjaśni ci to lepiej, pani.

– Kesy tutaj nie ma – powiedziała Ezena. – Ciebie pytam. Rozmawiaj ze mną, Pierwsza Perło Domu.

Skarcona niewolnica westchnęła, nawet nie ukrywając, że nie w smak jej pogaduszki.

– Wasza wysokość, żeby gdzieś działać, trzeba znać miejscowe stosunki. Ktoś, kto ich nie zna, wart jest akurat tyle, ile ta gwardzistka mająca jakieś specjalne pełnomocnictwa. Prawda, wasza wysokość? Ci dwaj może są do niczego, ale chociaż wiedzą, którędy do rzeki.

Oburknięta w ten sposób księżna wzruszyła ramionami, postała chwilę, a potem niespiesznie przemierzyła komnatę, zatrzymując się przy każdym oknie. Po jakimś czasie, tak samo niespiesznie, wróciła.

– Zanudzę się tutaj.

Perła nie odpowiedziała. Ezena popatrzyła uważnie. Hayna, siedząca na krześle z dłońmi opartymi na kolanach, wpatrywała się w podłogę, zamyślona tak głęboko, że chyba nie usłyszała, iż księżna zwraca się do niej. Coś takiego miało miejsce po raz pierwszy. Dziewczyna naprawdę nie była sobą. Małomówna, cicha, bez uśmiechu na twarzy... Księżna nigdy nie widywała jej takiej.

– Hayno?

Niewolnica uniosła głowę.

– Wasza wysokość... dzisiaj, kiedy nas nie mogli obudzić, miałam sen – powiedziała. – Bardzo niezwykły. Ja... myślę, wasza wysokość, że powinnaś iść na grób księcia Lewina. To niemądre, wiem. To co mówię. Ale śniło mi się, że znalazłaś tam coś bardzo, bardzo ważnego.

Księżna usiadła na krześle naprzeciwko.

– Śniło ci się, że byłyśmy na cmentarzu? – zapytała wolno.

– Tak, wasza wysokość.

– I zostałaś przed bramą... a ja bardzo długo chodziłam między grobowcami?

Perła nie mogła uwierzyć.

– Skąd o tym wiesz, wasza wysokość?

– I domek dozorcy był pusty? Nikogo nigdzie nie było... tylko my?

– Skąd znasz mój sen, wasza wysokość?

Księżna i niewolnica spoglądały po sobie.

– Nasz sen, Hayno. Zdaje się, że wspólny. Dowiedziałaś się jeszcze czegoś?

– Nie, wasza wysokość. Ale czuję coś... i muszę to teraz powiedzieć. – Perła odetchnęła głęboko, zbierając się na odwagę. – Rozmawiałyśmy przed cmentarną bramą, to był tylko sen, ale...

Ezena ośmieliła ją lekkim ruchem głowy.

– Przebacz mi, wasza wysokość... ale nie mogę być Pierwszą Perłą Domu! – wybuchnęła dziewczyna, padając przed księżną na kolana. – I nie mogę być odprawiana, gdy zostajesz sama z kimś obcym, tak jak wtedy, w ogrodzie! Nie mogę być Pierwszą Perłą, kiedy mordercy strzelają do ciebie w twojej własnej sypialni! Wszystko jedno, czy to tylko było udawane, ktoś jednak nasyła na ciebie skrytobójców! – mówiła gorączkowo, unosząc ku Ezenie błyszczące oczy. – Nie mogę być Pierwszą Perłą Domu, co innego potrafię najlepiej!

Księżna pochyliła się, podniosła niewolnicę i niemal siłą posadziła sobie na kolanach. Hayna mocno objęła ją za szyję.

– Uczyłam cię kiedyś walczyć, na rozkaz księcia... – mówiła Perła, dotykając ustami siateczki na włosach księżnej. – Nauczę cię wszystkiego, co umiem... pozwól mi! Nie wiem, co się dzieje, i nawet nie wiem, kim jesteś... Twoje włosy, twoje sny... Ale książę chyba wiedział, musiał wiedzieć, skoro oddał ci wszystko, co miał. Nie potrzebował mnie, taka Perła nie miała komu służyć w Sey Aye, kupił mnie dla ciebie, bo wiedział coś, czego ja nie wiem, a może nawet ty nie wiesz, wasza wysokość! Od trzech lat chodzę po tym domu... zupełnie niepotrzebna... najdroższa z armektańskich Czarnych Pereł, tak droga, że nikt nie chciał mnie kupić... Dopiero książę, ale nawet on do niczego mnie nie potrzebował – Hayna, ze łzami w oczach, mówiła o wszystkim, co przez lata nosiła w biednej duszy. – Ja już prawie zapomniałam, kim jestem, w domu Anessa i Kesa... wszystko zrobią lepiej ode mnie. Czy ty wiesz, pani, co to znaczy być Perłą? Z jaką dumą uzyskuje się certyfikat Perły? A potem nikt tego nie chce, jesteś tylko trochę ładniejszą od innych niewolnicą... Bo komu dziś potrzebna w Szererze taka Perła? Nikomu, najwyżej tobie. Jeśli mnie nie chcesz... – powiedziała, cofając głowę i przez łzy, lecz zarazem z dziwną stanowczością patrząc księżnej w oczy – jeśli mnie nie chcesz, to skorzystam z jedynego prawa, jakiego nikt nikomu nie odbierze, nawet niewolnicy. Potrafię zabić każdego, nawet siebie. Mam już dosyć, wasza wysokość, niech ktoś wreszcie mnie potrzebuje!

– No, no! – ostrzegawczo mruknęła Ezena.

Milczała przez chwilę, a potem musnęła palcem policzek niewolnicy i pocałowała ją w czoło.

– Na razie wepchnęłaś mi rękojeść miecza pod żebra – powiedziała, lekkim klapsem dając dziewczynie znać, żeby uciekała z jej kolan. – Jesteś cięższa, niż się wydaje... A jako Pierwsza Perła nie nadajesz się do niczego, zagłaskałabyś mnie na śmierć. Oduczyłabym się mówić. Nawet o jabłko już nie mogę poprosić, bo wszędzie jest pełno jabłek... To przecież twój pomysł?

Perła przechyliła lekko głowę.

– Czy to znaczy, wasza wysokość...?

– To znaczy, że gwardią pałacową i wszystkimi przybocznymi Sey Aye zarządzasz od dzisiaj ty. Yokes zda ci wszystkie sprawy z tym związane.

Półprzytomna ze szczęścia Perła rozpłakała się jak dziecko.

– I ty masz być moją przyboczną? – zapytała kpiąco Ezena. – Jeśli się nie sprawdzisz... przegonię na cztery wiatry – dodała już bardziej poważnie.

Ale Hayna, rozmazując na policzkach łzy, śmiała się zarazem, pewna siebie, jak jeszcze nigdy dotąd.

– Komendant Yokes to wspaniały dowódca – oznajmiła – ale dla wojsk polowych. Nie zna się na pilnowaniu ważnych osób. Zobaczysz, jak ja to urządzę!

– Najpierw... – zaczęła Ezena.

Do komnaty bez żadnej zapowiedzi weszła Kesa. Być może chciała chociaż o parę kroków wyprzedzić śledczego Trybunału... Ezena spojrzała na nią i zrozumiała, że coś poszło źle.

Zasapany urzędnik skłonił się bardzo oszczędnie, z godnością człowieka, który stoi na straży prawa Wiecznego Cesarstwa.

Pani Sey Aye dała znak, że słucha.

– Wasza wysokość – rzekł urzędnik – ten człowiek działał na zlecenie kogoś, kto obawiał się, że przed dartańskim sądem zostaną potwierdzone twoje racje. Ustalimy, kim jest ów ktoś.

– Zamachowiec tego nie zdradził?

– Nie wie, a ja skłonny jestem dać mu wiarę. Temu komuś nie mogło zależeć na zdradzeniu swej tożsamości przed opłaconym mordercą. Lecz sprawa ma ciąg dalszy, a raczej zamach na ciebie, pani, jest ciągiem dalszym czegoś.

– A mianowicie? – zapytała księżna, bo urzędnik wyraźnie czekał na to pytanie.

– Zamordowanie jego godności K.B.I.Denetta na pewno zleciła ta sama osoba. Pochwycony dzisiaj złoczyńca wyparł się udziału w tamtej zbrodni, ale tym razem nie mogę dać mu wiary. Czy niewolnica waszej wysokości, która przeżyła ów napad, będzie umiała rozpoznać jednego z napastników?

Ezena miała nadzieję, że na tle jasnego okna nie widać zmieszania na jej twarzy. Dwie intrygantki... Przeoczyły z Kesą rzecz najbardziej oczywistą i najważniejszą zarazem. Anessa o niczym nie wiedziała. Gotowa była skorzystać z okazji, by odsunąć podejrzenia od swojej pani.

– Trzeba ją o to zapytać – powiedziała, siląc się na spokój.

– Właśnie o to przyszedłem poprosić.

– Każę ją sprowadzić.

– Nie, wasza wysokość. Nie była jeszcze przesłuchiwana i idąc tutaj, może się domyślić, po co ją prowadzą. Wolałbym ją zapytać nieprzygotowaną.

Księżna lekko uniosła brwi.

– Muszę brać pod uwagę wszystkie możliwości – wytłumaczył urzędnik. – Nawet taką, że niewolnica waszej wysokości przynależała do spisku. Przeżyła jako jedyna, udało jej się wymknąć, a spośród wszystkich napadniętych była najsłabsza i najgorzej przygotowana do walki. To budzi podejrzenia.

Okryty szarą szatą śledczy może i nie był dumą Trybunału, ale nie był też skończonym durniem. Starał się sumiennie wykonywać swoje obowiązki.

– Wykluczone – powiedziała Ezena. – Jestem pewna swoich niewolnic.

– Otóż, wasza wysokość, wszyscy ci, którzy zostali zasztyletowani przez służbę, byli jej bardzo pewni.

Księżna wątpiła, by wiele takich wypadków miało miejsce w najnowszych dziejach Szereru... Ale nie mogła sprzeczać się o to z urzędnikiem.

– Chcesz, wasza godność, postawić tego złoczyńcę przed moją Perłą, czy tak?

– Jeśli go rozpozna, będę musiał wystąpić do waszej wysokości z prośbą o oddanie go nam. Jego godność Denett nie był poddanym waszej wysokości, a tym samym wasza wysokość nie będzie mogła sądzić jego zabójcy.

Stojąca za plecami urzędnika Kesa bardzo lekko zmarszczyła brwi, dając znak księżnej, że chodzi o coś znacznie gorszego. Ezena wiedziała, o co... Rozpoznając w szpiegu zabójcę, Anessa wpędziłaby swoją panią w nie lada kłopoty. Śledczy wprawdzie nie znał (czy aby na pewno?...) tożsamości zamachowca, ale gdyby musiała go oddać, szpicel dla ratowania skóry powiedziałby, kim jest i na czyje zlecenie działał. Wyszłoby na jaw, że Anessa kłamała. A uzasadnione podejrzenie o zabójstwo Denetta to już nie była sprawa spadkowa,

Trybunał nie mógł zatuszować czegoś podobnego. Można było zmusić Rollaynę do skontrolowania rzetelności sądowych orzeczeń w procesie o unieważnienie małżeństwa – lecz nie do ochrony byłej niewolnicy o nieczystym sumieniu. Wszystkie odłamy Domu K.B.I., obojętnie jak skłócone z powodu schedy po księciu, gotowe były zjednoczyć się przeciw podobnemu bezprawiu. Kirlan, podpierając resztkami złota walący się Grombelard, uwikłany w wojnę z piratami, odbudowujący przetrzebione siły Garry, nie mógł pozwolić sobie na zatarg z największymi Domami Dartanu. Oskarżona musiałaby przyjąć wyrok sądu lub otwarcie wypowiedzieć wojnę cesarstwu, do tego zaś wcale nie była przygotowana. Yokes nie miał armii do obrony – skoro tak powiedział, to należało mu wierzyć. Miała więc jutro uderzyć na Dartan siedmioma chorągwiami ciężkiej jazdy, zostawiając na straży Sey Aye gajowych? Księżna nie znała się na wojnie, ale umiała liczyć.

Teraz jednak nie miała wyboru.

– Proszę działać według uznania, wasza godność – powiedziała. – Moja Perła pokaże drogę.

Posłano po zamachowca.

Kesa i urzędnik opuścili komnatę.

Śledczy dostał twardy orzech do zgryzienia. Nie sięgał myślami tak daleko, jak jej wysokość księżna Sey Aye, ale i tak miał nie lada problemy. Poprzedniego dnia rozmawiał tylko z Kesą, bo zupełnie nie wiedział, jak ma postępować wobec takiej zbrodni jak zabójstwo dartańskiego magnata. Urzędnicza skrupulatność kazała najdogłębniej przemyśleć sprawę. Śledczy nie miał pojęcia, jakie pytania powinien zadać i jakich odpowiedzi oczekiwać od poturbowanej niewolnicy, wytrąconej z łask za bezmyślne nocne spacery. Wprawdzie ta niewolnica była aż Pierwszą Perłą Domu – ale kto właściwie miał towarzyszyć jego godności Denettowi podczas spaceru? Niewolna kucharka? Urzędnik ani przez chwilę nie wierzył, że stała za tym morderstwem pani Sey Aye. Niemłody i sflaczały od bezczynności (gapowaty, jak chciała Hayna) umiał jednak dodać dwa do dwóch. Pomysł, że wyzwolona niewolnica, czekająca na proces o zawłaszczenie nazwiska, rozkazała zamordować swego gościa, a zdaje się, że i narzeczonego, w zagajniku za swoim domem, nie mógł być rozważany poważnie. Bezcelowe i bezsensowne, obciążające morderstwo na samym progu domu? Nie wypadek na polowaniu... nie zaginięcie w lesie... zresztą, po co miałaby w ogóle zlecać coś takiego? Urzędnik łatwo dał się przekonać, że stał za tą ponurą sprawą jakiś dartański Dom, któremu nie w smak były konkury jego godności Denetta. Przyjęcie oświadczyn przez Ezenę mogło wręcz uniemożliwić proces w Rollaynie – śledczy bardzo dobrze znał Dartan... Szedł teraz, by wysłuchać zeznania ofiary zamachu, najbardziej trapiąc się tym, że gotowa rozpoznać napastnika, a wówczas, zamiast przekazać sprawę do Rollayny, będzie musiał zabrać zamachowca i prowadzić dochodzenie na miejscu. Gotów był jednak przeprowadzić badanie jak najrzetelniej, by nikt nie mógł znaleźć jakichkolwiek uchybień.

Zupełnie nie miał pojęcia, dokąd jest prowadzony. W asyście halabardników pilnujących jeńca i pod przewodnictwem jasnowłosej Perły o wyniosłej urodzie dartańskiej córki Domu opuścił pałac przez wyjście w północnym skrzydle. Okrążyli gmach koszar.

– Dokąd idziemy, pani?

– Do psiarni.

Urzędnik sądził, że źle usłyszał.

– Ale... dokąd?

– Do psiarni, wasza godność. Dom księżnej nie jest twierdzą więzienną, nie ma w nim żadnych cel do przetrzymywania więźniów, ale za domem są klatki dla psów, myśliwskich i wojskowych. Gdy za jakieś przewiny trzeba zamknąć niewolnika domu, trzyma się go w jednej z pustych klatek.

Urzędnik nie wiedział, co ma o tym myśleć.

Ukryte za wysokim żywopłotem, zadaszone klatki, stały na wolnym powietrzu, jedna obok drugiej. Harmider i smród były nie do wytrzymania. Na widok nadchodzącej grupy ludzi psy zaczęły ujadać, natychmiast rozjuszając inne. Nadzorca psiarni wyszedł na spotkanie; temu człowiekowi hałas na pewno nie przeszkadzał. Zrozumiawszy w czym rzecz, psiarczyk poprowadził do jednej z najdalszych klatek. Lecz urzędnik dotknął ramienia Perły i pokręcił głową, dając znak, że w takich warunkach nie może być mowy o badaniu. Zgodziła się z tym. Na migi dała do zrozumienia, że trzeba wyprowadzić uwięzioną. Nadzorca pokazał dwóch halabardników. Poszli za nim. Śledczy także uczynił kilka kroków.

Nigdy w życiu nie widział czegoś podobnego.

Skulona w kącie drewnianej klatki, obleczona w brudną szmatę, leżała istota, w której nikt nie zdołałby rozpoznać pięknej Perły Domu. Anessę w Sey Aye widywali wszyscy, jej konne przejażdżki należały do codzienności. Teraz urzędnik Trybunału Imperialnego nie mógł uwierzyć własnym oczom. W ciągu zaledwie dwóch dni, znudzona władzą, bogactwem i własną urodą kapryśnica spadła na samo dno nędzy. Wydawało się, że nie umie rozpoznać tunik pałacowych żołnierzy, musieli wyciągnąć ją z klatki, a potem wlec pod ramiona, bo nie mogła ustać na obrzmiałych stopach. Z opuszczonej głowy zwieszały się brudne włosy, przywodzące na myśl wiecheć siana.

Śledczy wskazał nieodległy pałac i dał do zrozumienia, że żołnierze prowadzący zamachowca powinni iść przodem. Zatrzymał dumną Perłę Domu, której suknia na tle wstrętnej psiarni wyglądała na zjawisko nie z tego świata. Mieli trzymać się końca pochodu; urzędnik chciał dopilnować, by nikt nie rozmawiał z wleczoną nieszczęśnicą.

Ze względu na jeńców szli wolno, nieomal noga za nogą.

Wreszcie klatki i jazgot zwierząt oddaliły się na tyle, że rozmowa była możliwa, lecz w zamian śledczy usłyszał coś innego: głuche, przeciągłe stękanie. Trzymana pod ramiona niewolnica cierpiała istne katusze; wlokące się za nią stopy, sino-czerwone i spuchnięte, dobitnie świadczyły o liczbie kijów, które jej wymierzono. Podciągnięta koszula odsłaniała pośladki, tak samo poczerwieniałe; długie i wąskie opuchlizny pozwalały policzyć smagnięcia rózeg. Urzędnik zatrzymał kawalkadę i postawił kamienicznika przed byłą Pierwszą Perłą. Powoli osunęła się na kolana i zastygła na czworakach, podparta na dłoniach, z pochylonym czołem.

– Czy znasz tego człowieka? – zapytał.

Uniosła głowę i z najwyższym trudem otworzyła zapuchnięte od płaczu oczy. Łzy wciąż z nich płynęły; było to chyba coś więcej niż tylko objaw cierpienia. Także skutek wirującej wszędzie w powietrzu psiej sierści. Pomiędzy klatkami powietrze było od niej gęste.

Wolno pokręciła głową: nie.

– Zastanów się dobrze – napomniał z całą surowością. – Czy w nocy, gdy doszło do zabójstwa jego godności Denetta, ten człowiek mógł być jednym ze sprawców?

Coś zamigotało w zapuchniętych oczach. Długo patrzyła na halabardników, potem na urzędnika, wreszcie znów na poturbowanego mężczyznę w mieszczańskim przyodziewku. Stojącej z tyłu Kesy nie widziała.

– Czy ten człowiek był pośród zabójców, którzy napadli cię w lesie, gdy towarzyszyłaś jego godności Denettowi?

Otworzyła usta i zamknęła je zaraz, ale po krótkiej chwili powiedziała z lekką chrypką:

– Nie.

– Jak możesz mieć pewność? Była noc!

Kobieta mimowolnie westchnęła. Wciąż klęcząc na czworakach, zwiesiła głowę i przez chwilę milczała.

– Keso, stań przy jego godności i pół kroku przed nim – powiedziała z trudem, nie unosząc spojrzenia. – Przecież jesteś tu w imieniu naszej pani. Nikt, nawet urzędnik Trybunału, nie ma prawa wysuwać się przed ciebie. Zastępujesz księżnę.

Kesa podeszła do śledczego.

– W obecności przedstawicielki jej wysokości Ezeny – powiedziała Anessa, odrywając rękę od ziemi, by obetrzeć łzy na brudnej twarzy – oświadczam ci, wasza godność... że tego człowieka nie było wśród morderców gościa mojej pani. Zamordowali go niewolnicy przyuczeni do walki lub tak samo wyszkoleni ludzie w służbie możnego dartańskiego Domu – mówiła powoli i trochę niewyraźnie, z trudem panując nad bólem, z głową wciąż zwieszoną ku ziemi. – Ludzie potrafiący pokonać jego godność Haleta i moją własną przyboczną. Ten biedny cherlak stojący przede mną, którego zabiłabym bez niczyjej pomocy, nie jest kimś takim. Czy się mylę?

Urzędnik nie odpowiedział.

– Nie jest – odpowiedziała sama, unosząc na chwilę spojrzenie. – Bo gdyby był kimś takim, toby tutaj nie stał. Sługa Domu lub szkolony niewolnik, złapany przez Trybunał, przegryzłby sobie żyły. Proszę o drugie pytanie, wasza godność, jasno sformułowane.

Śledczy wiedział już wszystko i mógł z czystym sumieniem powiedzieć sobie: wystarczy. Ponadto był człowiekiem o umyśle bystrym na tyle, że dotarło doń, iż, pytając dalej, ośmieszy się zaraz, nawet przed halabardnikami. Skatowana Perła, odpowiadając tylko na zadane pytania, gotowa była dowieść... czegokolwiek. A już na pewno tego, że jest dwa razy mądrzejsza i trzy razy bardziej przenikliwa niż śledczy urzędnik Trybunału. Mogła wyglądać jak wszystkie nieszczęścia, ale pod brudnymi włosami wciąż pracował rozum wart setki sztuk złota.

– Nie mam więcej pytań – powiedział, zwracając się do Kesy.

Skinęła głową i pokazała gwardzistom, że mają zawlec Anessę z powrotem. Gdy urzędnik odwrócił się, kiwnęła głową raz jeszcze, do Anessy. „Bardzo dobrze".

Do pałacu wrócili w milczeniu.

22

Półsetka zakutych w zbroje żołnierzy – dziesięć piątek, jedna za drugą – tworzyła na drodze rozkołysany, szybko sunący czworobok, poprzedzany przez konnego oficera. Co czwarty krok wybijany był mocniej, dzwoniły wtedy folgi, żelazne pochwy mieczów uderzały o nabiodrki. Barwne pióropusze rytmicznie trzęsły się nad przyłbicami. Yokes odprowadzał Agatrę w takiej samej asyście, jaką trzy tygodnie wcześniej zapewnił młodemu Denettowi, lecz o wiele dobitniej pokazywał siłę swojego wojska. Było jeszcze widno; zachodzące słońce kładło na zbrojach czerwone i złote błyski. Posuwający się w ślad za ciężkozbrojnymi armektańscy łucznicy, oślepieni tymi błyskami, ogłuszeni hukiem marszowego kroku, na każdym łuku drogi oglądali tarcze i blachy, przeciw którym ich lekkie pociski niewiele mogły wskórać, na czele szyku zaś widzieli wierzchowca dowódcy – olbrzymie bydlę jakby nie z tego świata, bez wysiłku dźwigające końską zbroję. Prowadząca gwardzistów podsetniczka nie patrzyła na jadącego obok Yokesa, ale wiedziała, że komendant pocztów Sey Aye właśnie kończy rozpoczętą przez swą panią rozmowę. W pałacowym ogrodzie księżna powiedziała: „Nie ugnę się przed niesprawiedliwym wyrokiem". Yokes to potwierdzał. Jeśli można było latem zmusić żołnierzy w pełnych zbrojach do tak szybkiego marszu w zwartym i równym szyku, to można ich było zmusić do wszystkiego. Lekka gwardyjska piechota z najwyższym trudem dotrzymywała kroku spieszonej jeździe Sey Aye. Okryci sławą, doświadczeni żołnierze imperium, gnuśnieli w swych garnizonach, obejmując podwójną „wolną służbę". Blada Agatra miała nadzieję, że wyścig skończy się na skraju lasu. W przeciwnym wypadku, malowani wojacy Sey Aye gotowi byli wykończyć jej łuczników samym marszem.

Na skraju lasu czekały dwa kliny kuszników.

– Tu się pożegnamy, wasza godność – rzekł Yokes.

Zjechał z drogi i wykrzyknął kilka dartańskich komend. Ciężkozbrojni z hukiem blach rozeszli się na boki i stanęli. Zaległa dzwoniąca w uszach cisza.

– Tu się pożegnamy – powtórzył komendant Sey Aye. – Otrzymasz przewodników, wasza godność. Vahen!

Spomiędzy drzew wyłoniło się siedmiu ludzi – i kot. Podsetniczka zrozumiała, że tym razem na pewno nikogo nie podejdzie.

– Trafię sama. Znam drogę do Wiecznego Cesarstwa.

Yokes lekko machnął uniesioną ręką i gajowi zniknęli.

– W takim razie, wasza godność, pozostaje mi życzyć samych dobrych przygód w podróży – ani słowem nie wspomniał o czekających kusznikach; wiadomo było, po co są. – Mam nadzieję, podsetniczko, że już nigdy się nie spotkamy.

Odwróciła spojrzenie, bo było dla niej jasne, że komendant wie. Nie miało to już żadnego znaczenia.

– A ja przeciwnie – powiedziała, a potem nagle, wbrew sobie, usprawiedliwiła się przed sławnym wojownikiem, którego podziwiała: – Służę Wiecznemu Cesarstwu zawsze i wszędzie, wasza godność, tak jak tylko potrafię. Ale jestem żołnierzem i moją wartość ocenić można tylko na wojnie. Chciałabym, żebyś kiedyś mógł ją ocenić.

Pojechała stępa wzdłuż drogi. Nie odwracając się, krzyknęła krótki rozkaz i łucznicy gwardii ruszyli przed siebie – w tym samym tempie, w jakim doszli na skraj lasu. Nie nakazała tego... Yokes słuchał ciężkich oddechów i patrzył na zmęczone, spocone twarze mijających go żołnierzy, którzy dogonili i wyprzedzali swoją podsetniczkę, gotowi paść za linią pierwszych drzew – ale jeszcze nie teraz, gdy ich widział. Jemu także coś powiedziano, a może tylko przypomniano o czymś ważnym...

Patrzył, jak klin łuczników Gwardii Armektańskiej pogrąża się w lesie. Potem zakręcił ramieniem nad głową, dając ciężkozbrojnym rozkaz „Z powrotem!", zawrócił wierzchowca i pokłusował tam, skąd przybył. Miał do załatwienia jeszcze jedną sprawę.

Kłusem i galopem na zmianę komendant pocztów Sey Aye zmierzał do gospody, gdzie trzymano rozbrojonych żołnierzy jego godności Denetta. Nie dojechał do dziedzińca pałacu, skorzystał z bocznej drogi omijającej sędziwy zameczek. Wkrótce był na rozstajach przy młynie, znów puścił konia kłusem i po niedługim czasie zeskoczył z siodła na majdanie przed przydrożnym zajazdem. Na powitanie wybiegł oberżysta, pojawiło się też kilku żołnierzy.

– Gospodarzu, chcę być sam w wielkiej izbie – powiedział. – Żołnierzu, sprowadź tam dowódcę pocztu. Uwolnionego z więzów i przy mieczu.

Nie mówiąc słowa więcej, wszedł do gospody, rozejrzał się po przestronnym wnętrzu i wybrał jeden ze stołów. Usiadł na szerokiej ławie, pochylony, opierając przedramiona na blacie i splatając dłonie.

Po niedługim czasie żołnierz przyprowadził Ranezena. Dowódca pocztu Denetta nie wyglądał na wyczerpanego dwudniową niewolą – zresztą była to niewola naprawdę bardzo łagodna. Rozbrojonych żołnierzy spętano byle jak i uwalniano z więzów do każdego posiłku. Yokes już na leśnej polanie mógł ocenić dowódcę pocztu i wiedział, że to nie jest narwany młodzik. Ranezen miał świadomość, że dwudziestu pięciu uzbrojonych po zęby kuszników nie dałoby jego podkomendnym nawet najmniejszych szans. Stale domagał się rozmowy z komendantem Sey Aye, lecz – przynajmniej jak dotąd – nie zamierzał wprowadzać w czyn żadnych desperackich zamysłów.

– Wasza godność – powiedział Armektańczyk.

Yokes wskazał miejsce – nie przed sobą, lecz obok, przy prostopadłej krawędzi stołu. Nie chciał rozmawiać z Ranezenem jak z wrogiem, twarzą w twarz.

Dowódca pocztu usiadł.

– Jego godność K.B.I.Denett nie żyje, zginął także jego godność Halet – powiedział Yokes. – Nic nie mogłeś na to poradzić, panie. Twoi żołnierze zostali rozbrojeni, bo obawiałem się zamieszania w dobrach jej wysokości.

Stary żołnierz milczał ze ściągniętą twarzą. Oczekiwał złych wieści, ale nie aż takich. Sądził dotąd, że jego pan stał się, z jakichś powodów, niemile widziany w Sey Aye. Był młody i porywczy... może nie chciał dobrowolnie opuścić ziem księżnej, rozbrojono więc jego żołnierzy. Lecz prawda była gorsza. Najgorsza.

– Czy to wszystko, panie? – zapytał po długiej chwili.

– Ciała zostaną wydane jego godności K.B.I.Enewenowi. Jutro rano obejmiesz pieczę nad... konduktem. Niewiele mogę powiedzieć, panie. Ale mogę zapewnić o jednym: jego godność Denett nie zginął z rozkazu, ani za przyzwoleniem, ani nawet za wiedzą księżnej K.B.I.Ezeny. Jeśli zażądasz, bym potwierdził to moim uroczystym słowem, otrzymasz je, wasza godność.

Ranezen długo patrzył w twarz siedzącego obok dartańskiego rycerza, szukając w jego oczach potwierdzenia. Znalazł jakiś cień... ale nie dostrzegł fałszu. Być może komendant Yokes nie wszystko mógł powiedzieć, ale to, co powiedział, na pewno było prawdą.

– Czy miał miejsce jakiś... wypadek? Z tą wiedzą, której udzieliłeś mi, panie, nie będę mógł wrócić do jego godności Enewena, odwożąc mu zwłoki syna. Syna, którego miałem strzec. Czy dowiem się czegoś jeszcze, wasza godność?

– Tak, ale już nie ode mnie. Jej wysokość nie przyjmie cię, panie, ale w jej imieniu porozmawia z tobą Perła Domu. – Yokes ciężko podniósł się z ławy, dając znak, że powiedział wszystko, co miał do powiedzenia.

Ranezen wstał także... i zaraz usiadł z powrotem. Yokes pojął, że stary żołnierz tylko twarz miał z kamienia. Ukryte w piersi serce krwawiło; dowódca pocztu, znający Denetta od dziecka, nie mógł jeszcze ustać na nogach.

– Siedź, panie – powiedział komendant. – Poczekam na ciebie przed gospodą. Chyba powinienem powiedzieć ci coś jeszcze – dorzucił, idąc do drzwi; zatrzymał się z dłonią opartą o framugę. – Za porządek w Sey Aye odpowiadam ja. Nie istnieją takie nieszczęśliwe wypadki, za które odpowiedzialność mógłbym zrzucić na kogokolwiek innego. Jeśli zażądasz ode mnie zadośćuczynienia, to je otrzymasz.

– Dziękuję, wasza godność. Zaraz stąd wyjdę.

Yokes opuścił gospodę i długo rozglądał się po niebie, obserwując pierwsze oznaki nadchodzącej nocy.

***

Gotah-Przyjęty nareszcie zaspokoił głód.

Zwykły porządek dnia został zaburzony tak bardzo, że żadnego posiłku nie podano o właściwej porze. Nikt za to nie odpowiadał. Pierwsza Perła Domu najpierw spała wraz z księżną do południa, potem wszędzie jej towarzyszyła, wreszcie została zwolniona z obowiązków Pierwszej Perły. Kesa zajmowała się tylko urzędnikami Trybunału Imperialnego; pytana o posiłki niecierpliwie odpowiadała „Później!" albo „Nie teraz!". Nietknięte śniadanie zabrano więc ze stołu i taki sam, a nawet gorszy los przypadł w udziale wszystkim następnym posiłkom, bo wieczerzy nie było wcale. Tylko posiłki dla służby wydano z kuchni o zwykłej porze.

Goście Sey Aye poradzili sobie różnie. Podsetniczka gwardii ani myślała zniżać się do prośby o jedzenie w domu, który podejmował ją z tak niezwykłą gościnnością. Podany do komnaty posiłek przyjęła obojętnie, upewniając się tylko, czy nie zapomniano o łuczniczkach w sąsiednim pokoju; wkrótce potem odjechała z Yokesem. Mędrzec Szerni także otrzymał poczęstunek, ale lubił sobie dobrze podjeść i wieczorem desperacko gryzł owoce, znalezione w koszu postawionym w niszy korytarza (był więc ktoś, kto potrafił docenić zarządzenia Hayny...). Zapadła późna letnia noc, gdy nareszcie poproszono go do stołu. Poprzedzany przez niewolnicę odbył długi spacer po domu i – znalazł się w ogrodzie.

Blisko pałacu, na żwirowym placyku otoczonym żywopłotami, przy fontannie, płonęło kilka dużych zniczy; światło wyrywało niezliczone błyski z pióropuszy szemrzącej wody. Na rozkaz księżnej wyniesiono stół z pałacu i zastawiono pod gołym niebem. Między półmiskami płonęły liczne świece.

Księżna siedziała przy stole, skubiąc obrus – widocznie życzyła sobie, by pozostawiono ją w spokoju. Bo nie była sama, bynajmniej. Kilka kroków dalej, przy fontannie skupiła się grupka ludzi, rozmawiających na jakieś lekkie tematy; dość często rozbrzmiewał śmiech. Jej wysokość jadała zwykle w towarzystwie Pierwszej Perły i Yokesa – o ile komendant nie był w swoim obozie – oraz któregoś z najwyższych rangą dworzan. Tego dnia zaszczyt przypadł w udziale koniuszemu (trzeba trafu, Przyjęty zdążył już poznać koniuszego, zupełnie przypadkowo, bo w trakcie zamieszania po udaremnionym zamachu), ale zaproszono także komendanta gwardii. Były też Kesa i Hayna. Czekano tylko na gościa i gdy księżna poprosiła go gestem o zajęcie miejsca, natychmiast wszyscy siedli do stołu. Tylko Hayna zwlekała przez chwilę, wydając jakieś zwięzłe instrukcje żołnierzowi straży pałacowej, który wyłonił się z mroku, a po chwili odszedł.

Posiłek podano obfity, ale niewyszukany – podobnych potraw Gotah zakosztował w domu namiestnika Wadelara, choć proponowano tam znacznie mniej dziczyzny. Był to więc stół armektański co się zowie i mający armektańską wymowę. „Drogi gościu – powiadano – jedzenie nie jest ważniejsze niż rozmowa z tobą, jesteś traktowany jak domownik, a dowodem tego brak szczególnych przygotowań, związanych z twoją obecnością." W Armekcie tak właśnie okazywano życzliwość i szacunek, a przejawem największej atencji była słynna armektańska nagość, tak gorsząca przybyszów z innych stron Szereru. Nagość symboliczna, czasem w większym, a czasem mniejszym stopniu; najczęściej zaledwie dyskretna niedbałość stroju, mająca tę samą wymowę co niebogaty stół. „Drogi gościu, jesteś u siebie, traktujemy cię jak domownika i zachowujemy się jak zawsze, nie przysparzasz nam żadnych kłopotów". No, ale to już by było nazbyt po armektańsku; Gotah wątpił, by księżna siedziała w podkasanej dla ochłody sukni bądź pozwoliła wyjrzeć piersiom z rozsznurowanego stanika... Komendant gwardii pałacowej też raczej nie zamierzał ściągać kaftana i straszyć włochatym torsem spod rozwiązanej koszuli.

Jedzącym usługiwały zręczne niewolnice; niewolnych mężczyzn było w Sey Aye bardzo niewielu. Gotah wiedział dlaczego. Niewolników zawsze brakowało, bo byli potrzebni do kopalń, kamieniołomów – słowem, do ciężkich prac. Hodowlanych chłopców przysposabiano do walki, w czyjejś służbie lub na arenach. Natomiast nie zdarzało się prawie nigdy, by wolny mężczyzna, obojętne jak bardzo przymierający głodem, dobrowolnie sprzedawał się w niewolę. Było pewne, że trafi do morderczej pracy, która go zabije w pół roku. Kobiety nic podobnego nie ryzykowały.

Lekka, ogólna rozmowa przy stole nie męczyła Przyjętego, ale trudno też powiedzieć, by go interesowała; obchodziło go w Sey Aye zupełnie co innego niż letnie upały i związane z nimi wysychanie strumieni. Zadał parę zdawkowych pytań, udzielił kilku podobnych odpowiedzi, zażartował... Nikt mu się nie narzucał, choć z drugiej strony, trzeba przyznać, traktowany był bardzo szczególnie, bo to właśnie przy nim wyznaczono miejsce Perle Domu. Hayna posilała się u boku samej księżnej; Kesa dbała o gościa, proponując czasem danie bardziej godne polecenia od innych, albo wręcz zastępując czekającą za krzesłem niewolnicę. Gotah bronił się trochę, bo Perła wyglądała na śmiertelnie zmęczoną, choć starała się to ukryć; wreszcie sam jej usłużył, dolewając wina do złotego kubka, nim zdążyła to uczynić dziewczyna w kusej szatce. Kesa spojrzała pytająco – i przez krótką chwilę tych dwoje prawie całkiem obcych sobie ludzi prowadziło rozmowę spojrzeń, do której nikt nie umiał się włączyć. Przyjęty pochylił się nagle i powiedział cicho parę słów. Zapytała. Odpowiedział. Roześmiała się i trochę karcąco pokręciła głową.

Ezena, zamyślona i cokolwiek nieobecna, uczestnicząca w ogólnej rozmowie tak mniej więcej, jak mędrzec-Przyjęty, usłyszała krótki śmiech Perły i przez chwilę zastanawiała się, dlaczego to takie ciekawe. Popatrzyła uważniej. Kesa uśmiechała się często, odgradzając od świata uprzejmym wyrazem twarzy, uniesieniem wygiętych brwi – zdawkowym królewskim uśmiechem, który raczej onieśmielał, niż wywierał skutek odwrotny. Ale nie śmiała się nigdy. Nawet wtedy, gdy żartowała, budząc swoją panią lub rozbierając do snu.

– Keso. Rozmawiałaś już z komendantem Yokesem, czy tak?

Pytanie utonęło w rozmowie koniuszego z Hayną i gwardzistą. Ale Kesa wyłowiła je od razu.

– Tak, wasza wysokość. Z dowódcą tego prywatnego pocztu także. Komendant Yokes wrócił z nim teraz do gospody, by wydać rozkazy żołnierzom.

– Stawi się tutaj?

– Gdy tylko wróci – powiedziała Perła.

– Dobrze.

Niewolnica upewniła się, czy jej wysokość nie zapyta o nic więcej, po czym wróciła do rozmowy z Przyjętym. Zaintrygowana Ezena przyglądała się temu, prowadząc błahą rozmowę z Ohegenedem.

„Nie, nie..." – powiedziała sobie w myślach. – „Jeszcze raz".

Doczekała się bardzo szybko. Przyjęty coś tłumaczył, nozdrza Perły drgnęły leciutko. Przyłożyła palce dłoni do ust, jakby powstrzymując wybuch śmiechu, zerknęła z ukosa na księżną... i przestraszyła się, napotkawszy jej badawcze spojrzenie. Nie wiedziała, jak się zachować.

Ezena nie odwróciła spojrzenia. Zamiast tego uśmiechnęła się z ciepłą kobiecą ironią i przekrzywiła głowę jakby pytała: no, co ty?... Mrugnęła zielonym okiem i zaraz ostentacyjnie zwróciła się do komendanta gwardii, podtrzymując rozmowę z takim ożywieniem, jakby opowiadał nie wiadomo o czym.

Perła poróżowiała na policzkach.

Nikt już się nie posilał, prowadzono tylko leniwe pogawędki. Podczas krótkiej chwili ciszy, gdy nikt akurat do nikogo nie mówił, gdzieś daleko, rozbrzmiało posępne wycie.

– Wilki? – zapytał Gotah.

– Tu ich nie ma – odparł koniuszy. – Psy, panie. Jakieś ćwierć mili stąd, albo i trochę dalej, za pałacem jest psiarnia. Z mojej komnaty, z północnego skrzydła, słychać je o wiele wyraźniej.

– Niestety tak – potwierdził Ohegened.

– To psy myśliwskie? Nigdy jeszcze nie brałem udziału w polowaniu z psami.

– O, na pewno będzie okazja, wasza godność! Nie wyjeżdżasz chyba już jutro?

– Właściwie... nie wiem – rzekł Gotah.

Księżna, zamyślona i spochmurniała, pokręciła głową.

– Nie, panie. Chyba że mi uciekniesz. Chcę cię prosić, żebyś został w Sey Aye dokąd... jak najdłużej.

– Dziękuję, wasza wysokość.

– Jest księga, którą bardzo chcę przeczytać, panie.

– Rozumiem, wasza wysokość. Czy spalimy ją potem?

– To zależy od tego, co w niej będzie. Zwykle jednak nie palę ksiąg, bo ich treść nie od nich zależy.

– O... – rzekł Gotah z prawdziwym szacunkiem. – Jak niewielu ludzi to rozumie!

Nikt z obecnych nie miał pojęcia, o czym księżna rozmawia z Przyjętym.

– Późno już – zauważyła jej wysokość.

Koniuszy i gwardzista pierwsi wstali od stołu i życzyli księżnej dobrej nocy.

– Keso, przyślij mi do sypialni Eneę. Nie czekaj, aż się położę, zasłużyłaś na odpoczynek jak nikt inny. Wielu rzeczy dowiedziałam się dzisiaj o tobie.

Perła wstała od stołu, pokłoniła się księżnej i gościowi.

Jej wysokość odprawiła także drugą Perłę. Lecz Hayna nie weszła do pałacu. Stanęła przy drzwiach i oparta o ścianę spoglądała w rozgwieżdżone niebo.

Księżna i Przyjęty zostali sami przy stole. Mędrzec Szerni nie odszedł, bo powstrzymało go spojrzenie księżnej.

– Wasza wysokość – powiedział – przed nami wiele długich rozmów, rozmów bardzo trudnych, także dlatego że... zabrałem ze sobą niewłaściwą księgę. – Porozumiewawczo skinął głową. – Nie tego oczekiwałem w Sey Aye. Chciałbym rozmawiać już teraz, ale jest noc i lepiej będzie, jeśli oboje poskromimy ciekawość. Jutro znów będzie dzień.

Spuściła na chwilę wzrok, bo Przyjęty odgadł wszystkie jej myśli.

– Nie nalegam. Dobrze, porozmawiajmy jutro – powiedziała. – Gdy już będziesz, panie, coś o mnie wiedział, czy zgodzisz się spełnić moją prośbę? Na razie tylko komendant Yokes... a oto chyba i on... – Skierowała twarz ku wejściu do pałacu, gdzie przybyły rozmawiał z Hayną. – Tylko komendant Yokes wie, kim jestem. Chciałabym, żeby ktoś porozmawiał o tych sprawach z moimi Perłami. Lepiej, żeby nie gubiły się w domysłach.

– Słusznie zauważyłaś, księżno, że sam jeszcze niewiele wiem o tobie. Ale zgadzam się, oczywiście.

Yokes i Hayna posprzeczali się o coś cicho. Wreszcie niewolnica machnęła ręką. Yokes, w zakurzonym odzieniu, ale chyba niezbyt zmęczony, zbliżył się do stołu i skłonił księżnej z wojskową wstrzemięźliwością. Spojrzał na Przyjętego.

– Wasza godność.

– Komendancie – odpowiedział Gotah.

Yokes otworzył usta, ale księżna zaprotestowała.

– Nie, żadnych szczegółów. Wszystko dobrze?

– Tak, wasza wysokość.

– To mi wystarczy.

W oddali znowu rozbrzmiało wycie psów. Księżna zagryzła usta.

– Wasza wysokość, mam jeszcze jedną sprawę.

– Bardzo ważną?

– Tak.

– No to... słucham.

– Wasza wysokość, muszę zapytać o Anessę.

Przyjęty nastawił uszu.

– Nie dzisiaj, komendancie.

– Dzisiaj, wasza wysokość. Odmówiłaś mi już kilkakrotnie, wprost, lub tylko dając do zrozumienia, że nie wolno mi pytać. Ale teraz chcę wiedzieć.

– Jestem trochę zmęczony... Czy mogę już pożegnać waszą wysokość? – zapytał Gotah.

– Nie – ucięła i znów spojrzała na komendanta. – Powiedziałam wyraźnie: nie dzisiaj.

– Dzisiaj, wasza wysokość. Tu i teraz.

Nieugięta postawa komendanta zdeprymowała księżną. Po raz pierwszy okazywał otwarte nieposłuszeństwo, i to nie w cztery oczy (co prawda, świadek był obecny na jej własne życzenie). Ale w tym nieposłuszeństwie kryło się coś... właściwego. I pochlebnego dla niej. Ezena zrozumiała, że już naprawdę i dla nikogo nie jest uzurpatorką. Dartański rycerz mógł się kłócić ze swoją panią, z podniesionym czołem narażając się na jej gniew, a nawet karę. Nigdy nie sprowokowałby kłótni z zajmującą nienależne miejsce praczką.

– Wasza wysokość? – Yokes był nieustępliwy.

– Dobrze – powiedziała poirytowana. – Idź do psiarni i... weź ją sobie. Od dzisiaj to jest twoja niewolnica, daję ci ją i zrób z nią, co ci się podoba. Ja już nie chcę tej... rzeczy. No? Dostałeś, o co prosiłeś, teraz odejdź. Chcę jeszcze porozmawiać z moim gościem o poważnych sprawach.

Yokes skłonił się, odwrócił i poszedł do pałacu.

***

Wycie psów nie mogło dotrzeć do sypialni jej wysokości – a jednak słyszała je stale. Nigdy nie była w psiarni, ale wiedziała, że tam właśnie trzymani są rozmaici winowajcy. Dawno temu, jeszcze za rządów księcia Lewina, słyszała, że posłano tam dziewczyny kuchenne. Niedbałe kuchty przygotowały dla służby posiłek z nieświeżego mięsa; pochorował się cały dom.

Księżna chodziła od ściany do ściany, od okna do drzwi i z powrotem.

– Enea!

Dziewczyna stawiła się natychmiast. Ezena dała znak, że chce być rozebrana. Niecierpliwie przytupywała, czekając, aż puszczą wiązania na plecach. Wkrótce niewolnica zabrała suknię i wyszła.

Księżna swoim zwyczajem podeszła do zwierciadła. Chciała usiąść na krześle, ale wcześniej zobaczyła kasztanowe włosy, uwolnione już ze złotej siatki, równym kręgiem rozsypane wokół głowy. Porwała ciężkie krzesło za oparcie i grzmotnęła nim w kryształową taflę.

Enea wbiegła do komnaty. Księżna zamierzyła się krzesłem. Nie doleciało do drzwi, ale porwała drugie, stojące znacznie bliżej. Wysoka i bynajmniej nie drobna pani Sey Aye była kiedyś hożą wiejską dziewoją, a potem praczką targającą kosze z mokrą bielizną. Enea uciekła. Krzesło załomotało na marmurowej posadzce. Znów posypało się szkło; jej wysokość tłukła o ściany wszystkie lustra, jakie były w komnacie.

Z ogrodu dobiegało wycie psów.

Było jeszcze łoże z baldachimem. Ponury nagi demon zdarł zasłony i z sumienną zajadłością jął rwać na strzępy. Kłąb szmat wylądował pod oknem. Wlokąc za sobą ostatnią zasłonę, która jeszcze mogła się przydać, księżna chodziła od ściany do ściany, od okna do drzwi i z powrotem.

Ciężki oddech uspokajał się powoli.

Za drzwiami, w przedpokojach, wszczęło się jakieś poruszenie. Kobiecy głos protestował; odpowiedział mu męski. Księżna spojrzała spode łba, owinęła się zmiętoszoną zasłoną i ruszyła ku drzwiom, jakby chciała wyważyć je głową.

Otworzyły się z łomotem, zanim doszła. Komendant Yokes grzmotnął w nie barkiem i plecami, okręcił się na pięcie i wszedł do komnaty, niosąc coś, co wyglądało jak stłamszony pod oknem sypialni kłąb szmat. Obrzucił wzrokiem panią Sey Aye, ale nie zauważył jej stroju ani pobojowiska w komnacie. Przez długą chwilę stał nieruchomo, a potem uczynił słaby ruch, jakby chciał podać księżnej to, co trzymał w ramionach. Ezena cofnęła się ze ściśniętym gardłem.

– To twoja Perła, pani. A właściwie to, co zostało.

Głos mężczyzny, ochrypły ze zmęczenia, pasował do poczerwieniałej twarzy. Yokes niósł Anessę z psiarni do pałacu, a potem jeszcze przez korytarze domu.

– Dostałeś ją ode mnie – powiedziała z mocno bijącym sercem. – Miałeś z nią zrobić, co ci się podoba.

– Chciałem zrobić tylko jedno: przynieść ci ją tutaj.

– To moja sypialnia.

– Mogę widzieć się z tobą, kiedy zechcę, pani. Nie cofnęłaś tego przywileju.

Blada Ezena nie mogła oderwać wzroku od spuchniętych stóp, kołyszących się poniżej ramienia mężczyzny. Twarzy Anessy, okrytej skołtunionymi włosami i opartej na ramieniu komendanta, nie widziała. Yokes podszedł do posłania i delikatnie złożył na nim przyniesiony ciężar. Dotknął ręką brudnych włosów, a potem szybko uniósł dłoń do policzka, usuwając z twarzy maleńką plamkę wilgoci.

– Zostawiam ci ją, wasza wysokość. Kazałaś mi zrobić, co zechcę... więc zrobiłem. Jutro stawię się do raportu.

Odwrócił się, jeszcze raz spojrzał na księżną i wyszedł.

Na dłoniach leżącej dziewczyny widoczne były wąskie białe pręgi, otoczone czerwienią. Tylko dwie... Być może Perła, po rozmowie z urzędnikiem Trybunału, żywiła w sercu cichutką nadzieję, że ominie ją wieczorna część kary. Gdy nadzieja okazała się złudna, rozpacz i ból wygrały z dumą. Bita dziewczyna próbowała zasłaniać się rękami, zanim przytrzymano jej ramiona. Dowiedziała się, że nie będzie przebaczenia.

Ezena podeszła do łóżka i przysiadła na samym skraju. Przerażony i wymęczony kłębek przed nią dygotał. Jak zbity pies.

Milczenie w sypialni trwało bardzo, bardzo długo.

– Proś – powiedziała cicho księżna.

Niewolnica lekko poruszyła głową i z trudem otworzyła załzawione oczy. Rozmazana twarz pani Sey Aye była blisko i daleko zarazem.

Poprzygryzane z bólu wargi i język nie chciały składać się do słów.

– Proszę cię... Ezeno...

Tylko dwa dni. A nawet mniej, bo jeszcze późnym popołudniem Perła potrafiła rozmówić się ze śledczym. Ale potem odebrano jej nadzieję. Chore oczy znów wezbrały łzami i tym razem nie za sprawą psiej sierści. Anessa nie potrafiła już nawet poprosić. Tylko dwa dni, lecz w psiarni czas płynął inaczej... Ogłuszona bólem i nieustannym ujadaniem psów niewolnica z najwyższym trudem umiała przypomnieć sobie twarz księżnej, jej różnobarwne oczy... granatowe włosy i śmiało zarysowane usta... podbródek...

– Zginął mój gość, syn Domu K.B.I. – powiedziała księżna Ezena. – Stawisz się przed jego ojcem i przyznasz do lekkomyślności. Stawisz się... tak jak teraz. Chcę, by jego godność Enewen dowiedział się, jak księżna Sey Aye traktuje niewolnicę, która towarzyszyła jego synowi podczas wieczornego spaceru i ośmieliła się nie zginąć wraz z nim. Przyznasz się do tchórzostwa. Opiszesz zamachowców. I poniesiesz karę, jaką ci wyznaczy ojciec tego chłopca. Potem, jeśli będzie to możliwe... a wiem na pewno, że będzie... wrócisz do mnie, do Sey Aye.

Zapłakana Perła nie mogła odpowiedzieć. Ukryła twarz w dłoniach i skinęła tylko głową, że rozumie.

– Płaczesz po raz ostatni – powiedziała księżna, wstając i niecierpliwie odrzucając włosy na plecy. – Ja już nie umiem, oduczyłam się... i ty także nie będziesz umiała. Rozumiesz? Oduczysz się.

– Ezeno...

– Słucham.

– Kocham cię – powiedziała z płaczem Perła. – Jestem twoją własnością i zrobię wszystko... co każesz...

Rozszlochała się, wtulając twarz w poduszkę.

– Ale myślę i czuję... pamiętaj czasem o tym... Nie jestem rzeczą, Ezeno.

Księżna poczuła, że jednak... nie oduczyła się czegoś. Odrzuciła głowę do tyłu i przez chwilę patrzyła do góry, choć w sypialni nie było wiatru, który osuszyłby oczy... Potem kolejno dotknęła nozdrzy kostkami palców i bezwiednie odgarnęła z czoła kosmyk granatowych włosów. Wciąż owinięta zerwaną z łóżka kotarą, wyszła z sypialni i minęła Eneę, która szeroko otworzyła oczy na jej widok.

– Niech Seva i Ayana przygotują mi drugą sypialnię – stłumionym głosem powiedziała jej wysokość, idąc do ulubionej komnaty z czterema oknami wychodzącymi na park. – Znajdź je. Potem wrócisz tutaj i usłużysz Pierwszej Perle Domu.

CZĘŚĆ CZWARTA

Rycerz

23

Katafalk z czarnego marmuru samotnie tkwił pośrodku zatłoczonej sali. Dębową trumnę okryto rycerską tuniką w barwach Domu K.B.I., leżał na niej miecz, a poniżej ostrza oparto hełm. Ciała nie można było wystawić; mimo specjalnych zabiegów, którym zostało poddane jeszcze w Sey Aye, letni skwar dokonał wstrętnego dzieła.

Sala, ogromna jak miejski rynek, była zapchana do ostatniego miejsca. Od niepamiętnych czasów żaden pochówek w Dartanie nie zgromadził tylu żałobników. Tylko od drzwi do katafalku, a także wokół niego, otwierała się wolna przestrzeń. U wezgłowia trumny, wsparty na dwuręcznym mieczu, stał stary dowódca pocztów jego godności Enewena. Ranezen, zakuty w paradną zbroję, miał czarny płaszcz rycerski, okrywający plecy i lewe ramię, na głowie zaś przyłbicę z opuszczoną zasłoną. Ostatni strażnik K.B.I.Denetta czekał, by poprowadzić swego młodego pana w najdłuższą, niekończącą się podróż. Znak przebaczenia, a zarazem straszna kara dla kogoś, kto miał stać na straży życia, nie zaś spokoju po śmierci.

Odwiecznym zwyczajem, wokół katafalku, w starych zbrojach rodowych i czarnych płaszczach, jak Ranezen, stali synowie najznamienitszych Domów. Wielu. Tak wielu, że jego godność Denett spał z daleka od pomruku wypełnionej sali, odgrodzony od ciżby wielkim kręgiem stu wojowników. Szpaler wiodący do wejścia tworzyli żołnierze w służbie pana K.B.I. Lecz nie tylko oni... Na początku, więc przy samym wejściu i przed wejściem, stało trzydziestu kilku zbrojnych z tarczami, na których, oprócz liści dębu, pyszniła się szkarłatna korona książęca. Ludzie ci, okryci zbrojami tak świetnymi, jakich nie mieli najbogatsi dartańscy magnaci, wszyscy nosili na ramionach czarne płaszcze, przynależne nie prostym żołnierzom, lecz żałobnikom-rycerzom. Pani Dobrego Znaku przysłała K.B.I.Enewenowi kwiat swojego wojska: zubożałych, lecz mogących wykazać się Czystą Krwią, najemnych wojowników, których rody od dziesięcioleci i stuleci służyły rodom bogatszym, ale nie lepszym od siebie.

Wieść o śmierci syna Enewena wstrząsnęła Domami Dartanu. Lecz jeszcze większym wstrząsem był widok rycerzy w służbie Sey Aye, włączonych do uroczystości żałobnych. K.B.I.Enewen uznawał w ten sposób armektańską uzurpatorkę. Mógł być jej wrogiem, mógł żywić nienawiść – ale już tylko taką, jaką mężczyzna Czystej Krwi może żywić do równej mu kobiety; jaką rycerz Domu może mieć dla damy Domu.

Huk stalowych rękawic uderzających o tarcze rozszedł się po sali i ugrząsł w ciżbie, lecz rozmowy natychmiast zgasły.

W zupełnej ciszy brzęk ostróg i szczęk trących o siebie płyt starej zbroi dochodził do uszu każdego. Jego godność K.B.I.Enewen, z hełmem pod pachą, szedł na ostatnie spotkanie ze swym jedynym synem. Wypolerowana i przechowywana z wielkim pietyzmem rodowa zbroja, kilkakrotnie przebita, przypominała o chlubnej śmierci przodka – oto była godna każdego szacunku relikwia, dająca świadectwo, jakie ciosy powaliły rycerza Domu K.B.I. Prawy nakolanek i nabiodrek poszczerbiły liczne wrogie ostrza. Wygięty w dwóch miejscach od uderzeń bojowych młotów napierśnik rozszczepiony był z boku, przy dolnej krawędzi, żeleźcem halabardy lub topora, ale najwięcej mówiła niewielka dziura o nierównych brzegach, ziejąca na wysokości serca... Tej kopii nie wbito w pierś martwego jeźdźca; krwawiący z ust rycerz w rozbitej maczugami zbroi, z połamanymi żebrami i zgruchotaną nogą, z biodrem przerąbanym ciosem topora, jeszcze raz ruszył do szarży – lecz nie zdołał już utrzymać w ręku tarczy...

Ostrogi brzęczały na granitowej posadzce.

Twarz Enewena była spokojna i skupiona. Nikt nigdy nie widział, by jego godność śmiał się albo płakał. Młody Denett swój wesoły uśmiech odziedziczył po matce; zawdzięczał jej także twarz, postawę, a nawet barwę głosu. Był męskim odbiciem kobiety, która wydała go na świat, płacąc życiem. Po ojcu miał tylko rycerską rękę i krzepkie uda jeźdźca nad jeźdźcami. Kto wie, czy w konnej walce nie zatriumfowałby nad słynnym Rycerzem Bez Zbroi, jego godnością J.Wenetem, przybyłym przed pięcioma laty do Rollayny tajemniczym olbrzymem, o którym opowiadano najprzedziwniejsze historie? W walce pieszej Wenet nie miał sobie równych; w walce konnej mogłoby mu sprostać najwyżej kilku dartańskich rycerzy, a w ich liczbie być może sam Enewen i właśnie młody Denett, od lat marzący o turniejowej sławie.

„Synu, gdybym wiedział, że umrzesz w dzikim lesie pod ciosami tchórzliwych skrytobójców, po stokroć dałbym ci zginąć w sławnej walce oglądanej przez setki zachwyconych oczu. Przebacz mi".

Jeśli takie były myśli jego godności Enewena, to mógłby wypowiedzieć je głośno. W wielkiej sali, pośród głuchej ciszy, wszystkim wydawało się, że je słyszą.

Wieczny pokój, narzucony w granicach Wiecznego Cesarstwa, sprawił, że pochówki zgodne z wojenną tradycją miały miejsce niezwykle rzadko. Synowie magnackich i rycerskich Domów nie ginęli w walce. Czasem umierał na arenie, lub później, z odniesionych ran, ubogi rycerz, walczący nie dla chwały i sławy, ale dla pieniędzy. Należał mu się rycerski pochówek, ale skromne uroczystości, na miarę znaczenia poległego, nie spełniały wszystkich wymogów tradycji. Nie przybywali żałobnicy z całego Dartanu; nie lśniły zbroje sprzed dwustu lat; okryte płaszczami kobiety nie nosiły – bo nie miały – wojennych sukni skrojonych według starych wzorów. Tym razem wszystkiego było w nadmiarze. A przecież przybyli tylko ci, których zdołano powiadomić dość wcześnie, by podróż do majątku pana K.B.I. nie mijała się z celem – a więc przedstawiciele rodów z okręgu Rollayny i okolic Seneletty... Niemałe włości Enewena z trudem mieściły poczty i służbę przybyłych; żołnierskie namioty pocztowych utworzyły na błoniach istny obóz wojenny. Dom z trudem pomieścił przybyłe damy rodów, które wszakże musiały się obyć niemal bez posługi – łatwe w noszeniu wojenne suknie naprawdę bardzo się przydały, i to nie tylko dla zadośćuczynienia tradycji, bo niejedna kobieta Czystej Krwi zmuszona była radzić sobie sama. Dla przybyłych z paniami Pereł brakło miejsca: prawie dwieście takich niewolnic zamieszkało w smukłym pałacu Enewena w Rollaynie – był to więc nie dom, a istny skarbiec wypełniony klejnotami o wartości ćwierci miliona sztuk złota. Lecz Rollayna leżała zbyt daleko, by mogli tam zamieszkać, korzystając z gościnności innych wielkich Domów, przybyli zewsząd znamienici podróżni.

Każdy krok, każde poruszenie K.B.I.Enewena, idącego ku trumnie, obserwowały setki par oczu. Większość zgromadzonych w sali ludzi po raz pierwszy w życiu – i zapewne po raz ostatni – oglądała rycerski pogrzeb syna magnackiego Domu.

Enewen stanął przed katafalkiem.

W sali zaległa cisza tak kompletna, że dało się słyszeć ohydne brzęczenie przylatujących do trumny much.

Poległy winien opierać dłonie na mieczu, hełm zaś mieć w nogach śmiertelnego łoża. Najbliżsi krewni i towarzysze broni zabitego winni dotknąć hełmu bądź miecza. Tym razem, miecz i hełm położono na trumnie, lecz to nie zmieniało wymowy obyczaju.

Dotknięcie hełmu było oddaniem sprawiedliwości rycerskim przeciwnikom zabitego – przeciwnikom, którzy spełnili reguły honorowej walki. Dotknięcie miecza oznaczało pragnienie zemsty, zaś wzięcie go do ręki jeszcze więcej, bo uroczystą rycerską przysięgę: „Pomszczę cię albo umrę”. Bardzo ostrożnie i dość rzadko wybierano drugą możliwość, bo łatwo było zostać posądzonym o nieszlachetny gest. Zrozpaczony syn, ojciec lub brat zabitego nie mógł pozwolić na domniemania, że żal po utracie najbliższej osoby przeważył nad poczuciem sprawiedliwości.

Enewen milczał, z twarzą nieruchomą jak zasłona hełmu stojącego przed nim Ranezena. Przez wąską wizurę patrzyły nań szare oczy starego Armektańczyka.

Ojciec zabitego cofnął się nagle o krok i wyciągnął prawicę, pokazując krótkim gestem, że ustępuje mu miejsca. Nikt nic nie powiedział, ale po sali przemknął szmer poruszonych sukni, trąconych nogami mieczów, oddechów. Pan Domu K.B.I. uznawał dowódcę swych pocztów za towarzysza broni poległego syna. Ranezen, od lat pozostający w służbie Domu, miał prawo do rycerskiego pierścienia na palcu i miał prawo do oceny tej śmierci.

Stary żołnierz lewą dłonią ujął swój dwuręczny miecz za zastawę, prawą uniósł do twarzy i otworzył przyłbicę. Uczynił kilka kroków i spokojnie, bez wahania, ujął rękojeść broni Denetta, zważył żelazo w ręku, a następnie podniósł wysoko do góry. Żywe złoto, niesione na wpadających przez okna sali słonecznych promieniach, spłynęło po nagiej głowni aż do jelca. Ranezen odłożył broń, zamknął hełm i wrócił na swoje miejsce. Zgrzytnęło ostrze dwuręcznego miecza, mocno opartego o posadzkę. Jego godność Enewen nie zamierzał celebrować widowiska, bo tym dla większości obecnych była śmierć jego syna. Gdy tylko dowódca pocztów wrócił na swoje miejsce, pan K.B.I. podszedł do trumny, dotknął jej, potem wziął miecz Denetta, odwrócił się i ruszył ku wyjściu, otoczony wzbierającym pomrukiem.

Oczywiste, że wobec skrytobójczego zamachu niepodobna było postąpić inaczej. Ale tym bardziej niezrozumiale jawiła się obecność na pogrzebie pocztów samozwańczej księżnej Sey Aye. Ponadto większość zgromadzonych uważała, że dotknięcie broni wystarczyłoby najzupełniej. Jego godność jednak się zapędził, przysięgając, że własną śmiercią gotów okupić... co właściwie? Ukaranie śmiercią szalonej niewolnicy?

Jego godność K.B.I.Enewen opuścił salę, unosząc miecz syna.

***

W nocy rozszalały się pożary.

Rodowy grobowiec przyjął trumnę jedynego spadkobiercy i następcy K.B.I.Enewena. O granitowy sarkofag oparto tablicę z imieniem poległego, lecz nie wyżłobiono na niej żadnego innego napisu. Nagrobna płyta czekała na epitafium, którego treść zależała chyba od tego, co uczyni związany rycerskim ślubowaniem ojciec zamordowanego.

Ojciec zaś palił własne dobra.

Zgiełkliwa i huczna stypa na wolnym powietrzu przeciągnęła się do późnej nocy. Żałobnicy jedli i pili, zawierali nowe znajomości i odnawiali stare. Dom, objęty w posiadanie przez damy, huczał od plotek. Przy stołach, gdzie od nastania nocy biesiadowali przede wszystkim mężczyźni, snuto domysły bardziej powściągliwie, ale i bardziej buńczucznie. Kobiety w domu mówiły o skandalu i księżnej-niewolnicy. Mężczyźni przy stole rozmawiali o jej pocztach. Kobiety gubiły się w domysłach, kim właściwie jest pani Sey Aye; w Dartanie od pewnego czasu krążyły pogłoski przywiezione z Puszczy przez kupców i różnych obieżyświatów – wieści o nieślubnej córce starego księcia Lewina bardzo łatwo torowały sobie drogę do właściwych uszu. Mężczyźni z pucharami i kielichami w dłoniach obliczali, ile warte są zbroje przysłanych na pogrzeb rycerzy; ile warte w złocie, a ile na wojnie. Kobiety mówiły o sukni przysłanej z Sey Aye Perły Domu, a także o samej Perle, zgadzając się, że wartość ma co najwyżej suknia. Mężczyźni mówili tylko o Perle, bez dwóch zdań zgodni, że suknia jest zbędna. W obozie pocztowych, żołnierze wygadywali niestworzone historie o ruszającej już jutro wojennej wyprawie do Puszczy. Wszechobecni niewolnicy zgadywali, czy ich los ulegnie poprawie, czy przeciwnie.

Nigdzie nie było miejsca dla K.B.I.Enewena.

Pogrzeb dobiegł końca. Ojciec zamordowanego chłopaka – już nie magnat, nie rycerz i nawet nie gospodarz, bo wszędzie obywano się bez niego – siedział w pustej komnatce, w domu huczącym od plotek obcych kobiet, i pił wino. Nie było przy nim matki Denetta, której ból kazałby mu zapomnieć o własnym. Nie było córek ani młodszych lub starszych synów, bo Denett był jedynym dzieckiem Enewena. Nie było przyrodnich sióstr i braci, bo młodsze rodzeństwo nie mogło przybyć z drugiego końca Dartanu, a starsi bracia z Rollayny stawili się wprawdzie na pogrzebie, lecz nie zechcieli objąć człowieka, którego mieli za złodzieja rodowych monogramów i który teraz pozwolił stać w szpalerze sługom zabójczyni; brat czekał na pierwszą rozprawę, a potem na rozstrzygnięcie procesu, który wytoczył niewolnicy. I drugiego procesu, który wytoczył złodziejowi krwi rodowej. Postarzały w ciągu żałobnego tygodnia rycerz czytał dwa listy, jeden krótki, a drugi nieukończony – jedyne listy, jakie w całym życiu napisał do niego syn. Zerwał się wreszcie i poszedł szukać Ranezena.

Silny oddział pędzących dokądś jeźdźców przewalił się po błoniach, między domem a szeroko rozstawionymi stołami, potem jeźdźcy wpadli do obozu pocztowych, nieledwie tratując kilku żołnierzy. Wypadłszy z drugiej strony, zniknęli w mroku nocy. Nie wiadomo było, dokąd popędzili ludzie w barwach Domu K.B.I., uwagę przykuł tylko prowadzący ich znakomity jeździec, potrafiący nakłonić wierzchowca do wzięcia niemożliwych przeszkód. Przez jakiś czas roztrząsano sprawę tej zagadkowej galopady, potem wróciły ciekawsze tematy. Do czasu, aż w oddali wystrzeliły ognie.

Jego godność Enewen na czele swoich żołnierzy wyganiał chłopów z chałup i palił niepotrzebne już wioski pochowanego syna.

24

Dartańscy posiadacze świetnych nazwisk rozjechali się do swoich dóbr. Wielu skorzystało z okazji, by zabawić trochę w Rollaynie.

Dom Enewena stał pusty i cichy.

Stał pusty i cichy od kilku miesięcy, bo od chwili, gdy Denett wyjechał do Sey Aye. Lecz jeszcze do niedawna, zamiast Denetta w komnatach były plany i nadzieje z nim związane. Świetna przyszłość... Majątek, znaczenie... Staroksiążęca korona. Jego książęca wysokość Denett, pan Sey Aye.

Teraz w domu nie było nikogo – i nic.

Przysłana przez panią Puszczy wystraszona i dzika Perła, wybornie pasująca do wyobrażeń o najnowszych porządkach w Dobrym Znaku, być może nie była taka głupia, na jaką wyglądała (nie mogła być, bo w żaden sposób nie zostałaby Perłą), ale surowa pani, do której należała, napędziła jej sporo strachu. Jego godność Enewen wysłuchał z mieszaniną bólu, litości i wstrętu historii o zabójstwie swego syna. Nawet przez chwilę nie postało mu w głowie obwinianie o cokolwiek nieszczęśnicy, która, towarzysząc Denettowi podczas wieczornego spaceru, nieledwie sama postradała życie – cóż kosztowna ozdóbka, przyuczana w hodowli do wszystkiego, a najmniej do walki, mogła począć przeciw mordercom, potrafiącym zakłuć przyboczną

niewolnicę, wyszkolonego gwardzistę, a na koniec młodego rycerza? Niewolnicy mieli wiernie służyć, ale K.B.I.Enewen nie był jakimś potworem, gotowym zaraz pławić się we krwi. Dziwił się co najwyżej, że księżna przysłała mu to wystraszone i oczekujące srogiej kary zwierzę, choć doceniał gest, bo Perła była w końcu ostatnią istotą, która widziała jego syna żywego.

W pustej komnacie pustego domu, z pustką w sercu, jego godność Enewen po raz kolejny rozwijał listy przysłane przez księżnę Ezenę. Pierwszy był krótki, podpisany przez dowódcę jej pocztów – żołnierza i rycerza, którego imię dobrze było znane w Dartanie.

M.B.Yokes pisał:

Wasza Godność, nie jestem biegły w sztuce układania listów, przebacz mi więc żołnierską oschłość i zwięzłość. Pismo to kieruję do Waszej Godności bez pozwolenia i wiedzy Jego żołnierza, dowódcy przysłanego do Sey Aye pocztu. Jego godność Ranezen miałby mi za złe wstawiennictwo, którego zresztą na pewno nie potrzebuje, proszę więc, Panie, byś nie wydał mnie przed swoim oficerem.

Wasza Godność, o wydarzeniach w Sey Aye pisać nie mogę i nie chcę, bo ważniejsza ode mnie Osoba zechce zwrócić się do Ciebie w tej sprawie. Pragnę napisać tylko, że to za moją sprawą żołnierze Waszej Godności nie mogli zapobiec nieszczęściu, do mnie bowiem należało wyznaczenie im kwater i moich rozkazów obowiązani byli słuchać w dobrach Jej Wysokości. Także za moją sprawą nie mogli potem poszukiwać i ścigać zabójców, Wasza Godność łatwo zrozumiesz, dlaczego na to nie pozwoliłem. Ubolewam nad nieszczęściem, które Cię dotknęło, i po części czuję się za nie odpowiedzialny, bo zawiodłem jako żołnierz stojący na straży spokoju w dobrach mojej Pani.

Przyjmij, Wasza Godność, wyrazy poważania i pamiętaj proszę, że rozliczanie twych żołnierzy trzeba zacząć ode mnie.

M.B.Yokes
komendant prywatnych oddziałów
Jej Książęcej Wysokości K.B.I.Ezeny
w Dobrym Znaku

Był to list żołnierza, który wstawiał się za innym żołnierzem, ale z treści wyzierało coś jeszcze, co dla jego godności Enewena miało duże znaczenie: przede wszystkim był to list rycerza, którego przodkowie służyli nawet dartańskim monarchom. Teraz zaś ów rycerz jawił się jako sługa bez reszty oddany swojej pani – pani, którą gorsi od niego chcieli mieć za zwykłą niewolnicę.

Drugie pismo, znacznie obszerniejsze, przysłała sama księżna Sey Aye. W nagłówku i podpisie, zamiast monogramów, użyto pełnego brzmienia wszystkich imion rodowych – było to zastrzeżone wyłącznie dla spadkobierców tradycji jednego rodu, w prywatnej i najbardziej poufnej korespondencji.

Jego Godność
Keness.Baven.Iss.Enewen
w dobrach Domu

Panie,

cokolwiek napiszę, będzie niewłaściwe, bo zbyt tanie i błahe wobec ojcowskiego bólu. Nie potrafię go podzielić ani nawet ogarnąć; wybaczysz mi tę szczerość i na pewno przyznasz, że nie mając własnego syna, następcy i dziedzica, można tylko nieśmiało domniemywać, co czuje ktoś przeżywający taką stratę. Nie pozwolę sobie na dalsze jątrzenie Twojej rany, bo zabraknie mi odwagi do kontynuowania tego listu.

Wasza Godność, nie mogę uchylić się od podziękowań wobec jedynego człowieka, który podał mi rękę wtedy, gdy wszyscy inni mieli dla mnie tylko wzgardę. Nie zasłużyłam na nią i gotowa jestem wytłumaczyć, dlaczego – ale wytłumaczę się tylko przed Tobą, a dlatego właśnie, że Twój Syn gotów był uznać wszystkie moje prawa. Dla innych mam tylko milczenie.

Wasza Godność, najpierw powiem, że okoliczności śmierci Twego Syna, a także drugiego zamachu, którego ja sama byłam celem, w moim imieniu przedstawi niewolnica doręczająca ten list. Uczynisz z nią, co zechcesz, Wasza Godność, jest to bowiem bezmyślny i zbędny mi klejnot, który dawno już powinnam wyrzucić albo sprzedać. Jego Godność Denett miał prawo czuć się w moim domu jak u siebie; udzieliłam mu tego prawa i nie rozstaję się z myślą, że powinnam wykazać większą dbałość o wszystko. Tak, o wszystko – więc komnaty, które zamieszkiwał, posiłki, które jadał, a na koniec niewolną służbę, którą się otaczał. Nic już nie naprawi tego zaniedbania. Odpowiadam za swoją niewolnicę, Wasza Godność, i gotowa jestem z pochyloną głową stawić się przed Tobą, przyjmując odpowiedzialność za śmierć Twojego Syna, a także – przebacz mi, Panie, ale chcę choć raz użyć słów, których nigdy użyć nie zdążyłam – mojego Narzeczonego, a w nieodległej i nieosiągalnej już przyszłości, Męża, Księcia Dobrego Znaku. Nie kochałam Twego Syna, Wasza Godność, ale może powinnam napisać: jeszcze nie kochałam, bo gotowa byłam pokochać i oddać mu Puszczę Bukową nie tyle z rozsądku, co z potrzeby serca. Nie uznasz tego, Wasza Godność, za nieszczere, bo powtórzę raz jeszcze: nie uchylam się od stawiennictwa przed Tobą i gotowa jestem odpowiadać za wszystko, co zdarzyło się pod dachem mego domu.

Lecz tylko przed Tobą, Wasza Godność: przed Rycerzem Domu K.B.I., a przede wszystkim ojcem, który ma prawo żądać ode mnie zadośćuczynienia. Nie stawię się przed urzędnikiem przybyłych znikąd koczowników, którzy w imieniu Czystej Krwi Dartanu pragną ferować swe wyroki. Nie stawię się też przed wstrętnymi chciwcami z Rollayny, z których żaden nie śmiał sięgnąć po to, co – jak mniema – słusznie mu się należy. Dartańskie Domy zapomniały o rodowej dumie, Wasza Godność, i jest mi obojętne, czy nikt poza mną o niej nie pamięta. Pobiłabym poczty każdego zuchwalca, który ośmieliłby się wyciągnąć rękę po moją własność – lecz pobiłabym je jako księżna Dobrego Znaku, tocząca rycerską walkę z wojownikiem. Ci, co pragną, tchórzliwie i za pośrednictwem obcych urzędników, podawać w wątpliwość rozsądek mego zmarłego Małżonka, ostatniego z prostej linii władcy Puszczy Bukowej, nie mogą liczyć na żadne względy, a tym bardziej szacunek wdowy po Nim i dziedziczki wszystkich tradycji Domu. Nie ścierpię żadnych zarzutów wysuwanych przeciw Księciu K.B.I.Lewinowi, bo jestem jedyną osobą mającą prawo i obowiązek Go bronić, gdy sam już bronić się nie może.

Wasza Godność, nie znam jeszcze całej prawdy o skrytobójczych zamachach, które miały miejsce w moim domu. Ale gotowa jestem wesprzeć Cię, Panie, we wszystkich usiłowaniach mających na celu poznanie tożsamości sprawców, a myślę o sprawcach prawdziwych, nie narzędziach, których używają. Wasza Godność, w każdej chwili wolno Ci przybyć do mojego domu, na czele dowolnie licznych pocztów. Poznasz prawdziwą panią Puszczy Bukowej i dowiesz się, dlaczego właśnie ona została wybrana przez księcia K.B.I.Lewina. Przeczytasz stare kroniki rodu, ujrzysz starożytne artefakty i relikwie. Na koniec pokłonisz się prochom wielkich Krewnych i Przodków, pokażę Ci bowiem cmentarz władców Dobrego Znaku. Zrozumiesz, jaką misję mi powierzono, i wesprzesz mnie lub staniesz przeciw, lecz powodowany wiedzą, nie zaś fałszywymi wyobrażeniami. Tylko Ty, Wasza Godność, i na razie nikt inny. Nade wszystko dotkniesz, Rycerzu, ziemi, w którą wsiąkła krew Twojego Syna, i rozstrzygniesz, czy wraz ze mną chcesz pomścić Jego śmierć, czy też pozostanę w tym zamiarze sama. Postawię przed Tobą niedoszłego mojego zabójcę, pojmanego przez gwardzistów pałacowych, a wówczas dowiesz się, kim jest i komu służy ten człowiek, mogący dowieść swej tożsamości. Jeśli wszystko, co usłyszysz i zobaczysz, utwierdzi Cię, Panie, w przekonaniu, że jestem jedyną osobą, której możesz dosięgnąć i którą chcesz pociągnąć do odpowiedzialności, ugnę się, bo moja niewolnica uciekła, kiedy mordowano gościa jej pani. Przed Tobą, K.B.I.Enewenie, odpowiem za ten uczynek, co powtarzam po raz trzeci i ostatni. Przed Tobą, ale tylko przed Tobą.

Bądź zdrów.

Keness.Baven.Iss.Ezena
pani Dobrego Znaku

Tego listu nie pisała niewolnica.

Bezmiar Północny
Yagar
Morze Enivetty
Aler
Ziemia Niczyja
Wielkie Gardło
Północna Granica
Lond
Zatoka Szara
Rahgar
Grombeland
Wody Środkowe
Kanaza
Rina
Zatoka Królewska
Donar
Kirlan
Rapa
Gromb
Bador
Riks
Morze Puste
Armekt
Wielkie Równiny
Puszcza Bukowa
Akala
Sar Soa
Płw. Akara
Bana
Morze Dartańskie
Tarwelar
Lida Aye
Rollayna
Seneletta
Morze Zamknięte
Dartan
Seyen
Płw. Mały Dartan
Semena
Złote Wzgórza
Llapma
Din Aye
Bezmiar Zachodni
Wyspy Przybrzeżne
Morze Zwarte
Wyspy Barierowe
Wyspy Końca
Bezmiar Wschodni Bliski
Bezmiar Wschodni Daleki
Dran
Morze Garyjskie
Dorona
Garra
Hareny
Bagba
Agary
Archipelag Południowy